异度拯救

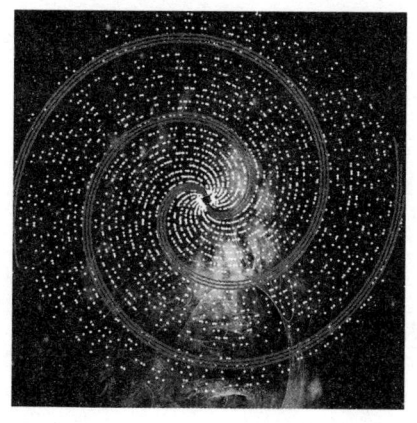

夏邦 —— 著

新 星 出 版 社　NEW STAR PRESS

图书在版编目（CIP）数据

异度拯救 / 夏邦著 . ‒‒ 北京：新星出版社，2018.1
ISBN 978‒7‒5133‒2980‒4

Ⅰ.①异… Ⅱ.①夏… Ⅲ.①科学幻想小说‒中国‒当代 Ⅳ.① I247.5

中国版本图书馆 CIP 数据核字（2017）第 323798 号

异度拯救

夏邦 著

责任编辑：高晓岩
责任印制：李珊珊
装帧设计：冷暖儿

出版发行：新星出版社	
出 版 人：马汝军	
社　　址：北京市西城区车公庄大街丙3号楼　　100044	
网　　址：www.newstarpress.com	
电　　话：010‒88310888	
传　　真：010‒65270449	
法律顾问：北京市岳成律师事务所	
读者服务：010‒88310811　　service@newstarpress.com	
邮购地址：北京市西城区车公庄大街丙3号楼　　100044	
印　　刷：北京玥实印刷有限公司	
开　　本：910mm×1230mm　　1/32	
印　　张：10.75	
字　　数：220千字	
版　　次：2018年1月第一版　2018年1月第一次印刷	
书　　号：ISBN 978‒7‒5133‒2980‒4	
定　　价：54.00元	

版权专有，侵权必究；如有质量问题，请与印刷厂联系调换。

目录

1	楔 子
3	第一章 安妮上尉
73	第二章 以太还原法
123	第三章 兰利公爵的鬼魂
269	第四章 新的太阳
331	尾 声
335	后 记

楔　子

　　傍晚时分，在墨西哥一个偏远的印第安人小山村里，正进行着一场持续数日的古老祭祀活动。那些穿着五颜六色传统服饰的村民，围绕着一堆篝火跳着一种奇怪的舞蹈；人们拿着用稻草和树枝编织的造型奇特的物体，远远看去像是人形，又夹杂一些其他形状，每个人脸上都有些悲伤。

　　只见从村子的小径中走出了一位盛装的老年女性，她满脸的皱纹，但是目光显得很是锐利。这个老年女性踱着看似纷乱，但又颇有规律的步伐走入了跳舞的村民中间。很快，村民们就跟在她身后模仿着她的节奏跳了起来。他们一边跳舞，一边有规律地将头仰望着那慢慢暗下去的天空。

　　随着越来越多的村民加入了这个有着奇怪步伐的舞蹈，那个老年女性开始用显得有些颤抖的声音反复地吟唱道："漫天的星辰是宇宙中最宝贵的秘密，每个生命的个体命运都可以通过这天上的星辰来揭示。如果哪一天这些星辰变化了它们的模样，每个生命也就改变了他们的命运！"

　　村民们听着她的吟唱显得如痴如醉，直到那个老年女性最后大喊一声，"只要相信，就会相遇！"人们纷纷将手上的那些稻草树枝编织出的奇怪形象投入了火堆，火势一下子旺了起来；随着烟雾从这个山村的四周升腾起来，空气中弥漫出了一种特殊的香味。

老年女性张开双臂，用手示意周围村民们安静了下来；她慢慢走到火堆边的一个台子上，伸出手指向了头顶那漫天灿烂的星辰，大喊了一声，"遥远的旅途就要开始了！"随即便匍匐了下去，将整个身体缩到了那缀满了装饰物的衣服中，人显得异常疲惫。

村民们欢呼了起来，继续围绕着此时已散尽烟雾的火堆再次跳起了舞来。这一次，他们跳得很尽兴、很欢乐，脸上原本的悲伤一扫而空，似乎刚才烟雾中散发出的那种香味使得他们的心情一下子变得愉悦了起来。

一个年轻的长头发的小伙子走到了台子上，轻轻地俯下身说道，"宝拉奶奶，这几天还要跳舞，我们先回家休息吧"，便把这个当代印第安女巫师搀扶了起来。两个人随后慢慢消失在了火光映射着的人群的阴影中。

此刻，村民们载歌载舞，一道窄窄的银河在苍穹中透过稀薄的云层，闪烁着迷离的光辉。

第一章
安妮上尉

1

实验室里的灯光忽明忽暗，高功率量子发动机传来低沉的轰鸣，黑板涂满各种等式和不等式，数字和符号像一堆扭曲的丝线牵手跳着杂乱无章的舞步，狭小的房间里弥漫着一股泡面气味。

一个疲惫的年轻人趴在闪着蓝光的屏幕前，头发在灰暗光线照射下显得乱蓬蓬的，如同卷曲的稻草一般……此刻，他睡得正香。

这样的日子已经整整过了三年。

孔羿，作为国内装备最先进的量子通信实验室的博士后，一个自小被称为"神童"的通信领域顶级专家，在个人生活管理上貌似比较失败。

今天是中国农历七月初七。经过商家持续炒作，这个日子已成为许多年轻人追捧的中式情人节。而眼下，这个年轻人却只能一如既往地在这个充斥着电线和管道的实验室里度过。想想也是，如今哪个女孩会愿意和一个连自己的生日都记不住的傻瓜交往呢？

除了每天早晨在值班登记表上例行记载一下日期以外，他或许根本就没想到今天竟然是一个浪漫的日子吧！

在从中学就开始的孤独岁月里，他其实也惦记过不少女孩子。其实，他是一个非常正常的男人，也想在适龄的时候遇见对的那个人，可每当看见让自己心动的女孩，他眼神总会退缩到那显得有点古板的黑框眼镜后面。

事实上，他眼睛的近视度数并不高，之所以戴眼镜，乃是因为在大学期间偶尔试了一下同学的眼镜——那种异常安全的隔离感让他觉得非常舒服，从此戴上了眼镜。

经历造就了他颇为独立的个性。从中学时代开始，他就离家住进宿舍。在十五岁那年，他作为国家科学院选拔的少年人才，通过层层选拔以后，最终被研究机构录取，并按部就班地进入了国内这间最好的实验室。日复一日的学习，一次次的实验，在许多少年还在憧憬未来的时候，他已经站在了科研潮头。

当然，这一切是有代价的。这个来自中国中部一个不起眼县城的高智商少年，俊朗的脸庞上常常现出一种与年龄不相符的平静，有点儿少年老成的样子。光阴荏苒，已经是博士后的他，此刻就趴在电脑台上，均匀的呼吸声回响在静谧的实验室里。

工作之余，孔羿经常直接睡在这里。他想，回不回寝室又有什么区别呢？反正总是一个人，在这里还可以加快实验推进步伐。

量子通信实验室坐落在研究所内一个小岛上。四面环水，巨大的天线环绕着小小的混凝土建筑。整个建筑如同两个倒扣的陀螺，一半在地上，一半在地下。建筑内壁充斥着电线和管道回路，各种金属构件把本来就并不甚宽阔的空间挤得满满当当，以至于走个路都要注意上下左右的障碍。

作为在这里度过了十年的"老人"，孔羿目睹了各种仪器设备的升级换代，也见识了各种身份显赫的人物，这里作为国家保密机构，各种研究成果和数据更多提供给军方高层。

当然，他对最终的成果流向哪里并不感兴趣。他只是喜欢去猜测一个设想，并最终通过各类计算方式把这个设想变成能够运行的程序。还在很小的时候，孔羿就具有超出常人的禀赋，随着年龄增大，他越来越痴迷于这种思维游戏，甚至不能自拔。这也是他迄今为止单身的一个原因。

近来的运算显得异常顺利，只是公式中的一个变量达不到预想的参数设置，这极大地刺激了孔羿的好奇心——因为这个运算模式是他设计开发的，在数学上应当不会出错。为了把这个变量的问题找出来，他最近日以继夜地在这个陀螺状建筑物里忙碌着，迄今为止已经有两天没有回宿舍了。

屋外一片寂静。第一波北方冷空气已经南下了。时间虽值夏末，但草丛中间或听见几声秋虫的鸣叫。此时，这间实验室里，在电脑主机系统持续运算所致的嗡鸣声的背景下，鼾声依旧。

2

"嘀，嘀，嘀"，桌上一个显示屏出现了一条条细细的纹路，一些快速跳动着的字符细雨般洒落在屏幕上。

字母、表格、数字仿佛从天而降，深埋在圆锥形地下室里与全国联网的电脑主机系统开始烦琐地进行满负荷运算，并缓慢地将收到的信息转化为可读文字。这是世界上最先进的电脑系统之一，它具有半透膜的性质，能轻易集中来自于全国乃至全世界的运算资源，同时却不会让自己的信息泄露出去。

此刻的缓慢，意味着需要运算与转化的信息量太大。

屏幕上慢慢出现了上百种人类文字，有英文、法文等人类仍在使用的文字，甚至出现了古老的楔形文字……这真的很奇怪！所有的文字最终在屏幕上归结为两个简体汉字——"你好"。

沉睡中，孔羿换了一下姿势，手腕边的磁感电位器从桌子上掉了下来，"咣当"声把他吓了一跳，他从睡梦中惊醒了过来。

孔羿本打算揉揉眼睛，再趴一会儿，但眼角不经意间扫到了那块闪烁着的屏幕，屏幕上持续飞速跳动着的如大雨般落下的各类字符引起了他的注意。

"难道变量的参数问题解决了？"每到这种时候，孔羿似乎总是有种直觉，一定是什么重要的数据有了眉目。

他把散发着酸菜味的桶装方便面推到一边,开始专心致志地检索起数据来。刚睡醒,孔羿对这些大量出现的文字不免有些迷惑,但很快,他就看见了那两个简体汉字。

"难道是计算机中了什么病毒?"孔羿睁大了眼睛。虽然网络安全万无一失,但这年头难免有些黑客高手会耍些花招。

"不,不可能!"孔羿旋即嘲笑起自己来,"怎么会?这种半透膜式的电脑是地球上最安全的了,估计只有外星人才能攻陷它吧!"

屏幕上,大雨一般落下的无数字符,几乎汇成了一股数据浪潮,不断向屏幕上方蔓延……孔羿忍不住在键盘上敲出三个简化字,"你是谁?"

瞬间,汹涌的数据浪潮消失了,屏幕上出现了一个汉字,"弦"。

"你是外星人?"好奇心让孔羿忍不住又敲下了这几个字。"估计不知道是哪个师兄弟违反纪律连上了这台电脑",他心里一动,一下子来了劲。

好奇心是孔羿永远不缺乏的。就像他偶尔也会通过网络弄些小小的恶作剧一样,他对这个世界的理解还是友善的。他曾经在课堂讨论时说过,"人们需要与宇宙建立一种友善的界面,科学可以帮助我们实现这一点"。

"可以这么说,"屏幕上立即闪现出了这样几个字。停了几秒钟,接着又显现了几个字,"我离你很近"。

"你在哪里?"孔羿下意识地环顾了一下四周,接着敲击起键盘。在弥漫着酸菜味的实验室里,除了他和各种乱糟糟的设备、管线以外,看起来空无一人。

"当然,你这个傻瓜,"孔羿在心里骂了自己一下,"对方在开玩笑嘛!"

"我在你的右手上,"屏幕上继续显示着。

"笑话!"孔羿心想,"这简直有点魔幻色彩了!"

"你应该不会在所谓的平行宇宙里吧？呵呵。"孔羿嘲讽地键入了这么几个字。现在他越来越肯定，这一定是哪个师兄弟在搞恶作剧了。

"准确地说，我是在另外一个尺度的宇宙里，"屏幕上继续显示着，"我算是在你的世界中，只是尺度不一样，呵呵。"对方很快就熟悉了孔羿那种调侃语气。

"是哪个家伙在搞鬼呢？"孔羿头脑里过滤着可能会接触主机的几个人，心想，"严肃的大陈是个军人，家明刚陷入热恋，小林出差了，他们根本就不会有什么兴致和机会来开这个玩笑。那就只剩下迪克了！可是，作为一个老外交换生，他的安全等级只能接触到外围系统。总不会是吴教授吧！绝对不可能是那个不苟言笑的老家伙。"

"那么会是谁呢？"孔羿不禁又向四周围扫视了一下，实验室里就那么点空间，一目可以了然。此刻，他心里居然有一丝害怕。

3

屏幕上的字迹继续快速显现出来，"你不需要猜测了，我不会说谎。我此刻就在你右手的腕关节上——我们存在于同一个世界，不同的尺度。"对方停了一停，像是思考了一下，字迹继续出现了，"不要把我当作毛毛虫哦！呵呵。"对方甚至还开了个玩笑。

孔羿真的有点疑惑了，"这是谁呀？"

"同一个世界，不同的尺度？"他默默叨着。

"你一定会觉得很奇怪，"屏幕上继续闪烁出新的字迹，"我们正在通过弦进行通信。我们其实已经观察你们很久了，严格地说，从现在开始，你算是我的合作伙伴。让我们来认识一下，我叫安妮，一个你们地球上非常普通的女性名字。"

看着闪烁的屏幕，他的大脑开始飞速地转动，几乎开始有点相信眼前的这场奇遇了，便慢慢用键盘敲击出了几个字，"这太不可思议了！"

随后，他又在键盘上敲出"我叫孔羿，男性"。他感到越来越疑惑，心里想，"难道对方还是个女的？"

对方似乎感到了他的疑惑，屏幕上紧接着显示道，"是的，我们也有男女之分。而且，我们也有着与你们类似的身体构造，只是，我们所在的宇宙的尺度和你们不一样，"对方似乎想再次强调尺度问题，紧接着又添上了一句，"你们的普朗克常数对我们来讲就是天文数字"。

"什么？"孔羿几乎不敢相信自己的眼睛。"有没有搞错？！"他简直无法想象如此微观的数值居然会被认为是天文数字。

"开什么玩笑？"孔羿迅疾敲打着键盘。

"是的，我们的尺度真的不同。而我，也真的不是毛毛虫。"对方那个自称安妮的女人似乎很喜欢用这样的修辞方式来交谈。

紧接着，对方在屏幕上写下了这样一段话，"我们在同一个世界，但所处宇宙的尺度完全不同。我们在另一个尺度的宇宙里，建立了很多灿烂的生命文明，但就在我们慢慢冲出自己的母星系，前往更为广阔的宇宙深处进行探索时，我们发现了一些困扰我们的奇怪现象。简单来讲，经过痛苦的挣扎，后来我们修正了经典的时空结构模型：一直以来的双维度宇宙模型被全宇宙模型所代替。也就是在那时，我们发现了你们的存在，或者说你们这个尺度的宇宙。"

随即，屏幕底端又闪烁出一行字，"目前，我们的宇宙就在你的右手腕部"。

"同一个世界，不同的尺度？"孔羿瞟了一眼自己的右手腕，慢慢敲下了这句话。显然，他现在有点相信屏幕那边的安妮刚刚所表达的信息了。

关于宇宙模型的多维多样性问题，孔羿过去也在自己的博士论文中思考过。不过，他主要关注的还是如何更为有效地进行低耗能量子波载通信，并没有真正就这个问题深入思考下去。但是，眼前屏幕那边自称安妮的女人的一番话，确实让他内心深处经常思考的一个问题浮现出来。

"我们在宇宙中是孤单的吗？"

从小，孔羿就喜欢仰望星辰。沉浸于乡下荷叶的香味里，看那遥远的漫天星海，听着姑妈讲牛郎织女的故事，是他最美好的童年记忆。小时候，孔羿多想看到那传说中有趣的神仙呀！后来，又听说了许多与外星人有关的故事，他的好奇心愈发被激活了。即使如今远离故乡，长期埋首学业与研究工作，他依然无法忘记那些憧憬未知世界的月夜。

虽然迄今为止，人类对所谓的外星文明只有凭借极其有限的资料来进行猜测，但孔羿心里一直坚信，在宇宙深处，一定有无数的文明在那里生生不息。他真的盼望有一天能够有来自遥远星系的飞碟从天而降，或者有外星文明的使者出现。这也是他选择量子通信专业的一个关键原因，毕竟，要和外星文明接触，首要的就是通信联络。

这些年来，孔羿曾在心里默默念叨过无数次，希望能够和"他们"联络上。甚至，他还私下里试着接入过一个对地外文明的共享探索程序，那是由全世界对此感兴趣的发烧友共同组建与维护的。当然，这可不能被别人特别是所里的最高领导吴教授知道。

眼下，孔羿似乎联系到了一个完全不同的"外星文明"，如果可以这样说的话。可是，令他万万没有想到的是，和他接触的这个什么安妮，以及涉及到的这个完全不同的文明竟然来自于自己右手的手腕处！

难以置信！

但是，既然排除了恶作剧，而刚才安妮所表达的又的确有着理论的依据，孔羿逐渐意识到了这个重大接触时刻的深远意义：这将颠覆人类对于宇宙文明尺度和分布的看法。

他迅速意识到，巨大尺度的差异甚至要远比以光年为单位的遥远星系之间距离的差异还要巨大。在仔细思索了一下这种尺度上的巨大不同以后，他又扫视了自己所在的布满管线的狭小实验室，大脑中产生了一种不适的眩晕感。

"偌大的一个宇宙居然就在我右手的手腕处!"一想到这里,孔羿似乎觉得控制鼠标的右手都无法再顺利地挪动了。

再推而广之,根据安妮所提供的他们对宇宙的探索和理解,他们在那个尺度的宇宙中建立了大量灿烂的生命文明,那一定也正如自己对目前所在宇宙中生命文明的猜想那样,"在我们尺度的宇宙中一定也会存在大量的生命文明",孔羿不禁想到。

此时,孔羿几乎有点想激动地跳起来,但身体又僵在那里不敢站起来,好像生怕自己的移动会打乱另一个尺度的宇宙的平衡一样。

一个全新的宇宙观念呈现在孔羿面前!璀璨,震撼,不可思议!

此刻,屋外头顶的星空似乎都暗淡下来!

"这是一个什么样的宇宙呀!造物主!"孔羿心想。他的身躯有点滑稽地躬在那里,但是在他的眼神里却升腾起好奇、憧憬和神圣的火焰。

4

屏幕继续闪烁,安妮在咫尺之遥的另一个世界里又键下了几行字,让孔羿暂时冷静了下来。

"是的,恰如你所想,我们是一个极高技术的文明,已可以超越你们所说的光速,但是,在我们这个尺度的宇宙模型里,速度其实完全不是你们所想象的,简单来讲,那就是一种障碍。"

"速度是一种障碍?"孔羿不禁好奇地敲打起键盘。

"是的,你也可以说那是一种错觉",安妮接着在屏幕上显示了一堆巨量的数据公式与列表。孔羿虽然不能完全明白那些公式所代表的完整含义,但仅仅从其中一些令人敬畏的等式和不等式里,他就已经完全理解了安妮所要呈现给他的另一个尺度宇宙的存在状态。

更为惊异的是,安妮表示,他们其实很早就理解了宇宙层面上这种尺度差异的构造状态。按照人类纪元，他们早在上万年前就发现了上一层尺度的地球以及人类的存在。安妮甚至还表示，他们曾经对人类做过有效的接触，还以此作为划分他们那个尺度的宇宙的历史纪元的重要节点。

屏幕前的孔羿瞪大了眼睛，心想，"这一切真是太神奇了！"

"那么，你们是如何能够和我们这个尺度的宇宙进行联系的呢？"孔羿用键盘敲出了这几个字。

"关键就是弦，也就是你们所说的弦论。"

作为量子通信博士后，他对弦论当然不陌生。抛开许多复杂的数学假设和理论猜想，弦论的核心就在于，万事万物都是由非常渺小的震荡着的闭合环状物体构成，物质由此产生，能量由此产生，一切由此发生。

"我们是在弦的尺度上的存在，弦是我们的基础，如同你们与原子的关系一样。我们的所有信息都保留在弦上。由于你们的尺度太大，所以无法真正通过设备探测到弦。举个例子，就如同无法用一个跑道上的米尺去测量手表里齿轮的精度一样"，安妮随即在屏幕上显示了一些图例。

"但是，我们却可以向上一层次的宇宙传递信息。也就是说，我们可以主动联系到你们，你们却无法联系到我们。当然，这需要我们这个尺度宇宙中的生命文明达到一定的技术水准以后才可能进行。也正是因为这样，接触到你们这个尺度的宇宙对我们的生命文明来讲也是历史上的一件大事。"安妮继续通过屏幕和孔羿交谈着。

"在我们那个尺度的宇宙中，生命文明的历史被分为接触纪元前与接触纪元后，而在此之前，我们只是用我们那个尺度宇宙中的大事件来给历史纪元的，比如母星系纪元什么的。"屏幕上随即显示出这些文字。

孔羿敲了两个字"明白"，表示理解了安妮所表述的意思。

安妮在屏幕上继续显示着信息,"所以,我们虽然在同一个世界,但是尺度上的差异却让我们几乎互不相干,也正是因为我们处在不同尺度的宇宙,所以很多情况下适用的物理规则都不大相同,甚至有很多互补性的规则。当然,我们也有一些类似的东西,比如说,生命文明的形态与科技进程的共性"。

孔羿现在已经完全信任了这个自称来自于他右手腕上的另一个尺度的宇宙中的安妮了,他在键盘上飞快地敲了起来,"我很有兴趣了解你们那个尺度的宇宙。"

屏幕上很快出现了几个字,"你有话筒吗?"

"有,当然有!"孔羿在键盘上敲打着。

"那么,把话筒打开吧,我其实很不愿意这样通过屏幕交流,很辛苦的。呵呵。"

"难道,她还能说我们的语言?"孔羿笑了笑,心想,"当然,既然都有这样的事了,那世界上真的是无奇不有!说话应该不是什么问题。"他一边想,一边把话筒设备和软件连接起来。

"你好!我就是安妮,"一个很清晰的类似于机械合成音调的女性声音在实验室里回荡开来,"让我们继续吧,我会和你说说我们那个尺度的宇宙的故事。"

在接下来短短几个小时里,通过安妮的讲解,以及电脑显示屏上时而出现的各种数据图形,孔羿对亲身见证的这段超越尺度的联络更加惊讶,与其说是他和安妮之间的交流,还不如说是安妮不厌其烦地用那机械合成的女声给孔羿上了一节生动的课程。

而这节课程,将会彻底改变孔羿的命运。

5

安妮所在的那个尺度的可观测宇宙由无数球状星云团构成,在其中一个球状星云团的外层,曾经静静地旋转着一颗恒星,他们把它称为哈顿母星系,安妮此刻就位于距离曾经母星系所在的星云团不算太远的星区。按照地球上的算法,早在接触纪元前约十万年的时候,哈顿母星系上的科技就高速发展,上面的生命文明雄心勃勃,踏上了他们的探索宇宙之旅。

在之后的上万恒星年的时间里,从哈顿母星系走出的开拓者们的足迹踏遍球状星云团各处,并发展出了大量的殖民地。但是让开拓者们有些失望的是,在整个球状星云团中,只有他们这个孤独的生命文明的类别存在。

在他们的科学家看来,生命在宇宙中的分布本应当是均匀的。在偌大的空间里,有无数的恒星系,千差万别的地貌与气候条件,一定存在着丰富多彩的生命结构,也一定会有像过去科幻作家所描述的那些种类各异、高度发达的生命文明,当然,也应该有激动人心的星际文明的冲撞。可令人失望的是,随着科技的不断突破,宇宙探索与殖民的足迹愈益深入遥远的星空,而这些开拓者们却没有任何关于新的生命文明发现的消息。

又经过上万年的星际殖民,母星系文明因为要适应各个星云团的具体物理条件,生命文明的生物性与社会性在位于不同星云团的殖民地里出现了高度的分化。这种分化偶尔会让一些在星辰大海中航行时相遇的团体感到兴奋,甚至还以为自己遇上了真正拥有不同生命基质的生命文明。可是,透过那些斑斓的外部特征,他们最终还是失望地发现,那些稀奇古怪的星际相遇者,充其量只不过是多年前分道扬镳的拥有共同的母星系生命基质的兄弟姐妹们。

"在这个巨大的宇宙之中,难道只有我们这个哈顿母星系才能孕育出生命基质吗?"人们对此充满了困惑,但却坚持不懈,依然继续探索未知空间,直至深入遥远的星云团……结果是冷冰冰的,不要说什么高等生命文明,连一些最基本的生命基质也难以寻觅;有限的几个比较特殊的接触类别最终都被证实,那些只不过是多年前哈顿母星系生命文明的一些分支罢了。

面对灿烂星河,在安妮那个尺度的宇宙中,生命文明一度感染了一种失落的情绪——那是一种对自己在宇宙中处于孤独地位的绝望。

据历史记载,在接触纪元前约四万年的时代,人们终于停止了各种对未知生命文明的探索,源自哈顿母星系的兄弟姐妹的生命文明之间开始了漫长的星际战争。战争,竟然成了排遣人们巨大孤独感的一种替代方式。

引发战争的理由,表面上看起来往往是为了资源、信念、情感什么的,但最终参与的各方其实都陶醉在毁灭星球、互相撞击的快感之中。战争的惨烈竟在一定程度上消弭了散落在宇宙中的各个生命文明的孤寂之感。

疯狂的星际战争断断续续进行了数万年。那真是一个灰暗的时代,曾经的对美好未知事物的好奇心,竟然被难以名状的暴虐气息所掩盖,星辰大海里弥漫着一股自暴自弃的衰朽气息。

当时的星际游吟诗人写道:

"宇宙中生命文明只能是一种幸运!探索的豪情被空旷埋葬;既然埋葬能得到祝福,那就让我们自己把自己埋葬吧;埋葬在这孤寂的星海之中,没有人知道,也没有人愿意知道!"

如果这样的日子持续下去的话,安妮那个尺度的宇宙也就将在毫无目的、时断时续的战争中放纵且无聊地进行下去,好奇心的丧失最终将会让那些散落在宇宙各处的生命文明变得日益狭隘和不可理喻。

但是,事情发生了转机。

在接触纪元前约一万年时,一场重大的战争发生了。也正是因为这场战争,最终引发了人们对不同尺度宇宙存在的关注,直至修改了人们对整个宇宙的认知模型。这些变化直接引发了在不同尺度的宇宙之间的接触。

当然,事情的起因只不过是因为一个边远暗辐射带星区的部落酋长继承问题的小事。根据历史记载，因为母星团帝国联盟在此事上的过度反应，似乎还掺杂了一个叫做兰利公爵的人的阴谋诡计，最终导致了一种从未有过的终极武器的使用——正是这种毁灭性武器的使用，最终重塑了人们对于整个宇宙的认知模型。

参与这场战争的各方损失惨重。起码有几百个殖民星系就这样无声无息地湮灭在了黑暗的宇宙深处，其中就包括哈顿母星系。

"这就是生命文明自我认知的代价吧！"安妮那机械合成的女性声音说到这里不禁叹了口气。

6

安妮介绍的一切让孔羿瞠目结舌。那些脑海中出现的绚烂的星际战争的画面，让他久久难以平静。另一个尺度宇宙中出现的那些难以置信的技术，让他的好奇心得到了极大满足。

由于感觉机械合成的声音显得有些别扭，他决定这两天要尽快把话筒的软硬件升级更新一下，以便让安妮的声音听起来自然一些。

"那么，你们是怎么发现了不同尺度的宇宙呢？你们又是如何与我们接触上的呢？"孔羿好奇地追问道。

"物理与数学！以及对于自身生命的理解"，安妮又补充道，"当然，不可否认，如同在你们这个尺度的宇宙中一样，战争是一个强大的催化剂。神奇的战争啊！"这最后一句通过那机械合成的女声发出，不免显得有些诡异。

数万年断断续续的星际大战带来的最大好处，就是让安妮那个尺度的宇宙中的人们把对全新生命文明探索失败的沮丧，用一种近乎变态的方式发泄了出来，其直接后果就是各种新式恐怖武器相继出现。这些武器摧毁的不仅是个体生命、星球、星系，甚至是基本物理规则，他们企图改变一些宇宙常数法则。

当时，在安妮的先人们所属的母星团帝国联盟里，后来居然出现了所谓的终极武器。那是一种可以影响并改变基本物理规则的武器，在启动后的一刹那，它可以将整个可观测宇宙中的能量与物质互相颠倒！简单来讲，也就是物质变能量，而能量物质化。

"引发的直接灾难就是时空场域的断裂，也就是宇宙质能翻转！"安妮那机械合成的生硬语气让孔羿不禁有些毛骨悚然，他盯着自己的右手腕有点出神，心想，"居然在我的右手腕处曾经发生过如此惊心动魄的危机！"

安妮继续说道，"幸好那个兰利公爵的阴谋没有完全得逞。当时，那个所谓的终极武器在启动时出了一点故障，只是把那个暗辐射带区域的星系蒸发殆尽，整个暗辐射带因此转化成为了一片可怕的胶冻状场域。但是，也正是因为那个武器的启动，使得我们的科学家们发现了一个关于宇宙结构的秘密，从而最后结束了漫长的星际战争"。

安妮接着在屏幕上显示了一些公式和图表。机械合成的声音此时有些激动，"简单来讲，我们终于意识到了为什么在长达数万年的时间内无法发现其他生命文明存在的原因了"。

"为什么？"孔羿睁大了眼睛，看着屏幕问道。

"因为在同一个尺度的宇宙里，根据我们最后得出的结论，只可能存在着同一种生命基质；同一个尺度的宇宙中的一切物理条件，可以说都是服务于这唯一的一种生命基质的！通过到暗辐射带的战争残留现场进行的实地考察，以及后来的各种实验与运算，我们发现，所有关于生命基质的数学模型的建构与运行，都指向了我们那个尺度的宇宙中的几个常数——生命，就是起源于这几个常数。在我们那个尺度的宇宙里，万事万物都源起于这几个常数，而这几个常数的组合在生命基质的孕育与生命文明的产生上只能导致一种结果！"

机械合成的安妮的声音似乎颤抖起来，"在我们那个尺度的宇宙当中，我们生命文明的孤独是注定的！那是数学的伟大胜利！你明白吗？通过数学推论，我们终于意识到，在我们那个尺度的宇宙当中，只有唯一的一种生命基质才能够满足这几个常数的要求"。

"也就是说，关于生命文明的答案是唯一的，那不是一个多选题，"安妮那机械合成的声音稍显平静，"但我们随即也意识到，自从我们的先辈踏上离开哈顿母星系旅程的那一刻起，关于全新的生命文明的探索就选错了路径。我们其实并不孤单！"

根据安妮所说，经过仔细的研究和计算，那个尺度宇宙中的科学家们最终成功地修正了关于宇宙的数学模型结构，传统的双维度宇宙模型概念被全宇宙模型概念所代替。而随着宇宙模型观念的根本扭转，那个宇宙中的生命文明迅速地了解到了孔羿目前所在的这个尺度的宇宙，并谨慎地与地球上的生命文明进行了接触。

"那是在你们人类纪元的约公元前一万年。"安妮那机械合成的声音缓缓说道。

此时，不知怎的，一个幽暗的想法像一条毛毛虫似的慢慢爬上了孔羿的心头。他忍不住打断了安妮，有些困惑地问道："如果按照你的说法，那是不是意味着在我所在的这个尺度的宇宙里，其实，也只可能存在像我们这样的唯一的生命文明呢？"

机械合成的声音似乎愣了一下，接着用肯定的语气说道："你说得对！更准确地来讲，在你们这个尺度的宇宙里，按照宇宙常数法则，也只会有你们这唯一的一种生命基质，再没有其他的了。"

这种说法对孔羿来讲不啻为一声惊雷！那些小时候仰望着的无尽夜空，那些悬挂在头顶的漫天星河，那些无数的传说和幻想，此刻居然都如同雪糕一样，在他心头融化了。

巨大的失落感涌了上来。

"我们果然是孤独的。"孔羿喃喃自语道。

他几乎已经立刻确定，自己今后不会再去抬头仰望那夜空下的星光了。那么多神奇的憧憬，那么多无尽的可能，就这样无声无息地破灭了。虽然打心底里不愿意相信这个显得有些冷酷的结论，但是理性告诉他，这个来自另一个尺度宇宙的安妮刚刚说的是真的，整个人类都很孤独，无论过去、现在，还是未来！

孔羿陷入了沉默。

"你们并不孤独！"安妮那种机械合成的声音再次传来，打破了实验室里现在有些死气沉沉的氛围。

孔羿抬起头来看着屏幕，终于回过神来。确实，总算还有另一个尺度的宇宙存在着。可是，那些电影上展示的精彩的面对面的外星接触，以及星际文明相互间那无数的交流可能性却一下子化为了泡影！

"至于眼下的这个关于另一个尺度宇宙的接触，估计充其量就只能是这样隔空说说话吧。"想到这里，孔羿沮丧极了，忍不住重重地叹了口气。原本想象中拥有丰富星际文明的夜空，如今在他看来只剩下了一片死寂。

"咦？哪里不对！"孔羿那乱蓬蓬的头发遮挡下的眼睛忽然一亮。

"安妮不是说在人类公元前约一万年的时候，他们那个尺度宇宙中的生命文明曾经对地球进行过谨慎的接触吗？那时候人类又没有什么话筒、显示屏什么的，他们是如何接触的呢？"这个念头又激起他强烈的好奇心。

7

东方已经发白了，浅浅的阳光开始给圆锥形的实验室敷上了一层薄薄的亮色。又是一个好天。

外面传来鸟儿的鸣叫。实验室周边树木葱茏，湖中间，在石块垒砌的低矮假山上，还矗立着一个小小的亭子，颇有些中式园林的味道。孔羿平常休息的时候，喜欢沿湖边徘徊，或者在亭子里打打坐。

对他而言，回到宿舍，花费时间不说，还要应付来自同事的各种琐碎事情。生活本身虽然琐碎，但作为一个高智商的人，他真的很不习惯在无聊的话题中浪费时光。看到大陈他们如此痴迷地打牌、下棋,孔羿有时真的很好奇,这些人是否仅仅只是把研究工作当成一种谋生的手段。严格来讲,他是从心底里瞧不上那些同事的,他自认为自己是一个哲人,一个真正的科学家。

当然,长期的集体生活加上出众的智力,孔羿很容易就融入了所谓的研究所生活。只要能够在研究课题上集中精力,那些人际关系的事情,他应付起来是绰绰有余。他对此仅仅只是厌恶而已。

此刻,孔羿本应在新的一天开始时回宿舍洗漱一番,然后去食堂吃点早饭,再小睡一阵,毕竟已两个晚上没睡个完整的觉了。但现在,虽历经一整夜的各种惊讶,他却倦意全无。

"那以前你们是怎么和我们接触上的呢?"孔羿正想问。

"我们是,"就在安妮那机械合成的声音发出的同时,孔羿听到了"砰砰砰"的敲门声。他一下子把话筒从接口上扯了下来。随着钥匙哗啦啦的声响,只见迪克一摇一摆地晃了进来。

"孔羿!"迪克用他那发音蹩脚但却流利的中文夸张地喊了一声,"MORNING!你好吗?"随即传来了一个狼狈的声音"OUACH",这个毛手毛脚的家伙第N次在实验室转角处撞到了自己的膝盖。

看着迪克因为疼痛而跳起来的狼狈样,孔羿忍不住笑了起来。就在他打算提醒迪克注意头上的那个固定着的线管的时候,另一声惨叫紧跟着又发了出来,迪克疼得整个脸都扭作了一团。

"孔羿!你就不能提醒我一下吗?"迪克一边揉着脑袋一边搓着膝盖嚷嚷道。

"这个倒霉的家伙!"孔羿想到了上次,如果不是因为毛手毛脚,迪克可能早就从博士后流动站出站了。去年本来该出站的时候,这个美国佬居然因为酒喝多了把出站报告给弄丢了。幸亏迪克是加州理工的美国交换生,能够享受到一些小小的特权,"否则——"孔羿当时就在心里哼了一声。

迪克这家伙倒并不在意孔羿对他的那些想法。这个加州理工的高才生,十六岁就大学毕业了,是个智力超群的家伙,可这美国佬天生就是随随便便,说是来中国做博士后交流,整天不是骑个破车去附近商业区假借练习语言泡妞,就是在镇上的酒吧里逍遥。

出站报告弄丢了后,迪克还很得意地对孔羿讲过:来中国就是要尽情享受的。"想想加州那个该死的沙漠吧,孔羿,来这里我可不是为了受罪的,我要尽量延长在这里的快乐时光。"

孔羿对迪克倒也不是瞧不上,他只是看不惯这个美国佬的生活方式而已。他还是很乐意和迪克在一起交流一些研究上的事务的。在他眼里,像大陈、家明、小林这样的家伙只是为了混一个待遇而选择了这份工作,他们并不是对所研究的课题真的有什么浓厚的兴趣。在孔羿看来,如果另外有一份可以得到同样待遇的研究母猪下崽的活儿,估计大陈他们也会屁颠屁颠地立刻投身进去。

但迪克不同,这是个天才,而且是个狂热的量子通信方面的天才。在迪克的狂想里,还企图模拟出一套反加密回馈信道通信方式。简单来讲,就是将实体物转化为能量瞬间转移的一种假设。有一次,孔羿难得地陪迪克在酒吧里喝醉了之后,这个美国佬大着舌头醉醺醺地冲着他说道,"孔羿!迟早有一天我能把你像拍电报一样拍到那该死的加州沙漠里去的!哈哈哈!"然后就一头栽倒了,杯子里的残酒洒了孔羿一身。

孔羿非常欣赏迪克的探索精神和想象力,对他那神奇如魔术师般的动手能力佩服有加,但作为一个秉持传统生活模式的中国人,孔羿对其生活态度却嗤之以鼻。

"这些老外,完全不了解安静的力量,总是喜欢寻求什么刺激,以为生命的价值就在于折腾。他们怪不得需要什么救赎!"孔羿心里经常这样想,"西方人身上那躁动不安的灵魂又怎么会理解我们东方人在安静中寻找到的巨大力量呢?"

孔羿有时会在小亭子里盘腿打坐,休整身心,如果那时候遇见迪克，他总是会冲着孔羿大叫"MONKEY！MONKEY！"，然后自己便如同一只真正的猴子那样，围绕着亭子上蹿下跳，孔羿一脸无奈，"无可救药的美国佬！"

"嗨！孔羿！你的脸色怎么那样难看，绿得像一颗白菜！究竟发生什么了？"耳边又传来了迪克的叫喊声，这家伙估计已经从刚才的疼痛中恢复过来了。

现在，孔羿也不确定那个来自另一个尺度宇宙中的安妮是否还在继续与自己进行交谈，他迅速地在键盘上敲了几个字："有事走开"，随即便把屏幕关了。

"发生什么了？有什么有意思的事吗？"迪克一边叫着，一边冲孔羿晃了过来。

孔羿此时很想立刻把迄今为止所发生的一切都向迪克说出来，可是，一想到他只是一个低安全级数的美国交换生，孔羿心里就有点犹豫。

"如果告诉他，算不算违反纪律呢？"孔羿脑海里浮现出吴教授那种冷峻的表情。

8

迪克在孔羿身边坐下来，他熟练地把背上那个脏兮兮的运动包抖落开，扬扬得意地从里面掏出了一个塑料袋，在孔羿面前扬了一下，"嗨！兄弟，你最喜欢的咱娘煎饼！"

孔羿毫不客气地一把夺过塑料袋，剥开里面的纸袋张口就啃。他确实是有点儿饿了，那葱花和蘸酱的香味让他感到精神为之一振。他一边啃着煎饼一边教育迪克道，"是杂粮煎饼，不是咱娘煎饼，笨蛋！"

"管他什么咱娘、杂粮，俺也有份！"迪克从包里又掏出一个塑料袋，撕开纸袋后张大嘴巴嚼了起来。

孔羿弯下腰，随手从台子下面摸出两听可乐，给了迪克一罐。如此简单的早餐，倒也算是美味而惬意。

"安妮的事情应该不会属于什么国家机密吧？"孔羿一边吃着煎饼一边脑子里飞快地运转着，"毕竟保密条例没有提到什么外星人啊？何况安妮所在的那个尺度的宇宙比那些什么外星人听起来更不靠谱，根本就没有哪一条规章提到过不能和外国人讨论呀？"

孔羿打定主意，决定把这个奇怪的秘密和迪克一起分享，"也算是对得起这家伙长期给我带早饭了！"当然，在让迪克一起参与和安妮对话之前，得对这家伙的脑袋做一下预热。

"迪克，你是相信存在外星人的吧？"

"当然，兄弟，外星人就在我们身边！"迪克摇头晃脑道，还把脚得意地跷到桌子上，摇晃了起来。

"兄弟，我说认真的。"看着这个美国佬一副不正经的样子，孔羿严肃起来。

"当然，我也是认真的。"包了一嘴食物的迪克用含混不清的语气笑着说道。

"那么，我要告诉你一件重要的事情！"孔羿的声音慢慢低沉了下去。迪克看到他这副认真的样子，似乎也受到了感染，他坐直了身体。

"说！"迪克看着孔羿的眼睛说道。

"迪克，你认为外星人住在哪里？他们会是什么样子呢？"

"哦，他们不一定长得和我们一样，那是要受很多条件制约的！孔羿，你知道吗？这个宇宙的巨大是超乎我们想象的，目前可以观测到的宇宙，就已经拥有了巨大的尺度，而生命的形态与宇宙间基本元素的分布以及外部条件有着莫大的关系。你问得好，孔羿！其实我很讨厌那些整天在宇宙中寻找水的家伙。也可能外星人喝的是氨水呢！"迪克耸了耸肩膀，"弄不好，他们是硅基的也未必。生命本该丰富多彩！"他嘴角上还挂着几片葱花，脸上洋溢着孩子般的笑容。

"其实，孔羿，宇宙这么大，什么样的外星生命都会有，谁知道呢?"停了一下,他又冲着孔羿挤了挤眼睛,"我就是希望有一天,能够和那些三头六臂的外星章鱼做个朋友。"迪克越说越兴奋,恰如孔羿在今夜之前的那些个类似想法。孔羿现在有点不太忍心告诉他那个安妮的事情了。

"如果我现在告诉你,在我们的宇宙中只有我们这样一种唯一的生命文明的存在,你会相信吗?"孔羿盯着迪克的眼睛说道。

"哦!天啦!那我只好回我的火星老家了,"迪克摇了摇脑袋,"你们人类不要那么自大,宇宙中生命文明的丰富程度远远超乎你们的想象!"

接下来的半个小时,孔羿把整个一晚上所了解到的情况慢慢说了出来。在这段时间里,迪克在实验室里总共碰了两次脑袋,撞了三次膝盖,并从椅子上起身不下四五次,他在狭小的实验室里转来转去,忍受着各种疼痛,脑子在飞速地旋转。

终于,迪克一屁股瘫在椅子上,两只手垂下去,把头向后重重一扬,眼睛一闭,嘴里大喊了一声,"OH!MY GOSH!"又突然挺直身体坐了起来,直勾勾地看着孔羿右手腕那里,突然大声喊道,"孔羿,我要疯了,我他妈相信这一切都是真的!他妈的再也没有机会用激光炮对付八爪章鱼了!"

看着迪克这副反应,孔羿忍不住有些好笑。的确,这是一个惊人的消息,但这加州理工怪物的反应也太强烈了。"西方人真是太容易表现出过激反应,东方人就不会这么大惊小怪。"孔羿心想,"估计大陈他们听过这个消息后即使惊诧,也不至于这样吧。"他注意了一下墙上的时间,上午八点。今天是周末,"估计大陈他们还在睡懒觉呢。"孔羿寻思着。

迪克定了定神,用力在孔羿肩膀上拍了拍,叫道:"兄弟!快让我见见安妮!我都急不可耐了!"

孔羿迅速打开了屏幕。

屏幕上还是他键入的最后一句话，没有其他信息了。

"哈哈，你居然还想瞒着我！"迪克又怪叫了起来。孔羿没有搭理他，只是迅速地将话筒和接口又连接了起来。

"安妮，安妮！"他呼唤了一下，"你在吗？"

话筒那边只有一些电噪的背景声。就这样过了几分钟，安妮那机械合成的声音没有再次出现。阳光从窗帘缝隙散射进了实验室，无数的纤尘如同宇宙中的星辰一般在细细的光柱里盘旋飞舞，相互撞击，昨晚发生的一切仿佛逝去的一个梦。

孔羿和迪克对看了一下，失望的神情出现在迪克脸上。

"难道安妮离开了？"孔羿忍不住看了一下自己的右手腕部。

9

整整一个小时过去了，实验室里一直保持着安静，话筒里的电噪背景轻轻地在墙壁上回响……孔羿和迪克瞪着屏幕，一刻也不敢错过。那个来自于另一个尺度宇宙的安妮就这样消失了吗？

最终还是孔羿打破了安静，"估计安妮那边有什么事情吧，要不我们先给她留个言，然后我回宿舍去睡一会儿。"

迪克失望地点点头，他有些笨拙地在电脑屏幕上键入了几个汉字，"我们想念你。"

孔羿无可奈何地看了美国佬一眼，"我先走了，你继续忙吧。晚上见！"便把纸篓里的垃圾袋拎了起来，转身离开了实验室。

夏末的早上，天气清凉，阳光在湖面上折射出粼粼波光，树影在水面上随风摇曳婆娑。把垃圾袋扔进废物箱，孔羿走进了湖边的小树林。

他抬头深深地吸了一口新鲜空气。透过树丛间隙，可以见到白色的云朵，它们看起来如同四处飘散的棉絮。想到这个尺度的宇宙里只有人类在一个小角落里孤零零地自娱自乐，他不禁有点空荡荡的感觉。

"这个神奇的世界啊!"孔羿匆匆地沿着碎石子铺就的小路朝着宿舍的方向走了过去。

睡了一觉,洗了个澡以后,已经是下午了。孔羿踏着破自行车来到研究所后街的电子市场,他买了一副高保真扩音装置。

自从和安妮对话以后,孔羿发现自己有了一种异样的心理,那就是变得很注意自己的右手腕部了。刚才洗澡的时候,甚至还冒出来一点点害羞的感觉,都不太敢在右手腕部多淋上些水,潜意识里似乎怕这些水流把安妮他们那个尺度的宇宙给冲走了。当然,按照安妮他们那个尺度宇宙的理论来讲,这是根本不可能的。

洗澡的时候,孔羿看着莲蓬头里冲出来的密集水流,忍不住心里又浮现出了这样的一些问题:"既然在安妮那个尺度的宇宙中只有唯一的一种生命基质和同样的生命文明,但就我们这个尺度而言,人类所在的宇宙中显然应当有无数的安妮那样的宇宙,那么就应该有无数的可能性呀?怎么没有听安妮提起过和他们同样尺度的其他那些弥漫在我们这个尺度宇宙里的那些个宇宙呢?好像安妮并没有与和他们同样尺度的无数宇宙中的可能的生命文明联系上呀?为什么安妮他们会直接和我们这样的不同尺度的宇宙联系呢?他们是如何做到的呢?为什么会这样呢?"

这些疑问伴随着浴室里弥漫着的雾气而愈显浓重,使得孔羿有种迫不及待地想再次听到安妮那机械合成的女性声音的冲动。

"她自称和我们很类似,她长得漂亮吗?"最后,他脑袋里居然冒出了这样的想法。

孔羿再次走进实验室。迪克兴奋地冲他挥了挥手,大声喊着,"嗨!兄弟!安妮又出现了!"美国佬还得意地笑了起来,眉飞色舞地说道,"幸好吴老头没有发现,目前为止,只有我们两个人知道这个秘密!哈哈哈!"

原来,在孔羿出去的这段时间里,吴教授领着国外一个小型访问团进行了一次例行参观，其中就有迪克曾经在加州理工的导师德里克教授。

迪克说，他当时立刻拔掉了语音接口，并打开了所有屏幕，装作在辛苦劳作的样子。但人们显然对迪克的表现不太满意，估计是满屋子的酸菜味引起了他们的反感。吴教授和这些同行寒暄了一下，很快就领着他们走开了。临走时，德里克教授让迪克尽快把手头工作完成，并表示，希望迪克能够和他一起去NASA，做自己的助手。

"他就这样拍拍我，说我是个天才！让我去NASA，哈哈哈！"迪克斜靠在椅子上懒洋洋地说，"孔羿，我还没玩够呢！何况，我可要盯着你的右手腕呀！告诉你个好消息，我已经和安妮成为了好朋友。"

原来，迪克又和安妮联系上了。或者说，安妮主动地再次联系上了地球。

10

孔羿迅速拆掉了从电子市场上新买的话筒设备，打算用这堆装备让安妮的声音听起来顺耳一些。毕竟是来自那样一个不可思议的宇宙的女孩，怎么能够让她一直发着这样古怪的声音呢？

他的眼神里泛着一丝奇异的光芒。在内心里，不知怎的，他已经把安妮看成了一个女孩，甚至是一个美丽的女孩。

看着在电脑主机上慢条斯理进行操作的孔羿，迪克不耐烦地一把将设备抢了过来。迪克熟练地组装起各个零件，快速地把线头和插孔进行了对接，又重新升级了一下声频系统，整个过程一气呵成。

几分钟后，一个柔和的女性声音就从扩音器里传了出来。

"你们好！我是安妮。"

"你好！"再次听到这个声音，孔羿显得有些紧张，"我是孔羿。"

"我是迪克。亲爱的，你的声音好听多了，这该谢谢孔羿这家伙！"迪克神气活现地在一旁说道。

"对不起，孔羿，我因为有一件紧急的事情离开了一阵子，现在我们又可以继续了。"此时，孔羿敏锐地察觉到安妮的声音里似乎有一丝不安。

就在国外代表团到来之前的一个小时左右，安妮又重新连上了地球上这台电脑主机。迪克因为有了前面的思想准备，很快就和安妮聊得很深入了，甚至还聊到了安妮那个尺度的宇宙中的社会组织形态。

让人惊异的是，在安妮所在的宇宙中，除了在尺度上与地球存在巨大差异以外，在很多领域，两个不同尺度的宇宙之间居然有着出奇的类似之处。

"简而言之，他们简直就是我们这个文明的升级翻版！"迪克抬头看着屏幕，两只手不断地比画，显得很兴奋的样子，似乎已从不能和外星八爪章鱼决一死战的失望中解脱出来了。

"应该说我们具有一致性，"安妮保持着平缓的语气。经过升级改良后的安妮的嗓音带有一些磁性，显得悦耳动听。"宇宙常数法则告诉我们，虽然存在完全不同的尺度差异，但是我们的生命基质水平不会有什么本质上的差异。依据常数法则，宇宙在共同的生命基质上只能出现同样的生命结构，因此也就会产生类似的文明形态。同样，这些文明形态也都会有类似的发展轨迹。"

停了一下，安妮用轻柔的声音又说了一句，"其实，我们在本质上来讲，都算是你们所说的人类"。现在安妮的声音不再有人工合成的那种僵硬感，有点儿像从电话里传出来的感觉。

"安妮的声音很好听，"孔羿忍不住想道，"她会长什么样子呢？"

"但是，如果按照你说的那样，是不是就意味着在我们这个尺度的宇宙的上一层还会有一个尺度完全不同的宇宙呀？可能他们是以星系来作为基本的构成粒子的。那么再上一层呢？"孔羿一边问着一边脑子里出现了一个层层剥离的类似于洋葱头的景象，但似乎又不大一样。

"是的，没错，"安妮说道，"根据我们对宇宙的探测和数学理论构建，可以验证的确是这么一回事。但是，孔羿，就像我告诉你的那样，因为巨大尺度的差异，所以理论上只能是从下一层尺度向上一层尺度建立首次单向联系，而目前，只有当你们突破了一些既有的数学基础理论框架，使技术得到突飞猛进以后，你们才能够和你们的上一层尺度的宇宙进行联系。"

听到这里，孔羿和迪克若有所思地对视了一眼。

"不过，如果我们没有把这次的事情处理好，也可能就再也没有什么机会了。"安妮的声音低了下去，语气中隐约透着些淡淡的悲伤。

"但是为什么你们的技术如此先进，甚至在遥远的过去就可以进入其他星云团进行殖民呢？而我们迄今为止还难以离开我们的太阳系，甚至连离开地球进行母星系内的殖民在目前看起来都很艰难。"孔羿其实一直在思索这个问题，他好奇地问道。

"那是因为，生命与文明的发展除了几个常数所决定的生命基质以外，还有一定的偶然性，也就是你们通常所说的运气。只不过是因为一些偶然性，出现发展的快慢或先后顺序的现象，这就使得我们之间不是完全同帧的。比如说，虽然我们都是猫，但是既有三岁的猫，也有十岁的猫。"

"这个比喻倒是有点意思。"孔羿心想。

安妮继续说道："当然，这还不是最关键的，因为自从我们能够走出星系团，我们实际上就已颠覆了传统的物理基本定律，简单来讲，我们打破了一个最基本的常量，那就是时间。"

孔羿和迪克的脸上一同泛起了疑惑的神情。

"孔羿，你还记得吗？我说过速度对于我们来讲是个障碍，但是常识却又对速度能够深切感知。知道吗？速度的基础就是时间，速度作为一种障碍就是要确保时间幻觉的存在，而技术让我们打破了时间的幻觉。"安妮悠悠说道。

"难道你们已经没有时间的概念了吗？那一切岂不都乱了套？"迪克叫道。

"其实，我们奉行的是共时性法则，简单来讲，我们历经很长的历史阶段，终于实现了对时间幻觉的突破，"安妮又补充了一句，"其实，你们迟早也要突破这种幻觉的。"

像是感到了他们的不解，安妮解释道："当然，突破时间的幻觉，并不意味着会一团糟，我们依然会面临着一些冷酷的秩序，实际上就是你们已经意识到的熵定律。我们按照熵时来确定我们的空间坐标，也就是说，我们依然要敬畏宇宙常数法则。"

孔羿和迪克听得似懂非懂。

"那么，既然你们能够接触到我们，你们就没有想过，在我们这个尺度的宇宙里会有无数像你们这样尺度的宇宙吗？"孔羿再次困惑起来。

"镜像全息宇宙！"安妮的声音稍微提高了一点。

"我们不是没有想过这样的问题，也曾经试图努力去探寻其他同尺度的宇宙，但就在我们认识到全宇宙模型的理论，获得对于时间幻觉的突破以后，我们也意识到了一个基本的事实。那就是，根据宇宙常数法则，虽然在空间上，可以理解为在上一尺度的宇宙中，会存在无数和我们相同尺度的宇宙，但是在数学上，其实那就是一个解！或者简单来说，同样尺度的不同宇宙就像你们印刷的同一本书：内容一样，只是放在了不同的地方。"

"竟然是这样！"孔羿和迪克睁大了眼睛。

实在是太神奇了！

11

刚才的对话听得孔羿和迪克都有点儿发晕。迪克从台子下面摸出两听可乐，递给孔羿一罐，自己用力地打开拉环，对着口子张嘴大饮起来。

"孔羿，看来这个宇宙真的不是我们所看到的那个样子。"迪克耸了耸肩，身体向椅子后面靠了过去。

此刻，孔羿大脑里不禁又浮现出另外一个疑惑，便转向屏幕问道："安妮，你提到镜像全息宇宙的问题，我们本来也有想过，但关键是，既然你刚才说的这些同尺度的宇宙都是属于镜像全息宇宙，如你所比喻的那样，属于一本书的翻版，它们的内容完全一致，也就是说，虽然数量上是无数的，这个无数却是同质的。那么我们现在可不可以这样理解，此刻，实际上是有无数同样的安妮在和无数同样的我们接触，但因为镜像全息的问题，在内容上是坍缩成同一性的。在我们感知也就是一个安妮，而你也只会感知到唯一的我们？"

可以听出，这次安妮的声音里有了一些笑意。她回答道："是的，孔羿，你说得对。因为这些存在着的同尺度的宇宙相互之间是镜像全息关系，内容上也就会坍缩成同一性。我们曾经尝试过进行同尺度之间的接触，后来发现这是个逻辑陷阱，根本无法实施。因为，本质上来讲，是自己与自己的关系，所以没有办法进行接触。所以，宇宙中的一个重要法则就是，只有存在差异，才有交流基础。"安妮的语气变得有点儿惆怅。

"正是因为我们之间的尺度不同，从而产生了一些物理基本规则的差异，这就使得我们之间存在差异；也正因为如此，我们才能够接触、沟通甚至出现在对方的视线里。"

孔羿仔细品味着安妮的这句话，"只有差异，才有交流的基础。"他默默地点了点头，又不甘心地追问道，"既然有无数镜像全息的你们那个尺度的宇宙，那么，它们相互之间的区别究竟何在？意义何在？"

安妮停了一停，"唯一的区别刚才我讲了，就像同样内容的书放在不同的地方，也就是处在空间场域的差异。至于其他，没有任何不同。"

安妮的语气变得轻松起来,"其实在我小时候,就想过和同尺度的另一个宇宙的我见面。后来,了解了这些理论以后,才知道那是根本做不到的,因为我就是他们,他们就是我。至于有什么意义,理论上来讲确实存在他们,但是我却不明白为什么会这样,有时候,我真的会想这些大概都是幻觉吧!"安妮轻声笑了笑。

"我几乎被弄糊涂了!"迪克放下可乐罐喃喃地说道。过了一会儿,他忽然抬起头来,对着屏幕笑着问道:"安妮,你真的是在孔羿的右手腕上吗?按你刚才说的,我怎么觉得你该不是蒙我们的吧!"

"孔羿,昨天夜里我联系到你的时候,确实是在你的右手腕部,但现在,我在你们宇宙天琴座环状星云稀薄的那一边。"

"噗"的一声,迪克几乎要把一整口可乐喷到屏幕上,"这是怎么回事?"他一边咳嗽一边大叫起来。

安妮似乎感到了迪克的狼狈样,话筒里传来了一阵轻轻的笑声,"其实是因为我们的尺度不同。我不是说过吗,我们之间的很多物理规则会有互补性。当然还有我们突破了速度的障碍,所以不会受到时间幻觉的影响,这也没有什么呀,反正我们能够联系上你们。"安妮的语气现在倒是显得很轻松的样子。

孔羿一阵发愣,心里突然有了一种空荡荡的失落感。倒是下午洗澡的时候那种莫名的害羞,此刻却完全消除了。

"那么,说说你们在许多年前是如何同我们接触的吧!毕竟那时候人类可是很原始呀,没有什么屏幕和扩音器什么的。"迪克用脚摇着椅子,把孔羿也想问的问题说了出来。

"是的,在目前的状况下接触你们是比较方便的,因为你们的量子通信实验室从建立到如今,我们都密切地关注到了,甚至从地球上第一个最早的粒子对撞机出现,我们就已经意识到可以通过这种相对直接的方式来和你们进行接触。其实,人类的这些努力就意味着你们地球的信道在你们尺度的宇宙中正式打开了,这样,从我们尺度的宇宙中就可以更方便地和你们尺度的宇宙进行联系。"

孔羿和迪克张大了嘴，眼睛里闪烁着似懂非懂的神情。

"其实很多问题，你们都将在突破时间幻觉的障碍后就能够理解了。这些本质上都是数学问题，而目前的关键是，你们的基础数学领域没有发生根本性突破，仅此而已。"她轻描淡写地说道，"从前，和你们接触要通过很麻烦的方法，需要消耗大量的能量才能够进行。"

孔羿和迪克相互看了看，表情更加疑惑了。

"打个比方，"安妮接着说道，"你们地球上在很久以前，要想念一个朋友，会怎么办？"

"可以坐马车、走路、坐船去看他，当然，如果很想知道他的情况还可以放个鸽子带封信去。"迪克抢着答道。

"没错！"安妮说，"但当时所花费的成本会很高，人们要想见个面或者互通一下消息需要漫长的时间不说，而且需要耗费大量的资源与能量。"

听到这里，孔羿显得有些失神，他想到了自己曾经经历过的春运时回乡的漫漫路途，那确实是一个令人疲惫的旅程。

"但现在不同了，你们可以打个电话，发个信息，用个视频，就能够和别人轻松地联系。"安妮说。

孔羿有点回过神来，说道："嗯，是这么一回事！"

"难道你们以前会进入我们这个尺度的宇宙？那你们是如何做到的呢？你们这么小？我们的祖先无法见到你们呀？"迪克又嚷了起来，只见他突然一拍大腿，叫道，"难道——"

"是的，我们有两种方法，一种是虚拟介入，一种就是托梦！"安妮柔和的声音在实验室里传了开来。

12

"托梦？"孔羿有点不太敢相信自己的耳朵。

"难道你们可以进入我们的梦境来和我们接触吗？"他脑海里浮现出了很多小时候家乡流传的一些关于人死后托梦的各种奇谈怪论。他没想到，在今天，在这个国内最尖端的量子通信实验室里又听到了这个说法，而且还是从来自另一个不同尺度的宇宙中的女人口中听到的。

"是的，我们最开始确实是通过托梦的方式与你们进行接触的，其实是你们人类给这种交流起的名字"，安妮笑着说道，"这是当时最节省能量的一种方式，同时也是最便捷的；只不过在你们看来很有点巫术的味道，显得有些神秘罢了。"

"在我们最初发现你们尺度的宇宙以后，这个消息让我们那个尺度宇宙中的人们很是兴奋，因为终于有差异的生命文明可以进行接触了。可以这样讲，我们有大量不同的殖民地的生命文明，都曾经和你们这个尺度的宇宙进行过接触，其中最主要的方式就是托梦。这种简便节能的方式，甚至在很长一段时间内，成为我们那个尺度的宇宙中一种时髦的探险和个体的娱乐方式。而这些，其实也对你们的文明，包括科技与宗教产生过一定的影响。"安妮口气里似乎有些抱歉的意味。

"真的很奇怪！"孔羿想，"原来他们早就进入过我们的生活。"

"难道我们很多先哲所留下来的一些重要的梦境或者在梦境里得到的所谓启示，就是你们弄的吗？就是你们把我们那些哲学家和神学家弄得疯疯癫癫的吗？哦！主啊！饶恕我吧！"迪克夸张地乱叫着，随即他又盯着屏幕问道，"可是你们是如何做到的呢？"

"所谓托梦，就是干涉你们的脑电波。你们人类目前在这个领域已经有了很大发展，不是还有什么可以自己选择梦境的实验吗？估计在这个领域，你们很快就会和我们那里的过去一样，发展成为一个巨大的娱乐产业，我们无非是在这条道路上走得更远而已，"安妮接着说道，"简单来讲，就是根据脑电波的谐振性，我们可以通过中微子超距效应，下载自己的思想或一些固定的内容到你们的脑电波里，这样就可以在梦境中把你们催眠,进而实现和你们的沟通。"

"梦境中催眠?"迪克说道,"这太奇怪了,为什么梦境中还要催眠呀?难道我们不是已经睡着了?"

"是这样,你们在睡眠的时候,其实还是有主观性的,如果我们仅仅只是下载固定内容或者我们自己的思想,那就无法和你们沟通了。那样充其量就是让你们体会到一个梦而已,但通过在梦境里催眠,我们就可以更好地和你们沟通,因为你们是有思维能力的。而且,你们的思维能力非常强大,只是目前你们自己还没有完全意识到。"安妮用肯定的语气说道。

"通过这样的托梦方式,我们惊喜地了解了人类文明的进展,在其中还有了一定程度的参与。当然,如果要是觉得必要,我们甚至会通过虚拟介入的方式来进行干涉或影响。"安妮的语气有些迟疑。

"什么?难道你们真的干涉过我们的历史?这太让我伤心了。看来我们真的是外星人的试验品!而且居然是你们这样的外星人!"迪克伸出自己的小拇指做了个手势,显出愤愤不平的样子,但他的声音听起来却有点儿滑稽。

"当然不会是你说的那样!"安妮的声音也提高了一点。"其实,当时最感到兴奋的是我们的历史学家。他们之所以异常兴奋,是因为科学研究证实,你们和我们实在是太像了!在各个方面,你们简直就是我们的一个缩影!"

"你们才是我们的缩影呢!"迪克忿忿地说道,"你们这么小,我们根本不是同一个尺度的存在!"

"好吧,"安妮说道,"当时的历史学者之所以很感兴趣,就是因为想通过观测你们的社会进程,来了解我们自己的过去。因为经过上万年的战争,有很多关于我们母星系的历史资料都散失了。我说过的,我们的母星系在战争中整体上被摧毁了。"安妮的声音低沉了下来。

"你别理他！"孔羿抬起头来，"安妮，这个我们能够理解；但我好奇的是，你们的历史学者观测一个文明当然是没有问题的，但他们为什么还要进行托梦，甚至通过什么虚拟介入的方式？如果真的要想了解类似的发展轨迹，你们完全可以采取旁观者的方式呀？"

"是的"，安妮说，"孔羿，你说得没错。我们最开始是希望通过完全旁观的视角来了解人类，从而可以理解我们自己的过去。开始时，我们只是想通过托梦的方式来有限地进行接触，但后来发现，你们的祖先可能会出现一些巨大的问题，所以就决定采取有限干预的方式，来避免发生一些不必要的灾难。"

似乎觉察到了孔羿和迪克的情绪，安妮顿了顿又说道，"比如讲，和我们从前一样，你们的祖先总是倾向于选择通过暴力去解决一些问题。"

"可是，在人类的历史上战争并不少呀？"孔羿说，"甚至有人说过，人类的历史就是一部战争史。"

"我想，我们只是好意而已。何况，我们这两个不同尺度的宇宙的命运也是联系在一起的，只有我们都能够良性发展，才可以在不同尺度的宇宙中平安共存。这其实也是我们这次要和你们主动接触的一个原因。"安妮的口气中透出些不耐烦的意味。

"但这种干预肯定改变了我们的历史进程呀！"迪克说道，"安妮，你听说过蝴蝶效应吗？"

"是的，我知道，这是来自于你们的一种混沌理论。但我们并不是轻易地改变你们的历史进程，因为根据宇宙常数法则，趋势性是无法改变的。我们只是增删一些变量而已，只是在你们的进程中增加了一种元素。"安妮似乎又恢复了耐心。

"什么元素？"孔羿和迪克都瞪大了眼睛。

"宗教，或者说是巫术。"

13

在接下来的几个小时,安妮把为何他们在了解到人类的存在后要进行干涉,以及此次接触沟通的目的慢慢说了出来。

"我们的历史上其实是没有宗教或者说巫术的。根据记载,在很早的时期,我们就走上了技术发展的理性路径,然后由于各种偶然的机会,我们的科技得以迅猛发展。同时随着基础理论的不断突破,特别是对数学的精深理解,最终我们突破了关于时间的幻觉,从而可以生存在相对自由的领域里。但是,也正是因为缺乏巫术或者说宗教的传统,使得我们的文明,包括我们在宇宙各处殖民地的开拓都经历了凶险的过程。因此,我们明知你们会最终战胜很多困难,走出自己的局限性,但我们不愿意我们的历史在你们身上重演。毕竟,那需要付出巨大的代价。何况,还可能会对我们产生一些不好的影响。"安妮的语气有些严肃。

"一万多年前,当我们见到你们的祖先时,记录显示,他们其实很好斗,并已成功地在食物链上占据了顶峰的位置。但就在那时,你们的祖先在决定沿着技术改造升级还是通过心灵提升进行文明建构上出现了犹豫与分歧。简单地说,就是我们观察到了你们祖先的大脑在未来的发展路径选择上出现了不和谐振荡。于是,我们决定进行有限的介入。"

"等一等!"迪克叫了起来,"安妮,你刚才说还有一种叫做虚拟介入的方式,难道就是采取那样的方法?那究竟是怎么一回事呢?"

"是的,迪克,"安妮保持着平静的语气,"我们在观察的时候就决定,要尽量避免让人类走不必要的弯路,从而能够让你们在这个尺度的宇宙中快速成长起来,这样也可以降低我们和你们接触所消耗的能量。我们希望加快你们成长的步伐。"

听到这里,孔羿不禁想起了人们卖的那种经过催熟剂处理的鲜红的西红柿,"难道,人类文明就成了另一个尺度宇宙文明的试验品吗?"孔羿心底不禁泛出一缕反感的情绪。

"毕竟还是家乡院子里自然长出的那种西红柿好吃,还可以生吃。"想到儿时夏日里从后院摘下一个西红柿,用冰凉的井水洗上一洗,再咬上一口,那种清甜的记忆让孔羿嘴里忍不住分泌出了口水。

他咽了一下口水,问道:"安妮,虚拟介入是怎么一回事呢?"

"是这样,就是按照同步法则,我们在你们尺度的宇宙中生成一个身体,再通过和周围的人类建立各种联系,从而进行文明的介入。"好像觉察到了孔羿和迪克的疑惑,安妮又补充道,"这需要耗费相对大量的能量,所以我们是很谨慎的,毕竟是一个恒星的代价!所以我们并不经常开展此类活动,更多的是用托梦的方式,即使是那样,其实也需要耗费大量的能耗。"

孔羿和迪克听得目瞪口呆。

"所以我们希望加速你们的进程,这样也就能降低我们接触的成本。当然,这样对我们双方都是有利的!"她顿了顿,似乎在强调对"双方有利"。

安妮又说:"而且,我们也是只在一些关键性文明转型的场合,才会在心智或你们说的宗教或科技领域做一些虚拟介入,以进行微调。"

"难道历史上的一些人在宗教和科技上得到什么启示都是你们弄的?甚至有些所谓伟人真的是你们派来的?"孔羿脸上流露出疑惧的神情。

"是的,但也不完全是这样,"安妮说,"当时我们的接触法则里规定,不能直接代替人类的思考,但是可以提示;只有在关键时候,才可以用生成身体的方式进行介入。"

孔羿的大脑开始飞速运转,许许多多小时候听到的神话传说和后来知道的一些宗教故事浮现出来,似乎越来越清晰。而且,好像这些事情之间有了些莫名的联系。孔羿感到脑子有点混乱。

就听见迪克悻悻地说道:"原来我们真的是你们的试验品,看来圣经上写的都是真的。难不成大洪水就是你们弄的?"

"迪克,我们只会进行有限的干预,并不会真的改变你们的路径。我们只是希望在人类技术发展的过程中,少走一些我们走过的弯路而已!"安妮似乎有点被误解的委屈感。

"我们相信你,安妮!"孔羿说道,"那么,刚才说你们的虚拟介入需要身体,那岂不是一个幻象吗?这个身体和我们又有什么不同呢?我们有没有可能到你们那边去虚拟介入一下?"强烈的好奇心使得他忍不住问道。

"是这样。我们的虚拟介入要消耗掉我们尺度里一颗中等恒星的能量,因此也不是想做就可以随便去做的。这样说吧,或者是因为通过既有的观测和计算察觉到你们将要出现大的问题,或者就是我们那里很有权势的人能够承担得起这样的消耗,那并不是普通情况下的措施。"

"啊!看来居然也有坏蛋从你们那里降临到我们这里了!"迪克握起拳头,装作攻击的样子,嘴里还发出"嘀嘀"的声响。这家伙估计中国功夫看多了。

"是的,真的有一些不太好的事情发生在这些过程当中。迪克你说得对!"安妮的声音突然提高了一些。

迪克抬起来的拳头一下子僵在了那里,张大了嘴,一句话也说不出来。

"不过,应该是没什么太大的影响,宇宙常数法则的趋势是强大的,"安妮说道,"现在,孔羿,你们也可以选择降临到我们那个尺度的宇宙中去。因为,这次我们接触的目的就是需要合作!"

"合作?降临?"孔羿和迪克眼里闪烁出疑惑的光芒。

"是的,我们遇到麻烦了!"安妮严肃起来。

14

"还记得我提到过的我们那个尺度宇宙里的漫长的星际战争吗？"安妮声音似乎有点低沉，"在那种数万年断断续续的星际战争中，出现了一些可怕的武器，这些威力强大的武器甚至可以在一定范围内改变宇宙中的基本常数和基本原理。"

"那个兰利公爵企图动用所谓的终极武器去实现自己的野心，当然，最终他失败了。甚至还因此使得我们的科学家发现了宇宙中生命文明法则的真相，并最终实现了与你们这个尺度宇宙的接触。但是，兰利公爵的疯狂所造成的后果非常严重！"

"你们的大战不是已经结束了上万年了吗？要是有什么后果岂不已经早就发生了，难不成还会对现在有什么影响？"孔羿和迪克此时都有点疑惑。

"是的，就像你们的战争一样，虽然战争已经过去，但是战争对人心、对环境所造成的影响往往都要持续很长一段时间。"安妮耐心地解释着。

"倒也是这样。"孔羿想到了二战时原子弹轰炸日本所引起的一系列后果，"战争，确实是一个魔鬼的使者，它能够激发人类的创造力，也能够把潘多拉的盒子打开！"

"可是，毕竟过去了那么长时间！"孔羿看了看一脸迷惘的迪克，接着问道，"安妮，怎么会到现在还有影响呢？而且，你们的文明不是已经改变了那种暴虐的倾向了吗？"

"是这样的，孔羿，"安妮轻声说道，"虽然战争已经过去了很多世代，而且通过对于宇宙的理解，我们的生命文明也在对于生命、资源、文明上有了更为深刻的认识，但是，有些自然现象却无法随着战争的过去而改变。"

她停顿了片刻，"就像你们的切尔诺贝利核电站事故，虽然过去了很久，但依然会对环境产生致命的影响，而有些影响，甚至还有扩大的趋势。"

"有这么严重？！"孔羿心里掠过一丝怀疑。

"那也太离谱了吧！"迪克叫道。

"是的，确实很严重！"安妮的语气严肃起来。

"我说过，兰利公爵的所谓终极武器，本质上就是将可观测宇宙中的所有物质与能量进行受控的互换，借以摧毁对方的时空场域。但在最后关头，不知道是什么原因，兰利公爵的阴谋没有得逞——终极武器虽然被启动，但没有出现预期的效果。虽然包括母星系在内的几百个殖民星系都遭到了打击，但并没有出现那种完全的毁灭。"

"完全的毁灭？"孔羿和迪克异口同声喊道。

安妮补充道："可是，最近我们在古老的被摧毁的暗辐射带残留场域附近发现了一种不好的迹象，当时战争的后遗症似乎在不为人知的上万年时间里慢慢地扩散，而且最近这种扩散有了加速的趋势！"

"扩散？"迪克一脸疑惑。

"记得吧，那个终极武器的原理就是改变宇宙的基本常数，而常数一旦改变，我们的生命基质和生命文明的基础就将荡然无存。据记载，兰利公爵曾叫嚣着要创造所谓新的生命基质和新的生命文明，为此才弄出了那样的武器。那种武器能把可观测宇宙中的物质和能量瞬间转化，就是我在前面讲的时空场域的断裂，宇宙质能翻转！据说武器在启动一刹那出了故障。但如你们所知，也在相当大范围内产生了巨大灾难。"安妮叹了口气，"后来我们的科学家去遗留现场观测，发现星云团靠近曾经母星系一侧的古老暗辐射带周围成了一种奇怪的胶冻状场域。尽管胶冻场域最终对我们的宇宙科学认知产生了很大的帮助，但因为那阴森恐怖的氛围和可怕的传说，该区域一直以来都是我们那个尺度宇宙中的一个禁忌之地，连同曾经受害的母星系也成了一个人们不愿意提起的禁忌。"

安妮情绪很是低落,"在上万年时间里,人们都有意无意地远离那个位于曾经的母星系附近,现已呈现为胶冻状场域的暗辐射带区域。"

"可怕的传说?!"迪克大声叫道。

"是的!"安妮本来自信的声音此刻似乎有点颤抖。"据说兰利公爵的鬼魂就被封印在那里,成为一种幽暗的存在。如果有什么人把镜像门操作到那附近,就会被潜藏着的兰利公爵的鬼魂所吞噬,无论你是普通飞船还是巨型的空天母舰,概莫能免。"

安妮停了一下,"当然,那只是古老的传说而已,并不能当真。可是禁忌之地却真的是令人生畏,毕竟是包含曾经的母星系在内的数百个殖民星系呀,就那样瞬间蒸发了。"

孔羿和迪克此刻沉浸在安妮的话语之中,他们想象着当时那种惨烈而壮观的宇宙画面,已然忘记了那是发生在完全不同的另一个尺度的宇宙当中。他们脸上产生了一种肃穆的表情,实验室里一片静默。

安妮打破了静默,"直到最近,我们大星系联盟的皇家研究院要进行古战场的实验考察,才重新去了那个可怕的地方。嗨!忘了告诉你们,我是个军人。"

"原来安妮还是个军人!"孔羿心里有种异样的感觉。

"向将军敬礼!"迪克戏谑地喊道。

"我不是将军,我是上尉!"安妮认真地说,"安妮·约塔上尉!"

15

"前不久,我们大星系联盟空天母舰舰队去暗辐射带进行古战场实验考察,希望能够对辐射带的胶冻状场域做一些数据分析",安妮上尉的口气郑重起来。

"当时,我们将镜像门开在了暗辐射带战场遗址外侧,也就是曾经的母星系场域附近，然后启动了空天母舰。按照计算，我们将会在胶冻状场域空间的引力隔离带外部出现，但当镜像门打开后，我们却惊奇地发现，空天母舰有将近三分之一的结构陷在了一种莫名的胶质当中！"

安妮口气里显出了一丝惊恐，"那种胶质导致了以前从未有过的动力失速感，我们无论如何调整驾驶操作方法，都没有办法从那种胶质中摆脱出来——它类似于一种引力，但又和普通引力的规则与感受完全不一样，而且，整个母舰的设备都受到了这种引力能的干扰，我们自己的生物体征也有种将要溺水窒息的感觉。"

"那太可怕了！"迪克大喊道，仿佛他自己就挣扎在那无尽的神秘胶冻状场域之中。

"是的，真的很可怕！"安妮说道，"当时，我们就像遭受了一种隐形力量的全面攻击，但又完全不知道是怎么一回事，也不知道如何去摆脱。大家都感觉到了意识快要丧失的那种恐惧，简直快要相信关于兰利公爵鬼魂的可怕传说。恰克舰长在万般无奈中决定，放弃空天母舰的部分结构，立即开启镜像门，这才使得我们逃过了一劫。"

"回来以后，我们对那片场域及资料进行了检索，这才惊讶地发现，暗辐射带战场遗址处的胶冻状场域居然在没人注意的近万年时间里胀大了数倍，而且，其胀大的速度经过分析居然呈现出指数形式！"

"指数形式？"孔羿和迪克都瞪大了眼睛，显然他们能够理解这意味着什么。

"是的！指数形式！"安妮继续说道，"我们的母舰其实整体已经被胶冻状场域的空间所包裹，只不过是因为那种胶冻状场域呈现由中心的浓厚到外围逐渐稀薄而已。也就是说，当时我们的镜像门就已经开启在那个胶冻状场域正在膨胀的外围部分里了，只是这外围部分比较稀薄。而根据后来的测算，如果我们再迟几天执行这个考察计划，很可能我们就像传说中那些失踪的飞船一样,永远地被那团胶冻状场域所吞噬!"

安妮那有些颤抖的声音表明,她依然对暗辐射带战场遗址处那神秘的胶冻状场域心存余悸。

"兰利公爵的鬼魂!"沉思中的孔羿不禁说出声来。

"是的!"安妮说道,"我们最终得出了一个结论,那就是,那个胶冻状场域的空间依然在以巨大的速度成长,以指数的形式!按照计算,我们只剩下很短的时间来防止出现可怕的后果。"

安妮随即补充道:"就在刚才,你们上午的时候,我就是接到大星系联盟参谋总部的紧急信息,才走开了一会儿。"

"可怕的后果?"孔羿和迪克异口同声地问道。

"是的,可怕的后果!"安妮的声音似乎也有些颤抖,"刚才得到的消息是,联盟以太数据中心根据我们这次考察数据推演出的结论很不乐观,那就是,很快我们的整个宇宙都将变成胶冻状,我们的生命基质,我们的生命文明,都将永远沉沦于这个可怕的胶冻状场域中!永远!"

现在,孔羿和迪克终于大致理解了安妮的意思。

在安妮他们那个尺度的宇宙中,在那个充满奇异传说的暗辐射带战场遗址,正发生着可怕的事情。在那个尺度的宇宙中,那些漫天的星河,那些散布在浩瀚星海中的生命文明,都将因为一个上万年前野心家的疯狂举动而烟消云散,陷入死一般的胶冻状态!

星球停止转动,星系变成废墟,生命基质如同凝固在松脂中的琥珀……生命文明终结,时空终结。虽然秩序犹在,熵时依然流动,但那是死一般的流动,流动失去了意义。

"没有生命在这个宇宙中,宇宙还有什么意义呢?那不过是死亡的秩序!"孔羿不禁为脑海里的想象而动容,眼里几乎失去了光彩。

随即他的眼睛里又升腾起一种异样的光芒,忍不住问道:"安妮,那种情况还要多长时间就会发生?"

"就三个大星系联盟基准恒星周的时间了,"安妮说,"按照你们地球上的时间,只有三天!"

"三天?!"孔羿和迪克大叫起来。

"是的,就是三天!"安妮的声音此刻显得很阴郁,"我们的时间所剩无几了。"

她的声音听起来似乎有点悲伤,"我也没有想到会这么快。"

就在这十来个小时的短短时间里,孔羿对安妮的声音有了一种很奇妙的感觉,就如同从记忆深处传来的一样,似乎越来越觉得有些似曾相识,他不禁为另一个尺度的宇宙的命运而担忧起来。

"整个宇宙就将永远地失去了生命基质,失去了生命文明,失去了一切。"孔羿心里蓦地产生了一种空荡荡的感觉,他有些茫然若失。

"其实,我就是因为这个灾难性的事情才奉命和你们联系上的,"安妮又恢复了坚定的语气,"这其实就是我们这次接触的原因。可是,我们没有想到情况会发展得这么快,我们的整个计划估计都得重新调整了。"

"死马当活马医吧!"迪克突然想起了一句学过的中文。

孔羿瞥了迪克一眼,有些不快地说道:"都这个时候了,你还有心思开玩笑。"

迪克有点尴尬,发现这并不是一个说笑的时候。

"是的,迪克说得没错,我们也只能尽力一搏了。"安妮的声音显得有点无奈。

"可是,"孔羿不禁又疑惑地抬起头来。他看着运行着光怪陆离的屏保程序的电脑屏幕,有些迟疑地说道,"这一切究竟和我们有什么关系呢?我们能够有什么办法吗?"

安妮接下去的话,让孔羿和迪克几乎同时跳了起来。

16

"我得告诉你们一个不好的消息",安妮的声音再次显得很是严肃。

"我们已经听过不好的消息了,非常抱歉!"迪克抢着回答道,像是要为刚才无心说的那句玩笑话表示歉意。

"我说的不是这个,我要说的是,一旦我们那个尺度的宇宙完全胶冻化,你们这个尺度的宇宙也会胶冻化。也就是说,你们的宇宙也只剩下三天的时间了。可是你们还没有走出自己的母星系去周围看一看。"安妮的声音很是低沉。

这些话如同晴天霹雳,把孔羿和迪克几乎要震得蹦起来。

"不可能!"两人大声喊出声来,"这究竟是怎么一回事?"

安妮的声音里有点抱歉的意思,"简单来讲,就是我们这两个不同尺度的宇宙之间,虽然在生命文明的发展进程上有些不同帧,但在时空场域上却有着异常紧密的联系。早在上万年之前,我们就发现了在不同尺度的宇宙间存在一种数学上的同步衍射现象,简单来讲,在发生时空场域质能转化的情况下,不同尺度的宇宙之间会产生共同的物理后果,而且,这种同步衍射现象是单向的!"

四周一片寂静,只听见安妮继续说道:"其实,我们之间的命运紧紧相连!"此时她那认真的口吻显得很有权威。

"我不相信!"迪克叫出声来,"怎么会这样?我们的尺度完全不同,而你们的镜像全息宇宙又都不是我们这个尺度的,我们又不是你们的镜像全息宇宙!"他语无伦次,有点忿忿不平。

的确,没有人会在只有三天可以活着的情况下还能够兴高采烈,何况是自己所在的整个宇宙呢?

这种情况既不可思议,又充满了恐怖。

孔羿倒是慢慢平静了下来,他问安妮:

"那是不是意味着我们上一层尺度的宇宙也会因为这种所谓同步衍射的效应而消亡？我们的上一层的上一层也会如此？直到所有尺度的宇宙都成为一种胶冻状的死亡状态？"

"是这样的！"安妮似乎对孔羿的推测比较满意。"我们那个尺度的宇宙是一个连锁反应的起始，在瞬间，上面各层所有尺度的宇宙都会被感染。是的，全都会感染！"

孔羿注意到安妮用了"感染"这个词，听起来她似乎想避免用"死亡"那个词语。

"那刚才你说的单向的是什么意思？"孔羿又好奇起来。

"单向就意味着，如果是你们这个尺度的宇宙发生我们那里的事情，那只会对你们上一层次的宇宙产生影响，也就是说，根据宇宙常数的推论，同步衍射现象只是一种下一层次尺度的宇宙影响上一层次尺度宇宙的单向现象，"安妮似乎有点不太情愿地继续说道，"如果你们发生这样的事情，则与我们无关。"

"原来是这样！"孔羿现在竟然有点无奈的气愤感。

居然要为了自己根本看不见的另一个尺度的宇宙中上万年前疯子的举动而承受如此的命运！握紧了拳头的他不禁有些发蒙，心里长叹道："我们这个无辜的宇宙啊！"

实验室中的气氛显得有点凝重。屋外的光线从窗帘的缝隙中注入，缕缕光线中依然是翻滚飞舞的无数纤尘，就像那不可捉摸的宇宙的命运，飘忽而脆弱。

"对了！"迪克打破了沉默，"怎么我们不同尺度宇宙里的时间运行好像都是一样的呢？安妮，你刚才不是说，你们已经突破了时间幻觉？既然这样，怎么还会有宇宙灭亡的情况发生呀？你们可以用一个时间机器回到过去重新开始，然后连同把我们一起拯救了。"讲到这里，这美国佬似乎又恢复了活力。

"时间紧迫，我没有工夫解释了。但是，迪克，我只能告诉你，时间机器确实是存在的，但运行的原理根本不是你们现在所想象的那样。记得我说过的吧，因为你们的基本数学原理没有根本性突破，你们还受制于你们的大脑结构，所以还无法对宇宙的模型作出正确的理解。"似乎为了强调一下语气，她顿了顿，"宇宙的运行非常简单，但这需要一系列基本常数的支持。正是因为这些基本常数效应，决定了我们不同尺度的宇宙的存在，也决定了不同尺度宇宙相互之间的物理量的同步衍射关系，当然也决定了生命基质与生命文明的相互类似。"

"我这次过来，本来联盟已有了一个成形的方案，可是现在的紧迫状态让我们必须要更快地推进这个计划了。或者说，本来我们奉行的是不干预原则，但这次显然是一个例外情况。而且，我们虽然突破了时间幻觉，但熵时依然存在，也就是说，我们的计时系统依然发挥着同样的作用。在所谓时间观念上，我们除了可以在一个常量下进行控制之外，其他与你们这里都是类似的。"安妮说。

孔羿和迪克相互看了看，他们对安妮的话都有点茫然。

安妮紧接着解释道："我们的大星系联盟恒星基准日，本质上就是你们的地球日。我们在战后通过技术力量还原了母星系，其中最主要的目的，一是作为生命文明的纪念博物馆，另一个重要的作用就是作为时间基准日，随时用来作为与你们这个尺度的宇宙进行接触的时间基准。"

孔羿和迪克虽然无法完全理解安妮的解释，但显然她被说服了。迪克瞪着闪烁的屏保程序问道："那你们打算怎么办？我们又能做些什么呢？"

"我们需要你们的帮助，这是我们这次接触的唯一原因！"

17

"可是，你们从前不是以托梦或者虚拟介入的方式对我们地球的文明进行过干预吗？"注意到刚才安妮提到的那个"不干预原则"，孔羿有点疑惑。

"是这样的,"安妮解释道,"我们所谓的不干预原则,仅仅只是在发生重大危机的情况下,才向你们揭示宇宙尺度的问题。也就是说,如果不是因为这次重大危机的话,我们是不会告诉你们还存在着不同尺度的宇宙这种事情的。以前的各种介入,对于我们来讲主要是实验性质的,况且那些接触的事件也只是被你们人类当作鬼神或者外星人什么的,你们从来就没有意识到我们的这种信息是来自于完全不同的另外一个尺度的宇宙。"

安妮似乎觉得需要再进一步解释一下,"因为你们的技术和基础理论还需要经历漫长的时间才能有所突破,你们还需要走出自己的母星系,在漫长的宇宙探索中去不断完善自己。也可能到了那个时候,你们才会真正意识到存在不同尺度的宇宙形态,才会如同我们的前辈所意识到的那样。"

安妮的语气中含有一丝歉意,"本来也只有到那个时候,我们才会把这个谜底向你们揭开,可是,目前这个糟糕的状态完全改变了整个节奏。"

"既然是这样,为了大家共同的生命基质,共同的生命文明,我们可以做些什么呢?"迪克有点急不可耐。

安妮的声音恢复了平静,"我们其实早在接触纪元开始的时候,就已经注意到,遭到质能翻转的暗辐射带的胶冻状场域出现了向四周弥漫的现象。我们的科学家那时候就已经意识到,那种胶冻状场域会像病毒一样扩散,最终会吞噬掉整个宇宙,只是没有想到会这么快地发展。因此,从那时候起,科学家们就开始进行探测、考察,希望发现一种好的办法能够把那个遭受污染的暗辐射带恢复到战争以前的正常场域状态。"

安妮似乎觉察到孔羿他们的困惑,她提高了声调,"也就是说,虽然大量的星系空间被蒸发,但我们希望通过一种方法把那些被胶冻状填满的禁忌场域恢复原状，甚至还可以将一些新生的星系转移到那里去。"

"啊？"那种修复空间的科技显然超出了他们的想象力。

"这些倒也没什么，"安妮又说道，"可是，虽然经历了漫长时间的研究，其间因为实地的考察研究甚至还造成了一些新的灾难，但是，有效的修复翻转方法却依然很难发现。那个阴森的胶冻状暗辐射带场域依然是一个充满越来越多离奇传说的禁忌之地。直到近一万年前，出现了一个神秘的天才，因为他的努力，也可能还加上一点好运，终于从理论上发现了一种行之有效的方法，以此来避免未来的灾难。"

"神秘的天才？"孔羿和迪克同时大声喊道。

"是的，"安妮说道，"这个神秘的天才发明了一种叫做以太还原法的方法，这种方法确实可以解决这个修复翻转的难题。可当时，就在整个技术团队将要去暗辐射带空间进行现场试验的时候，这个天才竟然谜一般地失踪。当然，关于那时的具体情况在我们的历史记载上没有留下任何线索，谁也不清楚这个神秘的天才去了哪里。"

安妮的语气中流露出一些遗憾，"正因为这样，试验大尺度范围的以太还原法就被搁置起来了。毕竟真的要发生感染到整个可观测宇宙，按当时的数据显示，起码还要数亿年的时间。而据我们当时的历史记载，接下去很快又发生了整个大星系联盟内部的政治动荡，虽然不再像接触纪元前的星际战争那么暴虐，但各个星区还是爆发了一些战争，一些野心勃勃的人按照历史上的星舰打造了自己的舰队，甚至有人想找到兰利公爵的鬼魂来为自己在权力斗争中助一臂之力。"

"真是太疯狂了！"孔羿和迪克相互看了一下，看来生命文明在任何时候都无法完全躲避欲望与争斗。

"是的！"安妮继续说道，"直到最近五千年左右，我们大星系联盟的政治才重新稳固了下来，各个星系的生命文明相互之间签订了停战协议，这下算是开启了一个和平的时代。可是，就在不久之前，当联盟参谋总部根据帝国长老议会决定,打算重新启动那个古老的以太还原法来避免未来危险的时候,我们却发觉事情在朝恶化的方向发展。"

安妮的声音显得有些紧张,"我们发现暗辐射带的胶冻状场域出现了异常活跃的动向。这才引起了我们对它的实际现场考察和那一次的险情,可是,我没有想到事态会发展得这样快,令人措手不及!本来我们已经制定了计划,先和你们接触,再让你们通过政府的力量去宣布暗辐射带的事情,从而由政府层面与我们合作,进而提前公布接触事件,这样虽然会导致我们之间的关系处于光天化日之下,但对于你们的技术进步来讲也是一件好事。"

安妮说:"当然我们这边的帝国长老议会也有一些反对的声音,政客们总会有他们的考虑。那样的话,你们就会迎来一个技术上突飞猛进的发展,从而加速走向你们这个尺度宇宙的深处。同时,你们还可以使用我们的以太还原法,直接面对暗辐射带的胶冻状场域,并在你们的尺度将它修复翻转。"

"什么?"孔羿和迪克有点听不大懂了。

"是这样的,"安妮叹了一口气,"我们的宇宙相互之间是一种单向同步衍射关系,除此之外,我们之间其实还有另一层联系,根据宇宙常数法则,也就是说,我们两个不同尺度的宇宙在物质与能量的分布上是非常接近的。"

安妮似乎觉察到他们对此不太好理解,她放慢了语速,"换句话来讲,就是你们尺度的宇宙,在结构上与我们尺度的宇宙有着同构的状态。当然,在具体的发育上还是有一点区别的。这也就意味着,在你们这个尺度的宇宙中也同样存在着暗辐射带的区域;而且,这个暗辐射带区域因为我们两个尺度宇宙间的同步衍射的规则,目前一定也出现了胶冻状场域的状态。"

"难道兰利公爵的鬼魂也会在我们这个暗辐射带的胶冻状场域里

出现吗？"迪克瞪大了眼睛。

18

"这个目前我们真的不是很清楚。但眼下这种困境显然都是因为上万年前的那个兰利公爵的疯狂造成的！"安妮此时的语气显得有些激动。

"所以，基于事态的发展，我们本来的计划是，通过告知你们的政府那种后果，从而在双方之间正式建立协作关系，我们将采取虚拟介入的方式，将以太还原法教授给你们，然后由你们的政府派出正式人员，通过我们的帮助，进入你们的暗辐射带区域进行试验。在取得试验数据并分析加工后，我们将在合适的时候，在我们那个尺度的宇宙中进行最终的作业——这样就能从根本上消灭兰利公爵的鬼魂！"

"所以，我们这次计划的代号就叫做'兰利公爵的鬼魂'！"安妮严肃地说道。

"看来，你们一直对我们保持观察与联系，其实就是想利用我们的量子通信实验室作为你们的一个信息渠道，是希望我们把这些讯息通知我们的政府，然后在地球政府的层面来和你们正式进行接触。是这样的吗？"孔羿似乎豁然开朗了。

"是的！"安妮斩钉截铁地说道。

"那你们为什么不和其他人联系呢？"孔羿忍不住又抛出了一个问题。

安妮沉默了一会儿，"大概是偶然吧。"

可能是她觉得这个理由有些牵强，于是又说道："毕竟，你们这个实验室的设备和条件，在接触的领域来讲是地球上最先进的，也就是说，整体上包括生物指标在内的能量消耗都是最低的。这对我们双方都最有利。"

孔羿有点听不大懂，但在目前这样的紧张氛围中也不太好多问了。他大脑里有些杂乱。一想到整个人类的文明和现在所处的宇宙即将沉沦在一片死寂的胶冻状态里,孔羿不禁有种反胃的感觉。

"但是现在计划变了!"狭窄的空间里再次回响起安妮的声音,不知道什么时候话筒音量变大了。"时间根本不允许我们采取这样的官方途径。我们不仅要打破自己的不介入规则,而且决定绕开地球的政府系统,直接由你们去完成这个以太还原法的实验,并把这个实验数据传送给我们。"

"我们?"孔羿和迪克听到这里,面面相觑,几乎不敢相信如此重大的拯救世界的任务竟会落到自己的头上。

"在必要的时候,你们直接把取得的修复翻转的后续样本,作为以太还原法的催化物理变量带入我们那个尺度的宇宙,再在我们那里的胶冻状场域现场进行正式作业!"安妮此刻的声音完全是一个军人的腔调,语气就像是一种命令,完全没有反驳的余地。

"我们需要你们的参与和未来的经验!"她的话语干脆中还透着一丝妩媚。

目前的这个情况已完全超过了孔羿和迪克的想象。就在这短短十来个小时当中,居然要试着理解这么多稀奇古怪的理论,这让他们有点人困马乏的感觉。可现在就立即要开始行动,这个几乎是命令的口吻竟然来自于另一个尺度宇宙里的女上尉!

这一切简直太不可思议了!

"这要不要向吴教授汇报一下?这算是国家秘密吗?"这个念头刚一闪过,孔羿立刻就感到羞愧。

不知怎的,从一开始起,他就很快相信了安妮的讯息。"这都什么时候了,你还想到这么些事情!"孔羿自责道。一想到漫天的星河凝固在停转的地球上空,他几乎有点抑制不住的兴奋和冲动,一贯冷静的孔羿在心中涌起了一种从未有过的热腾腾的感觉。

那真是一种奇怪的感觉。

现在倒是迪克冷静了下来,他问安妮,"安妮,你的意思是不是要先把我们这个尺度的宇宙当成一个实验室,然后把那个危险的炸药砰地一声扔出去,然后再把所得的资料或者你讲的什么催化物理量送到你们的宇宙中去,然后再开始拯救你们那个尺度的宇宙,或者说我们共同的宇宙?"

"可以说是这样,"安妮高声说道,"迪克,你说得很对!"

"SHIT!"迪克爆了一声粗口,喃喃地说道,"我们被绑架了!我们他妈的整个宇宙被你们的宇宙绑架了!"

"应当说我们是命运共同体!"安妮的声音显得有一些不快。

迪克有点沮丧,"好吧!那么,万一我们要是失败了会怎么样?毕竟你们没有真正在大范围内运用过那个以太还原法。"

"我得告诉你们实话!"安妮的口气现在显得很坚定,"如果失败了,你们的宇宙也就消灭了。"

"那你们岂不也会消灭吗?"孔羿和迪克想到安妮曾经说过的可怕后果,异口同声地说道。

"也不能完全这样讲,"安妮停了一下,"记得我说过的同步衍射的单向效应吧,如果实验失败,你们尺度以上的所有尺度的宇宙确实将面临毁灭的命运,但是我们尺度的宇宙应该还能勉强维持一下。因为,我们可以通过切割时空的方式来获得第二次实验的机会。"

"什么?切割时空?第二次机会?"他们虽然没有听懂安妮究竟说的是什么,但这明显听起来是个令人沮丧的消息。

"还什么命运共同体呢!"迪克嘟囔着耸了耸肩。

"我必须告诉你们真相,无论你们接不接受。"安妮的声音再次显得有点严肃,"那是因为,按照目前暗辐射带胶冻状场域扩张的速度,我们虽然都只剩下了三天时间,但我们可以通过切割时空的方式在三天时间里进行无数次重复拯救计划。"

安妮的语气变得有点歉意,"这也就是我讲的切割时空。虽然最终将不免导致整个环境的日益恶化，我们尺度的宇宙在时空中也会不断地趋向狭窄，但我们生命基质的活性还能够保存下来，直到有解决问题的办法出现为止。"

安妮停了一会儿，"还记得镜像全息宇宙的事情吗？我们可以在所有的你们尺度的镜像宇宙中寻找可能的机会。"

"可是，既然你们讲的镜像宇宙理论成立，那么我们完了，我们的镜像宇宙不也就同时完了吗？"迪克不甘心地说道。

"是这样的，你们的客观镜像宇宙消失，但主观镜像宇宙却可以通过我们的时空切割技术，在有限的三天之内呈现出一种不连续的存在。我们会继续努力在这些有限的宇宙中继续我们的拯救计划的。"安妮察觉到了孔罥和迪克的迷惑，又补充了一句，"时间是个幻觉。"

孔罥和迪克算是彻底迷惘了。其他虽然不甚清楚，但目前的情况看起来很明确，按照安妮的说法，他们自己所在尺度的宇宙的状况其实要比安妮他们那个尺度的宇宙的情况更糟糕。

"该死的单向同步衍射，还有那个什么时空切割！还有那个什么镜像全息宇宙，居然还分主观、客观！"迪克忿忿不平起来。

"那么，你们该做出决定了！"安妮的声音又恢复了平静。

19

"我们现在的这个计划其实有一定的冒险性，"安妮稍微缓和了下语气，"因为，确实像你们讲的那样，在大范围内，我们还没有运用过这个以太还原法。约一万年前，自从那个神秘的天才离奇地失踪以后，所有相关领域的实验也都终止了，目前的数据也只是一种理想状态的恢复，所以，现在这样也只能是尝试一下。"

安妮像是在提醒着什么，"就像我刚才说的，如果你们失败，我们就会在时空切割中尝试换成另外一组变量，再次在宇宙的压缩态趋势中进行实验——直到最终解决这个问题为止。"她紧接着又补充了一句,"在总量有限的三天之内。"

"说吧,我们该干些什么?"孔羿把架在鼻梁上的黑框眼镜拿了下来,盯着游走在屏幕上的屏保程序说道。此刻,屏幕上那些混乱而斑斓的点阵在他看来,似乎就是眼下宇宙的状态,无序而充满恐慌。

其实,在刚才安妮说话的时候,孔羿就已经意识到了,无论如何,眼下也只有自己和迪克能去做这样的事。

"但是,这又是多么惊心动魄的大事呀!"孔羿疲惫的脸上因为兴奋而有点泛红。

孔羿,一个没有女朋友的单身狗,年轻的量子通信科研人员,说好听点叫科学家,但在眼下这样的时代,更多的人是把他们看作穷知识分子。而孔羿的个人旨趣也决定了,他在今后也不会是一个能够获得多少世俗利益的人。可具有讽刺意味的是,就是这样一个不名一文的年轻人,竟要和一个加州理工的疯子一同去拯救这个世界。

"哦!不!是拯救整个宇宙,是一系列甚至是无穷无尽的宇宙!"孔羿眼里泛出奇异的光芒。

这一切真的太神奇了!

"我加入!"迪克的声音把孔羿的纷繁思绪又拉回实验室。"这么有趣的事情怎么能没有我的参与呢?我将成为一个宇宙大英雄!"迪克的模样显得有点滑稽。

"我当然参与!"孔羿也站起身来。

"好!真的感谢你们!"安妮的语气很是郑重,"我们会记住你们的!"

实验室里生成一种凝重的气氛。孔羿忍不住深深地吸了一口气,似乎他和迪克很快就将面临生死考验了。

"我们现在的计划是这样的,"安妮的声音把沉重的气氛打破了,"首先,我们将用镜像门把你们传送到你们这个尺度宇宙的暗辐射带区域,目前距离地球约三十亿光年。"

"三十亿光年？"两人吃了一惊。

"已经远远超出银河系的范围了！"迪克叫道。

"是的，三十亿光年，"安妮说道，"没关系，我们的镜像门几乎可以瞬间到达，只是启动前的准备和目的地检测需要花费一些额外的时间罢了。"

显然，安妮那个尺度宇宙中的科技状况还远远不是这个尺度宇宙中的人类所能够想象的。

"你们将携带我们的以太还原实验设备到达你们宇宙的暗辐射带胶冻状区域附近，然后进行实验程序。在启动程序以后，按照我们的预测，会在很短时间内产生修复翻转效应。"

安妮停了一下，"这是一个危险的时刻，如果失败，我们就会立刻采取时空切割措施；即使成功，这种大范围质能翻转过程所产生的各种无法预料的物理量的变化，也很有可能会对你们造成损害。"安妮的声音低沉下去。

"明白。"孔羿耳边传来迪克轻微的声音。显然，现在他们都算明白了"时空切割"的后果。

"所以，必须要保证在取得所有实验数据和催化物理变量以后，你们能够安全地全身而退，"安妮又说，"然后，我们就将进入第二步行动，把我们连同那些东西，一起用镜像门直接传送到我们所在尺度的宇宙。"

"我们到你们尺度的宇宙？！"迪克喊道。

虽然刚才安妮似乎暗示，他们两个对于另一个尺度宇宙中的修复翻转计划的实施非常重要，但现在由安妮明确地亲口说出来，还是让人吃了一惊。

"是的，虽然以太还原法的操作主要是自动运行，但因为在这次实验中你们一定会获得重要经验，我们联盟参谋总部还是决定让你们直接进入我们那个尺度的宇宙，用你们实验获得的经验和催化物理变量来继续执行接下去的实际操作任务。"

安妮用郑重的语气地宣布道:"从现在起,我们就是一个团队的人了,我将和你们并肩作战。'兰利公爵的鬼魂'行动,正式开始!"

虽然看不到安妮,但孔羿和迪克显然都感受到了那种重大的使命感,他们从座椅上站起来,挺直了腰身,迪克甚至还对着满是管线的墙壁行了一个蹩脚的军礼。

"那么,我们如何进入你们尺度的宇宙呢?你们可以用虚拟介入方法,可是一开始你不是说只有你们才能主动联系上我们,而我们却无法主动联系上你们吗?"他们对于接下去的行动生出几分疑惑。

安妮试着解释道,"大约在接触纪元后约数千年,我们把你们这个尺度的宇宙中的一颗星球成功地实体介入到我们那个尺度的宇宙当中,从而实现了两个宇宙之间双向的介入技术,而且,还不需要消耗太多的能量。简单来讲,由于我们两个不同尺度的宇宙之间的物理数学关系,我们要介入你们的宇宙需要消耗较多的能量,而你们进入我们的宇宙则只要消耗少得多的能量,这也就是我们能够把一个星球作为实验对象的原因。"

孔羿和迪克一阵眩晕,他们下意识地抬头看了看实验室那不规则的天花板,像是要找到那颗不幸被移入另一个尺度宇宙中的星球似的。

"难以置信!"迪克感叹道,"看来把人像拍电报一样发送出去是如此简单,我的那个模型可能还真的有可能实现。"

"所以,这些都是没有问题的,"安妮接着说道,"我们剩下来还有六个小时准备时间。你们可以趁这个间隙好好休息一下,我也得准备一下,和你们一同出发。"

"你的意思是,你要和我们一起去我们这个宇宙的暗辐射带?"孔羿心里不禁对安妮的到来怀有期待。

"是的,我需要准备一下以太还原法的设施,然后通过虚拟介入的方式和你们会合,我们再一起通过开启镜像门到你们宇宙的暗辐射带去。"安妮用肯定的语气说道,"待会儿见!"

"可我们在哪里见呢?"迪克看了一下挂在实验室墙上的钟,时针指到下午六点整。

"我会找到你们的。"安妮的声音又恢复了一种轻松的感觉。

20

随着安妮的一句"再见",实验室那狭小的空间重新恢复了安静。

窗外,日已偏西。这颗悬挂在天边、散发着暗红色光线的古老恒星,已经照耀了人类脚下这颗不起眼的星球亿万年了,远远望去,它似乎显得有点儿老迈的样子。

"嗨!孔羿!"迪克的声音打破了这种有点不太正常的寂静。

"我们得去乐一乐!"他冲着孔羿挤了下眼睛。

"什么?"孔羿还没有回过神来。

"孔羿,说老实话,我们有可能一去不返了。"迪克摊开双手,有些沮丧地说。

他把下颌压向了椅背,弓起腰来又说:"不过呢,也没有什么好悲伤的,毕竟整个宇宙的命运和我们的命运是连在一起的。"

孔羿却依然沉浸在自己的精神世界里,好像没有听到他在说些什么。

看到孔羿显得无动于衷的样子,迪克有点恼火,他忍不住嚷道:"伙计,我可不想就这样结束人生,明白吗?我们得去镇上好好地喝上它几杯!"

"嗯!"孔羿下意识地点了点头,"我得给家里打个电话。"

"OK,半小时后大门口见!"迪克大声说道。

耳边传来了关门声,实验室里再次只剩下孔羿一个人了。

孔羿其实是一个喜欢独处的人,或者更确切地说,是一个习惯了独处的人。

不知道是从何时起,他就几乎能一眼看穿别人的心思。这使得他在与凡夫俗子打交道时可以轻易洞察他们的企图,这一方面使得他的人际关系很是圆融,但另一方面也使得他有些孤独。

在内心深处,他始终认为自己的精神更多地是和哈雷、牛顿、波尔这些科学大神处在同一个频率的。在嘈杂的人群中,孔羿总会有种烦闷的感觉,当然这也可能与他很早就离开家乡外出读书有关。

孔羿兴趣有限,除了读书看电影,喜爱的运动大概都属于一个人的项目。他曾经痴迷过一段时间长跑,就是在校园的操场上一圈一圈地奔跑,最后也不知道跑了多少圈……只是当每次满头大汗地瘫倒在草地上的时候,那种天旋地转的感觉和身体里血液的奔腾让自己很是惬意。后来,他又开始练习游泳了,那同样是一个人的游戏,在水里那种弯曲幽暗的视野让他很有冒险的快感。

孔羿厌恶一切球类活动。每当他看见那么多的人围着个皮球争来抢去,终归会在心底里流露出不屑的感觉。特别是看到很多人围坐在电视机前观看各种球类比赛,他心里更是会涌起许多纳闷。

"既然人们看起来是那样喜欢这些个球类运动,他们为什么不自己上场去一试身手呢?"孔羿常常自言自语道。虽然以他的智商可以轻易地通过察言观色,看出很多情况下这种观赏体育运动只不过是人类社交生活的一种需要罢了。

"伟大的灵魂是不需要有这些世俗的牵绊的!"孔羿心里常常这样想。

所以,即使他和一路走过的人们有着这样那样的交集,但似乎在心底里总有着一种挥之不去的疏离感。

可能,孔羿真的像小时候一个算命先生说的那样,"这个孩子是天孤星下凡呀!"当时奶奶觉得是算命的胡说,还和人家吵了起来,结果算命的又说,"这孩子一命两星,还有文曲星的命呢!"

时过境迁，奶奶也已去世多年。如今的孔羿有时会想到这件陈年往事，还真的有点佩服那个不知名的算命先生了。

天色渐渐暗了下去。孔羿试着给家里拨了个电话，电话那头传来了姐姐的声音。

"小羿呀！爸爸妈妈打麻将去了。你夏天还有时间回来吗？"孔羿只好再次陷入一种在他看来没有意义的对话之中。通过和姐姐的对话，他了解到姐夫通过找教育局长的关系，外甥终于能够上重点小学了；父母亲在城里生活还算习惯，就是父亲的牙不太好；家里的田现在由一个表哥在种；还有就是他的一个十几年未谋面的小学同学结婚生子了。

这些例行信息在孔羿听起来没有任何意义。其实从一开始接通电话，他就猜到了这些，并感觉有点后悔。

"当然，绝大多数人过的就是这样那样普通而琐碎的日子。"想到这些倒也颇为释然。便和姐姐随意说了几句，诸如让父母亲照顾好身体什么的，就匆匆挂断了电话。

孔羿的大脑又止不住地转动了起来，他几乎有点怀疑自己即将参与的这次行动的意义了。

"这个世界上，无论什么尺度的宇宙，估计都是这么一会事吧。安妮他们的宇宙里不也是充满了野心和挣扎、阴谋与战争么？只是表现形式不一样罢了。"他的心情不禁黯然起来。

孔羿起身走到门边，回头看了看这间狭小而拥挤的实验室，管线设备如此混乱，他不禁有点佩服自己这几年居然能够在这样的环境下安之若素。

"也不知道还能不能再回到这里，"孔羿的心里有点空荡荡的感觉。十来个小时的奇遇，让这个拥有如此聪明大脑的人对整个宇宙产生了颠覆性的认知，这种冲击或许真的需要用酒精来麻醉一下。

他扭过头去，顺手把门带上，步入了黄昏中的小树林。

夕阳低垂，人立在假山亭子里，可以看到天边泛着的点点红霞。晚风轻起，有树叶随风飘落，刮在地面上，发出沙沙的声响。周围颇为安静，只有偶尔的虫鸣传来。环顾四周景色，孔羿忽然有种失真感。他抬头看了看亭子上方，这才发现这个仿古建筑做工很粗糙，很假，现在居然也有蜘蛛网挂在顶部了。

"这个残破的宇宙呀！我就要去拯救这里所有的一切了！拯救姐夫！拯救教育局长！拯救亭子！拯救蜘蛛网！"他忍不住开始琢磨，那个安妮虚拟介入的时候会长成什么样子呢？

"嗨！孔羿，你怎么还在这里做孙悟空！"假山下面传来了迪克的叫声。"快下来！"迪克不停地冲他招手，大声说道，"我们只有几个小时的时间了！"

迪克兴致勃勃的声音把孔羿从恍惚中解救了出来。他奋力一跃，跳下了假山。

"这个加州理工的疯子，今晚可别喝高了。"孔羿真的有点儿担心。

21

研究所附近有一个坐落于城市新区的镇子。

因为房地产开发热，偏远的研究所周围也热闹了起来。郊区的宁静被打破了。放眼一望，到处是各种高高低低的脚手架。记得十年前刚来这里的时候，孔羿还能看到野兔的踪迹，可现在，只剩下宽阔的半成品马路和高耸的玻璃幕墙楼宇了。

晚风拂过孔羿的脸颊，吹得人有些凉意。

孔羿和迪克一前一后蹬着两辆破自行车，拐了几个弯，很快就来到了镇上。路边有一家闪烁着彩灯的酒吧，迪克对此似乎很熟悉，他扭头对孔羿说道："就这家外星人吧！"

孔羿抬头一看，原来这个酒吧的名字就叫"外星人"，橘色招牌在傍晚的光线里颇为抢眼，酒吧门口还弄了个小型变形金刚模型，比例不大协调，看起来有点古怪的样子。

进了酒吧，孔羿还是不太习惯坐在高高的吧台边上，迪克看出了他的不适，便招呼他坐到靠窗的沙发椅上。两个人要了些点心，配着啤酒，在不知名的背景音乐下喝了起来。

"我们的宇宙就只剩下三天不到的时间了。孔羿！到礼拜一晚上，这眼前的一切或许都将烟消云散了！"迪克看着外边街上日渐增多的行人，低声说道，"来，兄弟，干杯！"

孔羿将杯中酒一饮而尽！一种清凉的快意从肚子弥漫到了全身，他忍不住打了个哆嗦。

"是啊！就在几个小时之后，我们就得出发了！"他冲着迪克晃了晃空杯子。

"兄弟，你说安妮漂亮吗？"迪克突然发出"哧哧"的坏笑声。

孔羿透过玻璃杯弧面，望着迪克那扭曲的脸，感到有点滑稽。他淡淡地说道："我算是明白了，理论上来讲，安妮应该是想长成什么样子，就可以弄成什么样子的！"

"哦！我也明白了！她可以像安吉丽娜·朱莉，也可以像特丽萨嬷嬷！"迪克仰头大笑。

"不会吧！"孔羿看着这个有点疯疯癫癫的美国佬，皱起了眉头。

"兄弟，如果她漂亮的话，你可以把她弄上手呀！"迪克给两人杯中又倒满了啤酒，把杯子凑近了与孔羿碰了一下，便大笑起来。

作为一个自诩为情场老手的家伙，迪克总是喜欢对孔羿开这样的玩笑。

"好！"这一次孔羿没有像平时那样去嘲弄迪克，反而大大方方地说道，"反正我也没有女朋友，正好！居然还有机会和一个女外星人交往。"随即他猛喝了一口杯中酒。他的脸开始泛红，酒吧中的音乐声也愈显喧闹。

"孔羿！你行！你OK！"迪克咕咚一口又干完了一杯啤酒，这下他真的有点醉的样子了。只听他哼哼唧唧道,"不过,如果你死了,我就去泡她!"

"你这叫乌鸦嘴,知道么?"孔羿几乎想踢迪克一脚。"你知道么,你这话对中国人来讲就是不吉利!知道吧,不吉利!"孔羿提高了嗓门,觉得舌头也有点发硬了。

夜幕降临,人慢慢多了起来,烟雾弥漫中不时传来各种嘈杂的声响,一些乱七八糟的音乐时起时落。孔羿和迪克一起,跟着轰鸣的音乐节拍晃起了身子……

也许,这是他最后一次在这个宇宙中寻欢作乐了。

人类,天生就是一种群居动物。生命,又何尝不是呢?小到缓足类微生物,大到整个星球、星系,不都是以群体形式存在的吗?似乎只有黑洞,才是孤独地将自己困于宇宙星空一隅,但是,它照样还不是耐不住寂寞,把来来往往的光线吞没,去填补自己的空虚与无聊吗?那璀璨的银河系的核心,据说不也就是一个巨大的黑洞,却照样去精心编织了一圈浩瀚闪亮的星辰围巾给自己以温暖。

望着摇曳着的人影,孔羿心里突然升腾起一种眷念,"可能,我是应该去疯狂地放纵一下吧!"

那边,不知何时,迪克已经没入疯狂的人群中了。酒吧不大,但中央有个很像样子的小舞台。台上,迷离的光线不断闪耀,射灯的排列如同天文望远镜观测到的南半球夏夜的星空一样。干冰引起的烟雾营造出一片群魔乱舞的感觉,这种混乱的场景让孔羿感到有点好笑。他把杯底酒喝干,随即拿起瓶子给自己又倒满了一杯。

迪克歪歪扭扭地在烟雾里摇晃着身躯,就像一只活蹦乱跳的大龙虾。身边还有几个似乎有些熟悉的年轻人,估计是迪克经常在一起泡吧的人。他不断地向孔羿招手,示意孔羿也上去蹦一蹦,孔羿笑了笑,把杯子冲他们一举,一饮而尽。

"现在这种情况,真的是今朝有酒今朝醉了!"孔羿耳边萦绕着安妮说过的那些话,那些颠覆了他的宇宙观的信息。这一切都发生得太突然了。

"三天时间!"孔羿看着杯中倒映出的弯弯曲曲的灯影,人忽然平静了下来,四周嘈杂的声响似乎都不会进入他的耳朵,只觉得心里一片寂静。他忍不住朗声吟道:"举杯邀明月,对影成三人!"

"月既不解饮,影徒随我身!"一个女孩子的声音出现在孔羿耳边,把他吓了一跳。抬头一看,面前站了一个女孩。

"安妮?!"孔羿不知怎的,嘴里喊出这么两个字。

"哈哈!大叔,我不叫安妮!我叫卢杨!"女孩笑盈盈地在孔羿身边坐下来,瞧着他眨了眨自己亮晶晶的眼睛,"看你一副心事重重的样子,是不是被女朋友甩啦?"随即大大咧咧地给自己倒了一杯啤酒。

孔羿有点不好意思,女孩喊他大叔,让他不太适应。若是在平时,估计孔羿会沮丧地走开。但在今天,他居然很大方地冲着女孩微笑着,"对不起啊,我认错人了。"便把酒杯径直端了起来,碰向对方的杯子,"嗨!敬你一杯,卢杨!"

孔羿除了不太修边幅,还算是个帅气的小伙子。平时虽然不讲究衣着,但经常性的锻炼还是让他的身躯健美挺拔。严格来讲,孔羿单身狗的地位是自己追求的,他平时更享受一种独处的快感,那种对周围这个世界的一切静静观察的快感。

"你怎么一个人在这里喝酒呀?"卢杨也不认生,俏皮地盯着孔羿说道。显然,她对孔羿有些好感。

因为好感而对对方感到好奇,这是世界上男女交往的一个心理特征。孔羿也似乎对这个爽朗的姑娘好奇起来。他这时注意到,这是一个长相秀气的女孩。在这么暖和的季节,她头上竟然还戴着一顶像是马头状星云似的帽子,这模样让他忽然觉得有些可笑。

估计是孔羿那呆呆的样子也让卢杨觉得好笑,她忍不住笑了起来,"你看我帽子是吧?你看,是这样!"卢杨把帽子摘了下来,头上还贴了一小块创可贴。

"怎么回事呀?"孔羿居然一扫平时不太爱和人搭理的个性,有些关切地问道,"怎么会这样呢?"

"哦!我玩滑板弄的,已经快好了!"卢杨笑了笑,露出两个酒窝。她捏了捏自己秀气的鼻子,冲着孔羿狡猾地低声说,"我偷着跑出来的,过两天就要出院了。"

"呀!"孔羿不禁对这个姑娘有点佩服,"那你看来摔得还有点严重?"

"没事!就是家里人担心,让我在医院里多观察几天,可别把脑子弄坏了。我开学还得去上课呢?"卢杨得意地说着,她用细细的眼角朝四周扫视了一下,晃动着头上那个古怪的帽子继续说道,"正好今天溜出来玩玩,在等朋友们呢。"

"你是老师啊?"孔羿忍不住叫了起来,因为他知道研究所附近慢慢聚集了一些大学和学院,年轻老师也是越来越多。

"我有那么老吗?"卢杨白了他一眼,"马上我得去上学,我读研究生!"

"哦!"孔羿觉得自己是不是喝多了,有些不好意思地低下头去。

"你朋友是那个老外吧,他在招呼你呢!"卢杨拍拍孔羿叫道,自己也向着迪克那边挥挥手。迪克似乎看见了,便摇摇晃晃朝着他们走来。

"伙计,你是干什么的?"迪克看着孔羿摇头晃脑地说。

"哦,我叫迪克,是附近研究所的民工!"孔羿居然开了个玩笑。

"知道了,就是干活的呗。我也是个码农!咱们算是同行。"迪克囔囔着转过身去,看着卢杨挤了挤眼睛,好像是要揭穿孔羿的谎言。

卢杨并没有上当,她冲着孔羿做了个鬼脸。四目相对,面对着卢杨笑眯眯的眼神,孔羿这下不知怎的,脸上有点发烧的感觉。

"嗨！美女！我才是迪克！那个家伙叫孔羿！"迪克把手伸了过去，身子已经靠着他们的沙发扶手坐了下来。

卢杨没有搭理迪克，转过身冲着孔羿说："我们去那边蹦一蹦怎么样呀？"不等孔羿回答，就径直拉着他去小舞台。

就在卢杨的手接触孔羿胳膊的一瞬间，突然他感到一种电击的力量冲过自己的心脏，那是一种难以名状的冲击波，细密而又强大，从各个方向潮水般向他的大脑袭来……孔羿眼前一黑，瘫倒在沙发上。

22

"孔羿！孔羿！"恍惚中一个熟悉的女声在孔羿耳边响起，他张开眼睛环顾四周，只见迪克靠在沙发上晃着脑袋摆弄啤酒瓶，卢杨就坐在自己面前，头上依然顶着那只显得有些可笑的帽子，但她的眼神似乎有点异样。

"安妮！？"孔羿不知怎的，居然喊出了这个名字。

有些醉意的迪克猛地全身一惊，放下了正在摆弄的啤酒瓶，傻愣愣地看了看孔羿，又看了看卢杨，随后又疑惑地转向孔羿，皱着眉头歪着嘴问道："安妮？！"刚说完这个名字，迪克忽然惊讶地再次抬起头来，把脸转向了身边的那个女孩。

现在的卢杨和刚才那个调皮的女孩子有了很大的不同，只见她用沉稳的声音说道："是我！安妮上尉！"

孔羿的酒意一下子全无，迪克也兴奋地站了起来，看起来他对卢杨或者说安妮的长相相当满意。

"没有想到呀！嘿嘿！向领导致敬！"迪克一边大呼小叫，一边张牙舞爪地行了个可笑的军礼。

"卢杨！安妮！"孔羿忍不住又喃喃地念叨了一下这两个名字。

他盯着眼前这个美丽的女孩，一刹那，很多小时候听过的传说就如同电影画面一般在眼前迅速闪过。他心想，"难道你们就是通过这样的方式来虚拟介入的吗？在我们老家，这就是附体呀！"

孔羿眼中闪烁着疑惑的光，"难道你们就是通过附体和托梦来和我们这个宇宙联系的吗？"他忍不住冲着眼前这个不知是卢杨还是安妮的女孩嚷起来。幸亏酒吧里声响很大，掩盖了孔羿语气里那种不满的情绪。

"可以这样说！"刚才那个笑语盈盈的卢杨已经不知道跑到哪儿去了，只剩下安妮略显严肃的声音。她那充满青春的脸颊和这个严肃的声音似乎有点不配。孔羿有点愤怒，他觉得刚才卢杨的那种声音才是这个美丽女孩应该有的。

"我们确实曾经是以这样的方式来和你们沟通的，毕竟，我们的结构非常类似，这样驾驭身体会比较方便。"安妮的声音有些冷淡。

迪克也有点糊涂，他大着舌头说道："安妮，你的意思是说我们面前的你还有一个地球人类的身份？"

"是的！"安妮或者说是卢杨用那凌厉的眼神扫视了下迪克，又盯着孔羿看了一阵，像是在回答迪克似的说道，"孔羿和她刚才在一起，她的名字叫卢杨。"

孔羿不知怎的觉得气氛有点怪异，甚至周围那喧嚣的音乐声都安静了下去。

"卢杨！你怎么在这里？害得我们好找！"就在这时，几个年轻男女向他们的桌子边走来。安妮或者说是卢杨回头冲他们笑了一下，拉着其中一个胖乎乎女孩子的手说道："我遇到了两个朋友，今天就不陪你们了，我还得和他们一起去办些好玩的事情，这两天就不回了，你可别告诉我老爸呀！"

"OK！可你怎么老是这么不靠谱呀！"胖女孩噘着嘴。迪克似乎又恢复了寻欢作乐的念头，他在一旁笑眯眯地冲着这群人打了个招呼，说道："嗨！你们好！要不大家在一起喝一杯？"

安妮瞪了迪克一眼，"我们该走了！"便欲上前拉住孔羿的胳膊。

胖女孩有点失望,"哦!原来这就是你的帅哥男朋友呀!是挺帅的!放心吧,你们想干嘛就干嘛,我们绝对不做电灯泡!"

面对着这么一堆卢杨的朋友,孔羿脸上那种发烧的感觉似乎更强烈了,而拉着他的那个安妮或者说是卢杨的脸竟然也红了起来。

安妮拉起孔羿绕开人群向酒吧外边一路奔去。迪克无奈地耸了耸肩膀,冲胖女孩挤了挤眼睛说道:"我可得做电灯泡去啦!这事情可得三个人一起做!"然后,在哄笑声中一摇一摆地跟了出来。

三人出门转了几个弯。凉风让孔羿的大脑舒缓了过来,他忍不住好奇地问道:"卢杨,哦!不,安妮,你究竟是怎么弄的呢?我们这又是要到哪里去呢?"

迪克接过话茬,"孔羿,在美女面前喊错名字是很危险的!嘻嘻!"

安妮没有作声,还是快步在前面领路,那娴熟的方向感似乎表明她对这儿的情况非常熟悉。

到一个转角,安妮或者说卢杨的脚步稍微慢了下来。她转过脸对着孔羿说道:"是这样,我们现在是去启动镜像门,设备我都随身带来了。"

孔羿和迪克估计都没有想到,第一次和安妮见面竟如此出乎意料。

在孔羿的内心深处,他发现自己其实期待着安妮拥有这样一副长相。

孔羿现在有点疑惑,心想,"难道安妮在他们那个尺度的宇宙里真的就是长的像卢杨类似的模样?还是她所说的类似只是从器官功能层面来讲的?"

他几乎有点后悔接受了这项任务。

"反正我们这个宇宙可能就只剩下三天不到的时间了,还不如和卢杨这样美丽而俏皮的女孩共度末日,"孔羿暗自寻思道,"可如果不接受这样的任务,我也根本不可能和迪克这个家伙跑到这个外星人酒吧来!"

"外星人!"孔羿心里苦笑了一下。

"安妮,还有多远呀?"迪克被酒精洗过的大脑随着身体的快步奔走也慢慢清醒了过来。

"快了,前面那个停车场就是!"安妮轻声回答道。

这里已经是新区了。半成品的街道非常开阔,路上一个行人也没有,四周异常寂静,只有参差的塔吊如同巨人一般耸立在眼前。周围偶尔传来几声狗叫,让这里愈显冷清。旋转的风摩擦着他们的耳鼓膜,让这如同舞台布景般的视野愈加显得有点失真。

时不时会有些虫子飞舞在路边,在路灯的光晕中,那些灿烂的翅膀如同扑向银河系深处的飞船,闪着各式光芒。看来,生命对于光芒的渴望是永恒不变的。

孔羿发现自己已经立在一条道路的尽头,三人的身体都被包裹在阴影里。他突然意识到,如果任务失败,目前的宇宙将整体陷入一种可怕的胶冻状场域,恒星们慢慢熄灭,停止了亿万年的闪耀……那是多么可怕的一幅画面。

想到这里,孔羿忽然有种恶心的感觉。

"终于到了!"迪克几乎有点气喘吁吁了。这里是一个空旷而幽暗的停车场,只能借着周边的路灯看出在角落里停了几台旧车子。估计这里还没有正式启用,周围也没有保安看管。

接下来发生的事情,如果有任何人类在一边观察的话,他们一定是无法相信自己所看到的景象。

夜更黑了。没有月亮,连稀疏的星辰也不知道躲到哪里去了。此刻,只有几双绿幽幽的眼睛注视着这接下来的奇迹。

第二章
以太还原法

1

"你们往后面站一下。"安妮的声音里透着一种威严，但在孔羿听起来，似乎又有些卢杨的声音隐约相伴。他心想，"难道这需要适应一段时间？还是两个人的声线基本上是相同的，只是主观感受不太一样呢？"

"安妮，我们可不是金属做的，你可得小心一点，不会搞出什么爆炸吧？"迪克听到安妮严肃的声音，感到有点心虚，但还是用开着玩笑的口气说话。

安妮没有回答，只是侧过身体看了他们一眼，便把衣服慢慢脱了下来，嘴里喊了一声，"你们快脱！"

"什么？"孔羿和迪克愣了一下，他们似乎脑子还没有反应过来，但也就开始脱了起来。

迪克先把外面的沙滩裤脱了下来，再一下子就把自己几乎剥了个精光，只剩下一条三角裤。他把手指钩在内裤边缘，好像还要继续脱下去的样子。

夏末的夜晚，真要脱成像迪克一样，还真的会有点凉意。

孔羿把外罩脱了下来以后，有点迟疑是否要像迪克一样脱个光。他忍不住侧眼打量了一下在昏暗中的安妮，虽然远处街灯的光线很暗，但也能看见安妮，或者也不知道该说还是卢杨，那个饱满而美妙的轮廓。

黑暗里安妮发出了一个低微的声音，"像迪克那样就可以了。"

迪克喘了一口气，好像很失望似的努力地朝着安妮站的方向看去，孔羿也只好按照安妮的要求，低下头来把自己脱得只剩下一条内裤。在街灯微弱光线的照射之下，三人几乎完全裸露地站成了一个紧密的等边三角形。

就在孔羿觉得有些尴尬的时候，突然间发现头顶出现了一种滚热的感觉，这种感觉随之又出现在脚底，几乎在一声微弱的爆炸声出现的同时，人一下子像被甩入了头顶的黑暗夜空，但这种被甩出的感觉又像是从一座大厦上急速坠落……只听到耳边隐约传来了迪克的惊呼，然后就是寂静的夜，黑漆漆的，没有任何方向感，没有任何接触感，只有心跳和呼吸的声音，向孔羿证明着这一切并不是梦境。

空旷的停车场已空无一人，刚才那几双绿幽幽的眼睛不知道到那里去了。这些野猫刚刚见证了人类历史上从未出现过的神奇一幕：三个几乎全裸的人类就这样如同蒸汽一样缓缓升起，然后平空消失在坚实的水泥场地上空。随即而来的那种奇怪的低频噪音，让它们受到惊吓，迅疾躲进了一旁的荒草堆里。

孔羿紧闭眼睛，感到自己并没有晕过去。这是一种非常奇怪的感觉，他竟然能够在这种恍惚的状态下做起梦来，而且似乎可以控制自己的梦境。在那种状态里，好像从前许多的记忆都可以随时被调取，也随时可以被关闭。甚至，有些奇怪而陌生的记忆也从脑海深处涌了出来，可那是自己的记忆吗？

也不知过了多长时间，孔羿慢慢觉得神智与体感恢复了些，他怯生生地慢慢把眼睛睁开，眼前的一幕是熟悉而令人震惊的画面。这个画面是如此巨大，如此震撼，如此摄人心魄！以至于他不得不小心地把视线转了个方向。

地球，这颗美丽的蓝色星球，人类的摇篮，此时就这样静静地横亘在孔羿眼前。如同那些进入太空的宇航员曾经说过的，它是如此璀璨，如此脆弱，又似乎触手可及。人类的一切，他们的爱，他们的恨，他们的欢乐，他们的悲伤，都发生在这个如同水晶球一样的行星之上……

"好美啊！"孔羿不由得赞叹道。

此刻他觉得自己的心脏在加速跳动，便尝试着探出手去，好像想要去触摸这颗无与伦比的星球，却发觉，自己已经被包裹在一层泛着金属色泽的类似紧身运动服的外罩里。

"咦？"孔羿有点迟疑地尝试呼吸了一下，他发现自己并没有戴上什么头盔，只是整个身体都像包裹在一层贴身的材料里；他再次呼吸了一下，发觉没有任何异样。在几十公里外的地球同步轨道上，居然看起来像是没有任何保护装置就可以正常呼吸！孔羿不禁惊讶地张大了嘴。

他就这样静静地漂浮在环绕地球的同步轨道上，看着眼前一半阴影一半亮色的硕大地球，思绪万千。刚刚那种奇异的记忆在脑海中涌动的感觉让他有些迷惘和忧伤。

"安妮和迪克在哪里呢？"孔羿突然醒悟过来，他焦急地用眼睛扫视着四面八方。很快他就发现，在脚底下，安妮正在空中紧张地忙碌着。那个美丽的身躯不断地做着各种动作，恰如体操运动员一样，安妮身边则是一个让人瞠目结舌的巨大结构体。

"孔羿，迪克，你们听到了吧？"耳边传来了安妮那熟悉的声音。

"听到了！"孔羿回答道，同时也听到了迪克回答的声音。

"奇怪！"他心里有些困扰，"既没有耳机，也没有空气，怎么会在这外层空间听见声音呢？这声响是通过什么传播的呢？"

"我们现在是在地球同步轨道上吧！"耳边传来了迪克的声音。孔羿抬头一看，发现迪克正直挺挺地立在自己头顶的左上方，他把身体扭来扭去，显得有点兴奋。

"是的，"耳边传来了安妮柔和的声音，"你们试着走一走，我很快就把镜像门准备好了，你们先适应一下空间的体感。"

"哈哈，我已经非常适应了！"孔羿耳边又传来迪克得意的声音，"这他妈的太棒了！以前只在NASA模拟实验室里弄过！"只见迪克在空中摇头摆尾，那滑稽的姿势有点像一只追逐自己尾巴的小狗。

孔羿低下头，再次注视着安妮身边那个巨大的结构体——那一定是一艘太空飞船。

对地球人类来讲，这是一艘巨大的飞船：整个船体有五百多米长，类似蘑菇的形状；一端是一个直径约五百米的圆盘状，另一端就像是蘑菇的柄，也有约五百米长的样子。如此巨大的飞船在安妮看来，也只是一架大星系联盟的小型巡航式空天母舰。

这只大蘑菇整体呈暗褐色，表面似乎也不是由金属做成，可能是一种人类所未知的复合材料，它在夜空中泛着暗色的光。因为那种光线的衬托，这艘空天母舰显得有些神秘，又似乎充满了力量。

"这么大的蘑菇！"耳边传来了迪克的惊呼声。

圆盘的内侧那端从孔羿这个视角看起来是平的，所以他觉得，这个巨大的航天器更有点像研究所办公室里吴教授亲自保管的那枚公章，只是放大了无数倍而已。

"你们试着走一走"，耳边再次传来了安妮的声音。

"行走？"迪克叫道，"难道我们不是应该通过什么喷气推进装置进行移动的吗？"他一边说一边停止了刚才那种半躺着的手舞足蹈，这让他看起来活像一只被煮熟了的大龙虾。

"对！站起来！正常行走！"安妮的声音再次响起。

"是！上尉！"迪克开始调整自己的体态。这下他显得有点小心翼翼了。

就在孔羿的大脑里刚要进行尝试走路的时候，一阵微弱的像电流一样的刺激从他的脊柱处蔓延开来，人竟然能够站了起来。整个身体似乎获得了一种由内而外的重力牵引，使得人可以如同在地球上一样获得脚踏实地的感觉。

"真是太神奇了！"孔羿心里咯噔了一下，眼睛向上下左右扫视了一圈，便迟疑地迈出了一步，真的与在坚实的大地上行走一样。

"这是迪克的一小步，却是人类的一大步！"耳边不知怎的竟然传来了迪克那响亮的笑声。孔羿抬头看去，发现迪克居然像在地面上一样上蹿下跳了，似乎在他周围形成了一种奇怪的引力场，不仅可以像在地球上一样完全正常地前后行走，而且还可以上下行走！

"奇怪！"孔羿不禁放开了胆子，像迪克那样朝自己的正前方走了过去。

2

在孔羿身体周围，存在着一种柔和的引力场，这种引力场似乎和他的方向感有很大关系，更确切地讲，和他的思维意识有关：只要孔羿想向一个方向走动，就会立刻在这个方向上形成一种奇异的引力场，让他如同在平地上行走一样。但是，只要人的身体一旦想朝空间的另一个方向移动，立刻就会在那个矢量上产生另一种引力场，人就可以再次如同行走在平面上。于是，在这个外层空间里，无论人朝向那个方向行走，都如履平地。除了视觉上开始不太适应以外，孔羿身体没有任何不协调的那种不适感。

在这个近地轨道上，他真的开始惊叹安妮那个尺度的宇宙中那种深不可测的技术发展了。

"宇宙中的事情真是难以想象呀！"孔羿心里暗暗称奇。

"不好！有陨石雨向我们这个方向落过来了！"耳边传来了迪克的惊呼。孔羿抬眼望去，一阵密集的如同椋鸟群般的陨石雨正从远处扑面而来，速度恐怕比子弹还快，如果正面撞击的话，后果不堪设想。

孔羿正要呼喊安妮注意，可安妮却悠哉地继续着那灵巧的体操，依然在巨大的舰体外面忙碌着。耳边随后传来了安妮轻柔的声音，"没关系的"。

"没关系？"孔羿还没有缓过神来，就看到密集的陨石雨突然间像撞击在一个看不见的气囊上一样，纷纷改变了原来的方向，如同活了一般，在光线折射下映着璀璨的彩色向着四面八方缓缓地飞离出去。他和迪克惊讶地看着这惊心动魄而又美丽的一幕，几乎不敢相信自己的眼睛。

"你们过来帮个忙吧。"耳边又传来了安妮平和的声音。也不知道是什么原因，在这外层空间里，没有任何辅助设施就能够通话，还完全没有电磁波转化的那种失真感，听起来就和在地球上完全一样。

孔羿和迪克快步朝安妮的方向走了过去。现在，他们已基本适应了在外层空间行走的状态，除了看着眼前巨大的地球似乎有点失真的眩晕感外，他们的步伐和刚才在停车场里没有任何差别。

他们来到安妮身边，这才发现安妮的服装除了包裹得很贴身以外，似乎和他们的不太一样，在颜色和式样上都存在一些区别。他们的服装泛着淡淡的蓝色，而安妮的则泛着浅浅的红色。在安妮的服装上，还多出了几个口袋状的印记；靠近领口的地方，有几颗金色的装饰性小小配件，这明显是一种制服的式样。

"那亮闪闪的可能就是军衔吧？"孔羿心想。

"这样，镜像门我已经准备好了，马上就可以开启。我们现在可以入舱了！"安妮看着他们说道。

安妮长长的睫毛让孔羿想起了几个小时前初识卢杨时她那俏皮的样子，心里某个角落居然产生了一种柔软的感觉。可眼前的这位，确实是大星系联盟参谋总部的安妮上尉。他不禁有点黯然。

安妮看了他一眼，"孔羿，你和迪克把这个物理舱门上的手柄顺时针转动一下。"

"是！美丽的上尉！"迪克又开始油腔滑调起来，他行了个礼，接着就要顺着安妮的手指的方向去扳动舰体上一个类似手柄的玩意。

"不是这个！"安妮瞪了迪克一眼，"这是警报系统！"

安妮的话吓得迪克一下子把手缩了回来。

"是这里,"安妮用手指向另一个方向,"你们需要学会从外面入舱,万一舱内有什么情况,你们可以用物理方式进入。我们平常是直接通过干扰式进入,也就是不需要开启舱门直接进入。但万一有什么故障或意外发生,也可以通过物理方式从舱门处进出。来!你们看着试几下!"

安妮手指着的是个直径约一米的圆盘状盖子,边缘上一个凸起。她冲他们点点头,便径直上前用手按下那个凸起。凸起周围升出三个枝杈状手柄,安妮手握在柄上,示意他们也把手柄握住,再朝顺时针方向稍一用力,只见圆盘状的物理舱门向另一边缓缓移开,露出了一个开口。开口中隐约有一些泛着绿色的光影。

"好了!你们再多试几下!"随着安妮逆时针转动凸起部手柄,物理舱门又缓缓合上了。

孔羿和迪克又试了几次,发现手柄上需要的力量其实很轻,一个人就完全可以操作,看似很厚重的那个圆盘状的物理舱门,也很轻巧,整个舰体看来完全是由一种地球上从未有过的材料所制成。

迪克还想再去摆弄那个凸起状的手柄,安妮说道,"时间不多了,我们待会儿到达暗辐射带以后,还要调试一下实验用的设施。"那冷静的口气让孔羿和迪克都感到了一种威慑。

"到底还是把我们的宇宙当成一个实验品呀!"孔羿不知怎的又想到了那个可怕的时空切割法。

就在孔羿和迪克犹豫的一瞬间,只见安妮不知做了个什么手势,三个人的身形轮廓上便泛出了一圈白色光晕,随即有种很奇怪的刺痛感穿过全身……他们眼睁睁看着自己在安妮带领下,漂浮进了舰体舱。

在穿过舱体的瞬间,孔羿心想,"这大概就是古时候所讲的穿墙破壁术吧!"

而接下来呈现在他们面前的，就更令这两个地球人惊叹不已了！

3

在孔羿和迪克的面前，如果没有人告诉他们这是一艘太空船，他们简直会以为它是一个巨大的歌剧院。

舰体空间中央矗立着一个几十米尺寸的舞台状装置，围绕它的是一圈圈如室内自行车跑道般的环绕轨道，当然要比自行车跑道大许多。暗淡的绿色背景发出的光芒，使这个空间产生真切的深邃感，整个船体要比在外边感受的还要大。

舞台周边有无数发散着的纤维状管道，同样闪烁着淡绿的光芒，它们盘旋着冲向暗色的看不见的舰体顶部。孔羿和迪克现在就这样悬浮在那个巨大装置体的边缘，身体轮廓上的白色光晕已经消失了。

这哪里是太空船，这简直是一座城市，一座巨大的向四周延伸着的闪烁着幽暗绿光的太空城市！

"安妮呢？"孔羿忽然发现偌大的舰体空间里只剩下自己和迪克，而安妮不知何时居然没有了踪迹。

就在他有些疑惑的时候，耳边却传来了迪克的声音。

"斐波那契螺旋线？"迪克向孔羿招招手，让他向四周看去。孔羿稍微上下转动了下身体就发现，舱内这个巨大的结构正是按照斐波那契螺旋线来展开的，这样在视觉上给人产生一种无穷无尽的感觉。

"太神奇了，原来黄金数列居然在安妮那个尺度的宇宙里也同样适用呀！看来在这不同尺度的宇宙之间还是有很多神奇的关联。"孔羿正想着，突然听见一个柔和的声音从四周围传来，在这样巨大的密闭空间里，这声音竟然没有嗡嗡的回声！

"孔羿！迪克！欢迎你们！"正是安妮的声音。

"这里是大星系联盟的巡航式空天母舰13号，我们将在这里开启镜像门。未来我们也将在这里进行双向介入，把你们传送到我们那个尺度的宇宙中去。现在，离开启镜像门还有约六个小时时间，你们的私人物品我待会儿都会交给你们妥善保管。航行模式启动后，我马上领你们去你们的房间。"随着安妮话音落下，整个空间里似乎有种微小的震动传来，但这种感觉随即就消失了。

"我们的私人物品？"孔羿和迪克都有些好奇，"难不成刚才在停车场里脱下来的衣服，安妮都给我们带到了这艘空天母舰里？"

正在疑惑之时，一团红色的火焰，或者准确地说，是一团明亮的红色光球出现在他们眼前。

"跟我来！"一个声音从光球里发出。

"什么情况？"迪克几乎叫了出来。"安妮！这是你吗？"迪克指着这个红色的光球叫起来。

"是的，是我！"安妮的声音很是平常，"虽然现在是在你们尺度的引力场里，但我们的母舰会提供尺度维持系统，我也可以采取这样的方式来和你们交流，这样比刚才要方便一点。"

"那卢杨呢？"孔羿突然激动地问道。

"卢杨好好地在她的房间里，你放心，孔羿。"红色光球里安妮的声音显得很平静。

"那就好！那就好！"显然迪克刚才也在疑惑卢杨到底是去哪里了，现在听到安妮说没有任何异样，他也不禁连声称好。

在安妮这团红色光球的引领下，他们顺着黄金螺旋线方向走入一簇似乎升向无穷幽暗处的巨大管道丛。在偌大的空间里，他们同样体验到了那种能够控制步行的引力场。他们每一步的方向都在空间上有那么一些不同，但每一步又都是那样脚踏实地。

沿着其中一个管道，他们来到了一个漂亮的圆形大厅。乳白色的大厅周围尽是一些蜂房似的分割区域。红色光球开启了其中一个区域上的一扇门，他们随即紧跟着它走进去。

门在背后自动合上了。孔羿惊讶地发现，这里就如同地球上任何地方都可见到的宾馆的大堂,只不过这个大堂并不大,宾馆也只有三个房间。

三个房间围成了一个正三角形结构,形成了一种门对门的立体状态,正好把大堂包围在正中央。这时孔羿才发现,刚才进大堂的门竟然在他们脚下,而只要一低头向门的角度俯身踏步下去,门又出现在脸的正前方。

怪事见得够多,现在,孔羿和迪克已见怪不怪了。

他们被分别安排到其中一个房间。只听见红色光球里安妮的声音说道,"我就在你们隔壁,现在给你们五小时休息。五小时后,我们就在大堂里集合。你们的手腕上有计时器,现在的时间我们设定为地球东八区,周六凌晨两点。周六早晨七点见!"

随着安妮斩钉截铁的话语,他们这才注意到在各自的左手腕上有一个类似手表的环形装置,上面的屏幕和普通电子表没什么两样,目前显示着两点整的数字标识。

看着代表安妮的这团红色光球隐入了另外一个房间后,两人互相道了别,便各自走入自己的房间。

4

一进到自己的房间里面,孔羿几乎吓了一跳!

这里太像地球上一个普通连锁酒店的房间了!雪白的床单,简易的床头灯。一个带着百叶窗的大壁橱,头顶上还有几乎和地球上一模一样的中央空调系统。床尾对着的墙上居然还挂着个液晶状电视屏幕!

当看到床上摊着一堆自己刚刚脱下的衣服时,孔羿差点被脚下那和连锁酒店里几乎一样的廉价地毯绊了一跤。

"这些居然也带上来了!"他心想,"本来还以为这些衣服已被安妮丢弃了。"

旋即孔羿就发现，在这个房间里，那种引力场居然又恢复成和地球上一模一样了：即使人依然穿着这套奇怪的制服，但也不会像刚才在其他地方那样方位颠倒。这个小小的空间非常稳定，上面是天花板，下面是铺了廉价地毯的地面。

这完全是一个标准的地球上的连锁酒店的房间！

孔羿好奇地打开卫生间门，里面居然也一切正常：各类设施一应俱全，与地球上的连锁酒店完全一样。

孔羿小心翼翼地把水龙头打开，里面流出来的竟然是真正的水，还可以调节水温！他看了一眼边上的杯子，像是玻璃的。这时孔羿才觉得口有些渴了，便拿起杯子接了些凉水，一饮而尽。清凉的水让他精神为之一振，于是决定给自己冲个澡。

孔羿发觉，自己身上那件连着裤子和袜子式样的制服其实也并没有什么其他的异样，除了材料不知道是什么以外，各种接口也都是通过拉链连接起来的。他发现一个现象，只要将这套制服穿在身上，黑暗中衣服上就会发出暗蓝色的微光；但将这套制服脱下以后，它就如同普通的衣服一样，只是式样显得有点古怪而已。

接下来的整个过程，让孔羿有种很是享受的感觉，甚至觉得要是能一直住在这里也是一种不错的选择。

和地球上自己那个简陋的宿舍相比，这里可以算是一种精装修了，甚至有点奢侈。洗澡时他发现，这里只有一点是和地球上不太一样的，这里的下水并没有像地球上一样，螺旋式进入下水道，而是以直线进入落水斗中。

"可能是通过一种引力直接吸进去的吧？"孔羿猜测。

洗完澡后，觉得有点饿，他便想当然地打开了床前柜，里面真的还有一个小型冰箱。他好奇地打开，发现里面一应俱全，除了饼干、巧克力，居然还有一桶方便面！

孔羿吃了几块饼干，喝了几口水，又吃了几根巧克力，这才觉得舒服多了。

现在，与其说他躺在大星系联盟巡航式空天母舰里，倒不如说更像是躺在一个小型连锁酒店里。柔软的枕头和空调轻微的噪声，让孔羿很快就感到疲乏，眼皮开始打起架来，恍惚中眼前又浮现出卢杨那活泼可爱的样子。

"可是，我和她总共才不过相处了一个小时而已。"孔羿心里朦朦胧胧地想着，不知道是一丝遗憾还是一丝温暖覆盖了全身。

白色的荒原上，孔羿发现自己在艰难地跋涉着，像是走在冰面上的感觉，脚总是无法很好地着力，他似乎掌握不了身体的平衡。

忽然，远处隐约传来了安妮呼救的声音。孔羿不知怎的又发现卢杨竟然站在自己面前，她调皮地把帽子拿下来冲着自己咯咯笑。孔羿抓住她的手，又要赶紧去救安妮。就在快到达安妮声音的源头时，孔羿看到吴教授慢吞吞地拿着一个公章认真地在雪地里盖章。吴教授好像看到了孔羿，大笑着把公章冲他和卢杨扔来，速度极快。他挡在卢杨身前，没想到两个人一下子站不稳，猛的掉下了一个深不见底的闪着幽蓝光线的冰窟窿……

"啊！"孔羿大叫一声，睁开了眼睛。原来刚才那是一个梦！

耳边依然是类似中央空调的轻微嗡鸣。孔羿看了一下手腕上的计时器，已经是早上六点半了。

孔羿挠了挠头，从床上坐了起来，耳边似乎还萦绕着卢杨那咯咯的笑声。他发了阵呆，又想到梦里安妮那遥远的呼救声。刚才那个梦是如此真实，让孔羿心里隐隐不安。

简单盥洗之后，孔羿喝了一杯酸奶，又吃了几块饼干，把制服仔细地套在身上。他发现，一旦将所有拉链拉起后，随着那种暗蓝色的幽光从自己身体上泛出来，在靠近脊柱的地方似乎有种细微的引力场也随之发生。

待到走出房间，孔羿竟然发现了卢杨，或者说也不知道究竟还是不是安妮，竟然坐在大堂里那个简易沙发上在和什么人说话，在她身边说话的，当然是迪克。

迪克看了孔羿一眼，撇了一下嘴，"伙计，你现在一定和我刚才一样，也吓了一大跳，"停了一下，又转过头去对卢杨或者安妮说道，"不过先不说这个，你们为什么要拉上我们干这个呢？"

"安妮，按照你们的科技，你们完全可以独自进行'兰利公爵的鬼魂'行动，为什么一定还要拉上我们呢？你们的科技使得你们已经可以自由地穿行在这两个不同尺度的宇宙之间，为何还要领着我们这样的负担呢？"迪克有点激动。

"再说，如果真是附体的话，你们完全可以派一个行动小组来集体附体一下，再来拯救宇宙嘛。我们完全可能变成你的拖累，安妮，你不会有什么事瞒着我们吧？"迪克有些不耐烦地在沙发上抖着腿，手里还握着一个喝了一半的可乐瓶。

"奇怪，我那里面为什么没有可乐呢？"孔羿对迪克的疑惑产生了同感，特别是再次见到安妮或者说卢杨的时候，这种疑惑感更强了。

"是啊！凭借他们的能力一定没有任何问题，为什么要拖上我们这些微不足道的人类呢？"孔羿听着迪克的抱怨声，心想。

"迪克，你说的没错。"安妮把脸转向孔羿，那冷峻的目光分明是在提醒孔羿，眼前这个女孩不是卢杨，而是大星系联盟参谋总部的安妮上尉。"其实，凭借我们的科技是可以完全独立实施这次任务的。但是——"安妮的声音异常郑重起来，"因为，第一，你们人类作为这个尺度的宇宙中唯一的生命文明，对整个事情的经过有着知情权；第二，如果我们仅仅通过附体的方式来做，没有你们地球人类的参与，这样的行动不符合我们的道德要求；第三，人多一些，其实还是可以互相配合的，特别是在两个不同尺度的宇宙之间的合作，对我们双方来讲都是第一次；第四，在我们那个尺度的宇宙中，真正知道目前这个情况的人也并不多,除了联盟参谋总部和帝国长老议会,其他人都不知道情况会这样恶化,我们需要减少不必要的恐慌。"

"所以,'兰利公爵的鬼魂'并非是一个公开行动,在我们那个尺度的宇宙里,这同样是一个秘密事件。"安妮看了看孔羿和迪克,"我们偶然接触到了你们,而我也通过虚拟介入的方式和卢杨这个女孩共同战斗。这无论对我们双方的任何一个宇宙来讲,都是一次重大的尝试。所以,我希望我们之间建立一种绝对的信赖关系!"

安妮顿了一下,口气柔和下来,"朋友关系!"她强调道。

"卢杨会和我们共同战斗?"孔羿忍不住问道。

"当然,她的身体在你们尺度的宇宙里的状态和你们一样,而且我本身的契合度也和她基本相同,因此我们在这里需要付出的能量消耗就会降低许多,卢杨同样是在为我们的宇宙而战!"

安妮用她那美丽的眼睛看了孔羿一眼,温柔里透着凌厉。

5

"时间到了,出发!"安妮说道。

她带领他们沿着弯曲的路径重新返回那如同歌剧院一般的舰体中央空间。在那里,一个如同热气球般的银色气团悬浮在那个像舞台似的巨大装置的正上方,四周环绕的是泛着淡绿色光芒的无数集束管道,远远望去如同热气球的缆绳。

谁也不知道,这个银色热气球似的气团将飞向何方。

"镜像门已经开启了。"耳边传来了安妮的声音。孔羿和迪克这时才对这个场面真正大吃一惊!本来还以为镜像门是开启在舰体以外的空间呢,没想到居然就在舰体的内部空间开启!

看着他们疑惑的样子,安妮简单解释道:"首先,我们现在已经远离你们的太阳系了。其次,我们的镜像门是整个的将空天母舰传输到暗辐射带区域。所以不要慌,你们目前所看到的只是一个虚拟镜像，我们现在就要通过这个虚拟镜像开始传送整个空天母舰了。"

"你们准备好了吗？"安妮问道。

其实，也没有什么好准备的。随着一连串爆破声响，如同热气球一样的虚拟镜像门慢慢扩大，体积开始急速膨胀，瞬间就将三人裹了进去，那个像舞台似的中央装置部分也迅速消失在这片银色气团当中……

此刻，若有人从空天母舰外部进行观测，则可以发现一个奇怪的现象——那就是在巨大舰体的一侧，轮廓突然模糊起来，剩下的舰体上出现了水波一样的扩散波纹，整个舰体仿佛融化在了幽暗的空间当中……随后则可以看到，在本来舰体占有的空间部分要比其他地方更暗些，隐约还可以发现一个巨大蘑菇状的影子。

几乎是在一瞬间，空天母舰就来到了离地球约三十亿光年以外的暗辐射带边缘区域。

这里是远离银河系的一个狭长地带，被一些暗物质所包围，有限的观测也只能获得一些周边微弱辐射的记录。对于人类来讲，这完全是一片古老而神秘的区域，究竟它隐含了什么样的物理信息，目前还根本无从得知。

"我们已经到达暗辐射带区域。"孔羿和迪克的耳边传来了安妮一贯平静的声音。

除了感到似乎有点凉意以外，在刚才被银色气团包裹的一刹那，孔羿和迪克并没有什么异样的感觉，连悬浮在半空的身体都未曾摇摆过。

"这么快！"迪克叫道，"我还以为需要有个什么飞行的动作呢！"他在半空做了个超人姿势。

"接下来该如何行动？"孔羿扭头问道。

"是这样，"安妮回答道，"我们会先出舱设定一下以太还原法的设备，然后启动，观测并采集数据和物理变量，最后返回。如果顺利的话，半个小时就可以完成这次实验。"

略为思考了一下，安妮又说道，"迪克，你负责在母舰外巡逻，做环绕运行；孔羿和我负责安装启动设施。"

"什么？"迪克又喊了起来，"为什么要我去巡逻？这是什么意思？难道这里会有什么怪物不成？"

在如此幽暗的宇宙深处，如果真的就只有一个人，那确实是会有种可怕的恐惧感，人类的天性就是惧怕黑暗。太阳照射产生了地球上的万物，也驱走了人类心中的恐惧，可是每当黑夜来临，那些稀奇古怪的念头就会从人类的脑海深处不可遏制地升腾，蔓延。

人类饱尝黑暗之苦！而人类的历史，毋宁说就是一部对抗黑暗的历史。

在这样一个极度的深空之中，连最近的发光体都在一万光年以外，孔羿觉得有种深深的恐惧感从心底袭来。

那个巨大的银色热气球般的云团已经消失了，三人不知何时已站在了空天母舰舰体外部，那个巨大的蘑菇头的边缘正对着他们头顶。

此刻，他们已经站在了暗辐射带引力场外围。空天母舰舰体散发的那一点褐色幽光，恰似万古长夜里一个摇曳的烛光，是那样脆弱无力！

"只是需要有个人在周围做一下接应，"安妮好像有点不耐烦，"迪克，母舰总共有三个观测点，你尽可能把三个观测点都照顾到。"

"舰体那么大的构造，我怎么走呀，会很累的。"迪克笑嘻嘻地说道。

"只是让你注意一下你眼前的屏幕而已。"安妮走到迪克面前，在他额头上不知用什么手法划拉了一下，只见一个约一人多高的透明光屏出现在迪克身体前部。

安妮说："迪克，你盯着屏幕就可以，多熟悉一下操作吧。"随后便招呼孔羿一起向舰体蘑菇柄似的尾部走去。

孔羿比画了个手势，让迪克小心一点。

虽然根据安妮的说法，在这个尺度的宇宙里，除了人类以外，外星生物是不可能出现的。但还是小心一点好，毕竟这是远离银河系的一个未知空间，谁知道会有什么稀奇古怪的现象发生呢？

才走开没多远，就听见迪克兴奋的声音，"哇！真方便呀！"

孔羿回头看了看迪克，原来他已经开始熟练地在光屏上划拉起来。这个天才似乎很快就熟练掌握了操作屏幕的技能，并对之产生了莫大兴趣。

"迪克总是能够很快掌握一门技术。"孔羿不禁有点羡慕他。

"孔羿，你把胳膊张开！"不知何时，安妮已经站在了蘑菇柄的尽头。

这个远看像是一个笔尖似的一端，体积其实非常硕大。近看起来，才发现这是由一圈圈蜂房状的舱体所围成，看样子似乎也可以单独解体，构成一个个独立单元，每块独立单元约有一间会议室大小。这样的模块化舱体设计，有点类似于巨型游轮尾侧悬挂的救生艇，但规模和棱角的气势显然表现出有特别的用处。估计一路走来有上千个这样的舱体，最终整合起来才构成了母舰尾部那长长的柄状。

安妮站在柄的尽头，同时张开双臂，在舰体周围褐色光线的映射下，那轻盈的身体犹如一个闪耀着红色光芒的天使，她俏丽的脸庞向身后仰去，然后示意孔羿也像她那样，作出这般姿势。

"难道还有什么仪式吗？"孔羿有点纳闷，但也照着安妮的指示去做了。就在他张开双臂向后仰的时候，只感到一种巨大的力量从指尖传导了下来。

6

随着一种巨大的力量，在孔羿和安妮的头顶上方出现了一个约六米见方的白色立方体。它以一个顶角朝下的姿势悬在空中，并不断缓慢地旋转。孔羿完全没有注意到它从何而来，只是好像突然以它自己的力量凭空出现。

孔羿和安妮继续保持身体向后方仰的姿势，直到白色立方体停在他们面前。它继续缓慢地旋转，现在孔羿终于可以看出，这个白色立方体就像是一个巨大的结晶体，表面似乎被一层柔软的薄膜所覆盖，而这层薄膜也在不断地流动着。

随即孔羿听到了安妮的声音，"孔羿，可以了。"话音未落，安妮走到他面前。

他直起身来，有点迷惑地看着安妮。安妮指着还在缓缓转动的白色立方体说，"这就是以太还原系统装置，"紧接着又补充了一句，"是刚刚从我们那个尺度的宇宙里运输过来的。"

"这难道不是从空天母舰里运过来的吗？"孔羿有点惊讶。虽然他不太明白这个白色的立方体是通过什么方式产生出来的，但在他的理解里，一定是庞大的空天母舰才能携带这样一个装置。

安妮看出了他的疑惑，"因为这个东西确实有点危险，它的特征就是一直处于不稳定状态。如果和你们的地球太近，担心会产生质能效应，所以，计划中我们是通过单独传输的方式，把它直接送入你们这个尺度宇宙的暗辐射带区域。"

安妮接着补充道："这样的程序是标准操作，安全些。孔羿，其实，我们联盟的参谋总部此刻有上百人的后援队伍在后方支持我们呢。"

在这样一个遥远而陌生的深空环境，听到这种有点类似于全程直播以及什么后援团的消息，孔羿有种奇怪的感觉，那可是在完全不同尺度里的宇宙呀！他忍不住问道："安妮，你们的宇宙现在在哪里了？"

"哦，就在这附近。"安妮漫不经心地回答道。"孔羿，我们得专心工作了！你先观测一下周围情况。"说完，安妮竟然走向了缓缓转

动着的白色立方体,她的身影很快隐没在表面那层不断流动着的薄膜状物质当中了。

孔羿惊讶于安妮他们尺度的宇宙在自己这个宇宙中的运行轨迹,"难道毫无规则可循吗?"他心想。

但现在不是考虑这些问题的时候,孔羿将视线投向远处。在扫视了周围一圈以后,孔羿惊讶地发现了两个情况:首先,他的视野所及范围都能随着他的意志而出现约120度的泛光照明。也就是说,无论他将视线调整到哪一个方位,都可以清楚地从自己的眼部投射出一个约120度角度的泛光,从而可以清晰地看到周围一切场景。其次,他的视力突然好得出奇,只要心里想看到更远处或更清晰,几乎可以随心所欲地实现。孔羿拥有了自带照明功能的千里眼功能。人类数千载的梦想就在这遥远而荒芜的宇宙深处实现了!

不看不要紧,一旦仔细观察起来,孔羿终于发现了一个陌生而可怕的暗辐射带的景观。这里真的是一个死亡地带!他成为历史上首次见过被冷冻起来的太阳的人类!

是的!冷冻的恒星,而不是冰封的行星!

暗辐射带并非一片不毛之地,在这个区域里也曾闪耀着千万颗恒星,只是由于和地球距离太远,且其本身的恒星密集程度又低,只能有些低微的辐射越过浩瀚的宇宙传到银河系边缘的那个小小的人类家园。

如今,这个宽阔的辐射带区域如同一扇大屏幕般横亘在孔羿的视线范围内,数以千万计的恒星就这样闪耀在他的面前——不!应该说是冻结在他面前。而且,这种冻结住的感觉正在向孔羿所站立的空天母舰附近区域急速袭来。甚至还在数光年之外,他的身体就已经感受到了那种迫人的寒意。

在孔羿的视野中,出现的像是一个宇宙在最繁盛时期留下的一个死亡的幻景。那些无数的恒星并非如同一个老人,走完了漫长的一生，然后按照生命的规律面临各自的终极命运；或者最后的怒放，或者黯然地消逝。在这里，更像是花季的少年突然遭到冰封，那些嘴角的笑容和律动的节奏还停留在半空，一切却已经成为了静止的永恒；它们本该是如此地充满无限生机，而今却已经失去了生命的活性。

视线所及，孔羿看到了迄今为止最令人动容的画面：满目的恒星，依然散发着光辉，甚至还可以清晰地分辨它们各自光谱的不同类型；只是，就那样静止地悬在那里，没有旋转，没有照耀，没有呼吸，一团无边无际的胶冻状场域空间将它们死死地裹挟了。

"真的是一个巨大而奇异的琥珀呀！"孔羿不禁感叹道。

任何璀璨的东西，只要失去了生命活性，就立刻走向了它的反面。这些恒星本来会闪耀在漫长的时间里，现在却都成了一片虚假的荧光！人类的生命又何尝不是如此？鲜活的生命离开美丽的肉体后，只会剩下可怖的尸体！

"这些就是恒星的尸体呀！"孔羿忍不住赞叹起宇宙中的生命。

生命真的很宝贵。

孔羿慢慢发觉，刚才那种宇宙深处袭来的寒意并非一种精神上的感受，而是一种实实在在的体感。他有点担心身上这层薄薄的制服是否能够抵御暗辐射带那奇特的环境。

就在此时，他忽然听见迪克的声音传来，只听迪克大声叫着"这是什么鬼"，话语里透着极度的恐惧和不安。

与此同时，安妮从白色立方体另一面出现了。只见她紧张地对孔羿摆了摆手，示意他向白色立方体旋转的底部移动。

孔羿完全不知道发生了什么，只听得迪克一声惊呼，"OH!SHIT!这都是什么怪物呀？它竟然是活的！"

7

孔羿忍不住向身后看去。

此时，他人站在空天母舰蘑菇柄的一端，而另一端伞状的结构约在五百米开外，白色立方体依然在他头顶缓缓地旋转。可以看到，迪克在沿着空天母舰巨大的伞状一端的边缘手脚乱舞，在其前面一个隐约闪亮的东西，应该就是安妮开启的监测光屏了。

但是，现在孔羿注意到的却完全是另外一番场景。

一个巨大的黑影正好就压在空天母舰那蘑菇伞状一端的上方！

安妮刚才因为在准备安排任务，当进入这个区域后，她根本就没有顾及四周环境，估计她也是按照档案里的常规数据进行标准化操作的，程序的琐碎使她根本无心注意到其他问题。

巨大的黑影鬼魅般突然冒了出来。因为靠得太近，根本无法看清它的全貌。但是，根据迪克刚才的喊声和孔羿从自己站立视角的观察，他意识到，或许安妮他们那个尺度的宇宙中的人们犯了严重的错误。

他们可能错误估计了在这个尺度的宇宙中的生命的丰富性！因为眼下的这个庞然大物，俨然就是迪克常常魂牵梦绕的那种想象中的外星人的样子，那就是个八爪章鱼！

只不过，这团庞大的黑影远远不止八个爪子，而是拥有数不清的须状触手。它在空中显得体态臃肿，尺寸估计接近一颗小行星的大小，空天母舰在其身影映衬下，如同孩子玩具一样纤细，渺小！

"这究竟是什么玩意儿？"面对如此庞大而不可知的魅影，孔羿心里不禁有些害怕。

"似乎这不是活的！"安妮低声说道。

"什么？"迪克的声音又传了过来，只听到他喊道，"它的触手还在不断地晃动，而且并不像是毫无目的的！"

也不知安妮他们那个尺度宇宙里的技术是如何实现的，似乎远在舰体那一端的迪克的声音也像在耳边一样清晰。

"OH!MY GOSH！"迪克又叫了起来，声音很是惶恐，"这家伙是在想吃掉我们的空天母舰！"

孔羿抬头望去，只见那团庞然大物似乎在空中慢慢调整着和舰体之间的角度，散落在四周的无数触须如同纷乱的海草一般向舰体纠缠过来。

"不要慌！"安妮喊道，"我可以保证，这个一定不是活的，它所有的活动都只是神经元的颤动而已！"

她肯定的语气让孔羿放下心来。接着又听见安妮的声音，"这个东西的活性我检测过了，已经低于20%，所以目前的这些颤动一定是剩余的活性散发，我们不用担心！我们只是需要调整一下舰身角度，防止那些触须干扰我们的工作场域设定。"

"这究竟是个什么玩意儿？安妮！"迪克激动地大声喊了起来。

孔羿对安妮如此镇定地处理眼前这个局面有点怀疑，心想，"难道她知道这个东西的来历？难道她前面所说的宇宙中生命基质的事情并不是那么回事？"

他心里不禁有些忐忑起来。

一想到完全不知情的卢杨现在居然以安妮的身份在这个遥远而陌生的宇宙深处从事着自身完全无法理解的事情，孔羿对周围的一切产生了虚无感。此时那庞大魅影松垮地散落到四周，随即压向舰体，他感觉那似乎也压向了自己。

"是这样的，你们听我说！"

随着安妮的声音传到孔羿耳边的一瞬间，巨大的空天母舰似乎向他脑后调转了45度角，然后以一种奇怪的不均匀的速度吞吞吐吐地向着那个白色立方体的方向驰去。

孔羿这才发现，那个呈现白色立方体状的以太还原装置已经偏离了刚才的位置，向着深空方向平移过去，速度极快。

"这是质能翻转的冗余程序所产生的深空生命体，但活性基本消失了，你们不用担心！"安妮的声音依然很镇定。"目前见到这东西，可以判断出我们真的得加速实施以太还原法了。因为凡是出现深空生命体的地方，就意味着胶冻状场域在不断地膨胀，且膨胀速度越来越快。打个比方，就类似你们地球上的潮汐一样，会把一些巨大的深海动物冲上沙滩。"

"安妮，你的意思难道是说这玩意儿搁浅了？"孔羿耳边又传来了迪克稍显平静的声音。

显然，迪克已经意识到，虽然隔着他们有着较远的距离，但是完全没有必要像一开始那样扯子嗓子喊了。

"这种东西难道是生活在胶冻状场域里的？它是从哪里来的？难道它可以自由穿行在胶冻状场域和正常空间场域中吗？你怎么知道它没有活性了？"孔羿终于忍不住向安妮抛出了一连串问题。

"还记得我说过我们两个宇宙之间存在一种同步衍射效应吗？"对面安妮的声音依然很冷静。从那个迷人的面庞上，真的难以想象出这是另一个尺度的宇宙中联盟上尉的声音。孔羿看着那张本来属于卢杨的脸庞，不禁有点怅然若失。

安妮接着说道："是这样，我们在我们尺度的暗辐射带进行观测考察时，通过检索之前那个消失的神秘天才的资料后发现，原来，兰利公爵似乎是想要通过创造一种全新的生命基质来实现自己的野心，可临到最后启动终极武器的时候，却不知怎的失败了。根据那个神秘天才的推测，兰利公爵的计划是同步实现空间环境与生命基质的共同变化！也就是说，那种武器的启动就意味着有某些异质生命基质会被创造出来！"

安妮的语气非常严肃，"由于终极武器的启动最终失败，兰利公爵的阴谋并未得逞。但是根据那个神秘天才留下的资料判断，终极武器的启动还是导致出现了一些新的未完成的生命结构，目前推算有数百种类型。"

"看来潘多拉的盒子就这样被打开了！"迪克发出忿忿不平的声

音,紧接着又说道,"那这鬼东西怎么会出现在我们这里?"

"同步衍射现象!"孔羿这下算是听明白了,他打断迪克,"要不然我们来暗辐射带干什么?"

看到安妮冲他点了点头,孔羿又说:"既然我们这里的空间环境发生了如此大的变化危机,那些个怪物一定也会应运而生!"

"是的,孔羿!"安妮接着说道,"基于我们两个宇宙之间紧密的联系,使得完全可能在双方都出现类似的现象,只不过在细节上有所差异而已。可是,我们没有料到的是,在这样短的时间内,膨胀的胶冻状场域就把那些深海里的东西赶上了沙滩!"

孔羿下意识地看了一下手腕上的计时器,现在显示的时间已经是地球东八区时间上午八点了。新的一天又开始了,地球上的人们又将忙碌起来,而他们却在三十亿光年外的宇宙深空。

此刻,孔羿竟然有点想家了,想那间小小的实验室,想那个假山上的小亭子。甚至,他还想到了那间小小的外星人酒吧。在那里,他遇见了活泼可爱的女孩子卢杨。

8

"留给我们的时间真的不多了!"安妮的语气显得非常严肃,"那个东西据记载叫做吞纳破,是一种类似水母的东西,它们活着的时候是有智慧的,但没有什么创造力。眼前的这只应该是小型的,现在已经探测不到生命的迹象了。"

"这还是小型的?"迪克又叫了起来。

孔羿也忍不住打了个冷颤,心想,"那个兰利公爵确实是个疯子,居然创造出这样的怪物,不知道大型的会有多大?"

其实,早在上万年前,安妮提到的在他们那个尺度宇宙里的神秘天才,在考察了暗辐射带胶冻状场域以后,在笔记里就写上了关于这些异质生命基质的疑问。而正是这样的疑问,最后让这个神秘天才在实验的关键阶段不知所终，从而成为一个千古谜团。

同样，孔羿他们现在也不会知道，眼前这个似乎完全没有生命迹象的巨大物体正在静静地等待着自己的涅槃，在它无数触须的深处，一些细小的绒毛状触须正在慢慢脱落。

孔羿耳边又传来了安妮的声音，"是的！据说兰利公爵的计划里都是些大家伙，这只就不用去管它了，它已经死了，只是个躯壳而已。"

孔羿对安妮的话还是有点儿疑惑，心想，"既然这玩意儿完全是一种新的异质生命基质，但为什么用我们的探测方式就能够确定它的死活呢？安妮不会弄错了吧？"

可是当他发觉面前的这个大家伙并没有出现异样的运动状态，而只是在那里静静地把无数触须散落开来围绕在母舰周围，好像并不打算进行攻击，孔羿也就慢慢放下心来。更何况安妮已经在高声向他发出指令了。

"孔羿，不要再去看这只吞纳破了，估计是我们母舰的力场扰动把它给吸引过来的。你难道没有看过搁浅的鲸鱼吗？"

"现在，你需要和我一起进入以太还原装置。"

孔羿这才发现，刚才旋转着远离他们的那个白色立方体，此时又缓缓地向他们移了过来。

"那我呢？"迪克的声音再次传来。

"你守在那个圆盘状的自动舱门边，我们完成实验任务的时候，人会出现在那里。如果正常，我们就一起用介入式入仓；但如果因为其他原因导致无法介入，我们就只得通过物理方式进入舰舱了。迪克你听明白了吗？"安妮强调了一下。

"明白！上尉！"迪克声音变得轻松了一点。

由于现在已经离吞纳破比较远了，它的触须暂时接触不到舰体，孔羿清楚地看到，吞纳破确实很像一个斑斓的巨型水母，散开的无数触须静悄悄地漂浮在暗色背景的微光之下。

"怎么会有这么多圆盘状舱门呀?"孔羿耳边又传来了迪克的声音。

原来迪克在蘑菇头边缘处发现,几乎每隔十几米,就有一个一模一样的圆盘状舱门。鉴于刚才差点自作主张按下了警报器,这次迪克觉得,还是得问个清楚。

"迪克,你发现的那些都是一样的物理舱门,和我刚才教你们的都是同样的开启操作方法,你可以再试一下!"安妮说道。

"是!我的美丽的上尉!"

"孔羿,我们进去吧。"安妮用眼神示意孔羿和她一起进入面前这个缓缓旋转的白色立方体。看着安妮那美丽的眼神,孔羿毫不犹豫地走上前去。

由于有了进入空天母舰的经验,表面流动的膜状物并没有成为孔羿的障碍,他稍一用力,就和安妮一前一后走了进去。只是在穿越的那一刻,他觉得自己的身体如同融化了一般。

白色立方体里,竟然一个人也没有!或者说,在孔羿和安妮共同穿越进了白色立方体后,他并没有看到安妮的身影,也没有看到自己的身体。

孔羿现在进入了一种莫名的状态,全身有一种类似于失重,但又和失重完全不同的感觉。在白色立方体中心,是一个泛着金属色泽的球形结构,孔羿盯着它仔细观察,上面除了有些不断蔓延着的类似波纹的光线折射,其他什么也看不到。

"安妮,你在哪里?"孔羿这下有点儿紧张,发出的声音也低沉了起来。确实,这种感觉就类似于一个人盯着镜子看,却看不到镜子里面自己的形象一样,场景煞是诡异。

"我们都在这里,我就在你身边!"

孔羿听到了安妮的声音,心里稍微放松下来。

安妮的声音继续说道,"我们现在都处于散逸态,形体消失了,目前的声音是通过衍射波进行合成的。你放心,不会有任何问题!"

自从昨天清晨以来，孔羿在这短短二十几个小时中遭遇了如此多的事情，了解了如此多的信息，而他此刻的身体又处于什么散逸态，他的大脑神经几乎变得有点麻木了，只是敷衍地回答了一下，"好的！"

"在散逸态中，生命仍然表现为活体性征，而且生命力场仍然发挥着作用，所以，我们的身体依然可以使用物理力量，比如这样——"随着安妮的话音落下，只见这个中央泛着金属色的球体上突然出现了一个凹进去的印子。

"我在对以太球进行按压，你也试一试。"安妮轻声说道。

这时他才发现，白色立方体内部要比外部安静许多。外面空天母舰本身对力场的扰动，似乎总会在孔羿耳边出现持续嗡嗡的背景噪音，也不知道是幻听还是什么原因。但在这里，却是一个极其安静的所在，静到他连自己的心跳也听不见。

"散逸态状态下，身体也不知道跑哪里去了。"孔羿心想，"难道我现在就处在传说中的灵魂状态吗？可是据安妮说，我们的身体似乎也没有消失呀？"

怀着这样的好奇心，孔羿忍不住走上前去——如果他还能感知到自己的腿的话。然后把意识中自认为手的部分，用力地按压到泛着流动光线的金属色球体上……果然，以太球的接触面凹了进去。

不知怎的，立方体内的光线亮度似乎也一下子增加了几倍。

"幸好散逸态下没有实体的眼睛，"孔羿暗自揣摩道，"否则，如此强光还不把自己亮瞎了？"

<h1 style="text-align:center">9</h1>

"孔羿，我们现在已经启动了以太还原系统。如果一切正常的话，我们就会慢慢把能量集中到以太球表面，然后按照球面显示的图像，把外部空间的力场线连接到以太球指示的地方。待会儿你按照我的方式去做就可以了。"

这个奇怪的空间里只有安妮的声音在散发,有点类似于耳语的效果。

"好的。"孔羿答道。话音未落,他就惊奇地发现,那个白色立方体奇异地消失了,只有中央呈金属色泽的以太球浮现在自己的视线之中。

如果此时有人能够观测到他们的话,可以发现,以以太球为中心,那个白色立方体已完全处于那种胶冻状场域内部。胶冻状场域空间无边无际,没有任何实体边界。孔羿只有透过身边那保持着琥珀状的如同被冰冻的暗淡恒星才能知道,此刻,他们已经在这种胶冻状场域极深的内部了。

这里是另外一个世界,一个对于他们来说死亡的世界。

"兰利公爵!"孔羿忍不住喃喃自语道,"要有多么特异的野心和多么巨大的能量,才会把基本宇宙状态改变成这个样子啊?!"

他简直不知道自己发出的是赞叹还是谴责了。

安妮似乎感受到了他的惊讶,只听她说道:"是的,我们现在已经在这个胶冻状的空间场域之中了。外面的白色立方体你虽然看不见,但一直都在保护着我们散逸态的躯体与生命。"安妮又添上一句,"不用担心!"

随后,安妮说:"孔羿,现在你像我一样,把两个手都用力按压在以太球上。"

此刻,孔羿什么也看不见,只是见到亮闪闪的以太球的一侧出现了两处凹陷的地方,在四周幽暗的胶冻状背景下这一切显得有点诡异。他随即在对称的方向上把双只手也向以太球用力地按了上去。

忽然听到似乎有些特别细密的声响从以太球向四周传了过去,只见无数的类似磁力线的物质,从胶冻状场域的上下左右、四面八方向着他们正在挤压的以太球袭来,这些细小的碎屑状物质很快就组成了约莫几十股缆绳状的样子,似乎充满了活性,慢慢地从不知名的空间延伸到闪亮的以太球周围。与此同时，以太球上出现了数十个拳头般大小的空洞，球体表面上的光线从这些空洞里不断地倾泻下去，以太球呈现出璀璨的光彩……

"快！孔羿。"只听得是安妮的声音传来，同时只见一根缆绳状的连线体被一种无形的力量插入了以太球上的空洞中。孔羿迅速反应过来，那一定是安妮在示范给他，随即抓起身边的缆绳状连线，迅速向以太球上出现的空洞中插去。

他们快速地将所有外面传来的缆绳状连线向以太球上的空洞里插去。孔羿发现每插入一股缆绳状连线，以太球上的光芒的色彩似乎就要变换一下。那个直径一人多高的以太球，如同一颗硕大宝石，变换出各种熠熠的光辉。

终于，最后一条缆绳状连线被孔羿插入了以太球体上的空洞内。那几个剩余的空洞几乎就在瞬间从球体表面闭合了，完全消失在斑斓的色彩里。

此时，以太球的体积开始慢慢放大，很快就把孔羿的视野笼罩在一片雾茫茫当中。孔羿的意识有点模糊，但却像放电影一样清晰地看到了自己从小时候一直到刚才的全部经历……他依然没有任何身体的感觉，只是眼睁睁地看着自己被抱在表哥的怀里，挣扎着去摘那朵美丽的月季花；看着自己奔跑在家后门口那片宽阔的鹅卵石滩上；看着自己到省城去上中学，第一次坐进地铁；看着自己在量子通信实验室里被十几个专家提问；看着自己和卢杨在酒吧里一起碰杯的样子；……

忽然，孔羿觉得自己的身体好像又飞速旋转起来，眼角余光看到了一个令人震惊的画面：那些散落在暗辐射带胶冻状场域里的琥珀般的恒星，如同粉末一样向四周飞散出去，恰如在这遥远的宇宙深处飘起了一场巨大的暴风雪……

场面宁静而激烈！

粉末状尘埃在一种离奇闪耀的光芒之中四散、纷飞，弄得孔羿几乎睁不开眼睛。当然，他也不知道自己是否还是保持在散逸态的状态中，只是感到这场粉尘暴风雪似乎要将他整个的灵魂完全吹散。

此刻，没有任何的可靠参照物，孔羿有点分不清自己究竟是在哪里了。这场突如其来的粉尘暴风雪，让他进入了梦境般的迷离状态。

"孔羿，快，用力拍拍自己！"在他的耳边传来了隐隐约约的声音，是安妮的！

孔羿反应过来，便下意识地用看不见的双手拍了拍自己那看不见的胸口。几乎在一刹那，他看到了安妮原来就立在自己面前，依旧穿着那件独特的紧身制服，自己的身体旋即也重现出来。

安妮的眼神显得很焦虑，原来他们已经从散逸态的状态里复原了！

孔羿发现，他们正站在空天母舰伞状一端的边缘，在他们脚下，紧邻着有两个一人多高的圆盘状物理舱门。

如果说这里是在下一场暴风雪的话，那么这场暴风雪目前是越下越大了，其间似乎还夹杂着一种奇异的因为引力场溃散而产生的巨大撕扯感。执行这次任务以来，孔羿头一次深切感到，想要站稳是一件很不容易的事情。

显然，在目前这样恶劣的条件下，指望通过那种梦幻般的介入方式进入舰体，已经没有可能了。

只见安妮冲孔羿点了点头，指了指脚下，随即把身躯匍匐了下去；孔羿明白过来，便也学着她的样子匍匐了下去。

细碎的粉末越来越多了，散发的速度也越来越快；那种引力场被撕扯的感觉愈加明显。看到眼前安妮那有点紧张的眼神，孔羿不禁又开始担心起身上这薄薄的一层制服是否能抵抗这深空里的暴风雪。

安妮用力按上了圆盘状舱门上的一个凸起，枝杈状把手顺利升起。孔羿努力地和安妮一起用力，一、二、三，终于，舱门向一边滑动过去，缓缓地留出一个可供一人进出的洞口。

那种撕扯的感觉愈益强烈，孔羿招手示意让安妮先进，没想到安妮二话没说，就把他推入洞口。

就在孔羿落入洞口的瞬间，一道强烈的光芒伴随着巨大的粉末潮，像沙尘暴一般铺天盖地袭来，随之而来的还有巨大的身体被扭曲的疼痛感，他几乎疼得昏了过去。

孔羿忍住剧痛，挣扎着抓住了内壁上的一副把手，就在喘息间隙，他忽然绝望地发现，安妮如同一只断了线的风筝，不！如同一只下坠的火鸟，以一种无法揣测的极速被沙尘暴般的粉尘所裹挟，坠入了宇宙深渊。

"安妮！"孔羿绝望地大声呼喊着，舱门却缓缓地在他身后闭合上了！他拼命地企图拉开舱门，但所有的努力都是徒劳。

"安妮！你在哪里？！"他哭泣着喊道。

10

空天母舰的内部空间再次展示在孔羿面前。他疲惫地瘫倒在入口凸起处，就这样静静地悬浮着。脑子里一片混乱，也不知道自己在想什么。而刚才进入的物理舱门，竟然完全消失在舱壁上。只有一圈圈淡绿色的光芒映照在他那沾满星尘的脸上。

"孔羿！你怎么了？"在脚下巨大的空间里，在位于中央那像高高的舞台装置的上方，一个声音在呼叫他。是迪克！

迪克很快走到他面前，待到走近，孔羿这才发现迪克居然是一瘸一拐的。

"孔羿，你不要紧吧！安妮她——"

孔羿抬起头来，绝望地看着迪克，说道："完了，一切都完了！"他喘了一口气接着又说："安妮被星尘风暴刮走了！"

迪克张大了嘴，身体僵硬在那里。在空天母舰那偌大的内部空间，现在就只剩下孔羿和迪克两个人了。

"完了。"迪克喃喃地说着。他们的心都沉了下去。

过了半响，孔羿才想起迪克的腿，便问道："你的腿怎么了？"

迪克眼睛有点儿失神，说道："就是你们引起的那个星尘暴，在白色立方体解体时弄的。"

"什么？白色立方体解体了？"孔羿惊讶地问道。

"是的，就在你们两人进入白色立方体后，白色立方体就旋转着迅速进入了胶冻状场域内部，旋即就解体了。我眼看着你们在那个胶冻状场域里消失，当时觉得很害怕。后来，周围突然就像起了风暴一般，一种奇怪的引力将我眼前那个光屏一下子就撕扯得无影无踪。"迪克眼里依然透着惊恐。

他继续说道："然后，我就看到在胶冻状场域内部，那些被冻住的暗淡的星球如同粉末一样向四面八方炸了开来，而且还伴随着很奇怪的巨大的纹路出现在胶冻状场域当中。这些纹路如同活了一般，相互之间不断扭曲、融合，最后收缩成很多球状物体，随着星尘暴向四周飞溅出去。速度太快了！"

"怎么还会有这些东西？"孔羿疑惑地问道，"迪克，你见到有很多缆绳一样的东西吗？"

"缆绳？那倒没有。就是那些个裂纹一样的东西，挺怪的，简直像活的一样。该不会是什么吞纳破的亲戚吧？"迪克一脸惊恐地说着，好像那些不知名的怪兽已经把他们团团包围了似的。

"那你的腿？"孔羿再次问了起来。他发现，迪克蓝色制服的右脚部碎裂了，从缝隙处竟然能看见脚指头。

"是这样！"迪克依然惊魂未定，"我见势不妙，也不知道你们什么时候能回来，就想先进入母舰。可没想到，待我的身体进入一半的时候，突然整个人受到了巨大阻力。我当时害怕极了，很怕万一被嵌在舱壁上。幸亏我用力挣扎着挤了进来，就在我完全进入舱壁的时候,脚部的那种材料突然被卡住了,就像长在了母舰内壁上,任凭我怎么用力也无法挣脱。我只好用光线切割器把脚上包裹的材料弄碎,才得以逃脱进来。因为太紧张,脚扭了一下。"

停了一下,迪克扭头指着远处另外一面舱壁说道:"衣服上的材料现在还嵌在舱壁上,像长上去似的。如果我稍微迟一步,估计整个人就被嵌在舱壁里了!"

迪克疲惫地摇了摇手臂,说道:"真可怕呀!还是物理舱门可靠!"

"物理舱门?"孔羿想到了安妮如同一道光线一般向远方坠落的样子,心里不禁出现了一种隐隐的痛。

"完了!"他感到万分绝望。

在这样一个奇异而幽暗的宇宙深处,只剩下孔羿和迪克这两个低技术文明的人类,对周围发生的一切他们根本一无所知。而且,眼下身处一个超级发达文明的空天母舰里,而母舰的主人却在完全不同尺度的宇宙中陷入了万劫不复的深渊。

迪克似乎意识到了问题的严重性,他轻微的声音打破了周围的寂静,"即使我们这次的实验成功了,可没有了安妮,我们就无法再回到他们那个尺度的宇宙中去,也就意味着我们无法将这些数据或物理变量的样本送过去,这样的话,他们那里的暗辐射带胶冻状场域就依然会在这两天内达到极值,接下来,因为该死的同步衍射效应,我们的宇宙就将完蛋了。"

"是的",孔羿垂头丧气地听着迪克的推论,眼睛里似乎还能看到安妮在最后时刻勇敢地将他推进舱门的样子。他懊悔不已!

"反正都是完蛋,只不过我们是明确知道会完蛋,这总比地球上的那些家伙糊里糊涂地完蛋要强一些吧!"迪克强颜欢笑道。

他又心有不甘地说道:"我们还是先去研究一下母舰的操控吧,死马当活马医。亡羊补牢,未为晚也!"

"现在也只能这样了。"孔羿无力地点点头,和迪克一瘸一拐地向着那个正中央舞台般装置的地方走过去。

即使是在坚固的异质材料打造的巨大空天母舰内部,此时似乎也能感受到外部环境的急剧变化:整个舰身不时传来一阵阵动荡的感觉,力度虽然没有改变内部引力空间场,但却使得他们两人的步伐明显不像一开始那样坚实,他们有点类似于走在冰封的大地上,脚底感觉有些难以把牢的样子。

此刻,在整个母舰外部,正发生着这个宇宙自洪荒以来从未有过的空间质能修复翻转效应。

曾经呈琥珀状的死亡恒星随着星尘暴而杳无踪迹,寂寥的深空又成了一片透明的黑色纯净体,诡异的胶冻状场域消失殆尽,整个宇宙应该又恢复了之前的正常状态。

唯一不同的是,在这片辽阔的宇宙空间,散发出了大量类似各式球团状的不明物体,它们各自飞速旋转着,向着更为遥远的星光扑了过去。谁也不知道这些究竟是什么,只是知道,这些微小的球团状物体见证了一场小型宇宙地震。

它们正是这场宇宙地震的产物。在越过无数星辰大海以后,也可能要经过漫长时间,它们才能慢慢显露出奇异的面目。

而在空天母舰长柄一侧,似乎还有一片长达数公里的一层薄薄的皮层挂在边上。这个皮层很空灵地随着周围慢慢衰减下来的引力场而呈现出波动的状态,有点类似于给空天母舰升起了一面旗帜。只是,这面旗帜四周有许多触须,此时正在四散飞扬。

现在,孔羿和迪克对着一个闪烁着绿色光芒的巨大屏幕发呆。根据直觉,他们已经意识到,这个舞台状装置的正中央就是母舰主控制平台,这面几乎覆盖了整个舞台的屏幕,应当就是其操控室了,只是他们还不太明白该如何启动。

"只能各种方法都尝试一下了!"迪克忍不住又想来实际摆弄一下。这个天才现在倒是最应该去发挥他那动手能力的专长了。

"好，我们试试看！"孔羿也决定搏一把，束手待毙可不是他的个性。

两个人沿着巨大的屏幕搜索起来，希望能够找到什么突破。可弄了半天，却仍然无法下手。

"连一个物理实体接口也无法找到！"迪克显得极为沮丧。他一下子仰面倒在屏幕上方，高声大叫道，"主啊！为什么会发生这样的事啊！"一向乐观、聪明的迪克陷入了绝望之中。

孔羿看看迪克狼狈的表情，内心非常焦躁，忍不住用拳头狠狠地在空中捶了一下。几乎是与此同时，一个熟悉的声音传到了他耳朵里。

"孔羿，空天母舰可以启动了！"

这是安妮的声音！

11

孔羿简直不敢相信自己的耳朵，他可是亲眼看到安妮就在自己眼皮底下以极速飞溅出去，被黑暗所吞没。

"难道？"他心里正想要理出个头绪来，耳边却传来了迪克的声音，"这不是闹鬼吧！"

"迪克，不要胡说，你们可以启动母舰了，我就在这里！"安妮的声音坚定而沉着。随即一团红色的光球从巨大屏幕上冉冉升起，显然，声音就是从那个光球里发出来的。

"安妮，是你吗？"孔羿有些不知所措，激动地问道。

一想到刚才安妮奋力将自己推进了物理舱门，孔羿就不由得感慨万千。

"是的，孔羿！是我，可不是什么鬼魂！"安妮说道，"我们的母舰可以启动了。"

然而，就在孔羿为安妮的归来感到欣慰的时候，不知怎的，他心里忽然有了一个不祥的预感，便赶忙问道："安妮，你是怎么回来的呢?"

"我被巨大的引力场爆炸所牵引,几乎失去了控制,但毕竟你们尺度的宇宙和我们那里不同,所以紧急情况下我逃生了。"安妮的声音低沉了下去。停了一会儿,只听她说道:"可是,卢杨现在却无法返回舰体。"

四周又恢复了寂静。

孔羿那不祥的预感一下子应验了!

卢杨,这个可爱无辜的女孩子,经历了附体,又来到宇宙深处进行危险的以太还原实验,而现在,她就这样坠入了无尽深空。那一定是凶多吉少!

孔羿眼里又浮现出刚才安妮奋力将他推入物理舱门的情景。那清澈的眼神,卷曲的睫毛,那微微上翘的嘴角,那可是我们的人类,是卢杨呀!

一刹那,孔羿心里涌出了异常复杂的感觉。其实,自从在外星人酒吧第一次见到卢杨,他就喜欢上了这个美丽俏皮的女孩,觉得这就是他心里想要的那种女孩。

可是,不知怎的,安妮那种镇定严肃的声音同样对孔羿有着很大的吸引力,似乎从卢杨这个美丽的身体里散发出了完全不同的另一种魅力,那是一种成熟的感觉,有着一种可以信赖,甚至把自己生命都托付给她的说服力。

可现在,安妮又恢复成了那种光球的面貌,而卢杨则要永远地成为自己一段美好而悲伤的记忆了!

"卢杨!"孔羿哽咽着几乎发不出这两个音节了。

红色光球在孔羿面前停顿了一下,用非常低沉的声音说道:"孔羿,对不起。"

孔羿抬眼看了一下这悬空的光球,透亮而没有边界,真是一种离奇的存在!

他叹了一口气，也不知道该愤怒，还是该抱怨，还是该伤心，还是该感谢，他就那样直愣愣地站在跳动着各种颜色的巨大屏幕上空，说不出一句话来。

"安妮，我们现在应该怎么办呢？这次的实验成功了吗？那些数据和物理变量都拿到了吗？"迪克的声音打破了这种尴尬的寂静。

"孔羿，我向你保证，等我们那边处理好所有事情以后，我们会再次回来救卢杨的！"安妮的声音充满了歉意。

她顿了顿，"目前可以放心的是，卢杨只是晕了过去。那套制服起码可以在你们尺度的宇宙里维持一万年的安全状态。而且，制服已经启动了时间截断系统，也就意味着，卢杨会一直处在低温沉睡状态。"

"时间截断系统？"孔羿不禁有些疑惑，抬起头来问道，"是你说过的那种切割时空吗？"

"是的，原理是一样的。但这只是在小范围力场中使用的，"安妮回答道，"所以，我们一旦完成任务，我们就再回到这片区域来找卢杨！"安妮的语气变得坚定起来。

"卢杨的速度约为光速的五分之一，这两天并不会走得很远。我们完成任务后很快就会找到她的！孔羿！"

孔羿看着浮在眼前的这团闪耀着晶莹光芒的红色光球，精神略微恢复了一些。

"是不是卢杨就成了睡美人？"迪克希望打破这尴尬的场面。

"可以这样说！"安妮安静地回答道，"所以，我们现在就要来检测一下母舰舱体功能，以确保下一步计划。"

"下一步？"这下，孔羿终于回过神来，几乎和迪克同时喊了出来。

"对！孔羿，我们现在需要通过自检系统来确定我们母舰维持所有的运行标准！"

安妮接着吩咐道："迪克，你通过这个屏幕观测进度。孔羿，你协助我把备份方案和采集的物理变量进行演示。我们可能需要一个钟头，现在已经是地球东八区时间上午十点整了。"

红色光球移到了迪克面前。程序操控很简单，就是观测移动中的空天母舰及周围引力场的变化。观测的指标就是，动力只要达到百分之五十的状态，就可以启动变速引擎；达到百分之七十，就可以启动引力平衡装置；达到百分之九十，就要直接推动逆向传输引擎。

"就是这个地方。"红色光球移到了类似于舞台装置的中央，离台十米高的地方出现了一个垂直小型虚拟屏幕，上面跳动的数据和文字，迪克现在都能够看懂了。

"这是根据地球的概念而优化出的虚拟控制中心，"安妮的声音再次传了过来，"现在，我们就可以启动自检系统了！"

只见迪克将手按在了那个虚拟屏幕上，立刻与地面上那个巨大的屏幕一样，虚拟屏幕上跳出振动幅度一样的各种色块，这些色块最终在红色和绿色中闪动。

浮现在迪克眼前的有很清晰的三个小型图像模板，分别对应着变速引擎、引力平衡装置和逆向传输引擎。红绿相间的虚拟数据块开始急速闪耀，如同酒吧里的射灯。此时，迪克双手自然下垂，眼睛认真地在虚拟数据块和图像模板之间切换，那专注的表情似乎像换了一个人。

"走吧"，红色光球中传来了安妮的声音。光球向高不见顶的舰体另一端飘去。孔羿调整了一下角度，瞟了一眼迪克，也紧跟着走了过去。

很快就到达一个蜂巢状房间。舱门打开，孔羿发现一个类似玻璃罩的东西，里面是一个动态宇宙星区全息立体图像，无数五颜六色的星系静静地悬浮在那里，它们缓缓地相互吸引，又相互远离，寂寥而美丽。

红色光球停在了孔羿身边，这时只听见安妮的声音轻轻地说道：

"这就是现在外面的样子。已经清洗过了。"

孔羿抬头看了红色光球一眼,心中百感交集。随即听安妮的声音继续说道:"也就是说,这片暗辐射带已经恢复了本来的常数,这个尺度宇宙中的胶冻状场域已经荡然无存了。"

孔羿心里不禁闪过一丝疑虑,他说道:"可是,根据我们两个宇宙的同步衍射原理,你们那边的暗辐射带不是还存在着胶冻状场域吗?那么我们这边怎么可能完全没有了呢?"

"孔羿,你看!"红色光球不知怎的就进入了这个玻璃罩一样的球体,只见它急剧地缩为一个点,但发出的红色光线却越来越强。

"就在这里!"孔羿耳边又传来了安妮的声音,"看!那个胶冻状场域在慢慢扩大!"

果然,在那个鲜艳的红色光点所在的地方,慢慢出现了一团像墨汁滴在水中的那种晕影,晕影已经在向周围空间不规则地扭曲扩散开去。

"就是这样!同步衍射现象再次发生了!"安妮的语气显得很平静,像是觉得这一切都在意料之中。而孔羿却不禁张大了嘴,久久无法发出声音。

见证这种跨越不同尺度的宇宙之间的同步衍射现象,孔羿是第一个人类。

12

粉尘状物质迅速将显示星区全息图像的球体填满,旋即粉尘又慢慢自下而上地消散……球的上半部逐渐呈现出澄清状态,下半部则呈现为乳白色的含混状。现在,视觉上就可以把球的上半部和下半部区别开来了。孔羿发现,安妮所在的那个红色光球,不知何时又回到了自己肩膀附近,并停留下来。

不知怎的,孔羿在内心深处似乎很乐意安妮拥有着卢杨的身体,在卢杨的身体里，安妮的声音好像更加动听。而且，当他看到安妮有着一个和人类一样的身体时，不知怎的会有一种兴奋感和踏实的感觉。这是一种难以名状的感觉！

孔羿不禁在心里叹了一口气，也不知道卢杨那个女孩现如今是以一种什么样的姿态飘荡在无尽的黑暗之中。

"估计，她应该是像睡着了一样吧！"他揣度着。

"孔羿！"安妮似乎感到他的情绪有些低落，只听她轻轻地说道，"我们要开始把这些物理变量进行一个小规模实验，看看是否具有那个神秘天才所说的那种催化功能。"

孔羿看了一眼红色光球，说道："那我们该怎么办呢？"

"这样——注意，我们现在就在这个透明球体里实境操作一遍。应该是没有危险的，放心！"安妮的声音低沉而有力。

在这个蜂巢状的房间里，光线暗了下来。孔羿现在才注意到，原来眼前这个看起来像玻璃质的球体，其实是一个类似于反应炉的东西，有一个深色的管道从底部接口，管道周围有凸起的密密麻麻的纹路。

安妮说道："我们将把舰体以外的空间场连同那些散射状态的粒子，全部收集到球体内部。"

孔羿有些诧异，不太明白安妮究竟在说些什么。

停了一下，安妮解释道："你看，你眼前这个球体就是我们回去以后所要使用的反应球。我们需要把反应球填满，通过这次修复翻转实验所产生的空间场和物质，也就是说，要把刚才以太还原法所产生的残留空间与物质尽可能多地收集到这个球体中来。我们有上千个这样的球体，现在，我们就在其中一个放着球体的舱体里。"

"最终回到我那个尺度的宇宙中以后，我们将把这些球体全部投入胶冻状场域空间里，这样就可以在启动以太还原法时，避免那些东西扩散开来。"

"那些东西？"孔羿皱起了眉头，"什么东西？"

"兰利公爵的鬼魂！"安妮的声音显得很轻。

孔羿几乎有点不敢相信自己的耳朵，"兰利公爵的鬼魂？"他惊呼道。

"是的，孔羿，你们刚才都看到了，在我们母舰端口处有着像被潮汐冲上岸的那种巨大的吞纳破，那些实际上就是一种我们以前没有料想到的生命形态，那是和我们的生命基质完全不同的生命形态。那都是兰利公爵的杰作！"安妮的口气似乎有点激动，"这也很可能是那个神秘天才当时最终逃避去完成实验的一个重要理由。当然，这只是后人的猜测。"

安妮接着说道："据星系编年史记载，当时兰利公爵似乎是想创造一种完全不同的时空和全新的生命基质来实现自己的邪恶目的。据说这个兰利公爵还是一个艺术家，真的不知道他会弄出些什么艺术品。就在那个所谓的终极武器启动失败以后，许多舰队目睹了兰利公爵所在的空天母舰没入了他自己所制造的罪恶之中——在胶冻状场域空间里无法自拔。"

孔羿觉得安妮的语气有点颤抖，自己似乎也能感受到上万年前兰利公爵那最后的疯狂与沉沦。

"那该是怎样的一种场景呀！"他不禁感叹道。

古往今来，无数野心家最终都是被自己的野心所吞没。看样子，在不同尺度的宇宙间也没有什么不同。

生命啊生命！你卑微而美好！高贵而邪恶！

孔羿耳边继续传来了安妮的声音，"本来以为结果就是这样，战争结束，一切恢复平静。但过了约千年以后，关于兰利公爵鬼魂的传说在我们那个尺度的宇宙里慢慢开始流传了起来。最初的版本是说，有一些异样的怪物冲破胶冻状禁区进入了没有感染的正常星区，甚至还造成了巨大的灾害。但是由于过于漫长的时空，最终人们大多也不明就里。后来，随着我们殖民移居的星系越来越多，关于兰利公爵鬼魂的传言也越来越多，很多都有类似关于吞纳破这种怪物的传言。只是，传说的那些怪物要比在你们这里的吞纳破更加大得不可思议。"

孔羿对安妮的描述感到有些惊讶，他心想，"竟然还有比刚才见到的那种怪物更大的家伙！宇宙里究竟藏有多少秘密呢？"

安妮继续说道："因为受到污染的暗辐射带自古就被列为禁区，所以只有一些胆大妄为的冒险者和一些星际不法之徒才会接触那个地带。传言那种胶冻状场域本身就会让人得病乃至死亡。还有就是，在那里会遇到一些有智慧的邪恶怪物。"

"你们的生命能活多久呢？"一直以来有些困扰孔羿的问题现在清晰了起来，他看着面前这团红色光球问道。

"既然提到了生命的问题，我要告诉你，孔羿，在我们那个尺度宇宙中的生命文明有一次巨大的分裂！历史性的分叉！"安妮提高声音，严肃地说道，"那是因为，早在殖民纪元早期，在旷日持久的大战之前，我们那个尺度宇宙中的生命文明就已经部分实现了永生的技术。"

"永生？"孔羿皱着眉头盯着面前闪烁着的红色光球。

安妮感受到了他的疑惑，"我所说的永生，是指我们的生命活性已经可以摆脱身体的束缚，能够有各种延续下去的技术方式，而那些技术方式也是最终引发后来星际战争的一个重要因素。"

"你不是说过，主要是因为发现根本没有其他生命基质的存在，因为生命文明的孤独感导致了整个社会价值体系的崩溃，这才最终引发了那场持续上万年的星际战争吗？这和永生又有什么关系呢？"孔羿好奇起来。

"因为我们所谓的永生其实也是一些技术方案，有些选择了更加坚固的外部体，有的选择采取虚拟化存在，有的类似于你们所说的基因改造，甚至也有选择部分移植的方式，总之，有很多办法实现那种所谓的永生，"安妮的声音显得很平静，"本来，永生的技术主要是为了改善生命本身的质量，有些类似于治疗疾病的需要。但另外一个重要目的，也是为了应付漫长的星际旅行。可是没想到这方面的努力成果，却在根本上动摇了我们生命文明的根基，永生技术的失控甚至发展到有些个体因为对永生的痴迷，竟然摧毁了所在星区的整个生命文明！那种对个体永生的贪婪，加上对于全新生命基质探索失败所产生的沮丧，这些负面情绪累积的结果，就是持续了上万年的星际大战。"

"也正是在无数次星际战争当中，我们那个尺度宇宙中的生命文明才越来越发觉，个体有限生命这一宇宙常数法则具有可贵的价值。我们重新意识到，只有建立在正常新陈代谢下的生命文明才是真正有活力的，可以延续下去的。同样，也是因为在漫长的星际战争期间，产生了类似于镜像门之类的关于时空场域的突破技术，从而在根本上就不再需要什么永生的技术了。"安妮的声音叹了一口气，"大战以后，我们的生命文明纷纷明确恢复了对个体有限生命这一宇宙常数法则的尊重。即使是在偏僻的边远星区，生命文明也都开始回到了传统的个体有限生命法则的轨道里。偶尔有些回流，但永生这回事再没有任何吸引人的地方了。"

"那你们正常的生命是多长呢？"孔羿急切地想知道答案。

"和你们人类一样吧，一个世纪左右的时间。然后，我们的生命基质就将回归本源，进入你们所说的轮回。"

"轮回？"孔羿睁大了眼睛。

"是的，我们的生命活性来自于星辰，必将回归于星辰！"那团红色光球发出的声音异常自信，"有限的个体生命更有价值！"

13

此刻，透过蜂巢状舱内一个全息图像可以看到，上千个反应球中回收的残留物质越来越多，而眼前这个玻璃状反应球里的残留物颜色，也正在慢慢发生着各种变化……实验的进展好像非常顺利。

孔羿耳边又传来了安妮的声音，"各项数值完全符合历史上那个神秘天才的设定，估计很快我们就可以完成实验了。"

他呆呆地站在透明的反应球边上，似乎还在思考着刚才安妮提到的他们那个尺度宇宙中生命文明关于生命的理念。

安妮似乎感到了孔羿的困惑，只听她说道："每种生命文明的价值都在于整体延续，如果个体追求什么所谓的永生，那对于整个生命文明来讲，他就成为了病毒。而病毒是有害的！据说那个兰利公爵就有着很强的复古主义倾向，在他的野心里，动用终极武器和追求所谓的永生有关，以至于最终惹出了对于整个生命文明和整个宇宙的灾祸！"

孔羿有点似懂非懂的样子，他说道："那看来在你们那个尺度的宇宙里，最终还是回归到了采取个体有限生命的模式了。那么，你们究竟是如何延续个体生命的呢？"

"我们的生命文明按照不同星区的实际情况，也有类似你们的婚姻、家庭，"安妮静静地回答道，"只是因为各个星区的文化差异而显得形式各不相同而已。在个体生命的繁衍上，我们遵循着生命基质融合的基本原则。简单来讲，无论采取什么样的形态，我们都是通过个体之间的生命基质融合去实现个体生命的创造。"

孔羿慢慢地回味着安妮的一席话，深深感到了另一个尺度宇宙中的生命文明发展水平的深不可测。

"好了，实验证明完全成功！回去后，这些收集的物理变量足可以让胶冻状场域里的任何怪物无处遁形了！"安妮用轻松的语气继续说道，"我们现在可以去迪克那边了，估计他应该已经启动了引力平衡装置。"

看着反应球里乳白色的含混不清重新恢复成了清澈透明的状态，孔羿意识到安妮所说的实验确实已经成功，刚才出现的那种上下分层的状态完全消失了，一幅壮观的星区全息图像再次呈现在眼前。

"看起来一切都还很顺利，"孔羿心想，"即使我们这个尺度的宇宙里目前还有一些异质生命基质的怪物残存下来，估计也会在安妮那个尺度的宇宙中启动以太还原反应的时候，因为同步衍射效应而被一起消灭殆尽吧。那样，卢杨也就更安全了！"

他定了定神，便跟随移动着的红色光球，沿着散发着绿色光晕的巨大管道，顺着弧线向中央操控台方向走去。

悬停在操控台面上方的虚拟屏幕继续散发出五颜六色的光彩。看得出，迪克正信心满满地监控并操作着程序。只见他目光紧紧盯着屏幕，两只手不断地在上下比画。就在这短短的时间里，迪克已经知道如何操作这样的控制界面，甚至有点儿熟门熟路的味道了。

"确实是个动手能力超强的天才！"孔羿这下打心底里觉得有些佩服迪克。

"嗨！我们马上就要推动逆向传输引擎了！"迪克叫道，"孔羿，你知道吗？我们现在是以光速的三分之二在行进！你没有什么异样的感觉吧？"

空天母舰居然航行得这样快！孔羿虽然见识过各种神奇现象，但在这种常规情况下，来自另一个尺度宇宙的空天母舰能够获得如此高的运行速度，还是让他暗自吃惊，心想，"这对目前人类的科技来讲真是完全不可思议！"

他看了一下手腕上的计时器，已经是地球东八区时间快中午十二点了。

安妮所在的那个红色光球冉冉升到了中央屏幕正上方，忽然就隐没到了屏幕里。

随即，舰体内部空间传来了安妮的声音，"孔羿，你看，我现在这个状态其实也算是我们的生命文明以前采用的个体永生的方式之一。只是，由于过分陶醉在这种状态，他们的生命活性很快就迷失了，最后成为了一种完全不知所终的粒子冗余。那就有点儿像你们所说的孤魂野鬼。不过，我现在只是因为进入了你们这个尺度的宇宙，不得已才采取了这样的方式。"安妮似乎想要表达些什么，却欲言又止。

"永生？！"迪克耸了耸肩膀，头也不抬地叫道，"谁他妈愿意去永生啊！除了上帝，谁也不会去永生！要是永生，岂不是永远有数不清的烦恼？我们现在的烦恼已经够多的了！"

"马上逆向传输引擎就要启动了！"舰体里再次传来了安妮的声音，"你们可能会有一些不适的感觉，但是会很快好起来的，请放心！迪克，现在我已经进入了主程序系统，你就不要再编那些个无聊的游戏程序了！"原来，迪克竟然利用虚拟显示屏上的一些坐标，给自己弄了个消磨时间的小游戏。

"这家伙可真是闲不住！"孔羿心想。他随即发现，在迪克面前的虚拟显示屏不知何时没有了踪影，这家伙现在两只手乱晃，龇牙咧嘴地也不知道都在嘟囔些什么。

这时，舰体空间传来了安妮喊倒计时的声音，中央操控台面上开始跳动出阿拉伯数字。

"十、九、八……"数字越来越小，"三、二、一。"

逆向传输引擎启动了。

整个空天母舰内部仍然像刚开始时一样，静悄悄的，周围散发着淡绿色的微光。中央操控台也恢复了暗淡，孔羿和迪克就这样悬浮在已经暗下去的屏幕下方。

这个场景就如同电影院散场后，曲终人散，整个舞台上又恢复了沉静。

但是此刻，如果有人能够从空天母舰外部来观察这个穿越两个不同尺度宇宙的景象，那一定会感到惊奇而壮观！

只见一艘巨大的空天母舰通体发亮，放射出比亿万颗恒星还要璀璨的光芒。它迅速掠过刚刚从胶冻状场域恢复正常的暗辐射带边缘，将周围星尘劈开了一条明显的轨迹。

空天母舰爆发出的这种夺目的光芒几乎能够照亮大半个银河系，看起来就如同人类历史上所记载的超新星爆发一样。这得消耗多大的能量啊！

这道巨大的闪光忽然间就沉寂下去，像是被速冻住了，凝固在宇宙空间一般。紧接着，空天母舰化身亿万，微尘般散入刚才爆发出的此刻已凝固的无数像被冻住的光线之中，这些像被冻住的光线如粉末般四散飘落，随即没入了这个尺度宇宙的无尽黑暗中……

刹那间，空天母舰已消失得无影无踪！

孔羿和迪克正在琢磨怎么没有感受到安妮所说的那种不适，忽然，伴随着舱外没入一片光的海洋，他和迪克都觉得头痛欲裂，几乎有种自己的记忆被掏空的感觉。

就在那一瞬间，孔羿有点觉得不认识自己了，他的大脑里反反复复出现"孔羿"这个名字。

"孔羿？那是什么？这么熟悉而陌生的两个字眼。"他如同一个失忆症患者，对周围环境和自己都产生了巨大困惑。

此刻的迪克也对周围所有的一切产生了无助的迷茫，似乎无论从外部还是内部都无法找到可以让思绪把握住的支点，整个人陷入一片清醒的迷惘当中。人的神智完全清醒，但是对自己身体的内外部却产生了无法理解的障碍。

这两个高智商的地球人类在这样一个短暂期间里，竟然成了两个失忆的白痴，他们丧失了观察、理解和表达的能力。如果有人能够看到他们现在的样子，一定不会想到这两个眼神空洞的人竟然是人类科技领域的顶尖专家。

他们的状态，如果用孔羿家乡的传说来讲，那就是"中邪了"！

在这趟穿越不同尺度宇宙的旅程中，他们悬浮在来自另一个尺度宇宙中的空天母舰的舰体内部，表情呆滞，魂不守舍。

难道，他们已经灵魂出窍？难道，他们已经离开了这个世界？

很快，另一个尺度的宇宙，就将在他们面前展开，它将会如此地熟悉，也将会如此地陌生。

第三章

兰利公爵的鬼魂

1

孔羿和迪克几乎同时发现彼此面对面，都悬浮在一片淡淡的紫色雾气里。看着对方有些呆傻的样子，他们异口同声地喊道："你怎么啦？"

"难道我们已经到达安妮他们那个尺度的宇宙了？"孔羿心想。他下意识地看了一下手腕上的计时器，显示的时间是地球东八区中午十二点整。看来，时间也只过去了十来分钟。但孔羿却觉得似乎经历了漫长时间，而且在这段时间里，身体好像也发生了微妙的变化。他心里琢磨了一下，刚才那种状态类似于睡着了，却又不大像。

"并没有过去很长时间呀？"孔羿在心里寻思道。

"安妮！安妮上尉你在哪里？"迪克高声呼喊着。

只见迪克突然瞪大眼睛，看着孔羿背后发出了一声惊呼。然后挺立身体，郑重其事地行了个不标准的军礼，"迪克将军向你报到！"

孔羿随着迪克敬礼的方向扭过身去，竟然见到一个娉娉婷婷的身影从淡淡的紫色雾气中显现了出来。

"卢杨？！"孔羿惊呼道。

但随即他就发现这不是卢杨。这女孩头发梳成短马尾状，脸上有着一种坚定的神态，嘴角和卢杨一样微微上翘，同样也是一个美丽的女孩。只见她身着一套合体的制服，制服上还装饰了明显的类似于勋章的配件，显得英姿飒爽！

孔羿几乎可以立刻断定，这就是安妮的真身了。

"安妮上尉！"迪克似乎早已从女孩身上散发出的英武气质看出，眼前就是大星系联盟参谋总部的安妮上尉。

气氛略显得有点尴尬。安妮似乎对孔羿认错了人稍感意外，她低低说了一句，"欢迎来到我们的宇宙！"

"这么快？"孔羿想用说话来打破尴尬，赶忙抢着问道。

"这不是快不快的问题，"安妮眨着她那泛着淡褐色光芒的大眼睛说道，"我告诉过你们，速度是个需要打破的障碍，时间是个幻象，我们平常只是用它来记载生命的长度罢了。"

安妮长长的睫毛在周围绿色泛光的映射下显得很是轻盈。

"真的很像卢杨！"孔羿在心里想，"如果安妮是以这个样子和卢杨站在一起，人们一定会将她们看作亲姐妹！"很快他就发现，安妮微笑时脸颊上也有两个小酒窝。

但是，眼前这个女孩确实就是联盟参谋总部的安妮上尉，她挺拔的身形与卢杨懒洋洋的样子有着很大区别。如果说卢杨像一朵摇曳的水芙蓉的话，安妮就像是一朵天山雪莲。

"我们现在已经在我们这个尺度的宇宙里了，刚才的逆向传输引擎一旦启动，就意味着你们被无限复制，而其中一份信息则进入了我们尺度的宇宙，"安妮说道，"也就是说，你们已经是处于弦的状态了。"

孔羿不禁疑惑地摸了摸自己的双手，没有任何异样的感觉。

安妮继续解释道："其实，就是把你们原子态里大量无用的冗余信息给删减了，这样就留下了最纯粹的本质。"

"我成了最纯粹的人？"孔羿心里不知怎的感到有点好笑，可又完全笑不出来。

"这就是通过拍电报的方式把我们拍到了你们这里的吧！"迪克高声说道。

"我希望能够通过毕生研究弄出来的技术，现在就已经自己先享用到了！"迪克那悻悻的语气，也不知道他是高兴还是有点儿失落。

"也可以这样理解，我们是完全通过弦的层面来保留和传输所有信息的，所以这种信息虽然不完全处于稳定态，但传导起来却完全不会走样。"安妮说。

孔羿和迪克相互看了看，两人一脸困惑，他们此时都没法理解安妮所说的意思了。

"是这样的。打个比方来讲，对于你们原子态的生命尺度来说，所有一切都是建立在原子基础之上的，你们对原子尺度以下的质子、中子、电子之类只能通过实验手法去感知。虽然你们现在能够打开原子，获得许多更为基本的粒子，甚至已经能够利用它们去传输各类信息，但困扰你们最大的问题，就是在信息传输过程中如何保持不走样，"安妮解释道，"我这里讲的信息传输包括一切的物质传输和能量传输。例如，在你们人类输送电流的过程中，即使未来运用到什么超导技术，也免不了会消耗很多有效的能量，更遑论未来去传输物质了。但是，在我们这个以弦为基础的宇宙里，我们每一份信息都是保留在一个不同振动的弦上，无论是物质或能量，因此，虽然每一份信息在不断地变换，但是以弦为基础的物质和能量保存的区域总是恒定的，因此在整个信息传输过程中不会产生损耗。"

"那我们那里目前的中微子量子通信呢？"孔羿敏捷地想到了自己的专业领域。

"那有点接近于我们的理论了。但是无论在信息本身的编码和物质实体的传输上，都还面临着巨大的理论障碍，你们还需要根本的理论创新才能够慢慢理解我们的传输原理，"看到孔羿和迪克一脸茫然的样子，安妮解释道，"简而言之，我们的传输与移动策略并非一个物理态的，也不是所谓虚拟态的，你们更可以把它理解成是心理态的！"

"心理态？"孔羿和迪克更加迷惑了。

"也就是说，你们现在认为自己在那里，那就在哪里！"安妮的语气简单而清晰。

"我思故我在?"迪克忍不住又说了句西方谚语。

"可以这样说吧,"安妮停了一下,"但是,却不是你们那种哲学上的玄想,这是要通过科技理论一步步地更新和实验积累数据而慢慢达到的。"

"那我有一个问题!"迪克抢着问道。

"我们刚才被无限复制,其中一份落入了你们尺度的宇宙,那么安妮,我的其他那些兄弟们跑到哪里去了呢?"迪克的表情有点儿无辜的样子。

"记得我说过的镜像全息宇宙的概念吧?他们也就是到每一个全息镜像宇宙中去了。由于这些宇宙之间没有差别,所以在数学上虽然有无数个解,但这些解的内容却是同一的。记得我说过的那本书的道理吗?"安妮冲着迪克歪了一下脑袋,微笑着说道。

"同样内容的一本书,可以在桌上,可以在书架上,可以在抽屉里,可以在我家里,也可以在迪克家里。"孔羿接着安妮的话说了起来。

安妮回过头来冲他微微笑了一下,"正是这样。"

孔羿这时才发现,安妮那个微微翘起的嘴角边的两个小酒窝好看极了,和卢杨的几乎一模一样。

"现在,我们要调整空天母舰的航行角度,飞往我们联盟参谋总部,稍作停留后就要和联盟舰队会合,去实施我们的计划了。"安妮的语气简短而有力。

她一边说着,一边用手臂向前方挥了一下,"现在,你们可以看一看我们这个尺度宇宙的外部世界了。"

只见一个巨大的光球体从中央操控台上倏地出现,表面散发着偏暗的灰白色光芒,似乎还在有节律地缓慢呼吸着,如同有生命的活体一般。它里面的奇特景象则令他们大吃一惊。

这是一个完全不一样的宇宙!一个经过加工的宇宙!

2

"那些连绵起伏的点阵,就是星区之间的快速通道。"安妮边说边放大了光球体内的星区全息图像的结构。现在,孔羿和迪克可以看到,在这个尺度的宇宙中,在散落的星云团之间,似乎存在无数的小点阵。

在安妮他们这个尺度的宇宙里,最早和人类所在尺度的宇宙一样,也是由大量恒星组成了类似银河系这样的星云团,再由星云团组成一组组星系团,而星系团就是这个尺度宇宙的基本组成单位了。但随着科技的发展,特别是随着分散在这个尺度宇宙中的各个生命文明之间密切交往的需要,这边的人们开始尝试进行星云团之间的重组。这样就在星云团之间逐渐出现了一些作为中转站的独立恒星系,这些独立恒星系都是人工形成的,或者说,都是通过外力对星球进行优化排列而重新建造的。

早在离开母星系进入外星殖民的过程中,这个尺度宇宙中的人们就已经发展出了利用引力能进行远距离传输的技术。这种早期的传输技术需要在输入输出两端之间建立中转站,当时,如果想把物质与能量传得更远,就需要在沿途建造大量中转设施,这些设施越大越密集,就越能充分利用引力能,更好地提升传输能力。

这就有点类似于在孔羿他们的宇宙中人类所设立的高速公路休息站一样。这些宇宙间的传输中转站随着传输的距离增加而越造越大,越造越多。

一开始,这个尺度宇宙中的人们是运用一些巨型的人造结构来制造中转站。后来,为了满足人们对于传输的无限需求,也随着工程技术难关的不断克服,他们开始动用整个星球来建造中转站。最后,他们甚至动用了整个恒星系。如今,在这些星云团之间连绵起伏的点状物,就是从前人们改造宇宙的伟大遗迹。之所以说是遗迹,是因为随着后来基础理论的突破所导致技术领域的突飞猛进，距离根本不成其为问题了。随着大航行时代类似于镜像门传输技术的出现，这些中转站失去了本来价值，也就慢慢荒废了。现在，它们就孤零零地悬浮在星云团之间，靠着经典的结构维系着自身引力场，就像一群老去的战士，在宇宙的角落里默默地回忆着自己跌宕起伏的一生。

当然，在这个尺度的宇宙中，目前也有很多连接在繁荣文明带之间的古老中转站被一些家族占有，而另外一些相对偏远的中转站则被废弃，成了一片不毛之地——只有一些宇宙中的拾荒者或一些不法分子才把那里当作藏身之地。

"你们人类迟早也会走上建设宏大宇宙工程这条老路的，"安妮用严肃的声音说道，"因为生命文明似乎对于巨大的东西有偏好，似乎只要是宏大，就代表了力量，就体现了魅力。"

她停了一下，"这种对巨大工程的追求是有瘾的，特别是当能够动用的资源显得比较丰盛的时候。你们看，曾经我们的祖先把生命文明的种子播撒到浩瀚的宇宙中时，不也是因为这种对巨大事物追求的冲动所致吗？"

孔羿忍不住点了点头，说道："是啊，人类一直在追求宏大的东西，从古代的金字塔到现代的摩天楼，生命文明对这类巨大的东西确实是有瘾的。如此看来，我们即使处在不同尺度的宇宙里，生命文明的本质都是那样地同一！"

"似乎那边就有一颗星球是从你们那个尺度的宇宙中运送过来的，"安妮用手指向一个涡轮状星云团边缘，"就是因为双向介入实验成功，我们那个时候才得以将你们的那颗星球移入我们的宇宙。不过，后来发觉也没有什么用，便将它放在了曾经的规划中转站的区域里。"

随着安妮的手指的指向，孔羿和迪克隐约地可以看到一颗暗蓝色的星球在宇宙深处闪烁着微光。

"那不就变成了孤儿！"迪克叫了起来，"你们把一颗恒星带离了它的家庭，让它孤零零地飘荡在你们的宇宙中，这太残忍了！"

一贯严肃的安妮，听到迪克的说法几乎笑出声来。

孔羿此刻却不知怎的想到了在另一个宇宙中的卢杨，"那个美丽无辜的女孩就这样孤零零地飘浮在黑暗之中。"他心里一阵黯然。

"现在，我们很快就要到联盟参谋总部了。我们需要和一些重要的人物会面，同时那边的舰队也都正在整装待发，"安妮接着说道，"当然，我们也需要休息一下。正式的行动计划将在你们计时器上的傍晚六点开始。"

在透亮的圆球体内全息图像显示中，孔羿看到了一个闪耀着浅紫色光芒的车轮状星云团。它的中心如同熟悉的银河系一样闪耀着巨大的璀璨光芒，但四周的轮辐却暗淡了许多，到了最外围，亮度却又剧烈地上升。

"这会不会是经过改造的星云团呢？"这种不太自然的车轮状结构让孔羿有些疑惑。

"这就是我们大星系联盟的军事区了，联盟参谋总部就在那里。"随着安妮的指向，孔羿看到了在巨大轮状外围有一个球状凸起的部位。

"就在那里！"安妮高声说道。

空天母舰似乎在半空中调整了一下方向，孔羿感到一阵微微的眩晕。

如果从外部观测的话，可以发现空天母舰如同忽然进入了一片光幕，随即便消失在星辰的海洋中。而孔羿通过舰体内那个巨大球状全息图像的显示，能够清晰地感受到母舰是以极快的速度在朝那个车轮状的星云团飞驰。

在车轮状星云团闪耀的边缘附近，蓦地出现了一道亮色，似乎把黑暗的夜空撕开了一道口子。随之，一幅银色天幕迅速向四周伸展开来。空天母舰舰身从这天幕中缓缓显现出来，而银色的天幕光线逐渐暗淡下去，直到舰身完全呈现出来，那道银色才消失在夜空之中。

空天母舰通体散发着暗褐色的光晕，伞状一端朝下，映衬着下面星云团边缘的光芒，如同一个即将放进紫色盘子里的大蘑菇。

在舰体内庞大的球状全息星区图像上，现在可以清晰地看见整个车轮状的星云团在不断扩大，而边缘的那个球状凸起愈加明显。

孔羿终于可以看清楚，视野里那个所谓的球状凸起，竟然是由密集舰队所构成的一个飘浮着的空间堡垒结构，每一艘战舰几乎都有行星的尺寸。这些战舰形状各异，数量简直无法计算。

孔羿和迪克几乎进入了梦幻般的状态，只听到安妮在一边说着，"就像你们看到的那样，我们的联盟军事区实际上是改造后的星云团，我们的先人在早期殖民中就发现了这样一个被改造的星云团，这在当时似乎是通过一种未知的技术才能达到的。"

"嗯？不是没有其他外星人吗？"迪克觉得安妮的话有些奇怪，他歪着脑袋说道。

"确实，这也是我们这个尺度宇宙中的一个重大谜团。因为按照当时的技术，似乎没有哪个殖民地的生命文明能够采用这样的大手笔。后来，在镜像门传送技术还未普遍运用于星球移动的情况下，我们的先人在星际战争时期，为了提高战斗效率，便利用引力场跃迁技术，把这里的星球轨迹在以前的基础上重新优化布置了一下，改造成了军事区。即使在后来技术发生巨大超越以后，这种排列方式还是被基本保持了下来。"安妮接着补充道，"战后，随着大星系联盟的成立，这里就成了联盟的军事区域。"

"难道在你们的宇宙中还有神奇的未知古老文明吗？"一想到能够将偌大星系进行改造，重新排列星辰轨迹，孔羿不禁赞叹起生命文明的力量。

"是啊！"安妮轻轻叹了口气，"宇宙间的秘密是永远无法想象的！"

随着星区全像图上的联盟参谋总部区域愈来愈近，孔羿和迪克看到了无数类似于用装甲包裹的拥有行星尺寸的舰体从眼前掠过。造型大多为球状，也有一些形状奇特的，如乌龟，或者如同张开许多对翼的老鹰等。那种球状舰体简直就像是在地球表面铺上了一种类似于金属的材料，一副荷枪实弹的样子。这些造型各异的舰体表面，在星空下泛着暗暗的各种色彩，看起来厚重而威严。显然，这些运行在星区空间的无数巨大装置绝非善类。

随着迪克的一声惊呼，一个如同木星般大小的黑色巨型球体出现在他们视野范围以内。它泛着暗红色的光晕，表面布满了射向外空的巨大管道，看起来就像是一只巨大的蜂巢。蜂巢的四面八方密布着无数如同蘑菇般的空天母舰，与孔羿他们此刻乘坐的完全一样。

"联盟参谋总部到了。"安妮的声音平静而有力。暗红色的光芒映照在安妮的徽记上，显得她益发英姿飒爽。

3

空天母舰慢慢地向联盟参谋总部所在的星球表面靠去，它缓缓进入了其中一束管道之中。

凑近一看，巨大的管道居然是由大量类似蜂房状的独立隔间组成的，每一个独立隔间组合得都恰到好处，整个构成了一个狭长的通道。

"你们看到的这些，实际上都是战前修筑的堡垒，是殖民时代留下的遗迹了，"安妮解释道，"在星际战争后期，由于技术的巨大提升，实际上已经用不到这些看起来很强大的装置了。现在，这些都是联盟参谋总部用来当作艺术装饰用的了。"

"不过，它们的性能都还完整。"安妮的口气就像是人类导游，似乎是在介绍古罗马的城堡遗迹。

"但就是这种数万年前的巨大堡垒，其中所蕴含的科技也是目前人类所无法可想的。"孔羿心想。宇宙间生命文明的差异如此之大，让他不禁对自己尺度的宇宙的命运更加担心起来,"还没有高度科技化,还未能走出文明的摇篮,就面临毁灭的危机,真是不公平呀!"孔羿想到,在安妮他们尺度的宇宙里,在殖民时代就有了如此波澜壮阔的构造和武装工事,一定在那个时期同样也存在着各种惊心动魄的混战。看来无论在什么样的宇宙里,生命文明的发展总是伴随着战争。

"连殖民时代都建有这样具有威慑力的堡垒,真的不能想象在兰利公爵的战争时代,那数万年的星际战争中又会有多少奇异的故事呢?"孔羿心想。

"估计那时,散落在眼前这个辽阔宇宙中的生命文明虽然源于同样的生命基质,但已经因为科技和环境的差异而成为了完全不同的物种了吧!甚至于在战前,据安妮说在这个尺度的宇宙中还出现了所谓的永生。"孔羿脑海里翻腾起伏,他不禁惊讶于宇宙的巨大和自身的渺小了。

随着一阵坚实的引力波动传导到了舰体,空天母舰稳稳地降落到了联盟参谋总部的甲板平台上,那是一种一望无际的网格状结构,随着引力场的起伏波动而呈现出如液体般流动的色彩。

忽然,孔羿和迪克觉得头顶传来一种轻微的爆炸声,抬起头来,竟然看到安妮在做一个很像那种引发白色旋转立方体启动的动作。

只见安妮抬起双臂,立在他们头顶的虚空中,把头稍稍向后仰起,随即巨大的母舰舰身似乎从舰体内部中央操控台上脱离开去。

蘑菇状舰身缓缓上升,直至停在一个很远的闪着金色光芒的巨大柱状泊位上。孔羿远远看去,那个巨大的柱状泊位上停泊了大约几百艘完全一样的空天母舰,如同一棵闪着金光的长满了蘑菇的大树。他再向四周望去,有数不清的这样的大树耸立在自己视野可及的范围内。

"联盟舰队的空港到了!"孔羿耳边传来了安妮的声音。

这哪里是空港啊,这简直是一片巨大的金属森林。孔羿和迪克看着这种巨大尺度的空港，顿时有点眩晕的不适感。再看看各自身体下方，本来舰体内那个巨大的屏幕式操控平台装置，不知何时已经无声无息地消失了。此时，他们脚下踩着的是一种闪着柔和光线的材料，踏上去相当稳定、平实。

看到他们有点木然的样子，安妮走了过来，"操控平台是粒子态的，完成任务后就虚化了，所以我们现在已经在联盟舰队的空港里了。"

她接着补充道："你们在这里所感受到的一切，包括场景和逻辑，都已经按照你们那个尺度宇宙的模式进行过优化，所以请不要担心有什么物质触感或思维上的不适。"

"哦！不！没有任何不适！美丽的上尉，你们这儿简直太棒了！简直比我们电影里的还要棒！"迪克的语气里透出由衷的赞叹。

孔羿觉得，能够在自己有限的生命中，亲身感受到如此璀璨的另外一个尺度宇宙中的生命文明，这的确是一种莫大的幸运。

"我一定可以把卢杨那个女孩救回来！"他心里此时不知怎的涌起了一种自信。

安妮领着他们来到一扇如同镜面的门前。就在他们有些迟疑的时候，安妮从身后推了他们一把，便先后走了进去。他们似乎根本没有觉察到门的开启，人就直接进入一个静悄悄的大厅，一个从上到下站满了人的大厅。

这些人全身透亮，身体笼罩在一层光晕里，他们排列成螺旋状，一圈圈由地面向上盘旋，直到朦胧的顶端。大厅的气氛有几分诡异。

孔羿和迪克此刻立在这个站满人的大厅里，似乎觉得有点压抑，但他们随即发现，这些人都是一些立体影像，并非真正的实体。

"这是我们历代的联盟参谋长，"安妮的声音传入了他们的耳朵。"我们采取了记忆封存的方式，在遇到紧急情况时，我们就可以将他们的经验汇总起来，去应付各种危机。毕竟，哪怕没有发生这次的灾难，在各个殖民星系团之间，还是会有各种各样的冲突发生，而那些冲突往往可能发展成为一场战争。"

"生命文明似乎总是好斗。"孔羿说道。

安妮看了他一下,"很快,我们现任参谋长就会和我们这次行动任务的舰队成员到了,他们已经在来的路上。"

安妮话音未落,安静的大厅忽然变得有些热闹起来。那些历代帝国参谋长的影像晃动起来,似乎在相互间进行交谈。而在这个过程中,他们的影像也变得越来越淡,随着一种柔和的黄色灯光渐渐明亮起来,他们的影像就完全消失了。

孔羿和迪克这下终于看清,刚才那一眼看不到顶的视觉效果是一种错觉。

现在,这里就是一间普通大厅,类似于酒店大堂,内部还有宽阔而平滑的吧台设施。大厅装饰富丽堂皇,墙壁上还有一些类似于人类社会的油画,只是,上面都是一些抽象图形,色彩鲜艳,却看不出描绘的究竟是些什么东西。

在大厅里随意放着几组很漂亮的沙发,安妮领着他们坐了下去。孔羿和迪克甚至还像在地球上的酒店里一样,在安妮的演示下喝起了茶几上摆放着的饮料。

在安妮他们这个尺度的宇宙里,除了在技术上有着截然不同的进步以外,在一些生活设施方面却和目前地球上人类的生活似乎有着惊人的相似之处。

"但是也可能,眼前的这一切就是安妮刚才所说的什么场景和逻辑都按照我们那个宇宙的模式优化后的结果吧!"孔羿暗想道。

"估计,宇宙所呈现的那种丰富多彩甚至可能只是一种表象,弄不好一切都只是人类的一种一厢情愿的幻想!"孔羿不禁想到一开始安妮告诉自己的关于生命基质的事情,当他意识到人类文明的孤独真相时,几乎要对头顶的漫天星辰都感到绝望了。

而此刻,在另一个尺度的宇宙里,在安妮他们的世界中,孔羿又产生了这种强烈的感觉。

"难道,在整个可知的宇宙中,生命基质都只有唯一的答案吗?安妮所说的那个神秘的宇宙常数法则好像预示了我们所能观测和感知的一切都已经被注定了!"

孔羿皱紧了眉头,情绪有点儿低落。他心想,"那么,科技即使能够达到安妮他们这个尺度宇宙里的水平,又有什么意义呢?"

生命文明的意义究竟何在?!

无论在哪个尺度的宇宙里,还是在那无数镜像全息的宇宙里,这个问题大概是最无解的命题了吧!

一想到在目前技术如此发达的安妮这个尺度的宇宙里,同样也要面临各种争夺和战争,甚至连历代的联盟参谋长的灵魂都不得安歇,孔羿不禁为自己那个宇宙中人类的未来而感到沮丧。

"也可能,我们所做的一切根本就没有什么意义!"他皱着眉头想,"看来地球上那些技术乐观派对未来的想象是多么幼稚。如果更多的人类了解了安妮这个尺度的宇宙,真不知道他们会有什么样的想法。人类难道就这样在技术不断升级的过程中永久地轮回吗?"

孔羿低下头看了下手腕上的计时器,显示的已经是地球东八区时间下午两点了。

短短几十个小时经历了这么多令人惊讶的事情,孔羿现在几乎对整个宇宙的存在价值有点怀疑起来了。一向不太喜爱思考这种关于价值和意义的他,脸上显得有点忧郁的样子。

是啊,这个宇宙究竟有什么意义呢?那些飞速发展的令人瞠目结舌的技术又到底有什么价值呢?——就是不断增大毁灭的力量?

孔羿不知怎的,此刻却想到了那个还有着什么艺术家身份的疯狂的兰利公爵。

"创造和毁灭可能都是一样的吧!"

他喝了一口清甜的水,看着杯子里被自己摇晃的有点不规则的波纹，禁不住在心里这样想。

安妮发现了孔羿波动的情绪，她从茶几上拿了一把类似于糖球的东西递给他们，说道，"其实，我们这个尺度宇宙中的技术发展方向已经在漫长的时代里做出了巨大变化。"

孔羿和迪克看着安妮把那糖球一样的东西塞入嘴里，也学着把那些东西放入嘴中，很快，一种甘甜的芬芳立即把整个人环绕了，全身肌肉像是出现了紧绷感，脸部似乎都放出了一些光芒，整个人觉得有种放松的舒适感。

"在我们这里，是一个技术进步和倒退同时并存的宇宙。"安妮轻轻说道，她那漂亮的睫毛闪动着美丽的光泽。

"什么？"孔羿和迪克睁大了眼睛，他们完全不能明白安妮此刻想要表达的意思。

4

"我们这个宇宙的生命文明在科技发展上经历了很多曲折，"安妮看了孔羿和迪克一眼，悠悠地说道，"技术的发展是一个漫长的过程。在一开始，我们和目前你们人类一样，追求的是不断的技术进步与科学理论的创新与发展，就这样持续了数万年，直到殖民时代，出现了所谓的永生。那是一个技术极度发达的时期！但是，有很多技术现在都被封闭了。"

"封闭？"孔羿和迪克异口同声地问道。

"是的，技术封闭！"安妮肯定地点了点头，"我们这个尺度的宇宙如今在技术上是选择性的保留。在很多技术领域，我们选择了保守甚至是倒退。采取这样一种方式，已经成为我们这个尺度宇宙里生命文明的共识！甚至是处于战争中的各种势力之间，也默认了这一规则。"

安妮停了一下，清晰地说道："这就是技术有限降幂法则！"

看着孔羿和迪克不解的神情，安妮叹了一口气，又抓起一粒糖球似的东西抛入嘴里。"所谓技术有限降幂法则,就是把所有巅峰时期的技术目录做一个甄别,然后由大星系联盟帝国长老议会进行选择,将一些重要技术分为推荐系统和封闭系统,对于推荐系统中的大多数技术采取逐渐降低水准的方式,直至达到稳定态;而对其中与追寻生命文明意义有关的技术,则采取谨慎地维持和发展的方式。"

"那封闭系统呢?"迪克忍不住问道。

"至于进入封闭系统的技术,则被销毁、永久封存,直至让其信息消失在蛮荒的宇宙深处……"安妮看了看听得聚精会神的他们,说道,"除非整个宇宙即将遭受毁灭,如同这次我们所要遇到的那样。"

她的声音慢慢低了下去,"即使在战争的敌对方之间,也不得不遵循这样的技术有限降幂法则,这已成为我们宇宙的共识,和那些宇宙基本常数法则一样。"

看到两人还是有些不解的样子,安妮又说道:"这就类似于你们人类的运动会,虽然发明了汽车,但是人总不能和汽车赛跑吧。或者说,虽然有兴奋剂,但是在比赛中是禁止使用兴奋剂的,虽然兴奋剂也是一种科技。"

"可是兴奋剂会给人体带来巨大伤害呀!"孔羿说道,眼前不禁又浮现出那些退役运动员后半生饱受病痛煎熬的悲惨情景。

"技术就是兴奋剂!也会给生命文明带来巨大伤害!"安妮的声音虽轻,却振聋发聩。

"我们宇宙中技术的巅峰是在星际战争时期。在那个阶段,战争极大地刺激了各个不同星区生命文明的创造力和想象力,虽然因此而发展出的各种技术也可以让我们的日常生活变得更便捷一些,但人们的兴趣似乎更倾向于把这些技术运用于战争,设想如何去制造更大的破坏和毁灭!"

安妮眼神里浮现出一抹灰色,"可能,我们的所谓更好的生活在那时就成了更好地去毁灭,只有毁灭带来的快感才能让我们更好地生活下去。"

"看来只要是生命，都有着近似的感受。"孔羿忍不住想到，纵观人类历史，其实也是在那种暴虐的战争征服中获得快感，获得所谓的进步的。

文明史就是征服史，就是战争史，就是创伤史，就是毁灭史！

"这大概就是生命文明的意义吧！"孔羿看着安妮的眼睛说道。

安妮用一种奇怪的眼神瞟了他一眼，"我们这个尺度宇宙的生命文明目前来讲是分成几个阶段的。"

"那我们现在是属于哪一个阶段呢？中生代白垩纪？"迪克做了一个鬼脸，拱起腰把手卷成爪子的样子开玩笑地说道，嘴里还发出"吼吼"的模仿恐龙的叫声。

安妮看了他一眼，忍不住笑了，"我们确实在母星系纪元时期发现有存在过这样的大怪兽，它们也曾创造了辉煌的文明。"

看着孔羿他们有点奇怪的表情，安妮说道："在这个尺度的宇宙中，当我们这个种群发展起来之前，确实还有很多不同的种群也有过对生命文明的贡献，他们与我们基于相同的生命基质，只是运气不大好而已。就像一场赛跑，最后我们胜出了。只不过，当我们踏到终点线以后，才知道这仅仅才是一个开始。甚至，在后来的生命文明的星际跋涉旅程中，在某些殖民星区还出现过各种对过去那种生命形态的崇拜与模仿。"

"安妮，你这话是什么意思？"迪克好奇地问道。

"也就意味着，出于各种不同的原因，我们的生命文明在广袤的宇宙中选择了各种不同的存在状态，这样大概也可以避免孤独吧，"安妮轻轻叹了一口气，"在我们的殖民时代，有很多星区选择了不同样式的生命形态，所以，我们也有很多不同的堂兄弟姐妹们。当然，这和我们本来的想象是完全不一样的。本质上讲，我们和这些堂兄弟姐妹都是相同生命基质基础上的生命文明，大家是同源的。"

"就像我告诉你们的那样,我们都来自于那个哈顿母星系!"安妮看了孔羿一眼,"正是因为意识到那样的状况,才成了引发星际战争的最好理由。"

她停了一下,有点激动地说道:"我们这个尺度宇宙中的生命文明渴望真正属于不同的群体,我们需要一种建立在差异化基础上的认同感与归属感,我们需要那种感觉!"

"是啊!"孔羿不禁想到了在另一个尺度宇宙中的那颗小小的星球之上,在两三百万年前,人类的祖先从非洲散落到地球各个角落的苦难迁移史。经过了无数次生离死别、颠沛流离,当他们最终再次会聚的时候,俨然已经成为了互相敌视的团体。但不可否认的是,那种为团体而战的感觉是多么美妙!即使是付出了无数生命的代价,人类依然乐此不疲。

"这大概就是生命文明的本质属性吧!"孔羿感慨道。

安妮告诉孔羿和迪克,在自己这个尺度的宇宙里的生命文明,最早可以称之为史前史时期,也就是摇篮时期。在那个时代,安妮的先人们取得了决定性胜利,并最终统治了摇篮星球。

"不过摇篮星球已经永远消失了,在战争末期,它随着兰利公爵那个终极武器的启动而和哈顿母星系一起被摧毁了。"安妮嘴唇翕动着,微微上翘的嘴角煞是好看。她瞥了孔羿一眼,"摇篮星球那时候的技术发展水平有点类似于你们现在的人类社会。后来,我们进入母星系纪元。"

从安妮的话中,孔羿知道了母星系纪元的元年就是安妮的先人们第一次登入母星系另一颗行星的那一年,从那时起,真正的技术革命突飞猛进,引力跃迁技术、远距离质能转换技术,乃至星际力场微观效应技术,都相继产生并日渐成熟。在母星系纪元约一万年时,安妮的先人们突破了母星系的约束,正式进入大航行时代。

"是的,大航行时代!"说到这里,安妮略微有点兴奋,脸上泛出了一丝红色光芒。

大航行时代是个非正规称呼,在后来所有官方文件中,都明确地记载着,引力跃迁技术试验成功的那一刻就是殖民纪元元年。从此,安妮的先人们正式踏入神秘的宇宙深处。

看着孔羿和迪克听得聚精会神的样子,安妮说道:"自那个时候起,我们的许多基础学科出现了创新,对于整个宇宙的理解出现了理论上的突破,关键是数学基础理论出现了突破。随之而来的技术更新,将我们的文明送上了迈向巅峰之路。就在那时,我们的生命文明出现了两种不同的发展思维。一种就是按照既有的像我这样拥有本来实体的方式进行发展的保守主义路径,也就是说,继续保持传统意义上人的存在状态。而在一些遥远的深空中,越来越多的生命文明开始选择其他不同的生存策略,有的甚至变成了完全不同的物种,以至于在相当长一段时间以后,当我们在星辰大海中相遇时,甚至会把这些亲戚当成完全不同的异质生命文明。"

安妮的眼神显得有些遥远,她幽幽地说道:"也正是因为这些变化,才导致了永生技术的出现。"

永生!多么迷人的一个词啊!地球上无数的人类憧憬着这两个神秘的字眼,无数的帝王毕生追求这个信念,虽然结果如同飞蛾扑火,但前仆后继的人类似乎一直在勇往无前!

"看来生命文明无论出现在哪个尺度的宇宙中,对永生的渴望都有着惊人的相似之处!"孔羿感叹道,"而安妮的先人们居然实现了!"

5

"当然,我说过,大航行时代从母星系散落到各处的生命文明,最后因为孤独而产生了一种绝望心理,其蔓延导致我们这个尺度的宇宙进入了星际战争的历史阶段,"安妮摇着头继续说道。她把自己的马尾辫甩到一边,显得很是妩媚。"在旷日持久的星际战争中,科学技术继续发展,许多生命文明突破了时空束缚,几乎进入了疯狂境地。特别是那种所谓的永生技术的运用,使得各种毫无意义的破坏更加肆无忌惮,直到兰利公爵那个所谓终极武器的出现。"

据安妮所说,经过上万年的星际战争,到战争末期,终于成立了大星系联盟的雏形,并最终实现了休战。同样,在经历了如此漫长的混乱时期以后,当时的各个生命文明开始反思那些极端技术,也开始反思所谓永生的意义。

后来,经过联盟最高议会决定,通过并实施了"技术有限降幂法则"。这个法则的核心,就是通过特殊手段封存各种可能具有潜在危险的技术,将整个宇宙的技术等级约束在生命文明的理智所能理解和控制的范围之内。

"那么,即使今后出现所谓的战争,也不会出现像兰利公爵所使用的那种丧心病狂的所谓终极武器了。"安妮缓缓地说道,她的目光似乎停在了遥远的过去。

"不准使用兴奋剂!"迪克高声叫了起来。

"正是这样!"安妮看着他,"我们现在的技术水平,除了一些经过特殊程序解封的技术以外,基本上都慢慢退回到大航行时代早期了。按照技术有限降幂准则,我们的技术最终将退回到殖民纪元元年。"

"什么?"孔羿和迪克惊呼起来。

难道数以万年积累的科学技术竟然在这个尺度的宇宙中要被当成垃圾回收?这就如同把一个精巧的航天飞机最终压成一堆废旧金属。简直是暴殄天物!人类迄今为止不断追求科技进步,而在这个异常发达的另一个尺度的宇宙里,竟然将技术的顶峰定格在了过去。这里的生命文明居然会用什么技术有限降幂法则去降低自己的技术水准!这在孔羿和迪克看来,确实很不可思议。

安妮继续自顾自地说道:"后来,随着战后秩序的恢复,特别是随着双维度宇宙模型被全宇宙模型所代替并验证,我们很快发现了你们那个尺度的宇宙,历史进入了接触纪元。"

通过安妮的介绍,他们终于弄清楚了这个尺度宇宙的一个编年史。他们也了解到,眼下这里的技术水平在接触纪元上万年的时间里,已经缓慢下降到了殖民纪元早期的程度,许多技术根据技术有限降幂法则规定,已逐渐按照名录被封存了。

比如殖民纪元时期运用引力跃迁来移动星球建造星区中转站的技术,虽然还可以操作,但已经和过去有了很大不同。据安妮说,这一类型技术的封闭还导致了目前一些针对古老的星区中转站的买卖变得有些抢手,因为,将中转站转移到繁荣星区附近的引力跃迁技术在很大程度上已经生疏了,即将面临失传的命运。

根据记载,接触纪元早期那个消失的神秘天才是第一个提出技术有限降幂法则的人,他曾经这样说过,"技术有限降幂法则是宇宙中与常数法则同样重要的法则!"

"当然,也并非所有的技术都被封闭,在有限的几个领域中,我们依旧保留了大战时的巅峰状态,甚至还有所发展。其中之一就是和你们宇宙的沟通能力。"看着他们不解的神情,安妮认真地说道,"另外,即使有些技术没有被封闭,但也仅仅只能通过类似于魔法的方式来运作,从而使其丧失了科技运用上那种大规模复制的可能性。"

"魔法?"孔羿和迪克再次喊了出来。

"是的,魔法!"安妮说道。

"因为有些技术还是有其偶然需要的时候,所以我们设定了一些运用规则。也就是说,即使需要使用,也无法有效地大规模使用,而是采取一种结果不确定的方法,同时封闭了它的真实理论背景。"看着他们迷茫的神情,安妮微笑着说道,"这样,即使这类技术运用起来,它的结果也是不确定的。如同使用魔法,偶尔灵验而已。"

"包括时间幻觉、永生、空间切割等技术,就是采用这样类似魔法的方式勉强接续下来的,"安妮强调道,"它们必须服从技术有限降幂法则!"

"所以,有些强大的技术还会以魔法的面貌在一定范围内延续下去的喽?"迪克笑着说道,"所以,你们的宇宙也是一个魔法的宇宙!"

"可以这样说!"安妮看了迪克一眼,"那个历史上消失的神秘天才,就是我们这个尺度的宇宙中第一个获得魔法师头衔的人。将科学隐藏起来,我就成为了一个魔法师;当我遗忘那背后的法则时,我就是一个蹩脚的魔法师!这些话就是那个神秘天才在资料里留下来的。"

"当然,接触纪元以后,我们通过对你们人类的观察,更加肯定了我们的技术有限降幂法则的正确性,"安妮意味深长地看了看孔羿和迪克,"毕竟,你们是我们的一面重要的镜子。"

"是啊!"孔羿和迪克异口同声地说道。短短几分钟,他们就完全理解了在安妮这个尺度的宇宙中技术有限降幂法则的关键意义。

生命文明确实需要克制自己的发展,否则,只有全部毁灭!眼前这个兰利公爵的鬼魂行动正好生动地诠释了这一点。

就在他们还想继续探讨关于安妮他们这个尺度宇宙中的历史和技术发展的时候,大厅里的灯光忽然变得强烈起来,随着四周墙壁变成一道绚丽的光幕,几个人步履匆匆走了进来。

领头的是一个高大的中年男人,穿着一身和安妮类似的制服。安妮一见到他,立刻走上前去,挺直腰板,把双臂在胸前交叉,紧紧一靠,随即放下,嘴里高声喊道:"将军阁下!"

中年男人亲热地拍了一下安妮的肩膀,说道:"女儿,你辛苦了!"

"什么?"孔羿和迪克面面相觑。

中年男人非常和气,脸上虽没什么棱角,但却有一种威严的气势。他冲着孔羿和迪克亲切地点了点头,高声说道:"欢迎你们!我是联盟参谋总部部长吉奥·约塔将军。谢谢你们所做的一切!"

安妮此刻倒显得有点拘束了。她指着孔羿和迪克说道:"将军阁下,这是孔羿和迪克,他们的表现好极了!"

吉奥将军用慈爱的眼神看了一下自己的女儿，随即转过身去对他们说："是的，我是安妮的父亲。见到你们非常高兴！但现在还不是说闲话的时候，时间只有不到一星周时间了。"

孔羿瞟了一眼手腕上的计时器，上面显示的是地球东八区时间下午三点半。

"我们的舰队已准备好了，那些巨大的设备都已处于启动状态，稍作准备就可以出发。"吉奥将军说着，随即转向孔羿，盯着他的眼睛说道，"你很勇敢！孔羿！振作起来！顺利的话，我们会很快帮你找到你女朋友的。"

孔羿用眼角扫了一下安妮，心想是否要申辩一下那个卢杨并不是自己的女朋友。

只听见吉奥将军又说道："迪克，你也很勇敢！现在，就让我来告诉你们马上就要开始的行动吧。"

迪克学着安妮的样子，把双臂在胸前猛地一交叉，"是！将军阁下！"吉奥将军满意地点了点头。

"安妮是联盟参谋总部部长的女儿？"孔羿有点不敢相信，如此危险的工作，竟然是由一个家世如此显赫的女孩来实施。

现在他终于注意到，吉奥将军随行的那几位军官模样的人，虽然领章上的军衔看起来都很高，但却没有安妮那种闪闪发亮的徽记。孔羿稍稍凑近细看了一眼，那是个类似某种动物的星图。

"可能是她家族的徽记吧。"他心想，因为在吉奥将军璀璨的领章边上，同样也有着这样一对闪闪发亮的徽记。

"我们需要尽快将舰队移到暗辐射带胶冻状场域！"吉奥将军脸色严肃起来。

"在目前你们所做的实验取得成功的情况下，我们还面临着这样几个困难，我们必须克服它们！"

吉奥将军用力将手在空中一划，几乎就在这一瞬间，大厅中央立刻出现了一个巨大的球状全像显示屏幕。这种显示装置，孔羿和迪克在空天母舰虚拟操控台上见过，并没感到惊讶。

随即，一个巨大的如同罗马斗兽场似的结构显现在球体内部，只见上万个人形密密麻麻一圈圈围坐在一起，场面特别嘈杂，像是在讨论些什么。

奇怪的是，在孔羿和迪克的眼中，这些人形看起来并不像是虚拟的影像，他们是如此逼真，几乎触手可及。唯一特别的是，他们的尺寸只有人的手掌般大小。

6

"接触纪元大星系联盟帝国长老议会最后一次会议开始！"随着球体里发出一个男人的声音，吉奥将军和他的随从，包括安妮在内，大家都挺直了胸膛，脸上都显出非常严肃的样子。

"吉奥殿下发言！"那个男人的声音再次传来。

眼前这种奇怪的视角和古怪的称呼，以及最后一次会议的说法，把孔羿和迪克都弄得有点精神恍惚了。

面对这个巨大的球体，吉奥将军头微微一低，同时把双臂在胸前轻轻交叉了一下，便用洪亮的声音开始发言。

安妮站在父亲身边，面无表情，一动也不动。

"如果任务成功，我们将进入新的纪元。"吉奥将军沉稳的语气引起了那些小人们的骚动，隐隐约约传来一些嘈杂的声响。

他那洪亮的声音继续说道："如果失败，诸位，那么我们就将不得不和这个宇宙永久性告别了。"

将军顿了顿语气，"可能有些长老已经给自己安排好了退路，但是，缩在一段毫无生气的虚拟空间里，还要面临可能出现的异质怪物的骚扰，估计是任何人都不愿意的。如果某些人以为那种存在也是一种永生，那未免把我们先人们的永生技术看得太低级了。"

吉奥将军用如同演说般的语气说道："没有生命质量的永生，违背自己宇宙常数法则的苟延残喘，是一种怯懦！任何有质量的生命文明体都应该为此感到惭愧！"

此刻，巨大球体中似乎出现了一种类似于鼓掌的声响。

"各位尊贵的长老，我们舰队的行动计划是这样的，首先我们将按照预定轨迹，进入暗辐射带场域。在这里我要提醒大家注意的是，这个胶冻状场域与我们联盟的繁荣心脏维特卡曼京，已经是近在咫尺了。在座的还是不要再去琢磨怎样保住自己在那里的投资了，因为即使还原翻转成功，维特卡曼京也可能会受到巨大冲击，起码，星云团的一侧将会受到重大影响。"

吉奥将军的声音变得威严起来。巨大球体中出现了一阵阵骚动的声音。孔羿隐约看见那些小人相互之间似乎变换了各种方位的样子。

"一旦我们的舰队全面进入胶冻状场域，我希望在座的各位不要存在什么侥幸心理，利用不确定的衰减场域为自己那些个所谓的小宇宙进行什么能量收集。如果那样做的话，可能会造成舰队返回安全区域的动力丢失。毕竟，宇宙生命文明的常数法则告诉我们，我们都是一体的！"吉奥将军顿了顿语气，接着严肃地说道，"没有任何人，可以为了自己卑怯的目的去牺牲别人的命运！所以，我只是希望各位尊贵的长老能够在本宇宙即将开启新纪元的时候，放弃不必要的争议，把所有的善意都集中起来！未来，终归是有无限可能的利益的！"

吉奥将军用他洪亮的声音补充道："如果我们还能够有未来的话！"

一阵稀疏的类似于鼓掌的声响再次从球体中传来。

"权力集中！"孔羿的耳边再次传来了开始的那个男人的声音。随即他和迪克惊讶地看到，那上万个小人的形象开始慢慢清晰，他们慢慢重叠，密密麻麻地扭在了一起，竟然汇成了一个高大的人形，几乎要将球体顶部撑破！

这个高大的人形的面目几乎和安妮的父亲，联盟参谋总部部长吉奥将军长得一模一样。

只见这个高大的人形摆了摆手说道，"吉奥殿下，从现在起一直到任务完毕之前，执行权属于你了！"

吉奥将军对着这个巨大的人形用力地双臂交叉，敬了一个礼，大声说道："安赫尔陛下授权！"

话音未落，那个球状全像显示屏幕，连同里面的那个和吉奥将军面貌一样的超大号的人形就在众人眼前消失了。

孔羿和迪克看得目瞪口呆。安妮脸上也有种抑制不住的激动。

大厅又恢复了柔和的光线，墙壁上油画似的装饰图案再次出现。一切又都恢复了刚才的样子，只有几组沙发安静地固定在原位。

吉奥将军看了看他们，"刚才我们是在履行一个联盟帝国长老议会的决议，现在由帝国的安赫尔陛下将指挥权授予了我。我将亲自率领舰队与你们一同前往暗辐射带！"

一连串的疑问困扰着孔羿和迪克，但吉奥将军显然没有时间解释他们那古老而庞大的机构运作，只是轻描淡写地说了一句，"你们可能需要好好休息一下。但在这之前，我还是要说，这是一次很危险的行动。没有失败，只能成功！"

他用坚定的眼神看着孔羿说道："孔羿，你们在你们那个尺度宇宙里的行动我们都看到了，实验完成得很好！但你们需要注意的是，在我们这里，将完全不是这么一回事！"

"什么？"孔羿不禁张大了嘴。

"是的，那是因为政治！"吉奥将军撇了撇嘴角。

这时，孔羿才发现将军没有看起来的那么年长，秀气的脸庞和安妮真有几分相像，他身上只是多了一些威严的色彩罢了。

"难怪安妮有时显得很威严的样子。"孔羿暗自想道。

通过吉奥将军简短的解释，孔羿和迪克了解到，大星系联盟虽然已经存续了上万年时间，"但那只不过是一盘时空中的散沙而已！"

说到这个时，将军眼中显出失望的神态。

原来在星际战争后期，为了使得各个星区的利益维持平衡，一些遵循哈顿母星系传统的星区逐步联合，并最终成立了大星系联盟。大星系联盟选举了帝国长老议会，来决定广阔星区里的各项事务。

每个长老都是所在星区的君主，他们的物质合体就是帝国最高君主安赫尔陛下。

但是，这个安赫尔陛下在大多数情况下却不是什么具体的人物，而是一种人物的设定。一旦将执行权授予某人行使的时候，安赫尔君主就会显现出某个人的样子。

当然，在必要时，特别是和散落在宇宙星区各处那些不遵循哈顿母星系传统的堂兄弟姐妹的生命文明打交道的时候，安赫尔君主可以具有完全独立的意志力与执行力。

表面上看起来，君主本人似乎是各星区长老们物质聚合的产物，但安赫尔陛下实际上是一种独立的物质化的全息存在，在某种意义上，他具有永生的特质。

在安妮他们尺度的宇宙中，由于生命文明经历了大航行时代的播撒，有许多文明因为不同的环境甚至是因为一些偶然因素，选择了和哈顿母星系文明分道扬镳的发展道路，从外形到制度都发生了巨大变化。与其说这些变化是外界因素使然，倒不如说更是这些生命文明自身选择的结果。当然，这些选择的背后绝非风平浪静。

在吉奥将军看来，大星系联盟才是真正有价值的生命文明。至于那些躲在遥远宇宙深处的各种生命文明，常常被他叱为低能。最近他常常说，"说不定这些家伙正在等着这次的灾难给自己带来什么机会呢！"

根据安妮所了解的情况，有很多遥远的生命文明已经在偷偷修改他们的生命基质了。换句话讲，这些文明已经打算在可能出现的未来胶冻状的宇宙中照样能生活得有滋有味。这种修改自身生命基质技术的可能性,也传到一些联盟内部长老的耳朵里去了。

面对这次可怕的危机,有些长老甚至也打起了改变自己统辖星区内生命基质的主意。刚才吉奥将军的演讲,很大程度上就是针对这些长老的。

"原来所谓一个宇宙的毁灭竟然还是另外一些势力的新宇宙的开始!"这些讯息让孔羿和迪克再次感到了不可思议。

孔羿不禁回想起那个从胶冻状场域大海里冲上岸的异常生命体——早些时候在自己尺度的宇宙中遇到的那个漂浮在空天母舰上方,散布着无数触须的怪物吞纳破。他心里不禁紧了一下,又为飘浮在那个宇宙深空里的卢杨担心起来。

此时,在这个尺度的宇宙中,暗辐射带胶冻状场域正在爆发式扩散!情报显示,那些在空间范围上比较靠近的星区,已经落入胶冻状场域的力场范围,根据联盟最新统计,已有一千多个星区沦入胶冻状场域之中。

这真是一个惊人的数字!为避免远处星区产生困扰,这个消息连同胶冻状场域扩散的速度迄今为止都还是机密,只有一些身份显赫的人才知情。

但是,如同在宇宙任何角落里出现的情况一样,流言总是伴随着生命文明而永不消散,一些关于这次宇宙的质能翻转的谣言已经在星区之间广为流传,有些星区的生命文明之间甚至对此事件产生了完全不同的看法,甚至传出了一些关于拥抱新的生命基质的论调。

"其实,一切都很简单!"吉奥将军再次用他那洪亮的嗓音说道,"维护目前的宇宙秩序,保持我们生命文明的纯洁性,不仅是一种生死选择,也是一种利益较量!我选择保持纯粹!"

他环视站在自己四周的人,坚定地说道:"这是政治!这也是战争!"

"我们看来是被卷入了宇宙生命文明基质的大战里了!"迪克贴

着孔羿的耳朵说道。

"是啊,"孔羿心想,"尽管看到了恒星被冻结的可怕样子,但也可能胶冻状空间场域并没有安妮所说的那样绝望和恐怖。"

孔羿和迪克几乎怀疑是否有必要去参与这项行动了。

"那么!安妮,你带上他们直接到舰队集合吧!"吉奥将军边说边用温柔的眼神看了一下女儿,"安妮,你也该好好休息一下了。"

随后,吉奥将军便在周围军官的簇拥下转身离开了。

"孔羿,迪克,我们走吧!"安妮目送父亲的背影消失在光屏门外,便向他们招了招手,三人按原路返回了大厅外部。

一架造型别致的小型引力舱已经静悄悄地停在闪烁着七彩光芒的甲板上了。

7

这架小巧的引力舱呈椭圆形,如同一辆公交车大小,表面是一种流动着的蓝色光波。奇异的地方在于,引力舱的轮廓似乎很模糊,看不出它清晰的边缘。

安妮直接将孔羿和迪克推进舱,自己随即跟了进来,整个过程一气呵成。只是他们根本没有见到舱门。

"难道又是那种介入技术?"孔羿寻思道。

"安妮他们这个尺度宇宙里的科技实在令人难以想象!"孔羿心想,"还是在技术有限降幂法则的规定下所呈现出来的!"作为一个技术宅男,他真的很想知道,当这个尺度的宇宙处于那个星际大战的技术巅峰时,该会是一种什么样的景象?

"啊!这么宽大呀!"耳边传来了迪克的声音。

孔羿环视了一下四周,也感到有点惊讶。引力舱从外部看起来不过只有一辆公交车那么大,进入内部舱后,居然如同拥有一个会议室的空间。

引力舱内部充满柔和的白光，宽大的沙发椅排列在四周，中间是一个类似桌子的台面，上面摆放了一些像是食品、饮料的东西。

看到他们好奇的样子，安妮说："这是一个内外场隔离的引力舱，我们的体形实际已经变小了。"

她嘴角浮上一丝浅笑，"也就是说，是我们整体缩小进入了这个区域，外面并未变大。"

"怎么会这样？"迪克还是有点好奇地问道，"进入你们这个宇宙，我们已经不知道缩小了多少倍，现在又被缩小了？我的美丽的上尉，这究竟是怎么回事？"

安妮笑着说："在我们母星系纪元晚期，由于生命文明的数量急剧膨胀，许多资源出现了紧缺，当时一些科学家就采取了这种内外场隔离技术，把我们的个体缩小，这样，每个人就可以享有更为丰富的资源，甚至，生命文明在不同星区的殖民也变得更为节省能源了。"

"也就是说，这是为了节省能源的一种技术啰？"孔羿说道。

他不禁想到了自己在另一个宇宙中的那间狭窄的实验室，以及那同样拥挤的单身宿舍。他继续说道："如果在地球上也能有这样的技术，那每个人都可以拥有更多的资源，如此该解决多少人对拥有足够个人空间的向往呀！"

"是的！"安妮回答道："这种技术在早期，确实是为了缓解个体的资源分配问题，但后来，很快就发展成为大航行时代的一种标准化的作业方式。"

安妮从引力舱中央平台上拿起一颗糖球，在他们眼前晃了一下，继续说道："你们想，把一颗这样的糖球和一个类似地球一样大小的行星运送到远处，哪个消耗的能量大呀？"随即便把糖球塞入嘴里。

"哦！我明白啦！"迪克显得有点兴奋。

"你的意思就是说，你们从前的大航行时代，是通过先缩小再运输的方式去进行远程殖民的！这真是个好主意！"

"你说得对！"安妮拿起几颗糖球，分别递给孔羿和迪克，又向自己嘴里塞了一颗。"还是在母星系纪元的时候，我们的生命文明就初步掌握了引力跃迁技术。后来通过这种技术，我们甚至可以移动整个星球到新的轨道。但是，那需要巨大的能量，甚至会引起恒星的能量衰减。在殖民纪元时代，你们刚才所见到的那些早期星区中转站，多数是利用星球引力跃迁技术来实现的。因为要消耗许多恒星的能量，所以当时人们也把那个大规模建造星区中转站的时期称为恒星熄灭时代。"

"为了建造大量的星区中转站，你们消耗了大量的恒星？"孔羿忍不住问道，头脑里浮现出那种旷日持久的巨大宇宙工程的壮阔场景。

"是的，"安妮接着说，"但后来，因为能量消耗过于巨大，且存在一定的引发平行宇震的危险，后来在殖民纪元的大部分时候，这种技术就慢慢被弃用了。然后，我们才得以发展出利用这种安全低耗能的内外场隔离技术去移动星球。"

安妮向嘴里丢了一颗糖球，"当然，目前我们只是利用这种技术经过技术有限降幂法则后的运用了，这种技术当时可是专门为移动星球而开发的。"

"平行宇震？"孔羿和迪克瞪大了眼睛。

"是的，平行宇震！"安妮说道，"简单来讲，就是可能会引发镜像全息分形宇宙中的同类元的不稳定连锁反应，那会使得在被移动星球所在的空间方位上出现不稳定扰动引力场，这对于星际传输会造成很大风险，会使一些星区中转站遭受灭顶之灾。这些当然是后来我们才真正意识到的，之前我们都把平行宇震的现象当成类似于星球鬼魂的传说，这些传说和后来兰利公爵的鬼魂传说交织在一起，成为很多故事书的主题。但其实，它们根本就不是一回事。"

安妮停了一下，"所以，我们为了避免平行宇震，后来就开发了这种内外场隔离技术。"

"原来这种技术本来就是专门用于移动星球用的。"迪克似乎明白了安妮的意思。

"是的，通过这种内外场隔离技术，我们很快就不用再像早期那样消耗巨大的恒星能量去移动星球了，我们更多的是将整个生命文明连同所在的星球通过这种技术缩小以后再移动到遥远的星区去的。"

安妮回答道："那才是一种低消耗、高效率的星际殖民方式。"

孔羿不禁想起地球上轰声震天、吐着长长火舌的巨型火箭，那该消耗多少能量呀。如果有内外场隔离技术，地球文明就可以很容易地在银河系任何角落里安营扎寨了。

"可惜，现在因为技术有限降幂法则的推行，目前的内外场隔离技术只保留下我们这种低层次的运行方式了，而比它更先进的镜像门技术，也只能移动空天母舰这个级别的物体了。"安妮的语气显得有点遗憾。

"是否也就意味着，你们现在，那种为了移动星球的内外场隔离技术已经被封禁了？"迪克问道。

"也可以这样说，"安妮回答道，"从技术上不是不能做到，但要想像殖民时代后期做到的那样完美，却是很难了。巅峰已经过去！"

看来，安妮他们尺度的宇宙一定是因为经过了漫长而残酷的星际战争，才最终选择了技术有限降幂法则。孔羿不禁又开始想起弥漫在人类社会当中的那种技术乐观主义了，心里感叹道："技术确实带来了许多，但是也剥夺了许多！"

这两天，经历了对安妮他们那个尺度的宇宙中生命文明的了解，孔羿觉得，技术有限降幂法则并不是一个能够轻易做出的决定，一定是付出了许多惨痛代价后的领悟。

"我们到了！"安妮话音未落，失重感便向孔羿袭来，头有些微微的眩晕，但随即就感触到了地面。椭圆形的引力舱已消失得无影无踪，他们的身体却再次站立在流动着绚丽色彩的坚实甲板上。

孔羿和迪克抬头向四周望去，一眼望不到边，都是些造型奇特的战舰。战舰泛着银白色的光晕，在他们头顶向着浅紫色空中无限地蔓延开去……

他们仰头看了许久才注意到，那些战舰原来都是由一个个类似于糖葫芦的球体所组成，构成每艘战舰的球体结构数量不一，少的有两个，多的竟然有好几十个。再仔细看上去，不同战舰上球体排列的阵势也不一样，有的类似于双螺旋结构，有的类似于放大的原子结构，有些呈现出不规则的结构，可以说，什么方式的排列结构都有。但基本单位就是一个个圆形球体。

球体表面似乎流动着液态光，每颗直径目测约莫五百米大小，也有个别的直径达到两三千米。

"难道眼前这些糖葫芦串都要前往暗辐射带胶冻状区域去执行这次行动吗？"孔羿心想，"那可真是一次巨大的行动呀！"

安妮看着他们说道："我们现在已经处在一个作战球体内部了，这是我们联盟最好的皇家战列舰队，由近万艘战舰按照拓扑队形接驳而成。很快我们就将出发了！"

这时，孔羿和迪克才发觉，头顶浅紫色的外部空间，是透过作战球体内部看出去的几乎透明的外壳，而脚下踏着的甲板原来是巨大的操控屏幕，和第一次乘坐的大蘑菇里的中央操控屏幕差不多，只是更厚重而已。

作战球体沿着内部圆周边缘向下倾斜的地方，有一圈螺旋形通道，通道两边是隔成许多舱房状的独立空间。

"那是各种功能室，"安妮边说边领着他们沿螺旋形通道步入其中一个舱门，只见一个简朴大厅呈现在他们面前。

"现在皇家战列舰队已经出发了。"安妮说道。随即在他们眼前浮现出一个球状全像显示屏幕，只见几千艘战舰在空间中不断地相互组合，变换着排列和接驳的方式……

盯着屏幕看了一会儿,他们觉得有些奇怪,心想,"难道舰队就这样不断地进行排列组合?那它们怎么出发呢?"

安妮估计是看出了他们的疑惑,"我们的战斗群是以舰队本身的排列来形成镜像门效应,简单地说,就是通过战舰的动态矩阵组成一种类似镜像门的结构,从而实现远距离联合传送的。"

看着他们有点惊讶的眼神,安妮说道:"我们的舰队将要经过地球上五六个小时的时间,才会最终形成镜像门效应,到达那片暗辐射带区域。"她停了一下说道:"这种技术本来是为了移动恒星系的,但经过技术有限降幂法则的运用,现在也能适用于舰队出行时整合的便利。至于这技术背后的根本原理,如今也因为技术有限降幂法则而失传了。"

8

孔羿和迪克各自看了下自己手腕上的计时器,显示的已经是地球东八区时间下午六点。而按照安妮的说法,他们将在计时器上显示为子夜时分的时候,到达暗辐射带胶冻状场域外缘。然后,舰队便要开始执行"兰利公爵的鬼魂"的行动计划了。

安妮指着屏幕上变换的星区全息图像说道:"目前暗辐射带胶冻状感染区已经扩散到百分之一个可观测宇宙了,边缘地带上千个星区已经在胶冻状场域引力场的控制范围内,其中上百个星区已经被这团胶冻状场域所吞没。"

安妮抬头看了孔羿和迪克一下,"我们这次的行动和在你们那个尺度宇宙中的运作原理差不多,但因为牵涉到维持周边力场稳定的问题,更因为有了联盟政治所牵涉的因素,所以要复杂许多。"

看着他们疑惑的神情,安妮说道:"还记得我的父亲吉奥将军说的那个维特卡曼京吧,那是我们整个大星系联盟的经济首都,由上千计的恒星系构成了那个不大但却极度繁荣的星系团。那里和我们这个军事区域的星系团完全不同,如果说我们联盟参谋总部所在的星系团是你们那个尺度的宇宙中所说的乡村,那维特卡曼京就是你们那里的纽约!"

"纽约!"孔羿和迪克同时叫了起来。

"是的,纽约!"安妮强调道。

她娴熟地把屏幕上的星区全息图像移到了其中一个星区附近,随后用坐标展开,只见一幅无与伦比的璀璨画面蓦地呈现在他们面前。

他们看到了一团异常闪亮的由非常密集的恒星系所构成的星系团。这个与众不同的星系团,在暗黑色夜空背景里闪耀着夺目的蓝色光芒,宛如一颗绚烂的蓝宝石!

孔羿明显地看出,与星区全息图像上其他星系团相比,它的外观有点儿不寻常:尺寸很小,似乎只有联盟参谋总部所在的那个车轮状星系团凸起部那样大,而且呈规则的正四面体结构,有点像地球上金字塔的形状。

"这真是一个神奇的所在呀!"两人忍不住惊呼道。

在他们眼里,这不太像一个宇宙中由自然力量形成的星系团,完全有序的直线切面,以及星球排布的明显规律性,完全可以看出人为加工过的痕迹。

如此浩大的工程是怎么做到的呢?

安妮猜到了他们在想什么,她抬起头来看着他们说道:"你们想的没错。这个维特卡曼京确实是后来营造出来的,之所以采取这样的造型,是为了避免如此的密集度造成星球之间撞击的风险而采取的一种安全结构方式。以这种正四面体模式来构建星系团之间的轨道形态,可以更好地安排内部及周边引力场的分布。"

安妮发现了他们眼神中的惊讶,"自从殖民时代以来,生命文明在我们这个尺度的宇宙中广泛传布,最终散落到几乎所有能够达到的宇宙区域。在生命文明扩散过程中,有些区域因为地理原因而越来越趋于繁荣，例如你们现在看到的这个维特卡曼京。也有些星区，因为相对偏远甚至被人们慢慢遗忘。"

安妮盯着视野中闪烁着炫目光彩的正四面体星系团，眼神中出现了一丝难以名状的情绪。"就像联盟参谋总部所在的车轮状星系团，它位于我们可观测宇宙相对边缘的地带，而暗辐射带区域位于和车轮状星系团相对应的我们这个尺度宇宙的另外一边，"安妮顿了一下，接着说道，"所以，联盟参谋总部在目前情况下与暗辐射带胶冻状感染的区域相对是很远的。但维特卡曼京，我们这个世界的纽约，它的位置就不是那么乐观了。"

"你的意思是不是意味着维特卡曼京可能已经遭受了胶冻状场域的感染？"孔羿看着安妮说道。

"那倒也未必，"安妮说道，"你们知道吗，维特卡曼京位于我们这个尺度的宇宙中可观测区域的中心位置，但在殖民纪元早期，那里只不过是一片遥远的星空荒漠而已！"

安妮告诉孔羿和迪克，早在殖民纪元早期，开拓者们就发现了这个暗淡到微不足道的边远星区。

本来那里只有十几个毫不起眼的小恒星系，如同孤儿一般飘零在幽暗宇宙的深处。但随着大航行时代的迅猛发展，人们逐渐意识到，这样一个空旷而贫瘠的地带，竟处于可观测宇宙的中心位置。

中心，意味着这个区域去任何区域都比较方便；中心，意味着各种信息能够在这里进行汇聚；中心，意味着各种资源可以在这里进行有效对接。何况这里本来只有一些微不足道的星球在孤零零地旋转，可以算得上是宇宙星空中的一块处女地。

再加上相对单纯的政治环境，以及优越的区位优势，于是，各个殖民星区联合发出倡议，打造一个宇宙中心都城，建立一个各方势力进行沟通与交易的平台式星空区域。就这样，维特卡曼京计划应运而生。

动用大量最先进的技术，各个星区都有巨量投入。维特卡曼京成为安妮他们那个尺度的宇宙中生命文明璀璨的结晶。在星际战争时代来临之前，这个完全是由生命文明所创造的崭新而独特的星团，终于闪烁在了这片星空之中。它源源不断地吸引着宇宙中的财富，也播撒着生命文明的活力，……它的繁荣简直难以想象。

在安妮他们尺度的宇宙中流传着这样一句话，"如果你没有去过维特卡曼京，即使你永生，那也是一场虚度！"

"但是，也正由于旷日持久地营造维特卡曼京，引发出各种利益纠葛，这些无疑都成为日后爆发星际战争的肇因。这个宇宙中生命文明最宏大的工程完成后不久，就爆发了长达上万年的星际大战。"安妮说道。

孔羿和迪克面面相觑，眼前这个璀璨夺目、造型奇特的人工星系团，不仅是一个繁华之都，竟然也是引起战争的祸水！

"如果你恨一个人，就送他去维特卡曼京；如果你爱一个人，就送他去维特卡曼京。"迪克摇头晃脑地念了起来。孔羿觉得还真有几分道理。

"但维特卡曼京并没有因为漫长的星际战争而衰落下去，它反而在战争期间变得日益兴旺起来！"安妮说道，"因为这里类似于中立国，任何交战星区的舰队都可以在此获得补给，而更多来自四面八方的政客和商人，也乐意在这里进行密谋和交易。"

安妮轻抚着全像显示屏幕上的宇宙之都，眼神显得有些迷离，"甚至可以讲，正是因为战争，才造就了维特卡曼京的极度繁荣。"

这颗散发出灿烂光辉的巨大蓝宝石，就这样静静地悬浮在屏幕正中央。孔羿将坐标推近了一点，可以看见其结构中密集而有序的星球正各自放射出斑斓的光芒，宇宙间的巨量财富和资源在这里汇聚，又在这里飞散。

这真是一个宏大的宇宙之港，一座狂野的宇宙之都！

"生命文明的奇迹！"迪克大声喊道。

确实，这是生命文明的奇迹，"但更是欲望的奇迹！"孔羿忍不住说出声来。

安妮听到孔羿的声音，抬眼看了他一眼，眼神显得意味深长。

"维特卡曼京这一次估计是在劫难逃了！"安妮突然发出的声音把他们吓了一跳。

安妮指着星区全息图像说："目前根据暗辐射带胶冻状场域的扩散效应，我们这一次只能在污染边缘引力区和维特卡曼京之间进行作业，如果以太还原法引发的翻转修复效应过于巨大，维特卡曼京就有可能会被波及。影响究竟会有多大，现在还无法确定，这要看实施以太还原法效应和胶冻状场域空间扩散效应之间的相互作用关系了。"

安妮用略显迟疑的目光看了他们一下，"虽然在你们尺度的宇宙里实验很成功，但无法预料在我们这里最终的结果会怎样。"停了一下，她有些歉意地说道，"卢杨被巨大星尘暴吹走，是我事先没有预料到的。"

"是啊！也不知道卢杨现在在什么地方？"迪克看了孔羿一眼，没有再说下去。

9

此时，球形战舰依然在持续地变换着连接姿态，它们不断地相互接驳，又不停地相互分离，启动镜像传输的活动到目前为止正在一刻不停地进行着。

也不知道它们进行了多久，孔羿觉得球形战舰之间变换活动的频率和速度似乎逐渐慢了下来。

"我们还是休息一下吧。"安妮从平台上递给他们两瓶饮料，自己也拿了一瓶。

他们学着安妮的样子打开瓶子，一种轻松的气息立刻让他们感到陶醉，有种无缘无故的兴奋感从大脑深处传来。

"这是酒？"迪克看着安妮问道。

"不算是吧，"安妮微笑着说，"这是液态能量体，可对我们的身体结构进行优化，帮助我们镇定，是恢复性饮料。"

安妮停了一下，看着他们道："当然，你们也可以把它当作酒，这些液态能量体在对我们的身体进行结构整合的过程中，确实能给我们带来体感上的兴奋与愉悦感。喜欢的话，可以再来一瓶。"

安妮又指了一下舰舱边沿上几扇白色玻璃状光幕，"这里面有几间根据你们的体质和意识优化的房间，和你们早些时候在空天母舰里待过的房间类似。需要的话，可以到里面休息一下或睡一会儿。"

孔羿对这两天见到的各种很符合他们体质要求的一些装置，甚至是糖果、饮料都有点儿好奇，便看着安妮问了起来，"安妮，为什么你们优化过的房间、设施还有那些食品什么的都看起来和我们地球上的很相似呢？那种设计简直是一模一样！难道这是你们模仿我们所作的特意安排吗？"

"哈哈！"安妮笑了起来，"孔羿，确实是很相似。但我现在不得不告诉你们，还记得我说过，从我们这个尺度的宇宙进入你们那个尺度的宇宙的方法吗？"

"附体或者托梦呀！"迪克抢着说。

孔羿看了看安妮，突然脑袋里一阵兴奋，忍不住大喝了一口液态能量体，说道："安妮，是不是你们干预了我们地球的发展历史？你的意思是不是要说，你们为我们的祖先提供了这些类似的设计？"

迪克吃惊地看着孔羿，眼里闪过一丝异样的光芒。

"是的，可以说就是这样。"安妮咻咻地笑出声来，显得似乎有些醉意。"在你们地球文明早期，我们就介入了你们的文明。当然，由于不干预原则，一开始仅仅只是观察。后来，随着介入越来越频繁，我们觉得要是任凭你们的祖先去作那些无谓的尝试，不如在一些关键点上进行微小的干预。"

安妮优雅地晃动手上那漂亮的瓶子，说道："所以，地球上许多技术和设计是由我们输入灵感而刺激你们创造出来的。"

不知怎的，听到安妮这样说，两人都有些怅然若失。

自从和安妮接触，孔羿头顶上的灿烂星河失去了想象中的各种可能性。人类，居然是偌大宇宙中的孤儿文明！这个消息已让他们非常失望了。而现在，他们又沮丧地得知，即使是地球上那点微不足道的科学技术成果，很多也是由安妮他们那个尺度的宇宙中的生命文明有意无意地通过安排什么"附体"或"托梦"来实现的。

"真是失败呀！"迪克忍不住叹了一口气。

孔羿有种隐约的失落感，他心想："搞了半天，那些科技史上关键性的发现和人类认知的一些转折点，真的是由安妮这个尺度的宇宙中的生命文明干预而实现的。看来地球文明确实不孤独，只是没有想到竟然是以这样的方式。"

看到他们有些郁闷的表情，安妮带有歉意地说道："我们主要是为了加速你们的发展，才做出这样一些有限度的干预行为。"

安妮解释道："总体来讲，我们只是起到临门一脚的作用。比如你们的元素周期表，就是在门捷列夫经过大量运算、百思不得其解的情况下，我们才采取托梦的方式，让他在梦境中解决了排序问题。"

两人低下头，陷入了沉思。

看着他们有点出神的样子，安妮说道："还有你们数学界关于素数的黎曼猜想，如果你们在这个方面有重大突破，则相应的数学基本理论会产生飞跃，"安妮的语气相当诚恳，"可是，因为目前你们在数学基础理论领域依然没有进行大规模的才智投入，所以我们觉得，现在向你们公布谜底还不是时候。我们依然受不干预原则约束，这是我们两个尺度宇宙间交往的原则！"

她看了孔羿一眼，又补充道："虽然可以有些小小的变通。"

"难道黎曼猜想竟有着完整的答案?"迪克惊呼起来。要知道这可是困扰了人类一个多世纪的数学难题,其答案对整个数学界具有不可估量的意义。

"是的!"安妮说,"黎曼猜想是你们通往突破宇宙时空的一个关键性垫脚石,如果你们哪一天解开了这个谜团,你们就会很快找到星际旅行的大门了。"安妮停了一下,"当然,接下来你们还得找到钥匙,还需要获得解开大门的密码。"

此时,他们眼前呈现出一种阔大的历史场景,他们似乎看到了整个人类在宇宙中筚路蓝缕,四处寻找基础理论与技术突破的艰辛而悲壮的画面。

孔羿不禁好奇地问道:"那么,是否我们人类古代的那些传说中,有些重大的宗教降临事件,也有你们的参与?比如说,传言中脑子里听到声音在说话,以及受到启示的先知们的故事?"

安妮看着他说道:"我们一般不会干预精神的。我们觉得,人类应该按照他们自己的意识理解模式,去实现对他们那个尺度的宇宙的认知。即使在这种认知的过程中走了些所谓的弯路,但过程依然是有价值的。"

"我们认为,只有原创思考力量与原生自信才是真正造就生命文明核心品格的东西。无论在哪个尺度的宇宙中都是一样!"

安妮的声音提高了起来,眼神显得纯净而坚定,"科技固然伟大,但生命文明的精神却是科技所无法比拟的!"

他们对安妮的这番话很是叹服,刚才心里那种卑微的委屈感慢慢烟消云散了。

"是的,这个世界终究是精神的!"孔羿回过头去,看着迪克说,"让我们变得强大起来吧!"

安妮笑着看着他们说道:"孔羿,迪克,我相信我们这次行动一定会成功!我也一定会回到你们那个尺度的宇宙中去把卢杨救回来!"

孔羿看着安妮，眼里闪烁着感激的光芒。

他内心深处似乎萌发出一种奇怪的感觉，好像已经不太能够分得清眼前这个美丽的女孩究竟是卢杨还是安妮。而且，好像自己对卢杨的印象也慢慢模糊起来了。

此刻，通过他们头顶球形舰体的透明表面可以看出，庞大的球形战舰还在排列各种不同形态，它们变换位置的频率和速度比刚才更加缓慢了，估计再过一段时间，以舰队自身组合所形成的镜像门效应就要开始了。

安妮让大家看了一下手腕上的计时器，数字显示是地球东八区时间八点整。

"我们都去休息一下吧。"安妮说。她带着他们来到那几扇白色玻璃状光幕前，示意他们进入各自的房间。

在这短短几十个小时内，孔羿和迪克穿越了两个完全不同尺度的宇宙，他们对安妮身上透出的干练气质很是钦佩。安妮在他们心里树起了一种威望。对孔羿来讲，这里面还带有一丝柔软的温暖。

10

这次进入的房间和第一次在空天母舰里的房间几乎一模一样，同样的大床，同样的卫生间，甚至连那种类似于空调发出的嗡鸣声也完全一样。唯一的区别是，在床头那面墙上悬浮着一幅巨大的星区全息图像。此时，漫天星河就这样静静地浮现在孔羿眼前。

孔羿似乎看到了一块熟悉的区域，他定睛仔细一看，居然是自己那个尺度的宇宙中银河系的图像。"家园！"他盯着熟悉的星图忍不住自言自语道，"这就是我的家园！"

他急切地凑上前去，用手摆弄了几下坐标点，很快，就发现了被标注的太阳系。

他小心翼翼地又摆弄了几下坐标点，一颗熟悉的蓝白相间的星球静悄悄地出现在他面前。他轻轻操控坐标慢慢放大了它的形象，只见那圆润的轮廓晶莹透亮，几乎吹弹欲破！

"地球是那么美丽，那么脆弱！"

他看到了纵横的山脉、交织的河流、翡翠般的寒带森林，海岸线上翻滚着的银色波浪，灵动的极光上下翻舞……他逐一在全息图像显示屏上抚摸过去。"这就是我们来的地方！这就是人类文明的摇篮！"面对着此时位于自己那尺度的宇宙中的这颗遥远星球，孔羿心潮澎湃。

他用手努力地比画了几下，将自己的祖国清晰地显现了出来。在这无边无际的宇宙当中，在这完全不同的另一个尺度的宇宙深处，他竟然能够触摸到那片亲切的土地！

他继续调整坐标点，企图在这个闪着微光的美妙星球上，找到他待了十年的研究所。

他努力调整角度。终于，一片湖水映在眼前，波光粼粼，绿树环绕，一个小小的顶部闪耀着浅色红光的陀螺状实验室呈现在眼前。

"就是它！"

他有点激动地把手伸进全息图像当中。这个地方现在是如此遥远，但似乎又触手可及。此情此景，简直恍若梦境。

孔羿又把坐标点推进到了实验室边上的那个花园。小亭子清晰可见，顶上还覆着一层淡淡的月光，他又想起自己在里面打坐的样子。

夜晚打坐，抬头看着漫天星辰，遐想无限，那真是一种令人陶醉的享受。而现在，自己却在星辰深处，竟然还是在另外一个完全不同尺度的宇宙里。

这真是梦幻一般的神奇！

孔羿又把坐标移到镇上的外星人酒吧。几十个小时之前，在那里，自己遇见了可爱的女孩子卢杨。想起卢杨，孔羿心底不免泛出淡淡的伤感。可随即，一个英姿飒爽的身影慢慢从眼前浮现出来……

"安妮？卢杨？"现在的他，真的有点搞不清楚，这两个女孩之间究竟是一种什么样的关系。她们都有明媚的笑容，都有可爱的小酒窝，都是乐观开朗的女孩子，只是卢杨略显俏皮，而安妮比较威严而已。

孔羿随手给自己倒了一杯晶亮的液态能量体，小口啜着。望着杯中倒映着的银河系全息图像，觉得此情此景有些不太真实。漫天繁星就这样静静地漂浮在杯中，悠然旋转……一想到在几十个小时之前，自己所有知道的一切，都来自于那颗不起眼的行星，他感慨万千，仰头把这杯液态能量体一饮而尽。

他倒在洁白的床单上，织物面料让身心骤然放松。太累了，他希望就这样永远躺下去，再也不要起来……他睡着了。

迷迷糊糊听见安妮的声音在房间回响，孔羿惊醒了。原来，舰队的镜像传送已经启动，他们就要实施行动计划了。

孔羿和迪克离开了各自的房间，很快集合到球形战舰大厅。舰队此时已经抵达宇宙之都——维特卡曼京附近了。

安妮早早地等在指挥大厅里。她告诉他们，这次数千个球形战舰的编队是依靠自身引力场叠加所形成的镜像门来进行这样远距离的传输。由于技术有限降幂法则的制约，这种传输方式存在自身场域的干涉，目前只能将舰队传送到该区域了。接下去的行程，舰队必须启动等速跃迁技术。等速跃迁技术虽然古老，但它有一个无可替代的优点，那就是精度高，对于目的地的准确度可以达到一个行星轨道。这就意味着，可以将球形战舰的战斗编队定位到完全不走样的地步，同时还能保留相互之间的机动性。

透过透明的战舰外壳，孔羿可以清晰地看到宇宙之都——维特卡曼京。

这个华丽正四面体闪烁着绚烂的光芒，辉映在舰队侧翼。整个星系团致密、宁静，繁星如瀑，灿烂无比！这个拥有上千个恒星系的星云团，所占据的空间尺度并不大，但其中绝大多数星辰都是通过人工移动而被转移到这片本来有些荒芜的深空中的。

据安妮说，为了防止如此致密的排列所产生的巨大引力，不仅在这些恒星系之间采取了非常独特的正四面体排列方式，而且，在各个恒星系之间也运用了巨大的排斥力场技术，以求得整个星系团结构的引力平衡。

"可是维特卡曼京为什么要排列得如此致密呢？"孔罕和迪克都有点好奇。

确实，宇宙中的空间极其辽阔，似乎没有必要花费如此代价去维持那样一种形态吧。

"当时之所以采取致密型结构模式，是殖民时期生命文明为了追求高超技术的炫耀心态所致。维特卡曼京的造就，很大程度上是当时星际生命文明财富与技术集中展示的需要。"安妮说道。

安妮抬头看了一下头顶外部逐渐安静下来的球形战舰编队，继续说道："整个殖民时代，特别是在大航行后期，在我们尺度的宇宙中，生命文明出现了一个重要的分叉，那是因为永生技术所导致的。"

在接下来安妮讲述的信息里，他们终于了解到一些这个尺度的宇宙在殖民纪元时代那段波澜壮阔的历史。

那是生命文明在整个宇宙的殖民取得巨大进展的时期，各种基本原理和技术都有了实质性突破。这些突破不仅将生命文明播撒到了这个尺度宇宙的深处，同时也无限放大了当时人们的欲望。

"技术会带来一切！可是却无法让我永生！"据说这是边远辐射带地区一个君主在生命最后时刻的哀叹。

生命文明虽然在整体上已经超越了时空尺度，但在个体命运上似乎还是和从前一样，他们在永生的问题上饱受困扰。

按照地球上的那种算法，当时这个尺度宇宙中的人们已经能够生存一个世纪左右了。但就像权力永远不能满足野心家的需要一样，对生命的延长似乎也永远无法满足人们的需要，特别是那些拥有巨大能量的人物的需要。

有关永生的实验和密谋早在哈顿母星系纪元末期就已经展开了。后来，随着其他技术的突飞猛进，人们对于永生的渴望越来越强烈。终于，在殖民纪元中后期，有些星区通过选择改变个体生命基质的方式，试图去获得永生。这些手段在某种意义上讲，竟然算是成功了。

但正因为永生的问题，导致这些星区走向两个结果。

一种结果是，当地的生命基质彻底丧失活性，成为存在于某种介质中的怪物，或者成为完全异质的另一种机体。以至于在其他星区的生命文明看来，那些奇怪的状态是非生命的一种存在，其相应的生命文明也出现了异化。

另一种结果是，整个星区变成死寂一片，某些个体永生的代价是整个星区生命文明的消亡。

就是在某些星区试图通过改变生命基质去将追求永生付诸实施的这样一个生命文明分化的大的背景下，宇宙之都——维特卡曼京的建设计划被提了出来。

因为察觉到那些并不受欢迎的所谓个体永生的各种可怕后果后，绝大多数坚持保留本原生命基质的星区决定通过一种仪式性的方式来构建所谓符合宇宙生命文明法则的生活样态，最终，丰富多彩的世俗生活成为了大家一致认可的目标。

"一定要造就全宇宙最具有享乐精神的中心都市！"

这就是当时积极鼓吹建造维特卡曼京的人们所秉持的信念。他们认为，"不要再去纠缠什么不可测的永生！尊重世俗生活，享乐吧！"

"所以，维特卡曼京实际上代表了保守原生生命基质的生命文明的一种选择！"安妮说道，"当然，经过战争的洗礼，这里也成为各种阴谋和利益的集中地，似乎生命文明就是要在不同维度上挥霍无度！"

孔羿注视着大厅中央全像显示屏幕上悬浮着的这个璀璨的正四方体星系团，很不愿相信吉奥将军刚才对帝国长老议会所说的话——将要实施的以太还原法，可能会对这个宇宙之都产生巨大影响。

"那该多可惜呀！"

11

"维特卡曼京建成后，经过长期经营，确实成为宇宙中的奢华中心。它不仅吸引了原生生命基质星区，一些生命基质改造后的星区在这里也有了自己的利益，"安妮强调道，"慢慢地，维特卡曼京真的就有了我们这个尺度宇宙中的首都的感觉。当然，虽然繁华无比，其中也有各种利益的纠缠。几乎所有星区都在此设立了代表处，他们的长老在这里拥有巨大的利益，相互之间也是冲突不断。"

安妮停了一下，声音有点低沉地说道："后来，我们尺度宇宙中的生命文明因为对于真正异质生命文明的探索而陷入了绝望，同时因为在维特卡曼京的利益争夺，最终爆发了漫长的星际战争。到了战争末期，随着大星系联盟的逐步建立，特别是当大多数生命文明意识到了技术带来的诸多问题之后，帝国长老议会后来便在整个宇宙中推行了技术有限降幂法则。与此同时，联盟正式宣布个体永生技术非法，封闭了与此有关的各类技术。一些依然抱有个体永生信念的长老，也只能慢慢退入那些遥远而荒芜的星区了。"

安妮强调道："事实上，永生技术的废止，就是技术有限降幂法则运行的重要结果。那些退入了辽阔的偏远星区的生命文明，真的不知道他们又发展了什么样的方式，去维持那种可怕的所谓永生。"

安妮似乎有些失神。"那个疯狂的兰利公爵所使用的什么终极武器，据说起因也是为了快速地解决为了永生而改造后的生命基质在宇宙中的存续问题，兰利公爵本人就是个体永生技术的鼓吹者。资料显示，他似乎已经改变了自身的生命基质系统。"

"所以他才会动用如此可怕的终极武器！"迪克抢着说道，"估计是因为他想和那些同样为了永生而改变自身生命基质的生命文明，重新成为你们这个尺度的宇宙中的主流吧！"

"可能就是如此！"安妮回答道，"所以，我父亲讲，这次胶冻状场域突然扩大，无论开始是出于什么原因，但最后的发展都有点诡异。据可靠情报反馈，一些边远星区长老似乎已经为拥抱新宇宙做了长期准备，这些星区都曾经采用过个体永生技术。"

安妮有点担心地说道："虽然他们在维特卡曼京拥有巨大利益，但他们骨子里似乎更想像他们那些不情愿离世的祖先一样，企图趁着危机而重新获得个体永生，企望在一片胶冻状宇宙中永生！"

"吞纳破！"孔羿脱口说出了那个词。他眼前不禁又浮现出一只巨大怪物的身影，那是如同鬼魂一样铺天盖地飘浮过来的庞然大物。

"是的，父亲说如果改变生命基质，即使能够继续生存于那种胶冻状宇宙里，也变成鬼魂一样的存在了。"安妮说道，"父亲告诉我，所有个体永生形态最终都是类似于鬼魂的存在，这大概就是有人猜测兰利公爵为何要把宇宙质能反转的原因吧。"

"在胶冻状宇宙里，他可以获得永生！"迪克大声喊道。

"兰利公爵的鬼魂！"孔羿暗自忖度，那个传说说不定是真的。

"长期以来，兰利公爵那种终极武器造成的胶冻状场域的状态一直稳定在一定尺度里，没有暴胀的迹象。可是，后来观测发现，里面似乎有一些异质生命基质出现的迹象，"安妮眼中出现了一丝厌恶的神情，"直到有一次，一支考察队发觉了巨大生命体的遗骸被从胶冻状场域推到了正常的宇宙空间，这才确定，在胶冻状场域里面已经有了一种异质生命基质的存在。所以这次在你们那个尺度的宇宙中出现的吞纳破，我们是知道的，只是没想到同步衍射效应会引发这样类似的状况。后来，在确定了胶冻状场域中存在异质生命基质的情况下，兰利公爵的鬼魂的传说就更广泛地流传开来了。"

安妮皱着眉头说道:"甚至还有人讲,那些怪物就是把外部生命吸引进去改造而成的。有些传说还讲得活灵活现,说许多时候是整个星际舰队都被引入胶冻状场域,最终所有人都被改造成了可怕的怪物,成为兰利公爵的鬼魂的部下。"

"这么吓人!"迪克叫了起来,"这次我们可不要变成那种永生的怪物啊!我倒是宁可到维特卡曼京里去享受短暂的奢侈生活。活着,本来就是为了快乐嘛!"

"是啊!"孔羿不禁感叹道:"如果在一片幽暗的胶冻状场域中毫无生气地永生,还不如享受那生机勃勃的短暂生命呢!"

安妮看了他们一眼说道:"有机会一定会带你们去维特卡曼京好好转一转,可现在不是时候。"

她看了看孔羿,"我们还有很多任务要去完成,还要救回卢杨!"

不知怎的,孔羿忽然觉得,如果安妮和卢杨是一个人该有多好啊!

眼前的安妮使他有种很强烈的依赖感。孔羿觉得她处事干练、见识深刻,如果再能够俏皮一些就更完美了。

"我们已经开始等速跃迁飞行了!"安妮的声音把他从游离状态唤了回来。

孔羿从头顶上看出去,发现球形战舰外表闪耀着富有节奏的光芒;他低头看大厅中央全像显示屏幕,只见几千艘球形战舰组成了一个奇怪的双螺旋结构,在螺旋结构外面又伸展出许多分支……

舰队现在的队形真的出乎他们的预料。

"为什么会组成这样形状的舰队编组呢?"迪克疑惑地看着安妮。

安妮说道:"那是因为这种结构就是我们这个宇宙中生命基质的弦结构模型。事实证明,这是一种最节省能量的编组方式。这种结构空间穿透性最强!"

忽然,孔羿在全息图像上看到,本来舰队还在一个涡轮状星系团边缘，一瞬间就发生了位移，出现在一个环状星系团内圈。停留了大约一分钟，又在瞬间出现在一个放射状星系团的中间地带……就这样，每隔几分钟，这个巨大而奇怪的舰队编组不断地在不同的星系团之间进行跳跃飞行。

"这就是古老的等速跃迁技术？"他们看得目瞪口呆，忍不住叫了出来。

"这也太先进了！而且精准度还很高！"现在，他们真的很难想象，如果不采用技术有限降幂法则，这个尺度的宇宙中的技术将发展到什么样的程度！

"迷人的科技呀！"迪克喃喃自语道。

"对了，安妮！"迪克忽然想起一个问题，他扭过头去正要问话，只见安妮拿着一个像吸尘器一样的东西在自己身上不断地晃动，便问道，"这是什么？"

"这是体能扫描仪。我已经恢复了百分之八十了，"安妮说道，然后看着迪克，"有什么问题吗？"

孔羿和迪克走上前去，也想试着给自己测量一下。

安妮将这个吸尘器似的东西对准他们上下扫描了一下，从数据上可以看出他们的体能同样恢复了百分之八十左右。

"这个还有修补身体的功能呢。"安妮说道。

"对了，安妮，我刚才想问的是，你不是说过，那个历史上神秘的天才是第一个魔法师吗？按你讲的，你们这个尺度的宇宙中现在还有很多魔法师吗？"迪克好奇地问道。

眼看着巨型舰队编组继续在星系团之间以一种神秘的节奏跳跃飞行，孔羿不禁也对这个问题好奇起来。

记得安妮说过，似乎在技术有限降幂法则推行以后，有些高端技术虽被保留下来，但原理却就此封闭湮灭，以至于后来在偶尔实施那些技术时，就会有很多不确定的结果。因此，科技的确定性和可重复性却变成了带有魔法色彩的不确定的东西。

"真的很奇怪呀！"孔羿心想。

12

"至于魔法师嘛，也不能说有很多，"安妮静静地坐了下来，身体靠在沙发靠背上，人显得很放松的样子，"魔法只是一种比喻，无非是指这种技术已经被封禁了，即使在有些特殊情况下可以启用，但其原理已经被封闭湮灭，所以在使用的时候会有很大不确定性。"

"我们现在的等速跃迁不会出什么问题吧？"迪克开玩笑道，"可不要跳到什么吞纳破的肚子里去了。"

"这倒是有可能，因为我们就是要进入那片胶冻状场域当中，那里正是吞纳破的老家。"安妮也用开玩笑的口气说道。

听到安妮这样说，孔羿和迪克两人面面相觑，不知道该说什么好。

安妮笑着说道："告诉你们吧，这种等速跃迁技术是不会封闭的，这只是一种母星系纪元晚期发展出的技术，在殖民纪元时期就已经很成熟了。"

她郑重地说道："而魔法牵涉的那些高端技术，都是些真正影响生命文明根基的技术，都是危险技术！"

"是否就像永生技术之类的，能够影响到生命文明观念的那些技术？"孔羿问道。

"是的，"安妮有点出神，"那些技术非常危险，与其说对于周围环境会发生巨大影响，不如说对于整个生命文明的价值观念会产生巨大影响。"

安妮补充道："魔法师的存续，只是为了让后代知道我们这个生命文明还曾经有过如此的辉煌而已，并不是鼓励人们去追寻这个魔法背后的科学机理。魔法师，一定程度上就是阻止人们去探寻那些技术背后机理的秘密守护者。当然，他们的特权是拥有一些实施魔法的能力。"安妮看了孔羿和迪克一眼,"被称作魔法的技术不一定每次实施都会奏效,且实施代价巨大,所以即使是魔法师,也会极谨慎地对待这些魔法。"

"他们对于那些魔法有着敬畏之心!"安妮补充了一句,接着说道,"我父亲其实就是一名魔法师!"

"什么?"他们彼此对视了一眼,大感吃惊。

"是的,我父亲吉奥将军就是帝国的魔法师,帝国长老会里近一半长老都是魔法师。"

安妮的语气里有些骄傲,"魔法师必须是贵族,而且是世袭的。"

此刻,安妮长长的睫毛在外部战舰舰体的闪烁中透出美丽的光彩,孔羿看得几乎醉了。只听迪克说道:"那你今后也会成为一名魔法师吧!我的美丽的上尉!"

安妮的眼睛里忽然出现了一丝悲伤的神情,只听她淡淡地说道:"我可不想成为什么魔法师,我只是一名军人。"她那俊俏的脸庞上笼罩了一层忧郁的光。

孔羿觉得一定是有什么让安妮不快的回忆,便赶紧把话题岔开,"安妮,我们还要多长时间才能够到达暗辐射带胶冻状场域?"

安妮看了一下自己手腕上的计时器,按照地球上的东八区时间,已经显示快到午夜十二点了。

"就快要到了!"安妮说道。

很快,他们耳边响起一种刺耳的警报声。抬眼望去,大厅中央球形全像显示屏幕上现出了一个椭圆盘状的星系团,战舰编队就停留在其一端的焦点附近。整个舰队编组散发出一种不均匀的红色光芒,且随着时间的推移,并没有表现出要通过等速跃迁技术按照一定频率继续在宇宙空间中移动的意思了。

"这是怎么了?"孔羿抬头看了看头顶那透亮的球形战舰壳体。编组成为巨大双螺旋结构的舰队有点像要解体的样子,球形战舰之间出现了一种剧烈的颤抖。

"我们就要开始以概率通过的方式进入胶冻状场域了!"安妮眼神里有种掩饰不住的紧张。

这时,从舱内四周传来了吉奥将军的声音:

"朋友们,我们即将进入战斗状态!非常感谢孔羿和迪克能够参与并见证这个伟大的时刻,这是一个决定整个宇宙命运的时刻!"

吉奥将军的声音听起来非常具有穿透性!

"但是,我的朋友们,我要遗憾地告诉你们一个事实:因为进入胶冻状场域是我们完全没有经验可循的事情,之前的实验只能作为参考并携带一些物理变量。所以,为了确保以太还原法的顺利实施,眼下我们只能采取概率通过的方式。"吉奥将军的声音依然雄浑有力。

"朋友们,情况是这样的,估计安妮上尉已经告诉了你们,在我们这个尺度的宇宙里是存在魔法的,或者说是没有科学原理支撑的那种不可靠的技术运用,这是技术有限降幂法则的产物。所以,我们现在的所谓概率通过就是要运用所谓魔法。"

吉奥将军的声音略为显得有些阴沉,只听他继续说道:"我们准备了九千艘球形战舰,而根据魔法,只有 半左右的战舰可以启用震荡弦方式概率通过引力屏障,那些幸运的战舰将进入胶冻状场域开展作业。"

"什么?"孔羿和迪克张大了嘴,"怎么会是这样?!"

耳边再次传来了吉奥将军的声音。不过,这次他是在对整个舰队做出指示。

"各位同胞,我们即将为了我们宇宙的生命文明而实施以太还原法!为了我们宇宙的重生,为了保存我们纯净的生命基质,为了散落在辽阔宇宙中的我们纯净的生命文明,现在,我们为即将无法概率通过引力屏障的将士们默哀!"

"竟然会有这样的后果!"孔羿和迪克惊呆了。

这种情况可是他们始料未及的。没有想到，在进入胶冻状场域的过程中，会有一半战舰连同上面的将士阵亡！

"这种魔法真的很残酷！"孔羿心想。

耳边开始传来一种很悲伤的音乐。孔羿心想，"原来在这个尺度的宇宙里，也有如此华丽的音乐来表达人们复杂而深沉的情感。"

孔羿和迪克静静地站在大厅里，学着安妮把双臂交叉到胸口。安妮异常严肃，眼睛里似乎还有点湿润。

乐曲婉转悠扬，古朴空灵中透着奋进与激越的情感。

孔羿细细品味，发觉这种音乐其实很好听，有类似于中国古代那种古琴的韵味，似乎又有苏格兰风笛的腔调，曲风神秘而悲壮。

"为还没有死的人默哀！"孔羿心想，"这真是一个奇特的场景啊！"

孔羿不禁又想到，可能还没有进入胶冻状场域，自己那脆弱的肉身就已烟消云散，湮灭在这个陌生的宇宙中了。想到可能会在另一个尺度的宇宙中死去，孔羿心里五味杂陈。

耳边又传来了吉奥将军的声音。这次他的语气显得很平静，似乎是专门对安妮他们说的，"你们马上分离到不同的战舰，安妮和迪克一组，让孔羿一人一组。这样可以最大限度地保证，让有经验的人能够分散在不同区域，提高我们有效进入的概率"。

随后，吉奥将军的声音变得柔和起来，他说道："孩子们，我希望你们能够顺利地完成这项任务，都能够安全回来。"

停了一下，声音随即又恢复了坚定，他说道："安妮，爸爸会在这里等着你们的！"

球形战舰大厅寂静无声，孔羿和迪克有点不知所措地看着安妮。

安妮脸上有些茫然，但很快她就自信地扬起了头，"迪克，你就在这个战舰里不要动，我送孔羿到另一艘战舰去！"

她冲孔羿喊了一句，"孔羿，跟我来！"便径直走到大厅的一个角落里。在那里，有一个类似电梯门的装置。

孔羿跟着安妮走到装置面前，只听迪克在身后说了声，"上帝保佑你！孔羿！祝好运！"

孔羿回过身，心里泛起一种依依不舍的感觉，便也冲着迪克摆了摆手，隔空做了个击掌的动作，"祝好运！"

话音未落，一个深不见底的通道出现在他面前，里面发出幽蓝色的光芒。

安妮拉住孔羿的手。此刻，他才觉察到，安妮的手很柔软，但却很有力量。他们就这样纵身一跳，进入一个失重管道。

身后传来了迪克的惊呼声，几乎在瞬间，他的声音就被隔离在外面了。

管道中的景象有点像孔羿曾经去过的海洋世界，恍惚而飘渺。孔羿的视线中只有安妮很近地立在对面，两人之间只有不到五十公分的间隔。

孔羿呆呆地看着安妮。在这狭小的空间里，他竟然产生了想去抱一抱安妮的冲动。

想到这里，孔羿不由得脸红起来。

安妮的嘴角依然微微上翘，酒窝在脸颊上泛起，眼睛里折射着淡蓝色的荧光，好看极了。她静静地看着孔羿的眼睛，身上泛出一种清甜的香味。

孔羿想让时间就这样停住，两个人手拉手，就这样一直失重地待在这个不知通往何处的管道当中。

过了没多久，孔羿眼前忽然一亮，这才发现自己再次出现在一个大厅边缘，背后同样是一个类似电梯门的装置。他向前走了几步，环顾四周，发现这里和刚才那个大厅几乎完全一样：洁白的四周，透明的弧形顶部，宽大的沙发，中央悬浮着一只巨大的球状全像显示屏幕。

"这是另一个随机选择的球形战舰。"耳边传来安妮温柔的声音。

孔羿这才意识到自己还抓着安妮的手,他不好意思地把自己的手松了开来。

"记住,如果只有你在震荡弦启用后通过了引力屏障,不要惊慌。到时候自然会有一起通过的队友协助你完成所有任务。"安妮看着他的眼睛,平静地说道,"只要按照既定操作方式,其实和我们在你们那个尺度的宇宙中实验的情形是完全一样的。"

说完这些,安妮说了声,"孔羿,祝我们好运!"便欲转身再次进入身后管道。

忽然,她似乎又想起了什么,人又折返回来,盯着孔羿的眼睛给了他一个紧紧的拥抱。就在孔羿目瞪口呆地站在那里不知道该如何反应的时候,安妮松开他,转身走到传送装置前,回头冲他一笑,大声说道:"相信我的父亲,他可是最好的魔法师!"

瞬间,安妮消失在装置背后。

四周一片寂静。

13

现在,通过透明的弧形顶部可以看出,外部的球形战舰在视线中似乎慢慢少了许多,安妮已经离开近半个小时了。

孔羿呆呆地盯着眼前的球状全像显示屏幕,似乎安妮身上那股清甜的香味还环绕着自己。

忽然,一种嘈杂的声音像是从很远的地方传了过来,那种声音有点变形的样子,但还是能听得出是吉奥将军的声音。

"启动震荡弦,准备概率通过引力屏障!目的地,暗辐射带胶冻状场域!"孔羿耳边回荡起将军那雄浑的声音。

他抬起头来,眼光穿过透明的球形战舰舰体上部,可以看到大量球形战舰闪耀着紫色的光芒正在掠过,舰队构成的密集点阵如同倾泻的暴雨一般四散飞溅。他随即向大厅中央里的球状全像显示屏幕上看去，竟然发现表示自己所在球形战舰的坐标点也在急速移动，近万艘战舰似乎都在向空间的某一个方位集结……各个战舰如同有机分子式一般排列，越来越密集。代表孔羿所在战舰的红色坐标小点，很快在舰队中找到了自己的位置。

"这是要排成什么样的形状呢？怎么有点眼熟？"孔羿暗自忖度道。

他再次抬起头来，不由有些震惊。原来，巨大的球形战舰群看起来简直成为一体，各自挤压得密密麻麻，几乎完全没有空隙。孔羿所在战舰上方，有好几个球形战舰就这样相互紧贴着，像是触手可及。

孔羿惊呼道："这就是维特卡曼京！"

大厅中央的球状全像显示屏幕上，闪耀着和宇宙之都维特卡曼京的排列完全一样的正四面体。那座宇宙之都是一颗蓝宝石，而此刻凝聚在一起的作战舰队，通体散发着的是紫色光芒。这是一颗闪烁在太空中的紫色水晶！

猛然间，大厅里再次出现吉奥将军的声音：

"启动震荡弦引擎！概率通过！"

随即听到一阵嗡嗡的鸣叫声，声音摩擦在孔羿的耳鼓膜上，产生了些刺痛的感觉。再看大厅中央的球状全像显示屏幕，漆黑一片。

孔羿突然有种想呕吐的感觉。他脑袋里似乎不断有一个刺耳的声音在说话，尽管模糊，却又有些熟悉，他想不起是什么人的声音。

孔羿忍不住从沙发边上掏出卫生袋，"哇"的一声，全吐了出来。

呕吐完了，耳朵里那刺耳的摩擦声也逐渐弱了，他好像朦朦胧胧听出有个声音在大声喊着，"孔羿，注意，醒来！"

他再次抬起头来，却惊讶地发现，那么多球形战舰已从自己所在战舰的身边消失得无影无踪。

他感到有点虚弱，勉强支起身子，想走到沙发另一边躺一下。可是，怪异的事情发生了。此时此刻，他无法看见自己的身体！虽然他表现出走路动作，可他对自己身体的那种独特的控制感消失了！

他非常困惑，便试着把手举到胸前，也没有看见自己的手！

"难道我已经被胶冻状场域的力场给消灭了？"孔羿自言自语道，"我已经死了？"

他显得不太甘心的样子，努力向上跳了跳。这个跳跃的尝试倒是非常真实，虽然依旧没有感受到身体那种实实在在的反应，却也并没有失重的感觉，好像自我意识很快就回落到地板上。这种状态倒是和刚才没什么太大的区别。看来此时，他那看不见的身体似乎还是受着舰体内人造引力场的影响。

"究竟发生了什么事情？"孔羿对眼下自己的状态有点儿困惑起来。

他抬眼看着大厅中央的球状全像显示屏幕，刚才的漆黑状态消失了，由球形战舰组成的正四面体再次出现在屏幕右上方，依然如同一颗闪耀着紫色光芒的水晶。

"似乎哪里有些不对劲？"看着紫色水晶，孔羿显得有些迟疑。

他心里想，"舰队整体上好像比刚才看到时暗淡了一些。"

他把屏幕上的指示坐标慢慢推进，这才惊讶地发现，原本挤压得异常密集的舰队战列，现在呈现出松散的状态，虽然舰队外观从远处看还是一个正四面体，但从近处观察可以发现，组成正四面体的球形战舰的密度几乎下降了一半。

这恐怕就是整个舰队的光芒大为失色的原因了！

"安妮！迪克！"孔羿大声喊了起来。

大厅里静悄悄的。孔羿开始担心起来。"究竟是我没有通过胶冻状场域的引力屏障还是安妮他们没有通过？"他一下子有些慌乱。突然想到大厅里的球状全像显示屏幕，便凑了上去，想在舰队组成的紫色水晶里找到代表自己战舰的那个红点。

孔羿仔细搜寻，把图像整个放大，可是除了稍显密集的泛着紫色的球形战舰以外，他未能找到那个红点。

"难道是我死了？"

虽然他的经验不能判断目前自己所处的状态，但当他再次将自己全身上下摸索了一遍以后，孔羿隐隐约约觉得不太妙了。因为他什么都无法摸到！奇怪的是，他的意识却能感受到沙发、地面、控制仪的触感，但无法对它们产生任何影响。也就是说，孔羿所有的对外界的感受能力依然存在，唯独对于自己的物理存在感消失了，并且，他也无法对外界产生作用力。

他试图抓起台子上的那瓶液态能量体，却无法抓起。手的努力的感觉却一遍遍强烈地在意识上体现了出来。

"我死了！"

孔羿颓然倒在沙发上，他几乎认定自己成为了那个什么概率通过的牺牲品，觉得自己就如同那传说中的鬼魂，无形无质，终将成为一片混沌。

记忆中所有的物理法则都无法解释眼下的这一切。安妮也没有告诉他会有这样一种结果。他就这样孤独地飘荡在一个不知名的空间，完全不知道该干些什么。

"也可能，死亡现在就是对我最好的安排吧！"

在这样一个陌生的宇宙中，在如此寂寞无助的状态下，头顶是无尽的黑暗，甚至连自己的身体也消失殆尽。

他又想起了卢杨，"卢杨估计现在就和我一样，孤单地飘荡在另外一个宇宙里吧！"

孔羿想到卢杨那充满活力的样子，再想到她微微翘起的嘴角和可爱的一对小酒窝，他忽然有种想大声哭出来的感觉。

"卢杨！"孔羿忍不住在心里大叫了起来。

真没想到，在另外一个尺度宇宙的孤寂深处，自己很可能就这样糊里糊涂地死了。

"真希望这是一场梦啊！"他用尽全力喊道，有点失去了理智。

经历了如此多事情，他的精神真的有些崩溃了。

或许，他真的该休息了。

14

孔羿像是睡了过去。

不一会儿，耳边传来一阵急促的声音，像是有人在说话，但听不太清楚，耳朵似乎背气了。他强打精神睁开眼睛，正好能够看到在大厅中央的那个球状全像显示屏幕，屏幕上显示着正四面体舰队阵列依然闪烁着紫色光芒。

孔羿试图抬起手，却依然无法看见自己的手。慢慢地，他似乎有点习惯这种状态了。

"也可能在胶冻状场域里就是这个样子？"孔羿恢复了冷静，转念一想，"可能我并没有死？"

一旦内心安静了下来，孔羿的听觉就恢复了正常。这时，只听见大厅里传来一阵嘈杂声，一个声音混杂在其中传了出来。

"孔羿！孔羿！你听到了吗？"这是一个女性的声音。

"是安妮！"孔羿心里一惊。

"安妮！你们听见我了吗？"他立刻大声喊道，"你们在哪里？我在哪里？"

大厅里依旧嘈杂，依稀可以听到安妮含混的声音，"孔羿，你不要担心，我们现在都没有事情，你放心！"

他长长地嘘了一口气，大声喊道，"安妮，为什么我现在根本感觉不到我自己呀？这是怎么回事？"

隐约听见安妮的声音，"孔羿，不要慌！你没事的，放心。这应该是处于类似离子态的状态。上次我们经过离子态，你还记得吗？类似于那种状态。"

经过安妮的提醒，孔羿猛然间想起了在自己那个尺度的宇宙里，当时在暗辐射带进行实验的时候，确实有过看不见自己的身体，但依然可以感受力度的那种状态。

"可是，那和现在还是有些不一样呀！"他心想，"毕竟那时候可以有力的感应，现在却无法对外界产生作用力了。"

安妮的声音继续从嘈杂中传了出来，"孔羿，你现在处于胶冻状场域内部了。你目前是唯一通过启用震荡弦穿越引力屏障进入胶冻状场域的战舰。我们刚才有五千艘战舰启用震荡弦进行概率通过，可都没能成功！"

安妮的语气显得很焦急，只听她继续说道："估计是胶冻状场域引力屏障的参数出现了我们没有预料的变化。现在我们可能要变换一种方式进入胶冻状场域了。可胶冻状场域正在迅速膨胀，根据目前的速率，估计还有一个小时就要扩散到维特卡曼京了！"

孔羿吃了一惊，也顾不得究竟在自己的身体上发生什么了，心想，"反正只要没有死就好办。"

他大声呼叫着安妮，"安妮，那现在我该怎么办？"

安妮的声音时而清晰时而模糊，她说道："孔羿，你现在需要利用引力能去开启所有的设备。因为你已经变身，所有的机械动能设备对你来讲都失效了。"

"目前你要动用战舰上的引力能！"安妮的声音又被嘈杂声遮盖了。

过了一会儿，安妮的声音又清晰起来，"你现在的变身状态可以直接到达战舰内部任何地方！战舰下半部分全部是可以操作的设备，都有可以启动的备用引力能！"

"安妮！我怎么启动引力能呀？"孔羿大声地喊着。嘈杂声再次淹没了安妮的声音，只听到了什么"意识"之类的话。

在胶冻状场域的外围，吉奥将军神情异常严肃。概率通过的方式完全失败，头批编组战舰全部湮灭在胶冻状场域引力屏障的边缘。

从球状全像显示屏幕上望去，在一片神秘莫测的胶冻状场域边缘地带，刚刚忽然出现了大量的闪烁光斑，那就是各组舰队湮灭的瞬间。

"完了！这种概率通过的启动震荡弦技术无法进行下去了。"吉奥将军心想。

"但为什么孔羿所在的那一艘战舰可以通过引力屏障呢？"

在分析了通过胶冻状场域引力屏障的那艘战舰的位移路径后，吉奥将军发现了一个奇怪的现象，孔羿所在的那艘战舰并没有遵守概率通过的原则，而是在启动震荡弦引擎以后，以一种平稳的方式慢吞吞地滑向了胶冻状场域深处，完全没有受到引力屏障的干扰。

"这是怎么回事呢？"吉奥将军脸上闪过了一丝不易察觉的表情。

安妮和迪克所在的球形战舰目前依然挤在稍显宽松的舰队列阵里面。

迪克张大了嘴盯着大厅里球状全像显示屏幕上所展现的一切，一句话都说不出来。如此高度发达科技所武装的联盟舰队，在这个奇怪的区域竟然遭受到全军覆没的下场！

安妮继续拼命地试图联络上孔羿。终于，在通信极限范围内，她得知孔羿安然无恙。尽管据孔羿自己说，有很奇怪的事情发生在他身上。

"那应该也很正常吧！"安妮心想，"谁也没有真正进入过那片诡异的区域，发生任何变身都是有可能的，毕竟，那里是完全不同的另外一个世界呀。"

"真的不知道孔羿有没有听清楚你说的话。"迪克缓了一下神，看着安妮问道。

"估计他应该是听清楚了，"安妮回答道，"只是可惜，孔羿现在已经深入到通信无法达到的区域了。"

就在这时，在他们的大厅里回响起了吉奥将军的声音，"女儿，你现在到我这里来一下。"

安妮迅速跑到大厅边缘那个类似电梯口的装置边上，旋即消失在开启后散发着幽蓝光线的通道口。

大厅里现在只有迪克一人了。

迪克跪到沙发上，双手紧握。这个本来放荡不羁的加州小伙子在如此残酷的战斗面前，居然也学着祈祷起来。

吉奥将军的战舰和其他球形战舰的外观一样，只是处于这个战舰阵列的稳定态的中心位置。安妮很快就从引力函数通道进入了吉奥将军的战舰。

偌大的战舰里现在只有吉奥将军一人。

"爸爸！"安妮快步走上前去，看着吉奥将军那略显忧伤的脸说道，"爸爸，究竟出了什么事？怎么会这样？"

吉奥将军缓缓地坐了下来，抬起头像欣赏一件艺术品一样看着安妮，慈爱地说道："安妮，估计这次我是要启用被禁止的技术了，毕竟事关重大！"

望着安妮不解的神情，吉奥将军说道："从现在起，安妮·约塔殿下，你将成为联盟参谋总部星区长老院的长老。"

"爸爸！这是怎么回事？"安妮预感到有什么不祥的事情要发生，她抬起头来看着吉奥将军，焦急地问道。

"我，将运用被封禁的同相转换法，将你们安全地送入胶冻状场域。"吉奥将军似乎恢复了平静．

每当将军下定决心以后，他就会显得很平静的样子。

"不！"安妮有点着急地说道，眼里几乎溢出了泪水，"不！爸爸！不能用那个！不要！"安妮完全没有了平时的镇静，变得像一个受了委屈的小女孩一样。

"安妮，为了我们宇宙纯净的生命基质，为了生命文明的未来，目前也只能这样了。"吉奥将军慈祥地看着安妮，他那秀气的面庞闪烁着一种金色的光芒。

"安妮,你已经长大了,而我,也该去见你妈妈了。"吉奥将军的眼神似乎变得很遥远。他接着说道,"为了宇宙的生命文明,为了我们家族生命基质的荣耀,也为了你,安妮,我决定启用这个同相转换技术。现在,我已经启用了,相信你的母亲一定会很高兴的。"

"不!"安妮哇的一声哭了出来。

"我不要失去你!"安妮扑上前去,紧紧抱住了吉奥将军。

吉奥将军把安妮轻轻抱在怀里,微笑着说道:"安妮,这是一个最好的办法。虽然只能启用一次,但却可以让整个舰队能够安全地获得后面的操作时间。作为贵族,我有必要采取这样的方式!"

吉奥将军再次抬起头,用坚定的目光看着面前那个球状全像显示屏幕,"这就是贵族生命基质区别于普通生命基质的一个重要理由,这是我的职责所系。"

他慈爱地看着安妮,"这就是我们这一次的生命存在的原因。"

安妮把吉奥将军抱得更紧了,她只是轻轻地抽泣。吉奥将军用手抚摸着安妮的肩膀说道:"记住,安妮,你母亲一定会为我而高兴的,你也一定会为我而感到骄傲的!"

安妮紧紧抱住吉奥将军。吉奥将军的身影似乎越来越淡,像是笼上了一层金光,然后就慢慢地隐没在空旷的大厅里……

安妮绝望地将自己的双臂紧紧交叉在胸前,跪了下去。安静的大厅里传出了她的抽泣声。

15

嘈杂声慢慢消失了,孔羿抬起头。他还记得安妮最后的声音,好像是说什么所有的设备都在下面,再有就是什么"意识"之类的,他完全没有听清。

虽然还有点疑惑,但事已至此,孔羿只能一步步试探着走下去。他站了起来,企图慢慢向大厅中间走去,但依然感受不到自己的身体。

这时，有一种奇怪的感觉从四周向孔羿袭来。

就在他刚要思考如何进入地板以下的舱体时，忽然有一种力将他缓缓地拉了下去，他感到自己像是慢慢地从大厅所在舱体位置沉了下去，没有受到一丝阻碍。

他又尝试了一下，发现甚至可以精确地把自己的视觉停留在两层舱体接驳的中间，而没有任何的异样感。

孔羿大脑里飞快地反应出了刚才安妮说的什么"意识"。

"难道是我的思想意念可以产生出作用力？"他不禁有点怀疑起来，这些在荒诞不经的小说里出现过的离奇功能，现在倒要在自己身上出现了。

他又试着将自己从下一层舱体浮了上来，果然，只要心念一到，马上就可以很精确地完成各种动作。

他开始忍不住盯住大厅里那个台子上的饮料，试图让那只瓶子移动。

奇迹发生了！

果不其然，现在孔羿可以用意念操纵瓶子向任何方向移动。

"真是不可思议！"他心想。

他开始飞快地用意念移动一切自己能够见到的东西，甚至让台子上那些补充能量的糖球在空中排列成非常复杂的几何图案，然后让它们在空中互相缠绕，飞速旋转。

就这样，孔羿发现，驱动越复杂的的运动需要集中的注意力就越强。经过很短时间的练习，他已能够毫不费力地将所有东西都按照自己的意愿进行各种复杂运动了。

经历了刚才失去身体感受力的那种绝望，孔羿开始有点儿得意起来。甚至，他竟然想到了是否能够通过自己的意念去改变物体的外部形状和内部结构。

他盯着台子上的一个空杯子仔细地看了起来，意识好像一下子灌

注进了杯子内部，一切都显得那样清晰，连所有的微观结构在意识的检索下都了如指掌。

孔羿迅速地用意念将这个杯子的外形进行了各种调整。

他很快就惊喜地发现，无论在脑海里出现什么样的形状，这个杯子就如同能领会他的意图一样，外形随之转换成那个形状。甚至当自己头脑里对某种形状的细节还没有能完全确定时，那个杯子似乎也可以将这些细节自动地替他添补上去。

"上帝呀！"孔羿用看不见的手捂住了自己看不见的嘴，大声说道，"难道我现在不仅没有死，还反而变成了神？！"

孔羿似乎已经忘记了自己的使命，他开始忘情地在这个大厅里玩起了杂耍。

看着那几只杯子在空中上下翻飞，变换着各种形状，孔羿忽然灵机一动，产生了一个大胆的想法。只听见一个声音在内心高喊，"你能不能改变物质本身呢？"

他的目光再次盯上台子上的能量糖球，那种散发着芬芳气息的小球据安妮说是用来补充身体能量的，他和迪克尝过，味道确实不错。不过现在，孔羿可不想去吃，当然他也不需要吃。他就这样仔细地盯着糖球，在意识里竟然很快形成了一种微观结构的图示，而他的意念似乎可以恣意地改变这些微观结构。

如果有一台摄影机的话，此时就可以摄下一幅诡异的动态画面。一颗绿色糖球被孔羿的意念缓缓地挪到了半空中，只见它一会儿在空中自转，一会儿绕着大厅以令人惊讶的速度旋转，一会儿又变成一个巨大泡沫，一会儿又成为一个小方块，一会儿颜色呈现绿色，一会儿又变成黑色……眼下，这个不知名的东西竟然可以用不规则的轨道快速移动，旋即又可以停在半空，直到那个意念放下它，它又恢复成一颗绿色能量糖球，再次缓缓地重新回到一堆糖球之中。

"哈哈！"孔羿大声笑了出来。

四周依然很安静，但他还是像要表现出很大声的样子，这样的心态让他自己也觉得有点怪怪的。

奇迹正在孔羿的眼前出现。而这所有的奇迹，都是由他自己创造的！

"虽然现在似乎没有身体了，但是，你这样岂不就成了永生的神仙？"孔羿心底竟然冒出了这样一种无法抑制的得意的声音。

他已经完全忘记了安妮让他到下层舱体去启动引力能装备的事情了。他要干一些更有意思的事情，他想让自己所在的这个球形战舰外观发生变化。

随着孔羿意念的集中，球形战舰深处发出了一种奇怪的震动。他隐隐约约觉得视线所及范围内出现了一些空间上的变化，整个舰体内部空间此时如同处于融化状态，但又没有任何温度或别的什么物理量的变化。

孔羿注意到大厅中央那个球状全像屏幕，此刻在屏幕上可以清晰地看到，球形战舰外观呈现出一种巨大的不稳定状态，其内部舱壁也如同波浪一般在不断翻滚起伏……

整个空间在眼前流动的那种视觉效果，让孔羿产生难言的恶心感。

就在他的意识想要最终确定球形战舰究竟应该拥有什么样外观时，仿佛是从遥远的地方，似乎又是从心底，散发出一种唯我独尊的得意感受——好像并非是自我的真实感受，但此刻却和他的意识合为一体。孔羿沉浸其中，好像自己的意念与整个外部空间相互交织，融为一体，眼前似乎出现了众多飘散的身影，但又无法区分出形状和大小。甚至，他发现，好像已经无法描述自己意识感知的范围了。

准确地说，孔羿此刻已经分不清他究竟是在战舰之内还是在战舰之外！他的感受能力没有内部与外部的区别，几乎不能确定自己究竟是在哪里……自我意识仿佛消散在宇宙之中。

不知怎的，心头掠过了维特卡曼京的信息，瞬间，一个闪耀着绚烂蓝色光芒的正四面体星系团就出现在他面前。

孔羿目前的视角非常独特，因为他没有任何固定视角。他只是能够感知到维特卡曼京的一切的方位；甚至是这个巨大而繁荣的人造星系团的辉煌的过去！

他的意识清晰地觉察到，在这个致密而繁华的星系团所在的宇宙星区早期，只是一小片黯淡的星云与几个孤零零的恒星系，然后在自己的意识中，如潮水般迅速涌现出了星球群体的膨胀与扩张。不同的星球从四面八方向这个繁忙的区域汇集、链接，就如同拥有生命一般；这些星球相互之间不断调整着位置与角度，以一种奇异的跳跃方式来保持各自的队形与间距。

孔羿对意识中的这番景象有点熟悉，好像在哪里见过似的。

"哦！"他终于想起来了，这次，球形舰队在形成镜像门时就采取了这种变换矩阵的方式。

"真的很像！"他暗自忖度道，"当初维特卡曼京的建造，一定是运用了刚才舰队所采取的那种类似的空间转移技术。"

"咦？维特卡曼京的中心似乎是空的？"孔羿的某一个视角发现了这个奇怪的现象。

宇宙之都的结构并不完全像外观上看起来那样密密麻麻，而是呈现出一种中空状态，中间区域估计要占到维特卡曼京体积的十分之一。

"这真的很奇怪！"孔羿注意到中空区域里有一些暗淡的星球，相互之间完全不像是从外面看到的那种密集结构状态，如果不注意的话，甚至注意不到那些星球散发出的微弱光晕。

一种强有力的野心勃勃的感觉从内心深处涌起来，他好像产生了一种带着颤抖的巨大力量。几乎在一瞬间，孔羿有种想把眼前这个宇宙之都给变个形的冲动！可是这种冲动旋即又消退了。

"啊！怎么会这样？"孔羿有点奇怪自己为何会产生这样的想法。

无尽的黑暗的宇宙深处，如蓝宝石般的维特卡曼京似幻似真，就这样静静地和孔羿在时空之间对峙着。

孔羿的意识好像有点困倦了，又想收缩到球形战舰舰体内部。

此刻，如果从外部视角看去，那个本来呈球形的战舰外壁就如同一团被高温加热的玻璃，悬在夜空之中失去了它固有的形态。

孔羿盯着这团外形显得有些流动的战舰，意识深处对舰体产生了一种奇特的依赖感，就好像是对自己那消失的身体一样。

"不对！"盯着这样一个有点异样的战舰，孔羿心里猛然想道，"怎么在战舰里面有什么东西在发光，这种光还有一定的频率？"

他努力地集中意念退入舰体内部，再仔细一看，原来战舰内整个大厅现在都闪耀着炫目的金色光芒，而安妮的父亲——大星系联盟参谋总部部长吉奥将军，竟然就站在这辉煌的金色光芒之中！

"吉奥将军？！"孔羿不禁大声喊了起来。

16

吉奥将军站立在球形战舰大厅里，金色的光芒闪耀在他的身上，身材显得特别高大。

孔羿有点疑惑，他凑上前去，却似乎无法靠近吉奥将军，那团金色光芒好像有一种排斥力。

但通过不同视角，孔羿几乎立即可以肯定，吉奥将军现在竟如同一团虚幻的影像，只是，这是一团闪耀着金色光芒的带有一种力场的影像。

显然，孔羿目前虽不能肯定自己处于一种什么样的状态，但吉奥将军一定是注意到了孔羿的这种特殊状态，只见吉奥将军脸上显出一种柔和的微笑。

"将军！"孔羿叫道。

"孔羿！你好！"吉奥将军看着他，很平稳的声音从四周传了过来。声音不太像是从吉奥将军嘴里发出来的。

"安妮他们呢？"孔羿有点迟疑地看着将军。

"我是一个人过来的。"将军舒缓了一下语气，"孔羿，按照你们那个尺度宇宙中的理解，我们两个都已经死了。"

"死了？！"孔羿张大了并不存在的嘴。

"不会吧！难道我真的死了？"他大声地说道，"可是，将军，你现在是怎么一回事呢？这到底是发生了什么呢？"

将军脸上现出温和的神色，"孔羿，安妮跟你说过没有，我们这次计划的名称？"

孔羿思索了一下，说道："'兰利公爵的鬼魂'？"

"是的，"吉奥将军的目光盯着远方，他点了点头说道，"'兰利公爵的鬼魂'！"

"孔羿，估计安妮已经告诉了你我们这个尺度的宇宙中的很多事情了。对于目前这个胶冻状场域的空间，包括我在内，也一直都很好奇，还怀有一种恐惧感。因为在我们这个尺度的的宇宙中，在很漫长的时期里，这里都被视为禁地。"吉奥将军的语气显得有点低沉，"而且，这次要不是为了宇宙之都维特卡曼京恢复秩序纪念庆典作军事训练，我们的舰队偶然对这个胶冻状场域地带进行考察，那么，整个宇宙质能翻转的灾难可能在我们的生命文明毁灭时都不会被发现。"

"什么？维特卡曼京的恢复秩序纪念庆典？"他有点疑惑地问道。

"是的，"吉奥将军缓缓地说道，"在星际殖民纪元后期，造就一个巨大的生命文明丰碑，成为散落在宇宙各处殖民地的一个共同愿望。人们希望将生命文明共同的记忆以一种带有现实价值的方式表现出来。经过长期协商与论证，在一个恰当的地方缔造一个人工星系团的方案最后被确定下来，这就是宇宙之都维特卡曼京的建造计划……"

从吉奥将军的讲述里，孔羿了解到，当时围绕着维特卡曼京的建造，各个殖民星区都派出了最富有想象力的设计师和工程师，最杰出的科学家也都参与其中。最后，终于形成了这种完全违背自然界力场构造、纯粹由生命文明自己决定外观状态的人工星系团。当工程快要落成的时候，为了共同纪念生命文明起源的那个摇篮星球，当时的人们还把那颗孕育生命基质的摇篮星球移入维特卡曼京中心区域。

"孔羿，你知道我们为什么要把这个伟大的工程叫做维特卡曼京吗？"将军静静的语气像是在回忆一样。"那是因为，我们所有的生命文明都来自于那颗古老的摇篮星球，它曾经被叫做维特卡曼星！"

吉奥将军用他那金光灿灿的胳膊在大厅里划了一下，空间里立即出现了那独特的正四面体形状的维特卡曼京的影像——和孔羿刚才意念中所见到的一样，恰如一颗闪耀着绚烂光芒的璀璨夺目的蓝宝石。

随着吉奥将军的手势不断地变换，这个致密的蓝色星系团中那些密集的星球从全像显示屏幕上飞速掠过；很快，孔羿就再次看到了那个暗淡的闪烁着稀疏微光的中央空洞区域。

此时他才注意到，在维特卡曼京中心空间，围绕着一颗黯淡的恒星，有几颗不起眼的星球在默默地旋转，它们共同构成了一个恒星系。

吉奥将军继续用手在影像上比画着，孔羿很快就看到了一颗星球的影像迅速地在中央区域放大，呈现在他面前的是一颗显得非常特别的星球。影像中，一颗蓝白相间的星球静静地在略显空旷的中央区域处旋转，四周是一些被力场牵引的星尘，像云雾一般把这颗星球包裹起来……

"太像我们的地球了！"孔羿惊呼起来。

这颗星球呈现出丰富的颜色。蓝色的应该是海洋，褐色与绿色交织的地方应该是陆地和高山，白色的像是云彩，而另外一些闪着银光的则像是极地与山顶的冰川。

"太像了！"孔羿看着吉奥将军，有些兴奋地叫道，"除了大陆的轮廓不太一样，其他的观感简直就是和我们那个尺度宇宙中的地球一模一样！"

"是不是很神奇？"吉奥将军微笑着问道。

"太神奇了！"孔羿不断地说着，"太神奇了！"

"孔羿，你应该是知道大陆漂移理论的，"吉奥将军看着他，用手指着眼前这个星球的左边下侧，"你看一下，如果这一片陆地向上一直移动上去，而右边这一块滑到这个地方，你还能认出来这个地方吗？"

吉奥将军的手指向星球的右上角。

孔羿盯着这个球体仔细地看着。"向上面移动上去？"他疑惑地思考着，心里不禁出现了一个巨大的问号，而很快，这个问号就成了一个巨大的感叹号！

17

"这是我们的地球在两亿年前的样子！"孔羿惊呼起来。

他现在的声调显得有些颤抖，"这怎么可能？维特卡曼星怎么和地球两亿年前一模一样？！"

"这是怎么一回事？"孔羿把目光转向依然金光闪闪的吉奥将军的轮廓，想从他那里寻找这不可思议的答案。

大厅里很是寂静。不知道从什么时候起，他们现在所处的战舰已经从不定型的流动外观恢复成以前那种稳定的球形状态。

"孔羿，"吉奥将军缓缓地看着他说道："这，就是我们两个不同尺度宇宙间的秘密！"

停了一下，将军用低沉的语气说道："同一个世界，不同的尺度！"

"同一个世界，不同的尺度！"孔羿惊讶地张大了并不存在的嘴，他的意识陷入了混乱的思考之中。

"随着科技突破大爆发，我们的生命文明从殖民时代后期，开始慢慢地把对这些新技术应用的兴趣转到了探索整个宇宙的时空奥秘当中。特别是后来，随着星际战争越来越向宇宙的纵深方向发展，我们的生命文明隐隐约约地意识到，可能宇宙中其他的生命文明应该存在于不同的尺度当中，"吉奥将军的语气显得有点遗憾的样子，"大航行时代留下了许多丰富的物质遗产，当然也有精神遗产，但当时散落在各个星区的生命文明的主流观点认为，只有在当下所处的这个时空尺度的宇宙中，才有可能发现由全新的生命基质产生的生命文明。那当然是一种思维惯性，"吉奥将军的眼神显得有些锐利，"但实际上，在星际战争年代里，我们的生命文明中有一些人就已经意识到，寻找不同的生命文明可能应该从另外的方向去着手。"

"比如不同的维度，或者说不同的尺度。"吉奥将军又恢复了平静的眼神，他看着孔羿说道。

"我确实听安妮说过，你们当初是因为没有在这个宇宙中寻找到真正不同的生命文明才陷入一种整体性慌乱的。好像同时也是因为关于生命技术的突破颠覆了很多基本理论，才最终引发了星际战争。"孔羿看着吉奥将军说，"而且，据说维特卡曼京的建造也是引发战争的原因之一。"

"是这样的，孔羿，"将军慢慢地说道，"安妮说的没错，最终发生战争确实是因为整个宇宙中弥漫着一股因寻找全新生命文明失败而产生的沮丧气息，何况，当时我们还拥有了类似永生的技术。这使得各个星区之间的争斗更加有恃无恐，战争也变得越来越浪费而残酷。"

吉奥将军继续说道："可是，对于寻找全新生命文明的方向的思考，在相对较早的时期就已经出现了。只不过，那时候还没有像星际战争后期的那种普遍意识，仅仅是一种理论假设而已。"

通过吉奥将军的述说，孔羿终于了解到，原来在这个尺度的宇宙里，生命文明发展到了大航行时代晚期，有一些学者已经意识到，可能以前寻找新的生命文明的方向出了问题。由此，他们开始转向对于不同维度和不同尺度的宇宙的研究与思考。这些研究与思考，导致人们宇宙观念的变化，在对基础理论进行突破的同时，还促成了所谓的个体永生技术。

对于不同生命文明的探寻，最终却被不耐烦的人们所打断。除了持续的沮丧情绪扩散以外，还有一个重要的心理因素也导致了后来的战争，那就是科学技术突破的超级大爆发。人们更乐于用一种不受限的直截了当的方式，来展示自己生命文明的力量。欲望驱使着暴力，欲望也创造着需求。无论是对于新技术的狂热崇拜，还是对于各种稀奇古怪的欲望的追求，整个已知宇宙范围内的生命文明都陷入一片癫狂之中。技术无限突破，而心灵日渐干枯。

从整体上来讲，生命文明的个体在内心深处，对身处这样一种孤独的宇宙而倍感沮丧。那么，接下来的，似乎也只有星际战争才能够宣泄他们的欲望与恐惧了。

那种生命文明集体失去理性的状态，与其说是星际大战，倒不如说是一个游戏，一个漫长的充满了无尽欲望的游戏。可是，这种疯狂的游戏并没有驱散孤独和恐惧，反而不断地激发出人们新的欲望。"创造就是毁灭！"这是战争时期流行在各个星区的一句名言。

对宇宙之都的利益争夺，自然成为战争的一项重要内容。维特卡曼京大发战争财，但秩序也陷入混乱，它成为冒险家的乐园，各处野心勃勃的星区长老在此纵横捭阖，原本平衡的势力范围因战事而动荡不安，法律荡然无存。

"带有整个殖民纪元记忆和所有生命文明的绚烂展厅、具有无穷财富的维特卡曼京，当然是疯狂欲望最好的发泄对象！"吉奥将军的声音显得有些低落。"当然，经过漫长的疯狂到极致的战争，也慢慢让这些欲望衰减下来。从前的那种对于宇宙生命文明观念的思考与探索也随之复苏。"

通过吉奥将军的话语，孔羿知道了在这个尺度宇宙中的各个星区，后来几乎是在同时一致决定停止这场旷日持久的战争，大星系联盟就这样建立起来，一系列新的关于宇宙生命文明的观念随之扩散开来，维特卡曼京的法律得以恢复，绚烂的宇宙之都重新拥有了正常的秩序。这种太平盛世的迹象快一万年了。当然，为了避免生命文明的理性局限，鉴于那漫长而可怕的星际战争的后果，整个联盟逐步实施了技术有限降幂法则，也就是封禁一部分技术或降低技术水准，同时将一部分技术魔法化。

"有点类似于你们那里的裁军吧？"吉奥将军向孔羿解释道。

"原来是这样！"孔羿开始有点明白为何会有这样漫长的星际战争，同时也理解了那个神奇的技术有限降幂法则。

"可是，为什么维特卡曼京中心那个摇篮星球和地球一模一样呢？难道那是平行宇宙？"孔羿注视着眼前如同两亿年前的地球的那颗星球，充满疑惑地问道。

"不是这样的！"将军说道，"平行宇宙只不过是在不同维度中的宇宙。事实证明，那些都只不过是镜像全息宇宙而已，它们只存在于数学当中，仅此而已！"

孔羿又想到了安妮说的那种同一本书放在不同地方的理论，便好奇地问道："那这究竟是怎么一回事呢？"

"你们就是我们不确定的未来，我们就是你们不确定的过去！"闪耀着金色光芒的吉奥将军声音大了起来。

"一切都不确定！"他高声说道。

18

"一切都不确定？"孔羿对这个解释显得有点儿震惊。

"孔羿，我们的宇宙之间虽然存在不同的尺度，但这种尺度也可能只是一种幻觉而已。"吉奥将军清晰地说道。

"自从我们突破了对时间的理解以后，很多技术问题都迎刃而解，甚至永生的问题都不在话下，但有一件事情却让我们颇感迷惑。"吉奥将军继续说道。

"那究竟会是什么样的事情呢?"孔羿心想,"难道我们目前的这种存续状态与吉奥将军提到的那个令他们迷惑的事情有关吗?"

吉奥将军似乎感受到了孔羿的意识,"其实,就像我刚才所说的那样,我们在你所理解的状态中确实已经死亡了。"

"对于安妮来讲,"将军的声音柔和了下去,"我其实已经死亡了。"

"但是,"将军又说道,"孔羿,你难道不觉得奇怪,此刻的我们,在这样的状态下竟然还能够这样对话。难道是你或者我的灵魂在自言自语?抑或我们都是在做梦?"

孔羿的幼年是在乡下度过的,那个偏僻小镇上流传着各种各样鬼神故事,都编得活灵活现。刚才他确实感到自己如同传说中的鬼魂一样,有意识,能交流,却没有身体,和小时候听到的那些荒诞不经的故事极其类似。

但作为一名博士后,一个年轻的科学家,孔羿是完全不信那一套的。

在读书的时候,他也思考过这类问题,认为那些传得神乎其神的鬼神现象很可能只是一种残存的能量场,毕竟人类对微观粒子状态的认知还有很大局限,谁知道人死亡以后,构成身体的基本粒子,究竟在能量态上会发生什么样的转换呢?

所以,即使是最近两次,当孔羿发现自己似乎处于没有身体的状态,至少在恢复镇定以后,他并没有陷入神秘主义,他更愿意从科学的角度去思考这些问题。

"虽然我们处于不同尺度的宇宙当中,但我们的构造基础是一样的,都是弦。"吉奥将军的口气显得很平淡。

"可是,我们是原子啊!"孔羿忍不住叫了起来。可他意识中一闪念,又道,"是的,将军你说得对,原子也是由弦造就的。可是,这又有什么区别吗?"

"是这么一回事,在我们这个尺度的宇宙中,生命基质的信息载体可以到达弦一级，而你们那个尺度宇宙中的生命基质的信息载体只能到达原子级别，"将军似乎感到孔羿并没有太明白自己的意思，"孔羿，从严格意义上来讲，在目前这个尺度的宇宙里，你没有死，而我却死了，或者说，我们死亡的层次不一样。"

孔羿的意识显得有些糊涂了，只听到吉奥将军继续说道："目前已经成为一种魔法的那种永生技术，其实是信息载体的还原方法。也就是说，将信息实现可逆性转化。"

吉奥将军的语气显得有些担忧，"据可靠资料推测，兰利公爵当初就拥有这样一种将信息可逆性转化的能力，而且，他的这种能力依赖于这个宇宙的基本环境状态发生转换。就是说，只有在一个胶冻状场域里，兰利公爵才能拥有这种能力！"将军大声说道。"按照目前的数据测算，只要这个胶冻状场域空间突破维特卡曼京的范围，那么下一秒钟，我们这个尺度的宇宙整个就会转化为胶冻状场域，届时兰利公爵的宇宙就将诞生。"

吉奥将军的语气变得非常严肃，"这就意味着，目前整个宇宙的生命基质都将消失，而胶冻状场域中异质的生命基质将充满新的宇宙！"

"兰利公爵的宇宙！"吉奥将军提高了自己的声调，"根据同步衍射法则，在你们那个尺度的宇宙中，生命文明的进程也将完全改变。我们两个不同尺度宇宙的过去和未来也都将改变，我们共同所拥有的生命文明的基质就此终结。"

"无论在什么样尺度的宇宙里！"吉奥将军看了一眼孔羿又强调道。

吉奥将军的一席话让孔羿的意识觉得很迷惑，只听见将军又说道："我们两个宇宙间那种不同的尺度甚至可能也是一个错觉，在遥远的过去，我们这里的一个天才的科学家曾经论述过这个问题。"

吉奥将军对自己提到的这个问题的解释显得有些晦涩，"虽然还不能完全确定，但根据我们对于时间幻觉的理论认知，如同我们意识到我们的过去和未来必然是纠缠在一起的那样，在空间尺度上，可能同样会存在那样的纠缠。"

"这也就是我们这次任务的危险之处，也是我不得不选择死亡的原因。"吉奥将军的声音低了下去。

19

在吉奥将军这些话里，孔羿感受到了一种难以言说的力量。虽然他依然无法想清楚这些表述之间究竟蕴含什么样的确定关系，但两个尺度的宇宙间那种复杂的关联机制却深深地打动了他。

孔羿忍不住好奇地问道："将军，你刚才说，在这个尺度的宇宙里，我还没有死，而你却死了，但为什么我们还能够这样对话呢？你应该不是全息图像的影子吧？"

"我比影子要真实多了！"将军笑了一声。他的声音旋即变得有些黯淡，又轻轻地说道，"可惜对于安妮他们来讲，我却已经死亡了。"

"孔羿，你是从上一层宇宙中过来的生命，所有的信息均来自于你所携带的那个尺度宇宙中的原子。在我们这样尺度的宇宙里，你已经化身亿万了。只是，你目前还无法彻底感受或者说明白这个道理。你其实无所不在！"吉奥将军大声地说道。

"无所不在？！"孔羿心里有点震撼的感觉，这又让他想起了刚才自己获得的那种任意控制物体的乐趣。

孔羿在记忆里倒是对化身亿万这个词有点印象，似乎是小时候在一些神话故事书中见到过那样的说法，他想到了孙悟空拔出毫毛变作无数小猴子的故事。

只听见吉奥将军又说道："孔羿，我的生命信息和你不一样，我只存在于弦当中。本来，我期待着能够利用概率进入的方式，让整个舰队能够执行如同在你那个尺度宇宙中实施过的计划，就像你和安妮进行的那个实验一样。"

"我以为那些行动程序不过是在不同尺度的宇宙里将实验效果放大了而已。"将军停了一下,用温和的语气继续说着。

"这听起来有点儿奇怪,不是吗?在一个小尺度的宇宙里,却要放大在大尺度宇宙中的那个实验的效果,有点矛盾是吧?"吉奥将军的语气显得轻松起来。"但是,也许就像多年前我们那个天才科学家说的那样,空间就是认知的障碍而已。就如同我们曾经以为的时间存在先后的那种障碍一样,空间也根本没有什么大小之分!"

孔羿越听越糊涂了。

"这里面的理论非常复杂,自从技术有限降幂法则实施以来,很多技术至多只能以不可靠的魔法状态而存在,就像我本来想用的概率进入法一样。但在另一个方面,关于基础理论的研究方面,特别是在数学领域的认知上,我们的生命文明却一直在努力寻求进一步突破。"将军用低沉的语气继续说道,"我们在数学理论上已经基本上可以证实关于空间的幻觉猜想了,那就是,尺度的大小恐怕是不存在的。而这些关于空间幻觉的证明与曾经时间上幻觉的打破,就目前来看,恐怕两者之间是有着非常密切的联系的。"

"孔羿,因为舰队进来的希望已经失败了,所以第一套计划已经终止;也没有其他战舰能够进入到这片胶冻状场域了。"吉奥将军随即把手指向了一个方向,"你看!"

孔羿不太清楚自己究竟是通过大厅里的球状显示屏,还是凭借吉奥将军说的自己所拥有的那种无处不在的感知力,他很快就发现,有种烟雾状的物质已经弥漫到离维特卡曼京不远的星区了。而且,他可以感受到,这种烟雾状物质的弥漫速度正在加快。

"兰利公爵的阴谋就将得逞了!"吉奥将军叹了口气,"我们已经没有能力将舰队介入这个弥漫的胶冻状场域了。现在只有你,孔羿,才能拯救这个尺度的宇宙中的一切了。"

"什么？"孔羿几乎有点不敢相信自己听到的声音。他惊讶万分，觉得是否听错了吉奥将军的话语。

"孔羿，我刚才已经告诉安妮，我进到这个胶冻状场域内部是为了让剩下的舰队完成介入，但我没有这个能力！我进来的目的就是要找到你，告诉你刚才我说的这些信息。现在，构成我生命的弦上的信息已经在耗散了，我将不可逆地转化为在另一个不可知尺度空间中的存在状态。"

将军的语气轻了下来，"既然按照我们生命文明的数学推论的猜想，空间大小是一种幻觉，那么，我愿意去亲身验证这个理论的真伪。"

"可对于安妮来讲，这毕竟是很难接受的，"吉奥将军的声音显得有点悲伤，"她在很小就失去了母亲。"

"啊？"孔羿心中有点慌乱，也有点难过。

他冲着吉奥将军那金光闪闪的影像高声叫道："可是，将军，难道不可以有其他方法吗？"

"是这样，孔羿！毕竟在任何地方都有政治！"吉奥将军提高了声调，"别忘了我说过的，有些星区长老已经在开始谋划转换自己那里的生命基质，打算去适应兰利的那个新宇宙了。我是贵族，殉职是最好的奖励。何况，还可能拥有去探索另外一个完全不同的世界的机会呢！"

将军笑了一声，声音显得很洪亮。他看着孔羿，"就像你一样！"

20

吉奥将军身上的金色光芒慢慢暗淡了下来。大厅里寂静无声。

只听得他缓缓说道："现在，孔羿，你可能有很多的疑问，但我希望你能够完成你的使命。"

"我的使命？"孔羿心里念叨着。

"记住，兰利公爵的鬼魂其实一直是真实的存在，他在胶冻状场域中已经为接管整个宇宙创造出了新的生命基质，那些巨大的吞纳破相信你已经知道。甚至，由新的异质生命基质所建立的生命文明也已经出现了。"

"兰利公爵的鬼魂竟然真的存在，他还要接管整个宇宙？"孔羿心想，"真的不可思议呀！"

吉奥将军感到了孔羿的疑惑，"兰利公爵的鬼魂也是一种存在状态，和我们目前的状态很类似。只是，我不愿意通过转换自身的生命基质去适应那个充斥着异质生命基质的胶冻状宇宙罢了！"将军的语气显得很坚定，"所以，我选择持续不可逆的耗散状态，当然也就有机会去印证那些数学上关于空间的理论猜想了。"

孔羿的意识陷入了深深的思考，恍惚间只听见吉奥将军又说道：
"孔羿，我要提醒你的是，兰利公爵的鬼魂在这个尺度的宇宙中和你有着同样的能力，但换句话来讲，也就是你现在完全有能力击败他！"

孔羿的意识显得有点混乱，只听见吉奥将军的语气严肃起来，"但是要注意，他可能会影响到你的意识行为，毕竟他是这里的主人！"吉奥将军提高了声音，"时间不多了，孔羿！你要充分运用自己所发现的潜在能力，将剩下的舰队安全带进来，并且要进行以太还原法的运用！"

"祝你成功！"

大厅里出现了吉奥将军那洪亮的嗓音。与此同时，灿烂的金色光芒迅速暗了下去，慢慢只剩下吉奥将军那模糊的金色轮廓。

忽然，这几天一直以来的巨大疑问涌上了心头。孔羿大声喊道："将军，怎么会是我？！为什么会是我？！"他显得有些声嘶力竭，很担心将军离开后，在这个陌生的宇宙中只剩下自己一人面对那无尽的谜团。

只见在那个淡淡的金色轮廓中，将军的声音再次出现，这次的声音如同回荡在整个宇宙当中："因为，孔羿！你就是那个威腾先生，那个从前消失了的神秘天才！你告诉过我们，只有另一个尺度宇宙中的人才能够拯救我们！现在轮到你了！"

"什么？"孔羿的意识蓦地凝固了，几乎整个宇宙的黑暗现在都压到他面前。维特卡曼京、安妮、小时候的故乡、量子通信研究所、地球、银河系、迪克、卢杨、兰利公爵的鬼魂等杂乱的信息在他的面前毫无规律地跳动着；那些不断跳动着的抽象线条和混乱图景，最终汇集成为了一股巨大的洪流将他裹挟！这股洪流似乎是从亘古的时代一直奔腾不息，又咆哮着去了不知名的远方。

"啊！"孔羿大声地呼喊着。

他的意识陷入一片狂乱当中，已经不知道自己究竟身在何处。构成他的生命基质所含有的那种凶暴粗野的一面顿时显现了出来。

巨大的星系团在他头顶掠过，无数星尘扑面而来，他完全丧失了方向感，完全不能理解自己现在所处的状态。他放肆地在不知名的宇宙深处极速地游荡，像要撕碎一切阻挡他的物质与能量。

那巨大的冲击力量似乎扫平了宇宙中的星辰，又似乎碾碎了整个时空结构，这个过程如痴如醉，充满颠倒梦想，有痛苦，也有快感！终于，随着一道黑色光辉闪过，孔羿的思维刹那间凝固了，意识像是晕了过去。

恍惚中只听见一个声音在他身边轻轻地说道："欢迎光临这个美丽新世界！"声音嘶哑、尖锐，似乎带着些玩世不恭的腔调。

孔羿如果有眼睛的话，此刻一定是睁开了眼睛。可是，他没有。他只是从意识深处，或者说是从宇宙深处注意到了一个瘦高的身影，一个披着黑色斗篷的身影。

在这个身影对面，是另一个稍矮一些的身影，像是穿着某种制服。

"尊敬的威腾阁下，我们又见面了！"瘦高的身影从黑色斗篷下发出略显沙哑的声音。

"你是什么人?"穿着制服的身影稍微迟疑了一下,旋即说道,"兰利公爵!"

"哈哈哈哈!"被称作为兰利公爵的人冲着孔羿意识的方向高声地笑了起来,发出像老鸹一样得意的声音。

21

"我们在这样的场合见面,真的很有意思呀!你竟然失踪了上万年时间!"

穿制服的身影一动不动,像是在熟悉着这个新的身份。几乎在一瞬间,他好像触摸到了久违的熟悉的气息,"兰利殿下,我其实不愿意在这样的场合见面!"

穿制服的身影挺直胸膛向前走了两步。在孔羿的意识中不太能够分辨此刻说话的那个人究竟是自己还是记忆深处的威腾阁下,意识里朦朦胧胧的。但显然,孔羿的意识对于新获得的那种身体上的适应度非常满意,简直像是那种走在自家后院的感觉,熟悉而且自由。

"威腾阁下,很感谢你在多年前没有采取对付我的任何措施。其实,我相信你是理解我的,"兰利公爵的嗓子里发出咯咯的声音,"毕竟,你是那个时候最聪明的人!"

"谢谢你的夸奖,兰利殿下!"

在威腾阁下头顶,有一个巨大的力场在慢慢靠近。这个力场好像在不断地变换角度,隐约中他注意到在这片力场的背后似乎是一种密集的生命组织体,庞大而柔软,但充满了攻击性。

随着力场的逼近,孔羿的意识能够感受到,那并不是一个独立的生命体发出的。"来的是一群!"他心中暗自说道。

终于,位于力场前部的那些东西出现了:巨大的体态,无数的触须,以及不断变换着的形状。比在孔羿那个尺度的宇宙中的吞纳破的视觉效应至少要大上十来倍。

"如此巨大的怪物！"孔羿忍不住感叹道，"而且还有着很强的攻击性与灵活性！"

变换的力场是它们在不断地挑选着攻击角度，这些东西似乎对于外部世界充满了敌意。

"原来就是这样一些玩意儿！"但不知怎的，孔羿的意识中并不害怕这些怪物，而是好像对这些家伙有种笃定能够将之制服的感觉。

只见威腾阁下将穿着制服的手臂向上方高高扬起，轻轻地摇晃了一下，刹那之间，那种富有压迫感的力场就完全消失了，一点残留都没剩下，前面那些拥有巨大体态的超级吞纳破竟也慢慢变淡，四散隐没。

"威腾阁下！没想到你竟然会这样！"沙哑的声音继续从黑色斗篷下发了出来，像是有着强烈的不甘。

只见威腾阁下镇定地看着黑色斗篷下的兰利公爵，高声说道，"兰利殿下，我希望你不要再装神弄鬼了。我们应该好好地谈谈，接着我们上次没有结束的对话！"

说完这句话以后，孔羿那弥漫着的意识有一点奇怪自己为什么会这样说，也很奇怪自己为什么就成了那个威腾阁下。

现在他的意识察觉到周围再也没有什么威胁了。在这个胶冻状场域深处，只有威腾阁下和兰利公爵两个可以被感知到的生命体。

"奇怪！"孔羿的意识显得有些不确定。他认真地检查起自己目前的状态，随着深深地吸了一口气，他终于确认自己在某种意义上又拥有了实实在在的身体，而自己的意识又似乎无所不在地弥漫在周围的环境当中。真是一种奇妙的梦幻般的感觉！

制服非常合身，整体上把威腾阁下穿得很挺拔的感觉。孔羿的意识发觉自己的这个身体现在处于一种从来没有过的放松但却力量充沛的状态，这和那个地球上的孔羿因为经常熬夜而产生的腰酸背痛的感觉完全不一样。

孔羿摸了摸自己或者说是那个威腾阁下的上身，连小腹上那点赘肉也消失殆尽。"这个威腾阁下真是个健美的家伙！"孔羿心想，随即又摸了摸脸部，似乎还颇为英俊，有些风度翩翩的感觉。

孔羿的意识又用俯视的视角扫了过去，发现威腾阁下所穿制服上闪亮的徽记泛着一簇幽暗的金色光芒，竟然和安妮及吉奥将军的徽记完全一样。现在，他的部分意识已经完全与威腾阁下的身躯合体了。这是一个健硕而有力的身躯！制服虽然和安妮他们的有所不同，但感觉非常舒适，在臂膀和腿部还有一些流苏状的装饰。

"威腾阁下，我应该感谢你那次的愿赌服输，没有继续那个以太还原法实验！"耳边又传来了兰利公爵的声音。"应该讲我是欠了你一个人情！哈哈哈哈！"咯咯的笑声阴森而富有穿透力。

"兰利公爵的鬼魂！"威腾阁下说道，"你对这个称呼并不觉得太反感吧？"他停了一下，"躲在一个安全的地方实现自己的梦想，并不能完全算是罪恶呀！只是，你不该剥夺别人的选择权！"威腾阁下的语气有些咄咄逼人。

"算了吧！"黑色斗篷下的声音显得有点不耐烦，"威腾阁下，你总是在一些关键时候要让我失望！"那个尖锐的声音接着说道，"在战争快结束的时候，当我就要用终极武器去结束那些愚蠢的在星际之间飞来飞去的苍蝇们时，你却要和我作对；在我进行实验，培育新的生命基质的时候，你也要和我作对；现在，我就要创造崭新的跨宇宙的新文明，你又要和我作对！"

兰利公爵的声音显得有些凶狠，"我想，你大概就是那种传说中的罪恶的影子吧！"随即见他把自己那顶黑色斗篷扬了起来，用很夸张的声音吟诵道，"啊！任你航行到遥远的星辰，也无法躲开背后的影子！"

"除非，你去了一片黑暗之中，在那里，你自己也将从此消失！"威腾阁下竟然把兰利公爵刚刚吟诵的那首大航行时代早期星际游吟诗人的诗句接着吟了出来。

孔羿那弥漫着的意识出奇地发现，威腾阁下的声音非常好听，在空间里散发出一种磁性。

22

"威腾阁下，你依然是这样有趣！"兰利公爵听到威腾阁下所吟诵的诗句，尖利的声音稍微缓和了起来。"在很久以前，你就知道我并非是那种完全没有道理的人！"说到这里，他的声音变得有点怨恨起来。

"兰利殿下，"威腾阁下慢悠悠地说道，"你没有错，但别人也没有错呀！要知道，人性，无论在哪个宇宙中都是一样的。"

他的声音停了一下，看着那个黑色斗篷下瘦高的身影，"其实，你根本没有必要潜伏在这个胶冻元的世界里做什么造物主，事物的本来面貌岂不是更好？"

"威腾阁下！你怎么能这样说！"兰利公爵的语气显得非常气愤，"看看这么多年来他们弄的那个什么维特卡曼京吧！那个浮华而堕落的地方！"

兰利公爵的身影似乎哆嗦了一下，接着怒喝道："这些愚蠢的虫子竟然造了这么一个荒诞的东西并乐在其中！你看究竟是我疯狂还是那些家伙疯狂！我不过就想探究一种完全不同的生命基质，创造一种全新的宇宙文明，而这些家伙除了满足自己的那点微不足道的欲望之外，还有什么值得一提的吗？！"

兰利公爵的黑色斗篷像被风吹起了一样，他紧了紧腰身接着叫道："竟然为了这种愚蠢的欲望而耗费那么多能量！威腾阁下，你不是聪明人吗？你倒是说说，这样的生命文明还有什么必要存在？一种崭新的生命基质取代这些个虫子的文明应该是宇宙的趋势，正当其时！"

"兰利殿下！"威腾阁下高声说道，"作为一名科学家，我可能会赞同你的观点，可是，生命文明并不服从于科学法则！"

孔羿的意识感受到了面前这个消瘦的人形所拥有的巨大愤懑，只听见威腾阁下继续说道："兰利殿下，你知道为什么我们要在战后立刻决定实施技术有限降幂法则吗？"

兰利公爵从那黑洞洞的斗篷里盯着威腾阁下，似乎想随时将对方一口吞没。"我们已经无法承受这些无穷无尽的技术进步了，或者说，我们已经厌倦了，那是一种生理上的厌倦，"只听到威腾阁下微微叹了一口气继续道，"其实，生命文明根本不需要那么多的技术。在这个有限的宇宙中，生命文明的理解力是有限的，而技术理论的进化是无限的。我们的生命基质决定了，我们与那种不断突破的技术理论难以继续相协调了！"

"与其好奇头顶的星空，不如坐下享受那片刻欢愉。"威腾阁下松了松自己制服的肩部，用富有磁性的声音吟出一句古老的诗句。

"愚蠢的人惊呼夺目的光彩，而我，却在黑暗里徘徊。"兰利公爵接着他吟诵的诗句吟了下去，尖锐的声音此刻似乎有点黯然。

忽然，兰利公爵提高了语调喊道："威腾阁下，我想你应该是明白我究竟想去做怎样的事，可你为何总是要阻拦我？"

"你做的都是同样的事情。"威腾阁下慢悠悠地说道。此刻，孔羿那弥漫着的意识已经和整个宇宙的背景合为一体。

只见威腾阁下用手轻轻地随意比画了一下，一个巨大的宇宙之都维特卡曼京的全息图像竟然浮现在他和兰利公爵中间。

"看看吧，你所厌恶的虫子文明确实做了这件蠢事，如同他们在战争时期因为欲望和恐惧而做过的那些同样的蠢事一样，"威腾阁下的语气中透着些落寞的样子，"记得当初，人们以为可以通过暴虐的方式来发泄那种寻找全新生命文明失败后的失望，但最终只是用恐怖代替了失望。突破时间的幻觉以后，他们并没有任何长进，反而在一次次更加迅速地重复着自己的愚蠢与错误！"

"你明知如此，为什么不让我尽快地消灭他们？！"兰利公爵喝道，"当初那些蛮荒区域的家伙，如今也能够分得维特卡曼京一杯羹了吧！"他的语气中带着强烈挑衅和耻笑的意味。

威腾阁下神态自若地说道："这很正常，一切生命文明都是趋利避害的，你的父兄不也是一样吗？"

"不要提到他们！"兰利公爵忿然道。

威腾阁下自顾自地继续说了下去，"是啊！你固然认为这些生命都是过着堕落的生活，甚至只是为了几个能量球就能谋害自己的亲人，但生命的本质又何尝不是如此！终极武器事故以后，你躲在这幽暗的胶冻元空间，想用什么全新的生命基质去替换现有的宇宙生命文明。可你有没有想过，等到他们自身完善了以后，不再需要你这样一个上帝，结果又会怎样？"

威腾阁下盯着兰利公爵裹在黑色斗篷下的身影继续高声说道："兰利殿下！难道你认为你的造物会永远按照你的意志存在下去吗？他们会永远这般纯洁无瑕？"他的语气中似乎带有些戏谑的味道。

兰利公爵没有作声，他忽然问道："威腾阁下，你那次离开实验区域后干了些什么？怎么完全没了你的下落。"

威腾阁下富有磁性的声音低了下来，他轻轻地说道："我用自己的身体探索了不同尺度的宇宙，我想我大概是明白了宇宙与生命的关系吧。"

他的语气显得很郑重，"可能我算了解了宇宙结构与生命文明之间的那种难以理解的复杂程度。"

"那又有什么意义呢？"兰利公爵故意带点耻笑地问道，"你不也是想把自己当作神，去了解或改变一些东西吗？"

"兰利殿下，有一点我们是完全不一样的，"威腾阁下平静地说道，"我从来不干预，我也从来不创造！"他的语气显得非常沉稳，

"我只是一个理性观察者!"

"理性观察者!"兰利公爵显得有点恼火的样子,高声叫道,"你这个懦夫!"

"是啊!我是不会主张建造什么维特卡曼京的,这一点我和你一样。"对兰利公爵刚才的那句话,威腾阁下似乎一点也不生气。"可话说回来,如果你的那种终极武器真的像你描述的那样,对快速结束无聊的战争有效的话,我也可能不会去阻止你那个方案的。"

威腾阁下的声音显得很真诚,"但经历了这么漫长的时空研究,我算是意识到了一个简单的事实,那就是强者尽管去把自己当作神吧,就当是自娱自乐。但切记,不可干预!别把自己扮演的神真的当作神了。"

"宇宙的规则虽然我们可以去慢慢了解,但还是保留一点敬畏之心为好!"他似乎在提醒着什么。"特别是像我们这样的所谓强者,一定意义上已经突破了所谓生死的那种状态,那为何还要执迷于去建构什么全新的宇宙呢?即使这个胶冻元的新宇宙取代了目前的宇宙,那些被创造的生命文明最终还不是一样?"

看到兰利公爵没有作声,威腾阁下用一种轻松的语气补充道:"当然,作为科学家,我还是该告诉你一个好消息,如果你能得逞,根据我的推论,其他所有尺度的宇宙都将成为你的胶冻元宇宙。"

"什么?"兰利公爵发出了尖锐的声音,"威腾阁下,你这是什么意思?"

威腾阁下淡淡地说道:"当你在这个暗辐射带幽暗处创造全新生命基质的时候,我已经试着了解了这个令人生畏的宇宙结构以及与生命文明的各种关系,"他停了一下,接着又说道,"当然,那仅仅是科学理论上的猜测。"

"兰利殿下,你与我不一样,你弄的不是科学,你干预了这个宇宙!"威腾阁下紧接着说道,"而且,没有意义!"

"旧的东西并不会真正消失,他的精神会在新的事物之中永存。"黑暗中又传来了威腾阁下的吟诵。

"因为,新与旧没有什么分别,如同漫天的星尘和我们的灵魂!"兰利公爵忍不住接着吟了下去。

周围陷入一片沉默。

23

"我们这次有可能合作吗?"兰利公爵从黑色斗篷里发出了一阵刺耳的声音,声音并不高。

"这次我是要来摧毁你这个胶冻元空间的。"威腾阁下镇定地看着黑色斗篷下兰利公爵那闪烁的眼光,"你在此处可以永生,换个地方未必不能。何况,永生有意义吗?像我们这样?"

"威腾阁下,我想你还是太自信了!"兰利公爵阴沉着说道,"像你这样的聪明人竟然也无法理解我的用心。这个宇宙没有什么是永恒的,一切的星辰、星系团,包括那无数在数学上成立的宇宙,都是一样会生生灭灭。"

兰利公爵的声音显得有点得意,"你自诩为一个所谓的理性观察者,可是,即使是那些很原始的理论,也早就提醒过我们:即便只是观察,也会有所改变!我想你不会不明白那些道理吧!"

看着威腾阁下不作声的样子,兰利公爵接着说道:"更何况,你的那种所谓观察,如果我没有说错的话,需要耗费的又何止是一颗恒星的代价!你还在这里假慈悲,似乎你就比那些建造维特卡曼京的愚蠢的家伙们要高明许多!"

兰利公爵的语气变得有点愤怒起来,"在我看来,你和那些虫子并没有什么区别,你们只是不敢去面对这个宇宙的真相,也没有勇气去改变这个宇宙!"

兰利公爵越说越激动,他摆动着黑色斗篷罩住的臂膀,大声说道:"想想我们曾经参与的那种无聊的星际大战吧,那些卑劣的商人尽可以把所有原因归结于对资源的争夺,对那个一无是处的维特卡曼京的争夺,可是聪明如你,一定也会赞同,那是因为一种源自于整个生命文明内心的孤独,一种对于无尽宇宙中只存在我们这种唯一的生命基质的一种恐惧吧!"

威腾阁下默默地点了点头,轻声说道:"你说的没错!"

兰利公爵见对手似乎认可自己的说法,便又说道:"还记得我们的技术已经达到了登峰造极程度的那个样子吗?我们可以瞬间穿越寥廓的宇宙,我们可以改变星系团的外观,我们可以不断地延续自己的意识,哪怕采取各种可怕的方式,也不愿意就此将自身所带有的个体信息主动消散殆尽!"

兰利公爵高高扬起胳膊,指着虚空中的黑暗大声说道:"本来以为我们这种生命基质害怕死亡,可是当用各种怪异的方式克服了所谓死亡的威胁以后,我们才发现,其实我们更害怕孤独,更害怕无聊!"

"是这样!"威腾阁下平静地说道。

看着这个裹在黑色斗篷里的兰利公爵,孔羿那弥漫在宇宙深处的意识忽然觉得眼前这幕场景似乎在哪里出现过。

"各个星区里那些奇形怪状的的长老相信你曾认识不少,里面也有许多聪明人吧!可他们不也同样迷惘于我们的宇宙中生命基质的那种单调状态吗?他们不也是曾经叫嚷着,要去呼唤什么真正的异质生命文明的出现吗?"兰利公爵的语气又激动了起来,"虽然你们后来因为政治问题,而让这帮家伙自动选择将自己的个体信息从生命活性上消退,但他们的精神还不是依然在那种虚拟空间内继续折腾吗?"

此刻,孔羿那散落在宇宙各处的意识中猛然浮现出了一幅诡异的画面——像是在一个巨大的金属盒子里涌现出无数跳动着的光点,每一个光点都不停地撞击着其他光点;它们互不相让,努力挣扎,像是要挣脱坚固的金属盒子的束缚。

威腾阁下也像是感受到了这个可怕的场景,嘴里吐出两个字,"地狱!"当这两个字说出来以后,连他自己都觉得有点恐惧。

兰利公爵将黑色斗篷松了松,显得他的身材更加瘦长。"技术有限降幂法则!的确,我很赞同这样。但是,聪明的威腾阁下,我想你应该是明白的,如果我们整个宇宙有了真正的异质生命基质,在这样的基础上产生完全不同的灿烂的生命文明,我想在未来,如果有未来的话,那些本来仅仅在数学理论上存在的一系列宇宙,都将会更加有趣!"

"明白吗?更加有趣!"兰利公爵显得有些声嘶力竭。

威腾阁下看着兰利公爵,静静地说道:"兰利殿下,你说得完全没有错,特别是你对于生命文明的把握可以说是完全正确,对于那些不甘心退出生命活性状态的星区长老们,你估计的也没有错,我亲身感受到了他们的精神在虚拟世界里的躁动与不安。"

看到兰利公爵没有反应,威腾阁下接着说道:"可是,我想说的是,难道你没有发现你弄错了一件事情吗?"

"什么事情?"兰利公爵恶狠狠地问道。

"你不要忘了,兰利殿下,你似乎认为你创造的那种胶冻元宇宙中会产生出崭新的生命文明,但即便如此,在你所认为的未来的辉煌灿烂的新宇宙中,似乎并没有现在这个宇宙中既存的生命文明的位置了——你那个所谓的新宇宙的异质生命文明,将在抹掉目前宇宙生命基质的基础上才能够出现。"

威腾阁下顿了顿语气,"据我所知,目前有些边远星区的长老们已经在谋划将自己所辖星区内的生命基质进行改变,以便适应你那种胶冻元宇宙的参数了。"

只听到黑色斗篷里发出"哼"的一声。

"兰利殿下,你可以创造,但不能牺牲!还记得你那个时候想要启动的什么终极武器吧,在那个时候你不就是想要将这整个宇宙颠倒过来吗？"威腾阁下好像在意识深处再次浮现出当时的场景，他忍不住笑了一下，"物质变能量，能量变物质，很普通的理论。但我却知道，那一定是一个不安分的灵魂所策划的惊心动魄的灾变计划。"

威腾阁下盯着那个黑色的斗篷，摊开了双手，大声说道："难道不是这样的吗？"

兰利公爵就如同一个鬼魂一般静静地裹在黑色斗篷里，一身不吭地听着威腾阁下的侃侃而谈，直到他说完最后那句话。

忽然，在一片寂静之中，从黑色斗篷里爆发出一阵疯狂的大笑声，"哈哈哈哈！哈哈哈哈！"尖利的笑声穿透到了宇宙深处，几乎将孔羿那散落着的意识震得四处飞溅，相互撞击，一时竟然收不过神来。

威腾阁下看到兰利公爵突然这个样子，不禁有些诧异。他定了定神，心想，"怎么这人像是忽然疯了似的？"

"尊敬的威腾阁下，"兰利公爵那略带戏谑的声音传了过来，只听到他大声地说道，"我本以为你是个聪明人，可没想到，你比那些愚蠢的虫子也强不到哪里去！"那显得有些嚣张的声音继续说道："要知道，你总是完全没有明白我的意思！"

"对那次终极武器的运用，你没有明白！上次你弄的那些企图破坏我计划的实验，看来你也没有明白！而现在，你依然没有明白！"兰利公爵愤然说道。

"威腾阁下，你是个懦夫！"兰利公爵的声音里带有一丝颤抖。

"兰利公爵，难道你有什么美妙的打算吗？"威腾阁下盯着眼前这个抖动着的黑色斗篷，心里一刻也不敢放松。

似乎有种奇异的能力，能够让威腾阁下对兰利公爵一直保持着某种警惕。可是，有时候，又会有一种莫名的感觉让他对面前这个危险的家伙产生一些小小的认同。

"威腾阁下，我想你还是不太明白我究竟想去干些什么的！"兰利公爵的声音显得有些得意。"你明白吗,我不知道你从什么地方了解到了什么,还以为我是要去摧毁那些个虫子的文明。我现在要告诉你的是,我根本不关心他们的未来,就让他们继续为那个什么维特卡曼京去争夺吧!"

兰利公爵似乎在从黑色的斗篷底下紧盯着威腾阁下,"我是要造就宇宙中全新的不同生命基质之间的关系,而不是要摧毁现在的宇宙文明!我只是想让那些虫子们知道,未来的两大类不同生命基质所组成的宇宙将更有趣!"

在黑暗中,兰利公爵把自己的斗篷高高扬了起来,用嘲讽的腔调大声叫道:"我会对那些虫子们说,欢迎加入兰利乐园!"

24

威腾阁下看着兰利公爵那高高扬起的黑色斗篷,心里有点犯疑。他高声说道:"兰利殿下,相信任何一个人都已经发现,你弄的胶冻元场域正在蚕食整个宇宙,而且,它发展的速度超乎预料。我想你不会看不明白这些吧。"

威腾阁下随手一挥,一个巨大的可观测宇宙的星区全息图像立即展现在他和兰利公爵中间。只见一团灰蒙蒙的烟雾正在向维特卡曼京缓缓逼近,目前离这颗璀璨夺目的蓝宝石似乎只有十来个星云团的距离了。只见前方那些经过的大量星云团在接触到这团烟雾之后,很快就表现出一种观测上的凝固态,无数星辰的光芒似乎在一刹那便凝固住了。

按照眼下的估算,那团烟雾似乎在以指数速率扩张,它一旦越过维特卡曼京,整个宇宙都将沉陷在可怕的胶冻状场域之中,那时,所有生命基质将如同吉奥将军表述的那样,就会湮灭到不知名的空间里去了。

"看来,这个宇宙真的会变成所谓兰利的乐园!"威腾阁下的语气显得忧心忡忡。

听到他严肃的声音,兰利公爵似乎叹了口气,"威腾阁下,我想你们一定是误解我的意思了。"

"可是这个胶冻元场域扩张的速度和星系团的反应,已经证实了我的猜测,"威腾阁下停了一下,不知怎地又添上一句话,"我的直系后代在刚才已经尝到了你的胶冻元场域的威力了。"

孔羿散落在宇宙深处的意识当中,竟然浮现出了吉奥将军那金光闪闪的身影。"怪不得他们都有着同样的闪亮徽记呢,原来如此!"此刻似乎有一个声音从宇宙背景深处传了过来,声波在偌大的黑暗空间里回荡。

"威腾阁下!"兰利公爵的声音驱散了那个奇怪的声音,只听他高声说道,"看来我得给你一个仔细的说明,我们可以静静地等在这里,看着奇迹发生!"

"难道要让我在这里看着我们已经存续了亿万年的生命基质就此毁于一旦吗?难道看着所有的生命文明都被你那些奇形怪状的吞纳破所代替吗?"威腾阁下的目光显得有点犀利,他紧盯着兰利公爵那微微摆动的黑色斗篷,"我这次进入你的势力范围的唯一原因,就是要把联盟的舰队领进来,然后,摧毁你那种完全不切实际的想法!"

四周一片寂静,只听见威腾阁下又气势逼人地说道:"兰利殿下,我劝你还是迷途知返吧。我不知道你是如何将这种胶冻元场域的扩张速度达到如此飞速的状态的,这不是我关心的重点,我只是希望你见好就收!"

他放缓了自己的语气,"兰利殿下!在另一个尺度的宇宙中,实验进行得很成功,相信你也一定感受到了吧!"

看到兰利公爵裹在自己的黑色斗篷里无动于衷,威腾阁下继续说道,"现在,如果你能够停止,我就不会召唤舰队,接下来我们可以好好认真地来谈一谈。可是,如果你还不把这个进程停下来的话,无论是这个宇宙还是其他尺度的宇宙，我想现有的任何生命文明都不会感谢你的举动的！"

此时，孔羿那散落在宇宙各处的意识忽然相互间有聚合的趋势，意念犹如蓄势待发。只听见威腾阁下又说道，"我在另一个尺度的宇宙里还有亲人，眼下我也不希望我那直系的后人白白地牺牲他个体生命中载有的信息！"

孔羿的意识中再次浮现出无数吉奥将军那金光闪闪的形象，只听见威腾阁下继续严肃地说道，"我不希望那最不愿意的事情发生！"

在威腾阁下说这些话的时候，孔羿那散落在宇宙中的意识已完全凝聚起来，它像是一架无形引擎，把整个宇宙的粒子当成了燃料；随着那些粒子在其中急速振荡，宇宙中爆发出一种奇怪的强大力量，准确地说，更像是爆发出一种意念。

只见庞大的球形战舰组成的舰队在威腾阁下和兰利公爵之间那个全息图像上很明显地进行了位移，一簇簇红色的指示标记正在逼近雾蒙蒙的胶冻状场域边缘。

"威腾阁下！"兰利公爵大叫道，那黑色的斗篷似乎在空中鼓了起来，把他瘦长的身躯衬得异常高大。

他现在的声音显得有些紧张，"你可以把这些实验用的设备召唤进来，那完全没有问题！但我希望你能够明白一件事情！我完全没有想要去改变整个宇宙的生命基质和它们赖以存在的那种常数设置，我只是希望有一个更加丰富的生命文明的未来！"兰利公爵的声音显得更加嘶哑了，他高声叫道，"你听懂了没有？我只是想要一半的宇宙而已！"

"知道维特卡曼京为什么那么显眼？"看着全息图像上联盟舰队一步步缓缓逼近，兰利公爵急躁地挥舞着长长的手臂指向一个暗蓝色原点，"你难道不知道它的位置就是在可观测宇宙的中心吗？到了中心，这边的胶冻元场域就会立即停止扩张的！"紧接着，兰利公爵又补充了一句,"威腾阁下!全知全能如你,难道感受不到它扩张的速度马上就要慢下来了吗?"

威腾阁下注视着那团从寂寥宇宙深处弥漫出的胶冻状迷雾,并没有看出和刚才有什么两样。于是冷冷地说道,"兰利殿下,我不知道是不是该相信你,但我绝对不会让这种胶冻元场域占领整个宇宙。"

他双手微微攥紧,暗暗地用自己那已经凝聚起来的意识向四周发出一种巨大的力量。随着这种力量扩散,密集的舰队已经以一种无法理喻的液体状态慢慢靠近胶冻状场域的力场范围。

通过面前那个巨大的不断变换视角的全息图像可以看出,闪烁着红色光芒的联盟舰队在突破了胶冻状场域引力显得不太稳定的边缘区域以后,整体笼上了一层黑色物质,舰队那种如同液体般的状态似乎正在胶冻状力场作用下慢慢凝固,胶冻状场域边缘同时像是被撕开了一个不太稳定的口子……

威腾阁下此刻似乎在内心深处对兰利公爵的说法有些相信,他便暂时停止了移动舰队的意念,好像觉得舰队处于胶冻状场域边缘的状态恰恰好。与此同时,在他的意识中感触到了一种如同强烈不安的情感所引起的巨大振荡,但又不知道振荡波动从何而来。他稍稍平静了一下,这才发现无数巨大的类似吞纳破的生命体忽然从自己的意识深处奔涌而出。

它们急速地呈现出放射状,向胶冻状场域四周飞散出去,一些超级巨大的体态甚至于将那些已经呈凝固态的星系团击打得粉碎。

一时间星尘四散飞扬!

"威腾阁下!你不要再做这些无聊的事情了!"兰利公爵用略显颤抖的声音大喝道,"我不希望我们弄个两败俱伤的后果,你刚才讲的那种情况其实我也不希望看到!"

兰利公爵将声调提高了不少,他叫道:"况且,这些小小的舰队即使带有毁灭胶冻元场域的物理变量,也不可能对我的创造产生绝对打击，我已经将这些生命基质做了一种双重化处理！"

"双重化处理？"威腾阁下意识里有些疑惑，手上的力道也缓了下来。他像是在喃喃自语地问道："兰利殿下，你这是什么意思？"

威腾阁下又好像立刻明白了过来，他大声冲着兰利公爵说道："难道你让他们也能够生存在我们的宇宙当中！？可是这两个宇宙中质能是完全翻转的，宇宙常数甚至都不一样！"

威腾阁下的语气里现在显得有些怒气冲冲的样子。

"威腾阁下！可没有那么简单吧！"兰利公爵冷笑了一声，"我创造的这些异质生命就像是我的孩子，而且，还是从我自己的生命基质中提取出来的。我无法保证像你讲的那样，未来他们是否可以在这两个不同的宇宙之间穿行，但我可以保证的是，我一开始就预料到了，总会有些人要在关键时刻跳出来给我惹麻烦！"

兰利公爵从黑色斗篷里盯着威腾阁下，只听到他缓缓地说道："所以，我当初决定，还是要一劳永逸地解决这个问题！"

"一劳永逸？"威腾阁下的精神似乎有些分散，在他的意识中，此时可以清晰地观察到球形战舰组成的舰队依然在胶冻状场域边缘处胶着地挣扎着，舰队那种呈液体的状态正在慢慢凝固，边缘处被撕扯出的口子周围聚集着赶来支援的援军，整个场面如同岩洞边蝙蝠群蜂拥着归巢一般；胶冻状场域内部冒出来无数巨型吞纳破，依然在朝四面八方的宇宙空间冲去……

"是的，"兰利公爵那阴冷的声音再次传了过来，"尊敬的威腾阁下，可能你的想法有点道理，但我所说的双重化处理可不是那个意思！"

停了一会儿，兰利公爵显得有点得意地说道："我的意思是说，我创造的这种新的生命基质和你看到的胶冻元场域是可以相互转换的！"

"环境创造我们，我们创造环境！"兰利公爵用尖锐的声音吟道。

"环境就是我们，我们就是环境！"威腾阁下接着吟诵道，但那富有磁性的声音似乎显得有点颤抖。

221

"哈哈哈哈！"兰利公爵狂笑道，"威腾阁下，你可能没有想到吧，这个主意还是你给我的启示！"

"作为一个在关于生命基质的立场上倾向于顺其自然的人，你不是经常在过去提到什么生命基质与环境本质上是一回事吗？你甚至还有过那样的想法，你说宇宙根本就是一个独立的生命体！我们的存在只不过是它的一个虚幻反映而已！不是吗？"

兰利公爵继续大声叫道："你说我很疯狂？威腾阁下，你可是比我要疯狂得多啊！哈哈哈哈！"

尖锐笑声刺痛了威腾阁下的意识深处，像是在幽暗的宇宙深空撕裂了一道黑色的伤口。

25

黑暗中，星尘暴呼啸而过。威腾阁下的意识完全收缩为一体，他的意念慢慢沉浸到了自己漫长的生命体验之中。作为在关于生命基质的立场上持有顺其自然观念的人，威腾阁下一直以来最为关注的是宇宙本体问题。后来，当自己的意识在浩瀚宇宙中以极速徜徉时，偶尔确实会由内心深处感受到，或许所有的生命基质就其本质来讲，就是这个不可知的宇宙的本体，或者说，由生命基质所形成的那些常数法则，就是宇宙自身固有振动频率的抽象表达形式。

宇宙，就是一个独立的生命！

只不过，它是以生命基质的方式来显示自身生命存在的。那些先后呈现出的无数多姿多彩的生命文明形态，只不过是宇宙在展示自己生命存在的一个无意为之的注脚罢了！

宇宙即生命本身！

威腾阁下曾经想把这种认知感受用数学理论的方式进行演算，甚至还冒险去了许多不同维度的宇宙进行探索。但最终的结论，他还没有能够完全用确定的数学理论去演绎与阐释，他对此还心存疑虑。

直到残酷的星际战争结束以后,威腾阁下终于有能力进行了跨越不同尺度宇宙的介入。在无数次辗转于不同尺度宇宙的惊险过程中,他终于隐隐约约地觉得,自己能够摸到了那个神奇猜想的尾巴。但是,他却依然很难用数学理论的方式来将之完整地解析清楚。

可是,没有想到的是,这个兰利公爵胆大包天,他居然用技术手段把仅仅是猜测的理论部分地用实验的方法呈现了出来!

虽然兰利公爵并不了解自己所关切的问题核心,但显然,据他所说,眼下他所创造的那些幽灵般的生命基质,能够同时处于创造者与被创造者的双重状态。

"这显然就是自己那个猜想的理论精髓!"威腾阁下心想。

"你的意思是,你这些新创的生命基质会自动产生出一种他们所需要的宇宙环境?"威腾阁下低下头喃喃道,似乎并没有期待兰利公爵的回答。

猛然间他又将头抬了起来,冷冷地直视着眼前那个飘忽的黑色斗篷,大声说道:"在他们逃逸出自身环境以后,会在任何地方重新外生出一种胶冻状场域,他们会再次获得维持自己喜好的那种宇宙常数的设置!"

就在威腾阁下说这些的时候,不知怎的,从他意识深处清晰地浮现出卢杨的形象,似乎那个美丽的女孩已经被一种胶冻状力场所紧紧包裹,然后在她的身体上慢慢地散发出了一层黑色烟雾。

"哈哈!尊敬的威腾阁下!"兰利公爵把两只手拍在一起,像是在鼓掌一样。他大笑着说道,"完全正确!"

兰利公爵的声音显得很是得意,只听见他又说道:"不过,经过我的探索,你的理解里面有个小小的错误!"

"什么?"威腾阁下严肃地盯着眼前这个熟悉的老对手,再次感到这一幕场景是异常地熟悉,竟然会有一种似曾相识的感觉。

只听到兰利公爵缓缓地说道:"我创造的这种生命基质虽然对于

外面的那个宇宙来讲是一种异质生命基质，但他们同样都是最本源的生命基质，他们之间没有高低贵贱之分！"

兰利公爵的语气显得很是平和，他继续说道："要知道，很久以来，你设想的关于那种生命基质与其赖以存在的宇宙之间的关系的命题，我也思考过。"

"但是难道你没有发现，很多事物并非只有一种简单的外化，明白吗？你不是还会吟诵古老的诗句吗？虽然环境创造了我们，但是我们也创造了环境！这些生命基质可并不像你所说的那样，仅仅只是外化出一个胶冻状环境啊！"兰利公爵在黑色斗篷里似乎摇了摇头，"尊敬的威腾阁下，那可不是什么单纯的外化！"

"什么？"威腾阁下心里忽然灵光一闪，竟然冒出一个奇怪的念头，而这个念头是让他自久远以来思索了很长时间的一个问题。

他注视着面前黑色的斗篷，说道："难道你的意思是，你创造的这团胶冻状场域本身就是一个生命体？"

"正是如此！正是如此！"兰利公爵用尖锐的声音回答道。

兰利公爵轻轻鼓起掌来，"你的理解完全正确！此刻我们就生存在它的意识之中，它的本体意识以生命基质的形式播散开来以后，照样会形成无所不在的本体！"

"这就如同外面的那个宇宙与它自身所包含的生命基质之间的关系一样！"威腾阁下用肯定的语气接着说道。

随后，兰利公爵和威腾阁下四目相对，他们陷入了一片沉默之中。

26

"兰利殿下，我终于明白你想表达的是什么意思了！"威腾阁下终于用那充满磁性的声音打破了沉默。"可是现在，我不能用那半个宇宙去冒险。就像我刚才所说的那样，可能你的理论非常精妙，但我不能用那亿万个星区的无数生命文明来打这个赌。"

看到兰利公爵没有作声，威腾阁下继续道："何况，我有责任去摧毁你的胶冻元场域。因为我是个军人！我那刚刚生命信息消散的直系子孙也是个军人，整个舰队的指挥现在也是我的直系子孙，我们都是军人！大星系联盟给了我这样的授权，我现在必须结束这一切！"

威腾阁下停了一下，看着黑色斗篷里微微抖动的瘦长身躯，说道："但是，我不会在意你的那些异质生命基质究竟会散逸到什么地方去的。如果真的如同你所预料的那样，无论是他们的外化，还是胶冻元场域的内化，又或者他们之间是否可以创造出一种基于新的宇宙常数的生命文明，那些都不是这一次我们要解决的问题了。"

威腾阁下感觉到兰利公爵的情绪很不稳定，他冷冷地接着说道："这一次，我还会用老办法。当然，作为贵族，我想兰利殿下你不会有什么意见吧？"

"好吧！"只听见兰利公爵忿忿地叫道，"威腾阁下，我们就走着瞧吧！你会后悔的！"这个嘶哑的声音又喊道："我期待一个二元的宇宙，而你，却依然要维持单一生命基质的宇宙。看来，曾经苦苦寻觅异质生命基质的失败并没有让你换一换思路！"

"既然没有任何商量的余地，那我们就大干一场吧！"兰利公爵用愤怒的声音继续说道，"要知道，毁灭一件事物要比创造一件事物更容易！你这懦夫！"

威腾阁下在自己意识深处隐隐约约觉得，这个兰利公爵讲的很多道理好像并没有错。而且，就在兰利公爵刚才提到什么二元宇宙的时候，他眼前忽然浮现出一个巨大的中国古代经常出现的太极图式样。"负阴以抱阳，负阳以抱阴！"这巨大的太极图就在威腾阁下面前不停地缓缓旋转……

与在书本上见过的太极图不同，这是一个三维立体的太极图像。整个太极图像全部由密密麻麻的星系团构成，只是这些星系团分成两个阵营，一半散发着灰白色光晕，另外一半则散发着暗黑色光晕；它们你中有我、我中有你，相互间不断扭曲盘旋；漫天星光相互辉映，令人目眩神迷。

他的意识透过这庞大的太极图像，中心位置上是一个散发炫目幽蓝色光芒的小点，正是宇宙之都维特卡曼京！

"多么壮观啊！"威腾阁下愣愣地矗立在那里，只听到耳边传来了一种强烈的波动声，更确切地讲，是他的意识感受到了一种奇怪的震荡。

威腾阁下的眼睛向面前那个巨大的全息图像扫视过去，发现了一个奇怪现象：那团灰蒙蒙的胶冻状烟雾似乎在离维特卡曼京还有三四个星系团距离时，减缓了扩散速度，好像有一种从宇宙深处传来的庞大引力将这个胶冻状的力场硬生生地拉了回去！

他的意识几乎可以清晰地辨认出这种力量的拉扯。如同一个人在用力地放着风筝一般，风筝拼命地绷紧了绳子向远处高飞，而拉扯的力量将风筝牢牢地透过绷紧的绳子进行控制，当风筝达到一定高度时，两种力量达到了平衡。

烟雾状胶冻场域的弥漫状态似乎有点减弱。但维特卡曼京，这个既有宇宙中生命文明的璀璨之都，还是有受到威胁的可能。

威腾阁下此时有点犹豫了。

巨大的宇宙太极图像依然在他的意识深处缓慢地旋转，那无数的星系团相互扭曲碰撞，不断发出一些闪烁而耀眼的光芒；两种拥有完全不同生命基质的宇宙就这样富有力度地对峙着，运动着，意识中似乎能感受到低沉呼吸的轰鸣声。

这哪里是宇宙，简直就是活着的生命啊！

威腾阁下的意识几乎就要完全沉浸在这幅壮观的画卷中了。忽然，一个熟悉的声音从未知的地方传出，并向整个宇宙中传播开来。

"孔羿，是你吗？你听见我们了吗？"

威腾阁下心底有些迟疑，而孔羿那潜伏着的意识似乎被这个声音弄清醒过来：这正是安妮的声音！

安妮所在的联盟舰队此刻还是位于胶冻状场域边缘，在那个被撕扯出的口子里不断穿行着联盟的其他增援舰队，数量越聚越多，最终和安妮的舰队完全会合在一起。

阴沉沉的胶冻状场域深处像是有一股巨大的力量在排斥联盟舰队群，仿佛是感觉到危险，有意识地要把它们从其体内排泄出来似的。

"我在这里！"孔羿不知怎的似乎从意识中发出了威腾阁下那种富有磁性的声音。那声音显得熟悉而又陌生，如同回荡在整个胶冻状场域之中。

旋即，他就听到安妮的声音，"孔羿，我们已做好全部准备，即将开始实施以太还原法的修复翻转行动！"

"好的！"孔羿答道。可不知怎的，紧接着他又抢着大喊起来，"稍等！"

只听见耳边再次出现了安妮的声音，似乎还夹杂着迪克的声音，隐约中仿佛是什么"我们的时间已经不多了，情况已经非常紧急"！

孔羿没有再去回答安妮的呼叫。

他忽然意识到，至少在目前这个状态下，作为威腾阁下，自己似乎就是这个宇宙里的主宰。可以确信的是，既然自己可以轻易地将那拥有庞大数量球形战舰的舰队瞬间移入胶冻状场域，那自己一定也同样能够瞬间启动以太还原法，进行宇宙修复翻转作业。

孔羿意识深处的直觉告诉自己，再等一等。

27

威腾阁下盯着眼前罩在黑色斗篷里的兰利公爵，缓缓地说道："兰利殿下，我们谁也不能保证你的推算是确定的，我们就按照老办法来吧。"

在他说这句话的时候，脑海的意识深处浮现出了一幕情景。

那是在旷日持久的星际战争快要结束时，就在兰利公爵快要启动那个终极武器的时候，他们好像也玩了一个有点类似于掷骰子的游戏。赢了以后的威腾阁下，似乎当着兰利公爵的面，随意将终极武器的一个参数进行修改并导致结果失效。

接着，宇宙深处的意识当中又浮现出了在战后准备进入胶冻状场域中进行实验的那幕情景。那次，也是和兰利公爵对峙，也是用了那个类似于掷骰子的办法决定接下来的行动。那一次，输了的威腾阁下失望地看了兰利公爵一眼，就丢下随行团队，隐匿起来。

现在，掷骰子的场景似乎要再次出现了。

只见裹在黑色斗篷中的兰利公爵缓缓点了点头，驱动身体慢慢移至威腾阁下面前。在他们头顶，瞬间出现了两个硕大的正四面体。

两个正四面体通体发亮，兰利公爵头顶上闪耀着黑色光芒，威腾阁下感到自己头顶散发出一种白得刺眼的光芒。

"你先开始吧！"兰利公爵发出了刺耳的声音。

威腾阁下不知道为什么忽然说了一句，"一起开始吧！"

几乎是一刹那，他们头顶上两个正四面体的形态向着四周的黑暗空间迅速地扩散起来，随即将他们吞没进去。在正四面体璀璨的内部，是漫天灿烂的星系团和不停闪烁的巨大背景亮光。

就在孔羿的意识对这个光怪陆离的正四面体内部结构有些困惑的时候，他忽然觉得眼前一亮，兰利公爵竟然正好立在了威腾阁下面前。

只见他一声不吭地从黑色斗篷里用如同寒星般的眼神注视着威腾阁下的头顶，威腾阁下惊异地看到兰利公爵头顶上那个正四面体竟神奇地消失了，代之以一个闪烁着的类似于熊形的兽类图案，兽类图案在兰利公爵头顶上熠熠生辉，几乎将他的全身都笼罩在这个如群星般闪耀的光芒之中……

"哈哈哈哈！"兰利公爵发出了一阵巨大的尖锐笑声，黑色斗篷竟然伴随着刺耳的笑声上下翻飞。他紧接着大声宣布,"我又赢了!这是宇宙法则的胜利!"

孔羿此刻的意识转移到威腾阁下头顶,发现他的头顶上竟然出现了一只散发着璀璨星光的不知名的花冠。在这深深的胶冻状场域的黑暗之中,那只花冠竟然让他多出了几分威严。

威腾阁下几乎立即意识到了自己的失败。但是,在他心中,好像对目前这样的状态有一种很熟悉的感觉,一切都似曾相识。

那闪耀着光芒的熊形兽类图案和花冠,都让他有种说不出的情感。

威腾阁下转身就要离开。就像当初一样,似乎想立刻把自己的意识投射到黑暗宇宙的无尽角落中去。就在这时,他感受到一种强大的引力在附近空间范围内伸展蔓延,眼角余光似乎瞟到了一个看不到边际的灰白色,一个灰白色物体。

他扭过头认真地打量起这个悬停在远处的灰白色物体,只见一个巨大的立方体似乎从天际硬生生地显现出来。在笼罩着淡淡雾气的胶冻状场域里,这个灰白色立方体好像正在缓缓地用它的一个顶角在旋转。

孔羿意识的深处忽然一亮,如同闪电般感知到,类似这个立方体在另外一个尺度的宇宙中,是由安妮将它给启动出来的。在印象里还能清晰地回忆起自己和安妮面对面,将双臂张开,身体向后方仰去的那个画面。

可是如今这个旋转立方体,就像压在头顶的金字塔,那几道灰白色边缘的尺寸异常巨大,曾经的另一个尺度宇宙中的立方体在它面前简直可以忽略不计。

威腾阁下的意识似乎慢慢向宇宙深处退去,而孔羿的自我意识则好像完全独立地苏醒了过来,当他的意念如潮水般涌到这个硕大无朋的灰白色立方体上时,这才惊讶地发现这个庞然大物竟然是由无数的各类战舰所构成,其中也包含了数量庞大的球形战舰。密密麻麻的战舰组成的巨大正立方体,如同构成星系团的那种闪耀的群星,数也数不过来,起码在几十万的数量级!

孔羿的意识终于从威腾阁下的身体里彻底分离出来,面对眼前这个壮观景象,他显得有些困惑。耳边又响起了安妮那清晰的声音,"孔羿,我们就要启动以太还原法了。维特卡曼京已经遭受胶冻状力场的侵扰,请你迅速撤离!现在,我们就要启动了!"

随后,周围寂静无声。

"什么?"耳边立刻传来兰利公爵那愤怒而尖锐的声音。

只听见他大叫着,"怎么会是这样!我赢了!我赢了!你不能够这样对我!为什么?为什么每一次你都要在关键时候来干扰我?"

孔羿愣住了,自己或者说那个威腾阁下刚才确实在掷骰子的游戏中认输了,那个威腾阁下的意识本打算一走了之,因为,孔羿或者说那个威腾阁下的内心深处已经能够确信,兰利公爵所说的一切都是真实的。

28

孔羿已经非常确定,那团奇怪的胶冻状场域一定会停止蔓延。在他的意识当中,此刻可以清晰地看见在维特卡曼京周围,氤氲着一层黑白相交的雾状物,煞是诡异。再仔细观察,那曾经在太空中散发着灿烂蓝色光芒的宇宙之都,正在逐渐变成一团毫无生气的凝固态。

随着宇宙之都维特卡曼京逐渐黯淡下去,胶冻元场域竟然真的如同兰利公爵刚才所说的那样,完全停止了扩散。

两种完全不同属性的时空场域就这样静静地交汇在这个宇宙中心之地,对峙的张力消除了,它们如同牵了手的一对情侣,在边缘处相互试探、互相推搡、相互拥抱。

孔羿心底不知怎的升出了一丝懊悔,他几乎本能地转过身去。就在他的意识打算要将这个巨大的由无数联盟战舰组成的正四面体的队形解体的时候，忽然感到，从这个灰白色的正四面体的中央部位爆发出一种隐约的震动，四面体的外观好像一圈圈涟漪一般，在表面上下翻腾。随即，一股强大的引力向着胶冻状场域结构的细微处侵入进去，胶冻状场域里瞬间爆发出一种强大的排斥力……刚才还和谐共处的两个时空场域之间蓦地升腾起两种巨大的力量，充满敌意地相互对抗，相互僵持。此时，它们各自那强大的力道扭曲交织，难解难分！

孔羿的意识感受到在胶冻状场域里似乎出现了无数细小的裂缝，伴随着无数细小的裂缝，大量巨型吞纳破出现在视野中，场面蔚为壮观。

只见它们不断扭曲着庞大的身体，相互撞击纠缠，有的甚至还将巨大的灰白色立方体团团包裹。

随着两种巨大力量的对抗、胶着，这些庞然大物的身体似乎越来越透明化，扭动的力量也越来越大。

孔羿不知怎的，他的意识从宇宙深处如同一道道浪潮一样涌了上来，只是想要去努力地解体这个巨大舰队组成的灰白色立方体。

他能够感受到自己的意念所发出的可怕力量：那些构成立方体的无数战舰，有的已从严密的结构中脱落出来，整体结构岌岌可危。但他好像依然很难撼动那种产生巨大引力的灰白色立方体的结构。

两股抗争的力量势均力敌，整个宇宙都感受到了那种撕裂之前的紧张气氛。此刻，胶冻状场域中那无数细小的裂缝似乎更加密集地向着结构纵深处弥散开来……

就在这时，孔羿耳边传来了兰利公爵愤怒的声音：

"父亲，你难道一定要这样做吗？你让我放弃皇位，我没有和你计较；你破坏了我的终结战争的计划，我也没有计较；你现在又将我苦苦经营的宇宙平衡打破！你就这样愿意看到你的儿子，你自己的一部分，永远不能得偿所愿吗？我是你的儿子呀！威腾陛下！父亲！"

孔羿耳边传来了尖锐的声音，意识里只能够感受到那两种力量中的引力部分逐渐占了上风，而从胶冻状场域深处散发出的排斥力，则随着胶冻状力场中无数裂纹向纵深处扩散而逐渐变弱。

就在孔羿还没有回过神来的时候，他猛然听到一阵巨大的声响，灰白色巨型立方体一下子向外飞散开来，无数战舰如同粉末一样四面飞溅。

巨大的震荡波将兰利公爵的斗篷整个掀了开来，露出了一个和威腾阁下穿得几乎一样制服的面庞，制服领章上那个猛兽徽记如同星光一般灿烂。

孔羿还没来得及看清楚，又听到一阵震耳欲聋的轰鸣声从宇宙深处传了过来，将他的意识瞬间冲散到四面八方，犹如沙子一般被撒入无尽的深空之中。

只见群星在他脚下飞速地散落，庞大的星系团如同高温下的巧克力，软绵绵地向着周边坍塌下去，漫天飞舞的星尘暴混合着弥漫在空间中的巨型吞纳破的躯体……奇异的场景预示着，这是一次创世纪般的大混乱。

孔羿的意识是如此纷乱，如同在一间密闭的房间里将一大包闪亮的小钢珠掷向地面，每一颗小钢珠都是他意识的全部。它们不断地上下翻滚跳跃，相互碰撞，互相映射，在空间里不断转变着各自的方向……每一颗都是全部，每一颗都独一无二！最后，他整个意识都散落在无尽的宇宙当中，与整个宇宙融为一体。无迹可循，却又无处不在！

在威腾阁下和兰利公爵刚才站立的地方，全息投影中的宇宙之都维特卡曼京，此时仿佛笼上了一层琥珀状物质，本来如同透亮蓝宝石所散发的绚烂光芒完全暗淡下去。在它周边，胶冻状场域的雾气已尽数散去。

"父亲！"孔羿的意识深处依然回响着兰利公爵最后的呼喊，可是已完全无法寻找到声音的踪迹。

孔羿的意识沉入了黑漆漆的宇宙深处。

29

"寻找不了，不如创造；我们已经在文明上分道扬镳，为何不能走得更远一点？"在恍惚状态下，孔羿仿佛一直听见一个声音在耳边萦绕。

他只是觉得自己的意识投射到了一个更加宏观的层次。在那个层次当中，有无数的宇宙都开始裂变成黑色与白色两块区域，两块区域之间不断地旋转，不断地吞噬。

"多美呀！"他发出这样的赞叹。

当孔羿不再有身体束缚的时候，他觉得自己对整个宇宙的认知都发生了改变，那些曾经高不可攀的物理数学定律好像都失去了固有的作用和价值。

"光速？"孔羿似乎已经摆脱了这种障碍。

"怎么能够和意识的速度相比较呢？"他的意识深处灵光乍现，"原来时间的障碍就是这样被突破的啊！"

无数星辰在意识中闪耀，也可以说是散射状的意识在星辰中闪耀。

孔羿现在就这样静静地存在着，感受着无数生命文明的细节。仿佛只要他一旦停止感受，这些生命文明也就立刻烟消云散了。

生命，意识，宇宙，水乳般交融在一起。

他享受着失去知觉后那种没有外部、没有内部、没有之前、没有之后、没有巨大、没有渺小的巨大快乐。

是的，这是一种巨大的快乐！犹如进入极乐世界！

孔羿在这无尽的宇宙中无所不在，似乎可以瞬间在无数不同的星区之间跳跃，或者说，他就像氢原子的电子云一样，可以几乎同时出现在无限的地方。

孔羿稍稍收拢了一下意识，一个星云团如蓝色宝石般显现在他面前,正是曾经宇宙中的繁华之都维特卡曼京。奇异的璀璨光芒将他的意识吸了进去。

"啊!"他不禁惊叹起来。这是一片星球的海洋,一片闪烁着不同色彩的太阳的海洋。

孔羿的意识迅速地深入它的核心。那是一片空旷的区域,随着意识的推进,一颗小小的散发着蓝白微光的星球出现在他面前。他不知怎的,将这颗微不足道的星球用自己的意识小心翼翼地包裹了起来,然后倏的将其卷入宇宙深处。

孔羿的思绪慢慢停了下来。只见上下左右,无边无际,都沉浸在一片温暖的由星辰组成的跳跃的火焰里,火焰炽热而清凉……他终于觉得有点困倦了。

"真美啊!"孔羿从心底发出了如许的赞叹。随即将意识化为虚空,散落到宇宙各处,然后他便停止了意识。

过了不知有多久,像是有两个巨大的闪烁的褐色球体在快速地抖动,在球体上泛着一圈圈涟漪,涟漪上还有许多长长的细线,细线也在快速地摆动。孔羿的意识再次产生了一种实在的躯体的感受。

这不是幻觉!

他开始觉察出自己的呼吸声,甚至能够感受到臂膀上被衣服牵扯的力量。他挣扎着将四肢尽力伸展,企图让自己恢复对整个躯体的觉知。这种伸展似乎还在背部产生了一丝酸胀感。

孔羿努力睁开双眼。那两个闪烁的褐色球体连同不断摆动的细线消失了,出现在面前的是一个白色球状舱体——顶部是通明的,似乎有暗淡的星光从那里洒落下来。舱体正中央,一些闪耀着变幻莫测光芒的星系团在空间里静静地旋转着,一切是那样真实。而孔羿的理性则提醒他自己,这些只是一些全息投影而已。

显然,他又回到了球形战舰舱体当中,或者说,他的身体再次出现在战舰内部。

孔羿背部有种厚厚软软的感觉。原来他躺在那个宽大的沙发上面。他动了动手腕,又摸了摸自己的脸,一切依然是那样的熟悉,自己还是那个孔羿。

"那个什么威腾阁下呢?"他心里有点犯疑惑。"还有那个什么威腾陛下?"隐约中孔羿似乎还能够听到兰利公爵在大喊着"父亲"!

他慢慢站了起来,有些疲惫地走到台子边,给自己倒了一杯液态能量体,浅浅地啜了一口。真的很像酒啊!那种略微带酸的甜丝丝的感觉,将一种温暖从喉咙里带到头顶,然后这种温暖又散布到全身。

似乎他的每一个毛孔都有一种微微的醉意,但又和真正的喝酒不一样。这种醉意是在修复他的体魄,像从脚底将未知的能量贯穿他的全身。孔羿这才发现,自己刚才显现的那种乏力感,在喝了液态能量体后,一下子舒适了许多。

他盯着面前那个巨大的全息投影,里面的各种星系团依然在不停地闪烁,变换着色彩与比例。孔羿用手比画了一下,一个已经褪去浅蓝色光芒的正四面体出现在他面前,显得毫无生气的样子。

"维特卡曼京。"他轻轻地说道,叹了一口气。

"孔羿!孔羿!你现在感觉怎么样?"一个声音回荡在空旷的舰舱内部,正是安妮的声音。

他抬起头来,看着白色的四壁,大声说道:"我在战舰里!我就在战舰里!"

几乎在一瞬间,全息投影上出现了密集的点状物,孔羿用手移动了一下坐标,一个令人吃惊的场面出现在他的视野里:只见数不清的战舰如同密集的蝗虫,稳定地排成一种不定型的状态,犹如一团看不见边际的云雾,铺天盖地,缓缓移动着。视线里根本看不清这团战舰云雾的边际,只能看到它们相互之间似乎存在着一种有规律的位移。

经过仔细端详,他发现除了大量球形战舰外,战舰的云雾里还有其他各种形状的战舰,条状的、哑铃状的、扁平的、蘑菇状的……云雾状舰队由各种不同的小云团般的舰队组成,阵势蔚为壮观。

面对这些战舰阵列,孔羿本能地有种赞叹的情绪。但就在这种赞叹的情绪即将升起的时候,另外一种感受从不知名的地方慢慢压了过来,笼罩了他的情绪。那是一种忧郁的情感,似乎在用冷冷的目光打量着这团硕大无朋的舰队云雾。

"一切都是似曾相识,一切都是过眼云烟!"不知怎的,孔羿脱口而出。

"孔羿!孔羿!"安妮的声音再次出现。"孔羿!"迪克的声音也随之传了过来。

"我很好!"孔羿轻轻地说道,"你们放心!"

视线中,在那团舰队群构成的云雾里出现了一小团红色点阵,然后这团点阵慢慢放大,成为一组巨大的舰队。这个舰队全是由球形战舰组成,在背景后那无数舰队散发的淡淡白色光晕的映衬下,这一抹红光很是显眼。

在这个舰队的正中,出现了一个鲜红色的小点,那正是安妮和迪克所在的战舰。

孔羿所在的战舰和这个鲜红色小点越来越近,随即就并排靠在一起。他抬起头来,透明的顶部是排列得密密麻麻的球形战舰,他又回到了舰队之中。

孔羿好像对回到舰队中并没有太大的高兴。随着将杯中液态能量体一饮而尽,他的耳边又萦绕起兰利公爵最后那愤怒而绝望的呐喊声,"父亲!"

"怎么会这样?"孔羿有限的经验开始想到小时候在老家经常听到的轮回的故事。在那些故事里,似乎总归会有一个人,辗转来到前世的家中,而且能够迅速地指认出自己前世的各种用品,能够迅速地分辨出前世的各个家人。

"可是,这是一个如此发达的科技时代啊!"他不禁摇了摇头。

转念又想到，毕竟在这个不同尺度的宇宙中，生命文明将某些先进的技术降幂成了魔法般的存在。可是那样，就如同他小时候见到的那些走街串巷的乡土魔术师，那些玩把戏的手法会时灵时不灵。

"可能，我真的就是那个什么威腾阁下吧，"孔羿心想。他看了看身上的制服，还是安妮那天给他们换上的那一套简易装束，上面没有璀璨的徽记，也没有流苏似的装饰。

他有点失望的感觉。但是，只要想到自己的意识在漫天星河中极速播散、徜徉，他在心底就会产生一种创造的快乐和一种深沉的情感。

"太奇妙了！"孔羿心想。

随即，他眼里似乎泛出了一个熟悉的场景，一个年轻人一身戎装像是在忿忿地说些什么，随即就被一种力量推到黑暗的深渊。而这股力量，似乎就来自于自己的意识观察视角的方向。

很快，那个年轻人裹着黑色斗篷，连同他的所有舰队离开了自己的视角，越走越远，直至宇宙的边缘。随即看见一道暗暗的光芒从那被撕裂开的遥远边缘处流泻出来，慢慢地扩散，如同一团烟雾，迅速地向着自己视角的方向扩散。

那是一种胶冻状的存在！

孔羿几乎要沉浸在这种奇异视角的意识感知当中。好像通过这种视角的观察，他能够感受到一种独特意识的存在。那种意识从远古穿透时空，并超越了时空。那种意识突破了不同尺度的宇宙，并超越了宇宙。

那是一种纯粹的意识的视角。

30

"孔羿！"一阵清脆的声音从他身后传来，随即是一阵脚步声。孔羿转身一看，安妮已经出现在自己身后。她依然挺拔飒爽，领子上的家族徽记熠熠生辉。

"孔羿，我们成功了！"安妮微笑着说道，语气显得很亲切。只听她紧接着说道，"感谢你为此所作出的一切！你拯救了我们的宇宙！"

孔羿有些茫然地看着面前这个英姿勃发的女孩，心中生出了一种从未有过的感觉，那是一种很亲密的感觉。他对自己出现的这种情感有些诧异，也有些陌生，但在内心深处却又很是宽慰。

"我见到你的父亲吉奥将军了！"孔羿看着安妮慢慢地说道，"他很勇敢，对这个世界充满了好奇。"他不知怎的，发觉自己会说出这样的话来。

安妮的眼睛里似乎有一种悲伤浮现出来，她好像预料到了这个结果。她抬起头看着孔羿说道，"孔羿，我父亲是一个最好的魔法师！"说罢就又低下了头。

大厅里非常安静。如果说按照本来的那种感觉，孔羿觉得自己应该走上前去，抱住眼前这个女孩，就像她当时离开这里时对自己的拥抱那样。

但孔羿现在却有点迟疑了。他呆呆地站立在那里，有点不知所措，心里似乎有另外一种东西抑制住了自己的行为。他就这样静静地端详着安妮，眼里甚至泛出了有点慈祥的光芒。

还是安妮打破了这短暂的沉寂。她走到大厅中央那个全息投影前，对孔羿说道："就在那团胶冻状场域将要弥漫到维特卡曼京的时候，我们启动了以太还原法的装置，几乎在一瞬间，修复翻转效应就发挥出来了。整个胶冻状场域立刻变得稀薄，很快它的力场就消散了。"

看着孔羿怔怔的样子，安妮又轻轻地说道："只是可惜了维特卡曼京。"

孔羿是亲眼目睹了那个惊心动魄的场面，到现在耳边还能够听见兰利公爵那绝望地喊着父亲的声音。他抬起头来对安妮说道："安妮，我见到兰利公爵了。"

"什么？"安妮脸上明显出现了一丝惊恐的表情。她把孔羿上上下下地打量了一番，说道，"你见到了兰利公爵的鬼魂？！"

"是的，"孔羿回答道，"但不是鬼魂，是兰利公爵。"

他稍停了一下，接着又说道："他一直活着，活在胶冻状场域当中。"

看着安妮有点不解的神情，孔羿又说道："他在那里制造了吞纳破种族，非常庞大的种族，而且，是用他自己的生命基质制造出来的。在你们启动以太还原装置的时候，那些吞纳破种族似乎有很多散逸到了目前正常的宇宙当中。"

孔羿看到安妮没有作声，便接着说道："就和我们在我那个尺度的宇宙中看到的情况一模一样，吞纳破四散地逃开了，并没有被消灭！"

"我父亲和你说了些什么？"安妮好像想岔开吞纳破的话题。

"吉奥将军是一个具有探索精神的军人，他是一个高贵的军人！"孔羿看着安妮制服上闪耀着金色光芒的徽记，有些动情地说道，"他说你们是一个古老的家族，在漫长的时间里，你们的家族散布到宇宙各处，也包括在胶冻状场域深处。"

"孔羿，他为什么会这样说？"安妮打量了他一下，显得有些好奇。

"其实，兰利公爵和你们有着同样的亲缘关系，他有着和吉奥将军还有你一样的家族徽记，他和你们是同族的。"孔羿不知怎的，故意没有把与自己有着神秘关系的威腾阁下说出来。

"难道父亲说的那些都是真的？"安妮皱起眉头，她有点疑惑地看着孔羿，自言自语道。

"安妮！吉奥将军和你说过关于你们家族和兰利公爵的事情吗？"孔羿看着安妮，心底泛起了一丝柔软的复杂情感。

"父亲临走的时候，虽说是要通过解体自身的方式，来实现剩余舰队对胶冻状场域的安全介入，但父亲却没有将舰队的指挥权杖带进去。"

安妮显得有些黯然神伤,她接着说道:"再想到那种概率介入的技术根本无法行得通,我立刻明白父亲是来找你来了。"

"你知道吉奥将军亲自进入胶冻状场域就是为了找到我?"孔羿有点佩服安妮的直觉与观察力。

"是的,因为父亲曾经和我说过,来自你们尺度的生命基质可以在我们这里,特别是在胶冻状场域中产生一些意想不到的效应,"安妮温和地盯着他的眼睛说道,"你们的生命状态会产生一种无所不在的能力,而且,你们会拥有转化质量与能量的强大能力。"

"孔羿,难道不正是你将我们联盟的舰队全部移入胶冻状场域的边缘区域吗?我们剩余的球形战舰以及后来尾随过来增援的联盟的舰队方阵,最终都是因你的力量才得以毫发未损地进入胶冻状场域边缘的。"安妮眼里闪烁着一种异样的光芒,"你所拥有的是一种如此神奇的力量,或者更确切地说,是你处于一种如此神奇的状态!简直令人无法相信!"

孔羿看着安妮,终于意识到,原来只有将巨量联盟舰队集结在一起,才组成那个巨大的正立方体,因此才得以最终启动威力强大的以太还原法,进行宇宙级的修复翻转作业。

"可真是庞大的工程啊!"孔羿忍不住在内心赞叹道,"看来这种以太还原法的实施也确实是需要制造巨大的空间力场,否则不会如此巨量的联盟舰队都出动了。"

他念头一转,也为在当时情况下,自己的那种在宇宙间似乎无所不在的意识所爆发出来的能量所震撼。现在回想起来,那种将宇宙星辰摆弄在意识中的状态是如此不可思议,以至于头脑里现在想想就有点眩晕感。

孔羿暗暗地捏紧了拳头,企图重新调动那种意识的庞大力量,这才失望地发现,这种意志的能力似乎已经在自己身上消退得无影无踪了!

"难道我的那种能力只有在胶冻状场域当中才能发挥出来吗？或者说这种巨大的能力本身就是依赖于胶冻状场域的存在？"孔羿不禁又陷入了一种疑惑，他心想，"吉奥将军似乎预料到了自己拥有的这种能力，还指出自己那奇怪的威腾阁下的身份，可是安妮会知道吗？"

就在他面露疑惑的时候，安妮的声音悄悄地发了出来，"孔羿，父亲离开以后，我就知道再也见不到他了。"安妮显得有点伤心，但似乎又不像地球上的人们那样，在失去亲人后悲痛欲绝。这是一种淡淡的忧郁。

孔羿想根据自己的感受安慰一下安妮，便说道："安妮，吉奥将军虽不愿意转化成在胶冻状场域中那种永生的存在，但他做了一个勇敢的决定。"他看着安妮继续说道："他已经向着下一个尺度的宇宙继续走下去了。虽然前途未卜，但这一定是勇敢的一步，在你们下一尺度的宇宙中，他一定也是化身亿万，无所不在的。"

看着安妮闪烁着光彩的长长睫毛，孔羿又补充了一句，"而且，他一定会找到你的母亲！"孔羿眼前似乎又浮现出吉奥将军消失前那种金光闪闪的形象。

安妮点了点头，心情似乎好了一点，"孔羿，我的父亲采取的是一种已经转化为类似于魔法的那种巅峰时期的技术，就是曾经的一种永生的技术。但是这种永生的技术并不是那么简单地实现肉身的永存，而是采取了保存生命活性的方式。"

"与那些将单纯的意识转移到其他载体中最大的不同在于，那种永生的技术无论采取什么样的方式，它总是能够保持生命基质的活性，而不仅仅是所载的个体信息，"看到孔羿肯定的眼神，安妮继续说道，"那种技术方式的关键就在于，不仅仅是周围的人认为你依然存在，自己本人依然同样存在着连续的自我意识。"她停了一下强调道："那就是，你依然知道自己活着！"

"那确实是很神奇！"有了刚刚那种离奇的经历，孔羿对这种有些复杂的生命基质活性理论不再陌生。只听到安妮继续说道，"自从技术有限降幂法则实施以后，这类关于生命基质活性保存的技术都被封存了，仅有的一些运用成为了魔法般的存在，运用时便有了非常大的不确定性。"

"如果这种技术运用时出了问题，结果就会和你们那个尺度的宇宙中所传说的魂飞魄散类似吧，"看到孔羿有点茫然的样子，安妮微微地翘了一下嘴角，"不过，听到你说见到了我的父亲，至少我就放心了一点。起码，他在这一步上还没有出现任何差错。"

"只是，"安妮看着孔羿，有点迟疑地说道，"孔羿，我很怀疑，我们那种古老的永生技术，很有可能和胶冻状场域存在着牵连。特别是你说见到了兰利公爵的真身，我就更觉得这两者之间有一种神秘的不为人知的路径关联。"

孔羿看着安妮闪烁着的美丽眼神，不知道是否应该告诉她关于威腾阁下的事情。他的目光显得有些犹豫。

31

"孔羿！兄弟！"孔羿忽然听见迪克熟悉的大喊大叫声。只见迪克和一位身穿制服的士兵从战舰通道装置处出现了。

迪克兴冲冲地冲着他们一路小跑过来，嘴里嚷嚷道，"哈哈！兄弟！我们又在一起了！孔羿，你真的很厉害！"

靠近以后，迪克又兴奋地在孔羿肩膀上捶了一拳，大声叫道："孔羿！你就是超人！"他又把双手缩到胸前，身子微微蹲下，扭着脑袋笑着说道："你，就是那个孙悟空！"随后把身子晃来晃去，还企图去挠边上的安妮。

看到迪克滑稽的样子，孔羿和安妮都笑了起来，沉闷的气氛被打破了。

只听得迪克眉飞色舞地说道:"孔羿,当我们的舰队进入胶冻状场域边缘,再难以继续深入的时候,里面引力场发出的剧烈挣扎就像是一个活的怪兽一般!好像它知道我们将要摧毁它似的!"他看着孔羿,用夸张的手势比画道:"那种可怕的震荡波把我都给吓坏了!"

"是的,迪克说的没错。我们的联盟舰队之所以直接在胶冻状场域边缘处启动以太还原作业,就是因为当时谁也不能确定,那种像是具有意识的剧烈挣扎着的引力场,接下来会造成什么样的后果。"安妮说。

"是啊!"迪克接着说道:"孔羿,你不明白,那是一个巨大的赌博。"

他绘声绘色地继续描述道:"我们外面的人都知道吉奥将军只身进入胶冻状场域是一个巨大的冒险,当时也没能指望再次启用震荡弦进行概率介入。不过,当我们被你移入胶冻状场域边缘的时候,我们发现还存在着另外一种可能,所以安妮决定去试一试。"

"哦?"孔羿转向安妮,有些好奇地问道,"难道你事先就知道以太还原法可以在胶冻状场域边缘处实施吗?"

显然,安妮不知道孔羿当时是有意将舰队移到胶冻状场域边缘处的。她也不知道,在那时,孔羿或者说那个威腾阁下还不太确定胶冻状场域是否会扩散到整个宇宙,更不会知道那个兰利公爵关于宇宙与生命的哲学,竟然有些打动了孔羿或者说威腾阁下。如果按照孔羿当时所拥有的那种力量,是完全可以把舰队移送到胶冻状场域中任何位置的。

只听得安妮说道:"因为情况非常紧急,所以我们又对舰队所陷入的胶冻状场域外缘进行了探测,结果发现了一个特别的现象;胶冻状场域的扩散速度虽然极其迅速,但扩散边缘部分的力场相对比较微弱,在空间上也与正常空间相互重叠。简单来讲,这就有点像你们那个尺度的宇宙里刮的台风一样,边缘空间虽然也是台风区域,但还不能对周围的正常空间产生多大破坏。我们决定,就在舰队所处的胶冻状场域边缘区域,在其力场相对比较弱且与正常空间相重叠的范围内实施以太还原法,看看是否能够将修复翻转的力量从这地方传导到胶冻状场域内部深处。"

"原来是这样!"孔羿有些明白了。

"这一定很冒险!"他看着安妮,"毕竟在我们那个尺度宇宙中的以太还原法实验是深入胶冻状场域内部的,对在边缘地带力场薄弱区域实施作业的后果就不太能清楚预料了。况且,当时整个胶冻状场域扩张的速度是如此之快!边缘部分的力场也一定很不稳定。"

"是的,孔羿,是这样!"安妮看着他,"我们确实困扰于这个极度不稳定的胶冻状场域的边缘区域,直到我们下定决心去放手一搏,因为我们别无选择!"

安妮停了一下,眼神里有种异样的光芒,"最终我们启动的时候,胶冻状场域已扩散到维特卡曼京附近了。"

"你们就是在那里启动了以太反转系统!"孔羿忍不住叫道,耳边又浮现出兰利公爵那种怨恨的声音,眼前像是有无数散入黑漆漆幽深宇宙中的吞纳破种群冲袭着他的内心,搅动着他的意识。

"孔羿!你看看吧。"迪克娴熟地在战舰大厅全像显示屏幕上操作起来,只见他的手势比画了几下,孔羿便看到了一幅让人咂舌的画面:密密麻麻的联盟战舰组成了巨大的灰白色立方体,然后,似乎从深处爆发出一股巨大的冲击波,无数战舰四散飞扬,好像围绕灰白色立方体的中心部位形成了一个巨大的漩涡。漩涡高速旋转,对周围空间场域产生了强烈的压迫与扰动。这种力量中的一股,如同一条奔流的江河,气势如虹地直接冲向附近那颗闪烁着迷离蓝光的宝石——宇宙之都维特卡曼京!

片刻工夫,那颗闪耀着蓝色光芒的正四面体,就如同被速冻一般,慢慢褪去了光彩,由熠熠生辉的蓝宝石转成暗淡的灰白色,如同一个美丽的少女被抽取了血色,变得一片苍白。

寂静的白光浮现在全像显示屏幕上。那是一道死寂的白光,显得毫无生气。

虽然已亲身感受过那团璀璨蓝色光芒的熄灭,但再次从屏幕上看到那曾经绚烂无比的宇宙之都的熄灭,孔羿依然显得有点惊讶,他抬起头来看了安妮一眼,"难道——"

安妮点了点头,说道:"是的,你看的没错,维特卡曼京的繁荣从此消失了。"

安妮平静地继续说道,"在我们舰队出发时,维特卡曼京的长老们就四散回到各自星区,那些在维特卡曼京的商队和原住民接到警报以后,或者改换了自己的生命基质,或者通过镜像门把自己传输到了遥远的宇宙深处。"

安妮叹了一口气,像是在宽慰自己,"估计在我们实施这一次以太还原法的时候,维特卡曼京已经没有什么人留下了。"

孔羿听到这里,内心禁不住波涛起伏。"安妮,你的意思是,维特卡曼京已经是一座空城?"他不知怎么用了这样一个说法,"如此庞大的星系团,居然能够如此迅速地撤退,几乎空无一人?"

"可以这样说吧,"安妮镇定地说道,"不过,因为政治的原因,维特卡曼京里究竟还有没有剩余的生命文明也很难说。孔羿,除了转移走了的那些生命文明以外,还有一些生命文明选择了变换自己的生命基质。"

安妮顿了一顿,又严肃地说道:"因为似乎有一种对联盟的未来很不乐观的想法,早就从这个繁华地区蔓延到整个宇宙。这次危机,实际上也是未来那种分崩离析前景的一根导火索。"

"你的意思是哪怕没有这次危机,维特卡曼京也会改变它的状态?"孔羿有些不解地看着安妮,"这次不是要举行纪念维特卡曼京恢复秩序纪念的庆典吗?"

"孔羿，我父亲说过，每一个伟大的生命文明的结构即使再辉煌灿烂，也终将会老化、破败、毁灭！"安妮看了他一眼，意味深长地说道。

"其实，维特卡曼京的腐朽不是一个短期的事情了。从某种意义上来讲，这个人造星系团早就到了难以维系的地步：内部的文化已经分裂，各种力场之间的不均衡随时会造成星震，大团大团的恒星系往往会从既定轨道上脱落，有时候内部一些地区已难以修补。更让人感到的一种不良常态是，长期弥漫于此的那种奢靡与堕落的末世气息，对享乐的无限追逐已经损害到生命文明本身了，"安妮的眼神显得有些落寞的样子，"许多辉煌只是徒具其表而已。"

看到孔羿有点发呆的样子，安妮补充道："维特卡曼京就是一个大市场，它是一切的交易之所，也是一切欲望的所在。"

孔羿好像没有听清楚安妮在说些什么，只是有一种念头忽然涌了上来，他猛然间焦急地问道："那个中心区域怎么样了？"

"什么？"安妮看到他的反应，显得有点吃惊，"孔羿，你说的是维特卡曼京的核心？"

"是的！"孔羿抬起头，一脸忧虑地看着安妮，"你知道那个核心究竟是什么吗？"

安妮用异样的眼神看着他，"孔羿，维特卡曼京的中心区域确实是一个奇特的地方，在偌大的一片空间内，只有一个小小的恒星系。但我们是不可以靠近那里的，因为那里是我们生命文明的禁地。"

她停了一下，显得有些犹豫地说道："因为，那里有我们生命文明开始的摇篮！"

"你从没有到过那里？"孔羿有点好奇地问道。

"小时候，父亲带我去过一次那里附近的轨道，"安妮眼睛里似乎有些出神，"那是和我母亲告别的时候。"

"什么？"孔羿显得有一些不解。

"是的，孔羿，"安妮忧伤地说道，"我很小就失去了母亲，她患了一种奇特的疾病。"

安妮泛着忧伤神情的眼睛看着孔羿说道："母亲的身体，据父亲说那时处于不可逆的耗散状态，且难以保存生命活性。为了拯救她，父亲决定带她去那个禁地寻找机会。当时也带着我，就说是去旅游。"

安妮的声音显得很黯淡，"可是没想到，就在那里，我和母亲永别了。"

球形战舰大厅里陷入一片沉默。

护送迪克的军人早就离去了，只剩下他们三人站在空荡荡的大厅里。迪克从台子上拿了一杯液态能量体递给安妮，又拿了几颗糖球分到孔羿手上。

安妮看着他们，慢慢地说起了自己过去的故事。

32

按照地球上的年纪来讲，那是安妮还不到十岁的时候。

安妮记忆里的母亲是一个话语很少，但非常温柔美丽的女子。一天，父亲急匆匆跑进他们在驻地的堡垒里，搂住母亲一声不发，而母亲好像也在不断地宽慰着父亲。当时在另外一个房间的安妮，透过图像仪看到了这一幕，她显得有点害怕，便跑到父母身边。

父亲的神情显得很沮丧，他强打着精神把安妮抱了起来。倒是母亲显得很平静的样子，对着父亲和安妮微笑着说，她想一家人一起去旅游。

安妮听到旅游，自然显得很高兴，她毕竟是个孩子。她曾经和父母亲去过一些非常有趣的星系团，光怪陆离的经历让她忘记了此时父亲那悲伤的神情。

此时，生命文明已经散落到宇宙深处，技术条件可以在很短时间内到达任何的边远星区。

小安妮对于旅游的兴趣非常浓厚，对于未知领域总是抱有热切的憧憬。那不同的生命文明，以及各种不同体态的生命个体，让小安妮的旅行充满欢乐的回忆。那么，这一次的旅程，一定也会充满惊喜吧。

他们很快就出发了。这一次是前往宇宙之都——维特卡曼京。

小安妮对这一次旅行计划很是满意。看到父亲驾驶着巨大的战舰，她简直兴奋极了。在路上，她一再要求父亲采用低挡方式飞行，以便透过巨大舰舱看到密集的星辰在身边四面旋转。那场景简直美极了！

以前随同旅行的，往往还有父亲的一些扈从舰队，这一次就只有他们一家，一路上可以有很大的随意性。

小安妮听说在维特卡曼京有全宇宙最大的儿童乐园，她非常想去。可父亲似乎显得有点急躁。在路上，当小安妮央求他用低挡飞行的时候，父亲就已经有点不太耐烦了。只是父亲的那种焦躁被母亲给掩饰了。母亲若无其事地让父亲慢慢地在宇宙间跳跃，自己则抱着小安妮，给她说一些流传在星际的传说。

维特卡曼京很快就到了。他们降落在一个由巨大的空天母舰群组成的平台上，那是维特卡曼京正式的出入口。在那里，他们换上一艘小型飞船，那是一颗闪亮的蛋型飞船。

当时，小安妮还以为父亲要带自己去那个巨大的儿童乐园呢，可父亲仅仅是从儿童乐园所属的星球上空一掠而过，就朝维特卡曼京深处飞去了。

看到儿童乐园花花绿绿的投影招牌在脚下一闪而过，小安妮失望地开始抽泣。父亲根本就没有注意到女儿的表情，只顾着继续调试着手头那些奇怪的设备。母亲搂住小安妮，用很虚弱的声音安慰着她。毕竟是孩子，小安妮很快就被母亲编织的童话世界所吸引，她慢慢地睡在母亲怀里。

当小安妮再次醒来时，却发现一颗星球静静地浮现在眼前，那是一个泛着蓝白色光芒的星球。她向四周一看，发现父母亲不见了踪影。

小安妮胆大，她走到中央操控台上那个全像显示屏幕前，用平时大人们的那种操作手法，慢慢地搜索着父母亲的下落，结果意外地看到了令她无法忘却的一幕。

只见在这颗无人的蓝色星球上，在一片金黄色沙漠地带，矗立着大量四面体建筑，如同锥子一般散落在各处。模糊中看到两个身影在这些锥状四面体之间慢慢飞翔，随后这两个身影停在其中一个的顶部。

小安妮把坐标凑近一看，正是自己的父亲和母亲。

可以看出的是，父亲脸上显得很伤心的样子，而母亲几乎已经无法移动，完全依赖软骨骼式动力外衣的包裹才能勉强支撑住身体。

从这个锥状正四面体向四周看去，可以见到无数这样的锥状体四下里蔓延在这片无尽的沙漠之中。锥状体非常高大，犹如巨大的纪念碑。父母亲的身躯与其相比，显得非常渺小。

锥状体顶部是一个小小的平台，父亲帮助母亲躺了上去，然后母亲以一种奇怪的方式悬浮在平台上。父亲不知从哪里摸出一个长竿子，举过头顶上方，用力旋转。随着父亲努力地旋转那根竿子，奇怪的事情发生了。小安妮在全像显示屏幕上清晰地看到，父母亲所在的巨大锥形建筑体竟慢慢地从地面升起，向这颗星球上部飞了出去。

这时她才发现，锥形四面体实际上是五个面，和自己见过的正四面体舰队编组完全不同，它的底部还有一个正方形的第五个面。锥形建筑的结构其实是一个五面体。

随着这个五面体的缓缓上升，小安妮注意到，原来锥形体上半截是和沙漠一样的黄色，但在底部向下，竟然同样有紧紧贴着的一个倒过来的锥形体，如同上面那个锥形体的倒影一般；只是下面那个锥状体通体闪亮，全身流淌着奇异的光芒，犹如一团悬浮在空中的透明液体。

那真是一个奇幻的景象,让小安妮看得出了神。

随着一个剧烈的摇摆,小安妮乘坐的蛋形飞船出现了一种剧烈震动。再一看,在整个全像显示屏幕上,本来处于上升状态中的上下扣在一起的两个锥形体停止了移动,母亲的身体在上面那个锥形体顶端平台上旋转起来,父亲停止摆弄那根竿子,挺直身体站在母亲一旁。

此时,不知从何处出现了一团巨大的如同眼睛般的暗红色气流漩涡,它慢慢地从天而降,将这个上下两面的锥形体吞噬进去。小安妮看着屏幕上那个恐怖的暗红色漩涡,心里特别害怕。

过不了多久,那个巨大的暗红色漩涡就无声无息地消失了,上下两面的锥形体再次暴露出来。令小安妮惊奇的是,本来上面是黄色,下面是如同倒影般的那种透明液体的状态现在竟然完全颠倒过来!呈现在小安妮眼前的是上部为透明液体状的锥形体,下部则成为一开始那种黄色的锥形体。父亲与母亲却不见了踪迹!

小安妮看到父亲和母亲不见了,便努力地在全像显示屏幕上搜寻起来,可无论朝向哪个方向,都找不到他们的身影。

眼见着上下扣在一起的两个锥形体,再次从空中慢慢回落到了黄沙漫漫的大地。奇怪的是,似乎一触到地面,上部那透明液态的锥形体竟再次转化成开始的那种黄色模样。

父亲母亲都消失了,小安妮开始害怕起来。

毕竟她才是个十岁不到的孩子,一个人就这样孤零零地被悬在这么一个陌生的星空之中。除了透过四面的舱壁,看到遥远的方向上是一圈闪烁着深蓝色光芒的夜幕,再就是四周的寂静和狭小的舱房了。

小安妮觉得有些伤心,她哭了起来。哭着哭着就累了,眼睛慢慢闭了起来……在梦中,似乎她又躺在母亲怀抱里,母亲用很温柔的语气给她讲着传说故事。

就这样不知道昏昏沉沉地睡了多久,小安妮被一种颤动所惊醒,这才发现父亲一脸颓然地坐在飞船驾驶台边上，神情恍惚。

小安妮冲着父亲大喊起来，问妈妈究竟去了哪里，父亲用很低落的声音告诉她，妈妈已经将自身献给了神灵，她去了那个最本源的地方。

随后父亲紧紧抱住小安妮，告诉她：长大以后就会明白妈妈究竟去了哪里。

33

"那个时候，我真的以为母亲以后还是可以回来的，"安妮用一种依恋的声音继续说道，"可是从那以后，我就再也没有见过母亲了。"

看到安妮有点失神的样子，迪克忍不住说道："安妮，你母亲可能和这次你的父亲一样，都是运用了某种奇怪的方法，结果身体就如同消散了一般。"

"迪克！"孔羿打断迪克的话，"安妮，你刚才讲的那种锥形体在我们地球上也有，很像我们地球上的金字塔。"

"对呀！"迪克立刻接上话。

"迪克说得没错，"安妮看了孔羿一眼，"父亲后来告诉我，母亲得了一种病，身体中的生命活性在迅速流失，如果运用殖民纪元末期那种技术发展到巅峰时期的方法，是可以将母亲剩余的生命活性完整地保存并延续下去的。可是，由于技术有限降幂法则的实施，保存生命活性的技术方法已经失传了，留存下来仅有的一点信息变成了令人捉摸不透的魔法般的存在，"安妮伤心地说道，"父亲那时就是想冒一个险，将母亲的生命活性保存下来。"

她忧伤的眼神看着远处，"母亲本来也想通过另一些较为可靠的方法，避免年幼的我有失母之痛。"

"难道你母亲当时是打算把自己的意识当作信息来处理，并进行载体转移吗？"孔羿不知怎的好像明白了些什么，他忍不住问道。

"是的,"安妮看了他一眼,"母亲担心我们无法承担失去她的痛苦,曾经和父亲商量过这件事,"安妮喝了一口液态能量体,"那是一种折中方案,但父亲却拒绝了。他认为那样对母亲很不公平,同时也认为,那样的选择是不尊重生命。"

安妮的声音低沉了下去,"作为帝国长老会成员,作为一个古老贵族家族的传人,父亲不愿意母亲那样做。"

孔羿看到安妮那忧伤的样子,忍不住升起了一种深深的怜悯和慈爱之情。"你父亲那样做是对的。对于生命应当尊重,而不是弄虚作假。如果仅仅是因为信息的保留而让你们还感觉拥有她,但对于你母亲本人来讲,却是一种巨大的不公平。因为真正的作为拥有生命活性的她,已经对这一切都没有感知能力了。"

"孔羿,你这说得很有道理呀!"迪克在一旁怔怔地听着,似乎想接着说点什么似的。

安妮点了点头,"我父亲就是这个意思。但他依然不甘心,于是才动了那个出去旅行的主意。实际上,他就是要去我们这个宇宙所有生命文明的摇篮去寻求挽救母亲的办法。那里早已成为一片禁地,只有贵族才能够进入。"

"但那里简直像是一座坟墓!"迪克按捺不住叫了起来。

确实,在刚才安妮描述的状态里,那个神秘的禁地星球完全像是坟墓。

"父亲是想用远古的力量来将母亲身上的生命活性保存,再在适当时候将母亲复活到我们的世界里。"安妮悠悠说道。

"那种方法是技术有限降幂法则所致的一种魔法。存在极大危险。"安妮把头低了下去。

"是的,这样也有可能像在技术有限降幂法则实施之前的那些获得永生的人一样,最后全部被压缩到一种奇怪的时空中去,而在无尽的运算中消耗掉自己的生命活性,"孔羿停了一下,看着安妮继续说道,"纯粹变成一种跳动的数据,在狭小的空间里。"

"你怎么会知道得那样清楚?孔羿!"迪克在一旁叫道。

孔羿没有回答。"安妮,你知道你们那个被封存的禁地究竟意味着什么吗?"

"那是我们宇宙中所有生命文明的摇篮星球,当然那是后来听父亲说的,"安妮顿了顿,"父亲是我们这里最好的魔法师,他后来告诉我说,当时就是希望将那种关于保存生命活性的技术试验一下,看看是否能够在母亲身上发挥效应。可惜失败了。"安妮的眼神显得忧郁起来。

"其实,你们那个生命文明的摇篮——后来的禁地,就是我们那个尺度宇宙中的地球!"孔羿此刻的语气显得有些激动,"那就是我们的家园!只是根据地壳变动推导,那种状态应该是两亿年以前地球的模样。"

"两亿年以前,我们地球的地表结构就是那个样子。完全一样!"孔羿强调道。

"啊?!"安妮和迪克发出了同样的惊呼声。

安妮抬起头,注视着孔羿,"怎么会是那样?"

"是你的父亲吉奥将军在见到我以后,把我们这两个不同尺度的宇宙之间的神秘联系展示给我看的。"孔羿平静地说道,"正是吉奥将军把这个奇妙的联系向我呈现出来。可是,他并没有一个确切的答案。安妮,我刚才说了,你小时候看到的那种巨大的锥形体,实际上就和我们地球上金字塔的建筑结构是一样的。只是迄今为止,我们还不知道在这种建筑结构的地下竟然还有着和地上完全对称的部分,而且对称部分还是透明的液态状。"

看到安妮和迪克显得有点吃惊的样子,孔羿接着说道:"安妮,在我们这种不同尺度的宇宙之间,一定存在着很奇妙的联系,只是我们现在对于许多信息还无法真正领会与解读。吉奥将军告诉我一个很重要的信息，那就是在我和迪克那个尺度的宇宙中，生命信息的存在只到达原子一级，而在你们这个尺度的宇宙中，生命信息的存在能够到达弦一级。由于原子实际上也是由弦所组成，因此，我和迪克所在的那个尺度宇宙中的生命，若进入你们这个尺度的宇宙，就可以呈现出一种无所不在的效应。"

"可是，我怎么没有那种无所不在的感觉呢？"迪克摊开双手，显得有点失望的样子。显然，刚才他在安妮的舰队群中已经领教过孔羿那巨大的力量了。

"你那时拥有的真是一种不可思议的力量！"迪克有些悻悻然地说道。

"那是因为我处在兰利公爵的胶冻状场域！"孔羿高声说道。

他看了一眼迪克，目光转向安妮，"我发现，只有在兰利公爵所造成的那种胶冻状场域里，我才能够产生无所不在的感觉；也只有在那种力场当中，我才会拥有那种不可思议的巨大力量。"

孔羿此时低下了头，像是在思索些什么的样子。他忽然眼光一亮，抬起头来，"我有点明白了，安妮，你父亲当初就是想利用祖先传下来的那种类似于魔法的方式，召唤出小规模的类似于兰利公爵制造的那种胶冻状场域，然后便可以将你母亲的生命活性在那当中保存下来了。"

"那不仅仅只是生命信息的留存，"孔羿大声说道，"那是真正的永生！"

34

"真正的永生？"安妮和迪克惊讶地看着孔羿，异口同声地叫道。

"是的，真正的永生！"孔羿看着他们说道，"所谓的'永生'和那个胶冻状场域之间有着莫大的关系。这里面蕴含着关于宇宙的秘密。"

"我在胶冻状场域深处见到了兰利公爵。虽然在外部世界看来，他就像鬼魂一样,但实际上,他是如此真实地存在着。兰利公爵最终的目标,并不是像你父亲猜测的那样要毁灭整个宇宙。"孔羿看了一眼安妮,"将整个宇宙中目前的生命基质替换成他创造的那种异质生命基质,并不是兰利公爵的目的。他的目的是为了要让这个宇宙呈现出一种阴阳平衡的状态。"

孔羿在说这些的时候,耳边似乎再次出现了兰利公爵最后那念念的喊叫着"父亲"的声音。

"什么?"安妮脸上出现了惊异的神色,"你的意思是,兰利公爵并没有要将整个宇宙翻转成那种充斥异质生命基质的胶冻状场域?"

"没错!是这样的!我们误会他了!"孔羿的声音提高了许多。"安妮,你们在胶冻状场域边缘启动以太还原法的瞬间,实际上胶冻状场域已停止继续扩散了。"

看着安妮和迪克惊愕的表情,孔羿用手指了一下全像投影上那个已经黯然失色的维特卡曼京说道,"就是停在了这里!"

说到这里的时候,孔羿的心里隐约有种愧疚的感觉,似乎在宇宙深处有一种意识与他发生了共振。几乎在感受到这种振动的一刹那,他的身体又像是被倒空了。

孔羿忍不住看了看自己的双手,试着拿起台子上的一只杯子,一切如常,并没有像在胶冻状场域里出现的那种消失状态。但此时,他对自身的体感却有了一些不太寻常的变化。随着轻微共振,身体有了一种异样的通透感。而当他稍稍集中精力摆脱那种意识的共振,身体的通透感也随之消失了。

"奇怪?这究竟是怎么回事?"孔羿有些疑惑自己的这种身体反应。

此时,耳边传来了迪克的声音,"孔羿,你的意思是,安妮他们根本就不需要启动以太还原系统,他们是多此一举。对吗?"

安妮有点茫然地看着孔羿。

孔羿缓过神来,点了点头,"你说的没错,就是这样。其实将军弄错了,我们大家都弄错了。"

孔羿看着安妮和迪克疑惑的眼神,说道:"那种胶冻状场域在你们启动以太还原装置时就已经停止扩散了,而且,在那里面还蕴含了一种奇异的生命体。"

"吞纳破?"安妮问道。

"不仅仅是吞纳破,"孔羿看着安妮,用温和的声音说道:"是整个胶冻状场域,那就是一个完整的生命体!吞纳破与它是共存关系!"

看到他们有些不解的神情,孔羿补充了一句,"就和现在的生命文明与此时的宇宙之间的关系一模一样。"

"孔羿,你的意思是说,胶冻状场域本身是有生命的?"迪克问道,"而且我们这个宇宙也是有着独立意识的生命体?而所有宇宙中的生命文明与宇宙本身都是一种共生的关系?"

"正是如此!"孔羿看着迪克说道,"而且还有一个小小的纠正,我们的生命文明就是宇宙生命意识细碎化的个体反映,我们的生命存在就是宇宙整体生命的全息图像!"

"我们的生命存在就是宇宙整体生命的全息图像!"安妮大声说了出来,"这难道就是我们那种永生技术的秘密?"

孔羿看着脸上泛着红光的安妮,心里产生了一种难以名状的欣慰之情。他慢慢说道:"兰利公爵在他自己创造的胶冻状场域当中获得了永生,但在我们看来,他就像是个鬼魂。如果这次没有启动以太还原法,则这个宇宙将分裂成两个性状不同的时空,其中蕴含的生命基质也将完全不同。"

看到他们若有所思的样子,孔羿又说道:"兰利公爵和我谈到了在殖民时代后期寻找异质生命失败的情况时,他就讲过,与其去寻找,不如去创造,大概就是这个意思吧。"

安妮沉默不语。

迪克却叫了起来,"难道,孔羿,你在胶冻状场域中拥有巨大能量，回到这个宇宙中，你却失去那种异样的能力，这些是否也就意味着失去了永生的能力？"

他接着问道："而且，难道我们在进入胶冻状场域的时候，身上的生命基质也会发生变化吗？是否意味着我们进入胶冻状场域，我们整个生命的存在基础也随着这个有着独立生命的胶冻状场域而呈现出另外一种式样？我们在进入的一刹那就已经成为异质生命？"

孔羿看着迪克好奇的样子，觉得这一连串问题弄得自己脑子有点乱。"很有可能是那样的。但是，作为从上一个尺度宇宙进入的生命，我们还是和安妮他们有着不同的反应。没有估计错的话，安妮如果进入胶冻状场域，就会同吉奥将军一样，会朝着单向的方向进发，也就是好像走上了不可逆的趋向。但由于我们已经是有着化身亿万的功能，似乎可以在这两种不同性状的时空场域中相互穿梭，生命也不会呈现单向走向。"

"也就是说，我可以安全地返回，"孔羿接着说道，"可奇怪的是，当我回到这个宇宙中，脱离胶冻状场域以后，那种奇特的超能力也就完全消失了。"

"我现在可是没有半点超能力了，哪怕是将一艘战舰挪个地方也无法做到。"孔羿摸了摸自己的双手，对出现这样的状况感到很是费解。

"我明白了！"安妮忽然说道，"这就是所谓的环境因素。本质上你们与我们的生命基质是完全相同的，而宇宙基本常数法则决定了个体是不可能驾驭整体力量的。"

安妮继续说道："但是在胶冻状场域中，情况就不一样了。那是兰利公爵制造出来的，很大程度上也是他为了永生的目的而制造的一个能量场域。"安妮接着分析道，"在那个胶冻状场域里，兰利公爵也拥有超能力，但他和我们都有着同样的生命基质，那就只能说明，是那个胶冻状场域的特殊属性实现了我们这种生命基质的超能力。"

"也就是说，是那种胶冻状场域本身赋予了我们这种生命基质以巨大的力量。同时，它也会和进入其内部的我们的生命基质融为一体，在各个方面。"安妮的语气显得很肯定。

孔羿接着安妮的话说道："如此说来，在我们这个宇宙中，宇宙本体和其中的生命基质是隔离的，相互之间表现为外部关系；而在兰利的胶冻状场域中，本体与生命基质是相通的，相互之间表现为内部关系。"他若有所思，"既然我们已经发现，宇宙中的生命文明都是宇宙本体的全息图景，所以，在我们这个宇宙中，生命文明与本体的关系是分裂的，因此是不符合宇宙精神的；而兰利公爵所创造的那个胶冻状场域中的生命文明与本体之间的关系却是融合的，那反而是符合宇宙精神的！"

这是多么奇特的一种观念呀！

"这并不复杂！"迪克看着他们笑了起来，他冲着孔羿说道，"你们中国人自古就说，这个世界是阴阳的关系。那么，现在看样子无论是什么尺度的宇宙，因为是分裂的，所以是阳性的，因为分裂代表着相互间可以转换呀；而兰利的那个世界，因为是一体的，不存在什么相互间转换，反而是阴性的！"

迪克得意地高声宣告道："所以，兰利公爵的鬼魂，名至实归呀！"

孔羿点了点头，心想，"迪克还真的对中国古老的阴阳法则有些理解啊！"

他内心里似乎又感受到那种宇宙深处传来的共振，此刻灵光一闪，接着又说道："可是，我还是有一个问题没弄明白。"

"什么问题呢？"安妮和迪克看着他问道。

那种共振稍纵即逝，孔羿脑海里一闪念的灵光消失了。他心里掠过一丝奇异的感觉，便转口说道："我有点担心我们的地球！"

"为什么？"迪克问道。

孔羿有点担心地说道："因为维特卡曼京被你们摧毁了。而我们的地球，或者说是地球在这个尺度宇宙中的那个对应的摇篮星球，却在维特卡曼京的中心部位。那个小小的摇篮星球就是两亿年前的地球呀！根据同步衍射原理，我们的地球既然在两亿年前就已经被摧毁，那么也就不可能有现在的地球，也就不可能有我们了。"

"原来如此！"迪克惊呼道。旋即又叫道："可是我们现在却好好地活着呀？"

安妮这时候说话了，只见她看着孔羿和迪克说道："这个可能就是你们在时间观念上的障碍了，你们的地球应当没什么问题。"

安妮解释道："我们的数学模型早就显示，时间只存在于概念上，或者它不过就是我和你们说过的那种熵的计量方式。你们对它有种强烈的方向性的障碍，但无论是从维度还是尺度上来讲，时间其实都是个主观意识的定义。"

看到孔羿和迪克有些迷惑不解的样子，安妮说："简单来讲，我们的时间都是纠缠在一起的。你们看过圆形吗？"安妮用手在半空中画了个圈，紧接着又画了个螺旋，"你们一直以为时间就是一个完整的闭合的圆圈，所以才会沉浸于先后；而我们的数学理论告诉我们，时间实际上是一种螺旋关系，在不同尺度的宇宙之间，时间的进程往往在相位上是相同，但在质上却完全不同。"

"我记得告诉过你们，虽然因为同步衍射效应，我们的宇宙会对你们的宇宙产生巨大影响力，但那是有滞后效应的，这种滞后效应正好对应的是时间的螺旋性法则，"安妮摊开双手，"简单一句话，我们的时间虽然同步，但却不在同一个轨道上。而我们与各自的平行宇宙的关系，还记得我说过的同一本书的例子吗？那仅仅只是数学上一个相同的解。"

"所以，记得吗？——完全相同，无法接触；只有区别，才能接触，"她眨着眼睛，"这就是为什么我们会互相接触的原因，因为，在我们之间毕竟有着巨大的差异。"

"那么，是否意味着两亿年后，你们的那个生命文明的摇篮未必会产生我们这样的生命文明呢？"迪克有点糊涂了，他好奇地问道。

"那只能由时间去检验了，"安妮轻轻地笑了笑，"宇宙有着无限的可能！"此刻，她的眼神是那样明媚。

孔羿看着安妮那微微上翘的嘴角，不禁想到了那个与自己有着神奇联系的威腾阁下。他心想，"吉奥将军是怎么知道我在这个宇宙中就是威腾阁下的呢？"

孔羿心里一直对威腾阁下耿耿于怀，终于忍不住问道："安妮，你有没有听说过威腾阁下这样一个人？他似乎就是你们曾经消失的那个神秘天才。"

安妮瞪着困惑的眼睛，"我是记得父亲说过，我们家族确实有一个祖先是当时的星区长老，人们称他为威腾陛下。但至于这个祖先是不是那个消失的神秘天才，我就完全不清楚了。你怎么知道那个神秘天才叫做威腾阁下呢？难道是我父亲告诉你的？"

看到安妮这样的反应，孔羿只好说道，"是你父亲对我提到过一个叫做威腾阁下的人，他后来神秘地消失了。所以我觉得他们会不会就是同一个人。"孔羿内心深处似乎传来了一种想要阻止些什么的振动，便轻描淡写地说道，"没有什么，我只是随便问问。"

安妮正要说些什么，只见大厅全像显示屏幕上出现了一个巨大的轮辐状星系团，边缘还有一团球形凸起，正是联盟参谋总部所在的星系团。于是她将操控屏幕上的数据图像迅速进行调整，开始准备整个舰队进入轨道的指令。

随着庞大舰队陆续变轨成功，这次任务已经顺利完成，兰利公爵造成的威胁已不复存在，帝国长老议会在以太还原法实施成功时就已经得知了这个消息。只是，吉奥将军殉职是一个巨大损失。

战舰群纷纷回到自己编队驻守的星区，安妮他们的战舰缓缓进入一个熟悉的平台，那是由空天母舰组成的一个如同巨大飞机场般的平台。在那里，一干人等已等候多时了。

孔羿和迪克在安妮的带领下走出舰舱。遥遥看去，为首那个人坐在一只硕大的圆形光盘里，体形约莫有十米，仿佛塑像一般，应该是上次见到的大星系联盟君主安赫尔陛下。

还有几十个稍微小一些的各色圆形光盘，围绕在安赫尔陛下所乘坐的光盘周围。每个光盘上站着一个披着长袍的人，看起来都是各星区的长老，他们的尺寸倒是和常人无异。各种圆形光盘高高低低地，似乎是按照一定次序排列在半空当中。

"这个欢迎的阵势好奇特呀！"迪克慨叹道。

安赫尔陛下只是一个虚拟元首，孔羿现在看到的这样一个巨大的人形混在人群中，觉得他的面貌和从参谋部大厅的屏幕状空间里见到的不太一样。他终于想了起来，当时安赫尔的面容和吉奥将军是一样的，而眼前这个安赫尔却是另外一副样子了。

这是一个略微显得苍白的胖乎乎的中年女人的样貌。安妮说道："安赫尔陛下只要把权力授予谁，面貌就会呈现出那个人的样子。现在你们看到的，应该是一个长老，估计陛下将权力授予了她，由她作为代表来迎接我们。"

"那么，眼前这个安赫尔到底是一个实在的个体，还是一个虚像呢？"孔羿心里还是感到有点好奇。

现在毕竟和上次在参谋部大厅里的外部环境有点不同，那时候感觉像是一个奇特的空间，但可以确定，那一定是一种虚像的存在。但此刻，他们头顶就是泛着浅紫色的大气空间，脚下是坚实的母舰甲板，并非是在室内。

孔羿对安赫尔陛下那庞大的体形产生了一种奇异的感觉。

看到孔羿和迪克显得有点疑惑的样子，安妮说道："你们现在看到的依然还是虚像，包括那些长老们，也都是虚像。但他们却又是非常真实的，他们带有完整的生命基质，能够做出任何决定，同时也可以实施真实的行动。"

看到他们还是不解，她接着说道："简单来讲吧，这些差不多就算是他们本人。除了陛下以外，这些长老都可以当作是实体的存在。"

安妮率领他们走了上去，双手交叉，向悬浮在半空中的安赫尔陛下和长老们行了一个军礼，低声说道："'兰利公爵的鬼魂'行动结束。吉奥将军殉职。"

"好！"只听见安赫尔陛下的声音传了过来。他们抬起头，这才发现，目前这个安赫尔陛下因为是中年女性的面貌，看起来还是显得很慈祥的样子，声音里也带有明显的女性特征。

安赫尔陛下说道："安妮总指挥，根据大星系联盟的帝国法则，你现在已经接替你父亲吉奥将军的联盟参谋长的职位，我们决定晋升你为上校！"

安妮再一次将双臂交叉在胸前，大声喊道："安赫尔陛下授权！"

此刻，这个年轻女子已经是联盟参谋部部长，帝国上校了。

紧接着，安赫尔陛下那稍显尖细的声音再次发了出来，"安妮上校，因为你毕竟年轻，所以现在参谋指挥权力由帝国长老院长老汉露莎公爵摄理。"

"是！"安妮发出短促有力的声音。

"哦！"孔羿心想，可能现在这个安赫尔陛下所呈现的样子，就是那个汉露莎公爵，她可是位女性长老呀。

"怪不得现在这个安赫尔陛下看起来是个中年女性呢。"孔羿为安妮这个尺度的宇宙中奇怪的君主制度而感到好奇，心想，"这一定也是在漫长生命文明的竞争中慢慢发展出来的吧。"

旁边那些站立在各色光盘上的星区长老们，此时也发出了一些嘈杂声，似乎是一种赞美的声音。

只听见安赫尔陛下继续说道："安妮，这次的胜利是非常难得的，我们向英勇无畏的吉奥将军表示敬意！"安妮将头低了下来，双手举过头顶，似乎在表达一种礼节。

又听见安赫尔陛下说道："经过这次的灾难，我们的维特卡曼京成了一个战争废墟，关于维特卡曼京恢复秩序纪念的庆典已无法实行。但我宣布，我们将把孕育了我们所有生命文明的那颗摇篮星球，重新放回宇宙中本来的地方，让它成为一个安静的所在，永不再被打扰。至于维特卡曼京的遗迹，将作为对这个宇宙之都的纪念保留下来，供人们永久瞻仰！"

星区长老们的圆形光盘里再次出现了一些嘈杂的声音，这次的声音要比刚才那一波声音更大也更为持久。

安赫尔陛下俯身看着安妮他们说道："安妮上校，你和你的朋友们为了大星系联盟付出了勇气和艰辛，安赫尔陛下将向你们授予帝国勋章。"

安妮领着孔羿和迪克挺直胸膛，大声喊道："安赫尔陛下授权！"

话音未落，只见他们头顶出现了一个小小的金字塔形的金色发光体，然后慢慢沁入他们身体，消失得无影无踪。但当他们再次互相观望的时候，发现各自身体外部都笼罩了一层金色光晕，这种光晕似乎很是眼熟。

"哦！"孔羿想起来了，"这就是吉奥将军身上散发的那种金色光晕！"

"安妮上校，你带着你的朋友们休息一下，近期安赫尔陛下还要召见你，研究一下将联盟参谋总部转移到其他星区的事情。"安赫尔陛下那女性的声音再次传了过来。

"安赫尔陛下，我还要帮助我的朋友们回到他们那个尺度的宇宙，待我处理完这些事务我就过来觐见陛下。"安妮说道。

"安妮上校，你办好事情就尽快回来吧。大星系联盟帝国长老院大会就要召开了，这将是一次对于我们整个联盟的未来非常重要的会议，希望你能顺利参加。"安赫尔陛下那稍显尖细的声音再次传来。

安妮将双手在胸前用力交叉，大声说道："是！安赫尔陛下！"

36

随着安妮的话音落下，只见面前那些由各色圆形光盘组成的队形开始变化起来，所有光盘都慢慢转化成一个个五颜六色的光球。随着半空中发出一连串清脆的爆破声，这些光球连带里面的人影在刹那间都消失了。

平台甲板上只剩下安妮他们几个人以及随行的战队成员。安妮向随行人员交待了几句。只见悬停在身后的一连串直达视线尽头的球状战舰，迅速向着她头顶的方向集结，很快就在天际组成一个立体舰队方阵。随着一圈圈乳白色光芒从舰队方阵周围升起，舰队消失在半空中……

安妮、孔羿和迪克站在宽大的平台上，头顶浅紫色天光将他们身上散发的金色光芒轻轻笼罩，孔羿和迪克不知怎的，觉得此时自己的身体似乎充满了力量，整个人都觉得有种被增强加固的感觉。

"那是勋章的作用，"安妮看着他们那显得有些振奋的体态说道，"今后你们会拥有更加健康的身体。回到你们那个尺度的宇宙以后，你们的肌体会很难老化，因为构成你们身体的生命基质经过了最优化的调整。这种勋章会让你们的生命显得漫长。"

"什么？"迪克叫道，"难道我们会成为那种喝下了青春泉的人？"

"但是，你们可以慢慢学会用意念与自己周围的世界同步，"安妮看着他们有点不解的神情说道，"其实也没什么，你们依然会过上正常人的生活，不会长生不老的！"

"这下我可放心了！"迪克笑着说道，"我可不想什么长命百岁！我要的是尽情享受有限的生命！"

孔羿看着迪克点了点头，说道："正该如此！"

"那么！我们该出发了！"安妮轻轻地说道。随即看见一个阴影向他们头顶上慢慢压了下来，孔羿抬头一看，正是他们来时乘坐的那艘蘑菇状空天母舰。

"我答应过你们，要去救你们的朋友卢杨。"看到安妮那略显严肃的眼神，孔羿心中有种奇异的感觉，似乎再次听到了兰利公爵声嘶力竭的呐喊声。

"是！安妮上校！"耳边传来迪克那轻松的声音，只听他笑着说道，"孔羿，我们马上就要回家啦！"

蘑菇状空天母舰悬浮在半空中，一道黄色光束从舰体发出，将三人笼罩起来，如同舞台上巨大的追光灯，将各自的身躯映衬得光彩照人。

几乎是一瞬间，他们再次回到空天母舰内部。现在，当他们悬浮在巨大的操控台中央，看着脚下流动着各种光影的屏幕时，已颇为习惯了。

"不知道卢杨现在怎样了？"迪克说道。

"是啊！"孔羿看了看手腕上的计时器，已经是地球东八区时间正午十二点。本来这个时间是当时计算的需要启动以太还原系统的最后时间，计时器上还有一个倒数的刻度，此时在不断闪烁。

他们按照安妮的样子将这个闪烁的刻度灯掐灭了。已不需要担心兰利公爵弄的那个什么胶冻状场域了，一切都已烟消云散！

当然，代价是巨大的。曾经璀璨夺目的宇宙之都维特卡曼京现已成为一片死寂。但是，安妮他们那个尺度的宇宙依旧保持了本来状态。

孔羿心想，"生命文明固然对一切都具有好奇心，但如果面临自身被毁灭的代价，估计其中绝大多数会打消那种危险的好奇心的。"他仿佛在耳边又听到了兰利公爵对那个威腾阁下的承诺。事实证明，胶冻状场域并不会越过维特卡曼京一线，安妮他们启动以太还原系统在他看来确实是多此一举。

"所以，付出宇宙之都维特卡曼京的繁华，也许就是这种不必要行为的代价吧。"孔羿暗自思忖，眼前又浮现出那个巨大的立体太极图，"那样子的宇宙也没有什么不好吧？"

"无数的生命文明，都是因为误解而走上了不共戴天的道路。可是，如何让他们能够面对面进行解释？显然又完全没有可能。"一想到威腾阁下和兰利公爵在黑暗宇宙间的互相对峙，孔羿心里不禁有些黯然。

"这大概就是生命文明的无奈吧！"他不禁想到安妮刚刚在半空中所画的那个螺旋曲线。"圆形是完美的，但也是封闭的，死亡的。真正有活力的应该就是螺旋曲线所代表的吧，如此相似，但又不同；无始无尽，又生机勃勃。这种貌似的不完美，可能真的就是宇宙中一切的精髓。"孔羿有些浮想联翩。

他环顾四周，安妮已经在巨大的屏幕上进行操作了，迪克不知从哪里又升起了一面闪亮的小屏幕，悠闲地一边晃动着身体一边摆弄着图示。

"不知道卢杨现在会怎么样？"孔羿不禁又想起了卢杨那和安妮极其相似的微微上翘的嘴角。"还有，散入宇宙深处的吞纳破种族也不知道去了哪里？兰利公爵还有威腾阁下又都去了哪里呢？"

孔羿的意识随着一股奇妙的共振，似乎散落到空天母舰外部。他思绪飘忽，如同是从幽深的宇宙深处旋转出的一股螺旋曲线，心神随即陷入一堆软绵绵的虚空之中……

恍惚中，他似乎看到一个高高地裹在黑色斗篷里的影子朝自己走了过来，只见那个影子慢慢将斗篷卸下来，直挺挺站立在他的面前，脸上泛着忧伤的神情。

孔羿终于看清了，面前是一个年轻男子的模样，俊秀的面容里有一丝病怏怏的样子。只见男子冲他鞠了一躬，说道："父王，我接受你把皇位传给我的王兄，确实，他更适合去治理我们家族那广阔的星区。我只适合探险！"

孔羿感受到自己像是显得有点失望地看着年轻男子领口上那闪闪发亮的徽记，接着又听年轻男子说道："好奇心已经将我俘虏了。父王，我一定要去了解所有宇宙的秘密。而且，父王，我还想去创造完全不同的生命基质！"

"这是不允许的！"父王的声音似乎有点威严，"不能干预创造，只能够去寻找！"

"但是，父王，寻找和创造并没有区别呀！"年轻男子高声说道，"宇宙的生命法则应该是拥有有对称性的。我相信，只要有我们的生命基质，就一定应当有异质的生命基质，无论是怎样出现的！这也是由宇宙常数法则所注定的！"

"兰利！这太冒险！"父王的声音严肃地说道，"虽然你已经明白了宇宙与生命基质的关系，也了解了我们宇宙本身的生命活性，但是，如果贸然地利用宇宙常数法则去创造另外一个异质宇宙，企图从那里孕育出异质生命基质，那就是犯了渎神的罪过！"

父王那阴沉沉的声音继续道："我们不应该扮演神的角色！我们不是本体，只能安于我们自己这种分散的破碎状态。即使我们对于技术的运用再超越，我们依然要对这种宇宙与生命文明的关系保持敬畏。有些事情不是你想创造就创造的！"

"可是，父王，难道我们的生命最终不都是回归宇宙本体吗？为什么我们不能像宇宙本体那样去创造新的宇宙呢？"那个被称为兰利的年轻人抬起头看着父王说道，"我们是破碎分裂的本体，为什么不能回归成一个完整的本体呢？"

"没错，我们最终都是要回归宇宙本体的。但是，兰利，你现在需要明白的是，我们不应该贸然去创造一个新的异质本体；即使你创造出来，那也不是我们应该最终回归的本体。你那只是分裂！"

"可是，父王，即便那样，我的实验对我们将要参加的星区之间的战争还是有好处的！毕竟可以把实验转化为武器，用来对其他星区产生一种威慑力。而且，我相信实验是可控的！"

那个父王似乎思考了一下，"兰利，这个作为武器也不是不可以实验，但要记住，这只能在今后作为终极武器进行威慑，而不是应用！同时，要注意的是，绝对不可以真的想用这种实验去进行生命基质的改造。"

父王那威严的语气停了一下，"记住！不可改变现有的宇宙生命基质！"随即，他的身躯放出了巨大的金色光芒，只听见父王的声音说道，"兰利，安心做你的实验吧。我已经把王位传给你的王兄了。我将进入宇宙深处，去探索与本体合二为一的永生了！"

"父王！"他耳边似乎听到了这个叫做兰利的年轻人依依不舍的呼叫，便又尽最后的力量大声说道："创造不是毁灭！不要忘记我的话！"

"父亲！"孔羿耳边再次回响起兰利公爵那声尖厉的呼喊。

第四章

新的太阳

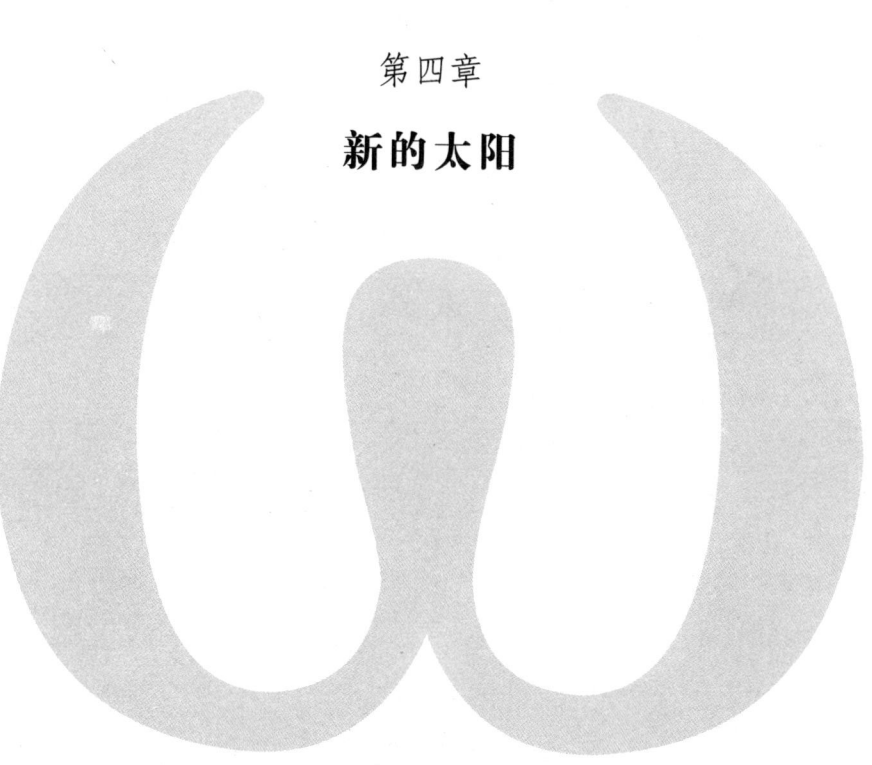

1

"孔羿!"孔羿被一个柔和的声音唤醒了,睁眼一看,安妮正站在他身边。只见他保持着悬浮的姿态,全身放松地躺在操控台边的半空中。

原来,刚才睡了一觉。

看着周围闪烁着淡绿色的纵横管道通向舱内那看不见的顶部,孔羿的意识开始逐渐恢复了。恍惚中听到远处浮在屏幕边的迪克叫道:"安妮,他只是太疲劳了。他一定在胶冻状场域里消耗了许多精力,就让他睡一会儿吧。"

只见安妮看着他,"孔羿,谢谢你的努力。我们待一会儿就要启动逆向传输引擎了。"

安妮好像有什么话想要说,却欲言又止,孔羿便说道:"没有关系。我刚才是有点困睡着了,休息一下就好了。"

这时,又听见迪克叫道:"安妮上校,如果这个逆向传输引擎启动,你大概就只能以粒子能量态回到我们那个尺度的宇宙了吧?"他又说:"可惜那个卢杨不在,否则你还能够有一个具体的形态。"

迪克转身上下打量了安妮一番,用遗憾的口气继续说道:"太可惜了!现在我才发现安妮上校是个非常美丽的军人。我真的会想你的!"

孔羿心里隐隐一动,但什么话也说不出来,只是看到安妮的眼神中露出了一种异样的神情,只听安妮说道:"我当然也会想念你们。不过,我们还是要先把那个可怜的卢杨接回来。将你们安全地送回地球,那时才是我们道别的时候。"

她又扭过头去笑着对迪克说道:"说不定今后,我可以偶尔利用一下孔羿的身体来找你去喝上一杯。"

"哈哈!"迪克大笑道:"太好了!那感觉一定会很奇妙!"

安妮随即移到操纵屏幕前,说道:"孔羿,迪克,你们待会儿就可以返回自己的宇宙了。而我,马上将重新返回粒子能量态。你们放心,回去的时候比来的时候要轻松许多。"

接着她又注视着孔羿的眼睛说道:"和我的这个身体告别吧。在你们尺度的宇宙中,它是根本不存在的。"

话音刚落,只见一道金色光芒将安妮的身体笼罩,随即她的身体表面爆发出无数的亮光,那些亮光闪耀了一会儿,便连同安妮的身体完全消失了。

整个空天母舰舰体内部又笼罩在一片绿色微光当中,只有中央操控台上那个显示屏幕流光溢彩依旧。

孔羿忽然有种很失落的感觉,只听见边上的迪克大喊:"安妮上校,你不会就这样消失了吧?"

"孔羿!迪克!我只是重新返回粒子能量态,很快逆向传输引擎就要启动了。"随着安妮的话音,他们看到一团比来时稍大一些的金色光球从中央操作屏幕上缓缓升起。

随着一种轻微的震动,只听见安妮的声音再次在舰体内部传开,"大家注意,我们将很快到达距离地球三十亿光年的暗辐射带区域,到时候我们还是和前面来的时候一样,我和孔羿去搜寻卢杨,迪克,你留在空天母舰内配合我们。"

安妮接着说道:"卢杨的制服上有我们的磁性跟踪装置,所以我们一定是可以搜寻到她的,你们不用担心!"

"可是,安妮,难道你会用我的身体去搜寻卢杨吗?"迪克显得有点困惑的样子,"可我不是还得在空天母舰里看门吗?"

"不是那样的,"安妮用肯定的语气说道,"我是用伺服机器人去完成这次搜救卢杨的行动,同样很方便。"

她的声音停了一会儿,用轻松的语调继续调侃道:"迪克,你别担心,我可不想用你的那个身体。"

"那就好!"迪克笑着晃了晃脑袋。

"伺服机器人?"孔羿忍不住有些好奇,"那是什么呢?"

安妮轻松地回答道:"哦!其实就是一种伺服智能装置。进入你们尺度的宇宙后,我会通过这种伺服智能装置去进行物理作业。好了,现在要准备突破尺度了。"

随着安妮话音落下,金色光球一下子隐没在视线里,孔羿和迪克感到有种轻轻的眩晕,只见在脚下大屏幕上闪烁着的五彩颜色瞬间活跃了起来,如液体般流淌飞溅。与此同时,整个舰体内部呈现出一种略显透明的样子,但却又看不见外部,整体上呈现出一种奇异的视觉效应。

随着一阵缓缓的震动,孔羿觉得胸口似乎出现了一种压力,便回头看了迪克一眼,发现他也似乎感到有种压迫感,只见迪克把双臂向头顶部努力舒展开去,像是想要放松一下被压迫的躯干。

"好了,"耳边很快传来安妮的声音,"我们已经回到你们这个尺度的宇宙了。"

"哈哈!"迪克快活地在悬浮着的半空中转起圈子,高声叫道,"到家啦!"

孔羿呆呆地打量着眼前这个活蹦乱跳的家伙,忽然对刚刚过去的那些经历怀疑起来。"难道我们真的去了那触不可及的另外一个尺度的宇宙吗?"孔羿简直有些怀疑起自己那段梦幻般的奇异经历了。

就在孔羿的思绪还沉浸在另一个尺度宇宙中的神奇经历时,一团泛着红色的光映入眼帘,他和迪克抬头看去,随着那团红光的逼近,他们发现红光笼罩下的竟然是一个巨大的人形机甲装置。这机甲装置约有三米高，身形矫健，显得异常威武。

人形机甲装置慢慢走到他们面前，棱角分明的脸上，一双锐利的眼睛放射出金色光芒。

"伺服机器人？"孔羿和迪克喊了起来。

机器人微微蹲下，同时用两只机械大手将他们从两边拢了起来，这时听见一个柔和的声音从那如同戴了一个面罩的嘴部传了出来，"孔羿，迪克，你们好！"

"安妮！"他们叫了起来。显然，通过机器人发出的声音正是安妮在说话。

孔羿和迪克虽然心里有所准备，但当他们望着眼前这庞然大物时，还是显出很诧异的神情。

"我还以为你的这个伺服机器人装置和我们的身材比例差不多大小呢。"迪克摸了摸机器人腿部说道。

安妮解释道，"那是因为这是一种相对早期的伺服装置，当时因为进入了你们这个尺度的宇宙，导致我们在意识上有种比例失调感，这种比例失调感影响了工程设计，所以我们当时在你们这个尺度的宇宙中所运行的各种设备尺寸都偏大。"

"所以，虽然我们是尽量模拟你们的尺寸，但由于意识上的比例失调心理，就造成了这样类型的古老设计。"安妮的声音继续从面罩型嘴部发了出来。

"古老设计？"孔羿竟好奇地摸了摸机器人腿部，手感上觉得应该是一种类似于金属的材料，但又不像金属那样锐利，显得有点弹性，应该是一种复合材料。

"是啊！"安妮说道，"这种伺服机器人装置是约一万年前制造的。就是在那时，我们通过这种类型的装置来到地球上。当然，我们那时候的外形设计也要考虑到满足地球上那些人类的审美情趣。"

"一万年前？"迪克叫道，"那不是接触纪元的开始时期吗？你们一开始就是用这种外形和我们接触的？"

孔羿在一旁听安妮说到审美情趣的问题，便又抬起头来仔细端详了一下面前这个伺服机器人装置，现在他可以清楚地看出，这确实是一台做工精良的机器，甚至可以说是一件艺术品：高大的身材挺拔威严，又绝无累赘；关节处显得异常灵巧；整个底色是一种灰白色，上面装饰着蓝色、红色与金色；头部与身体的比例是典型的九头身，外观符合黄金分割；整个外形给人一种类似于骑士雕塑的感觉。

"怎么看着就那么眼熟呢？"孔羿注视着那个如同蒙在面罩里的脸部设计，心里暗自猜测。猛然间，大脑里闪现出一个英武的面庞。

"对，那正是威腾阁下的脸！"

2

伺服机器人眼里的金色光芒暗了下来，那庞大的身躯缓缓直立起来，显得充满了力量。随着类似穿戴盔甲的头部左右转动了一下，孔羿和迪克再次听到从它面罩般嘴部传来的安妮那柔和的声音。"当时我们的先人来到你们的地球，一开始确实很多都是通过这类伺服机器人的方式。但后来，当面对越来越多的人类时，我们先人决定，不要再采用这样的方式了，因为你们的祖先本身就很迷信，他们将我们的到来看作是神的降临。"

安妮用一种轻松的语气继续说道："你们的祖先本身就已经有了那么多神明崇拜意识，我们的先人不想让他们增加更多不切实际的幻想，所以，在意识到这些以后，他们就采取你们说的那种附体或托梦的方式来进行交流。那样会更方便一些。"

"尽量避免干预你们的文明成长，这是我们先人一开始就确定的法则。"随着安妮声音的发出，伺服机器人头部又朝向他们转动了一下。

"可是我们的祖先最开始还是见到了你们这些伺服机器人啊！"迪克开玩笑地说道，"那一定对我们的祖先造成了很大的心理伤害！"

"应该说确实是有些影响，"安妮轻松地说道，"这种伺服机器人的外形，很大程度上影响了你们祖先的一些关于信仰的观念。关于神的一些形象，在你们各个民族的传说里都有，但很多都是以我们这种伺服机器人为蓝本想象出来的。"

孔羿像是想起了什么，他点了点头说道："确实，中国古时候就有关于高大神灵的传说，似乎还有人亲眼见过体形庞大的神从天而降的神奇场面。"

"那可能是偶然要进行什么维修或探测，从而需要接近地面，估计就是在那时候被你们人类祖先发现了吧？"安妮目前虽然处在这个巨大的伺服机器人里，但声音还是和往常一样，显得很轻柔的样子。

只听得她继续说道："正是因为体形巨大，过于招摇，很快我们就不经常使用它了。后来，我们更多的还是采用那些非实体的联系方式和你们进行接触。"

"看来古代很多传说中的神都是真的！"迪克兴奋地说道，"这下子我可得好好告诉我在加州理工的那个朋友了，那个墨西哥佬是搞软件的，但对于神呀巫师呀什么的特别感兴趣。他听自己做巫师的祖母说过，说什么他们的祖先见到过巨大的神灵，那可不会就是这种伺服机器人吧？"

迪克笑着又说道："那个家伙也被自己的祖母所感染，整天有点神神叨叨的样子。这下子我要回去告诉他那些不幸的消息，你们崇拜的那些神只是个机器人修理工罢了。哈哈哈！"

迪克大笑起来，接着抬起头看着那双闪烁着微微金色光芒的眼睛，戏谑道："安妮，我可不是说你这个高贵的帝国上校是个修理工啊！"

"没关系！"安妮轻轻地回答道，"不过，我们在数千年时间里几乎没有再用过这种伺服机器人的形象来你们地球了。"

孔羿注视着伺服机甲的身躯和脸部，越来越觉得这就是神秘的威腾阁下，他忍不住问道："安妮，你知道这个伺服机器人装置是什么人设计的吗?"

"哦!要说起来,还和我们的家族有关呢!"安妮把伺服机甲硕大的头部转向孔羿,接着说道,"在星际战争后期,我们家族有一位首领是星区长老,就是前面我和你提到过的那位威腾陛下。据说,就是他意识到了生命文明探索方向的局限性,从而开始对宇宙存在不同尺度的问题进行思考与演算,并最终促成了我们对于你们这个尺度的宇宙的探索。"

安妮接着说道:"威腾陛下似乎很早就把首领位置让了出来,潜心于研究那些宇宙常数法则。后来,为了帮助我们的生命文明接触到你们这个尺度的宇宙,他研制了这种能够穿梭于不同尺度宇宙的伺服机器人装置。这个装置的原型听说就是他按照自己的身材和面容制造的,可没有想到,在我们后来批量生产时,却因为意识上的比例失调感造就这么大的尺寸。"

"那你们的这位威腾陛下后来到过我们这个尺度的宇宙吗?"迪克有些好奇地问道。

"我不是很清楚,只是听我父亲说过有这样一位祖先。后来,据说是因为技术有限降幂法则的实施,他是第一位选择终止自己生命活性的长老。"

安妮把伺服机器人那双巨大的手掌摊开来,"可能他的残留信息,还保留在我们那个存放着历代生命文明记忆的维特卡曼京的中心里吧。只是,估计那里现在真的成了一片坟墓了。"

"难道就是那个生命文明的摇篮星球?"孔羿问道,"那就是你们所有个体生命死亡以后保留记忆的存放地点?"

"是的!"安妮的声音黯淡下去,似乎又想起了早已离去的母亲,还有刚刚失去的父亲。

"原来是这样。"孔羿皱着眉头轻轻地叹了口气。

只听见迪克在一旁叫道:"安妮陛下,我很荣幸能够向女王陛下效忠!"只见他恭恭敬敬地弯下腰,在伺服机器人巨大的手指尖上亲吻了一下。

安妮看到迪克那滑稽的样子,忍不住笑了起来,"迪克,我们现在早就不这样称呼了。我还要等到回去以后,经过汉露莎公爵摄政期结束,才能正式成为参谋总部星区的殿下。现在,只有安赫尔陛下才可以称为陛下。"

"管他陛下还是殿下,反正我是效忠于我们的安妮女王!"迪克乐呵呵地说道。

孔羿看着这个高大的伺服机器人装置,头脑里威腾阁下的形象越来越清晰,他的意识中蔓延出了一种说不出的强烈感觉。此刻,他发觉,在经历了这么多事情以后,内心深处已很难把自己与威腾阁下的感受分离开来了。

就在孔羿显得有点失神的时候,从伺服机器人巨大的面罩背后又传来了安妮的声音,"迪克,你现在可以去中央操作屏幕那边了。"随即只见伺服机器人嚯地转过身来,显得异常地威猛强劲。它将闪着淡金色光芒的前臂指向泛着暗绿色光线的舱壁,高声说道:"孔羿,我们要准备去救卢杨了!"

随着伺服机器人前臂所指的方向,孔羿看到一个泛着微光的星区全息图像出现在眼前,只见一颗红色光点在无数星河中不停地飞跃闪烁。他稍一迟疑,就听见安妮的声音说道:"那个红色光点就是卢杨。系统显示生命体征完全正常!"

随即孔羿感到一个巨大而柔软的东西搭上自己肩膀,回头一看,原来是伺服机器人那只巨大的手掌。他回身拍了拍那个巨大的手背,抬头看着那双闪烁着金色光芒的眼睛说道:"安妮,谢谢你!"

高大伺服机器人的头部微微点了点,接着听见安妮的声音说道:"迪克,我和孔羿现在准备出舱,你在这里观测周围,和我们保持联络。我们很快就会带着卢杨返回母舰!"

"是！女王殿下！"迪克话音未落，伺服机器人装置散发出了一种浓厚的带有强大力场的金色光团，光团迅速地将孔羿的身体包裹了进去。此时，暗绿色光线在舱壁上映出了一团摇曳的身影。

随着一种黏稠的感觉通过孔羿全身，安妮所在的伺服机器人领着他穿过蘑菇状空天母舰舱壁，再次回到人类文明所在的这个尺度的宇宙当中。

一个壮观的景象呈现在孔羿眼前。在一片幽暗而空旷的背景下，无数星系如同一颗颗璀璨的宝石散落在自己身边，虽然相距光年，却几乎俯身可拾。漫天散发出的不同光芒相互辉映，红色、黄色、蓝色、紫色，各种颜色交织在一起，最终形成一片无边无际的星海。

伺服机器人装置的力场就这样牵引孔羿在无边无际的星辰大海里游动、穿行。他眼前始终都有一个全息立体图景，卢杨所在的那个闪烁着的红色光点，随着他们运行方向的角度变换而越来越近。孔羿和安妮此刻都没有发出声音，他们就这样静悄悄地迅速向着红色光点移动过去。

孔羿感到伺服机器人装置力场牵引的速度越来越快，全息立体图景上那个红色光点终于移入一个闪着白光的小小坐标环内。

"到了！"只听见安妮的声音高高地从伺服机器人嘴部发了出来。随即孔羿看到，在正前方约十几米远的地方，一个孤零零的身影就那样静悄悄地飘浮在眼前，连秀气的脸部轮廓都清晰可见。

正是卢杨！

3

伺服机器人装置的引力场牵引孔羿迅速向卢杨靠上去。只见卢杨如同睡着了一般躺在寂静的星空之中。睫毛秀美而透明，在微弱星光反射下泛着淡黄色光芒，她的嘴角微微翘起，依然可以看见脸颊上酒窝的痕迹。

"这就是那天晚上和自己一起开心喝酒的女孩,这就是那个聪明伶俐的美丽女孩!"伺服机器人装置的引力场似乎消失了,孔羿忍不住凑身走上前去。

在这样寂寥的宇宙深空,面对这样一个姣好的女子,他不禁生出了一种巨大的虚幻感。看着女孩微微起伏的胸部,孔羿有点心慌意乱,他急忙把眼睛转过去,却看见高大的伺服机器人挺立在自己身边。此时,孔羿似乎能够感受到伺服机器人泛着金色的眼里发出了一种难以言说的光芒。

思绪万千之际,耳边传来了安妮显得低沉而温柔的声音,"孔羿,你想让我现在附体到卢杨身上吗?"

"啊?"孔羿抬头看了看伺服机器人,只见那细长眼睛中的金色光辉好像在变换着亮度。他张大了嘴,有点不知道该说什么好。

"哦!那我们现在就将卢杨送回母舰吧。"安妮的声音随即淡淡地说道。伺服机器人弯下腰,将卢杨揽入怀中。

卢杨柔软的躯体裹在欣长的红色制服里,显得异常娇小,就像小鸟般蜷缩在伺服机器人怀中。

孔羿再次感到有一种强大的力场将自己和伺服机器人包裹在一起。随着周围一种金色光晕的腾起,他们向着远处空天母舰的方向疾驰而去。

孔羿默默地跟在伺服机器人身边,他又想到那个与自己有着莫测关系的威腾阁下。

"我究竟是谁呢?"他心里念叨着。

随着与空天母舰的距离越来越近,他们的移动速度逐渐慢了下来。伺服机器人的牵引力度不断发生微小的变换,似乎安妮正在调整与空天母舰之间的角度。

孔羿回头望去,漫天星辰犹如海边细碎的沙砾一般在自己身后慢慢退去。看着无穷无尽的星辰,想到无穷无尽的时空,他心里产生出一种莫名的感慨。忽然，他大声说道："安妮，你能够现在就附体到卢杨身上吗？"

"什么？"安妮的声音从伺服机器人的嘴部发了出来。同时减慢了移动速度。

"安妮！我想和你在这个地方散散步！"孔羿几乎用祈求的口气大声说道。

安妮没有回答。伺服机器人此刻却完全停止下来，它周边金色的光晕也消失了。在周边视野所及范围内，星光虽然暗淡，却依然密密麻麻，在已经失去活性的伺服机器人装置上映照出一片如雪的光芒。

孔羿不知道刚才自己为何竟然说出那样的话来，有种羞耻感涌上心头。

就在孔羿红着脸怔怔地看着伺服机器人那高耸的肩部时，他感到有一双柔软的手握住了自己的手，一个俏丽的面容出现在他眼前。

"卢杨！"孔羿喊了出来，旋即大声说道，"安妮！"

女孩温柔地看着他，轻轻说道："孔羿，我们很快就要分开了，谢谢你冒着危险为我们那个尺度的宇宙做了那么多的事情。谢谢你！"说完，她把手松了开来。此时可以看到，在卢杨身体上闪耀着一圈浅红色的光晕。

"安妮！"孔羿把她的手重新紧紧握住，盯着她那美丽的眼睛轻轻说道，"安妮，你还会回来吗？"还没等女孩回答，他随即又摇了摇头，"安妮，我还可以再回到你那个尺度的宇宙吗？"

安妮温柔地盯着他的眼睛，依依不舍地说道："孔羿，我要是再来你们这里，就只能是通过这样三种方式：附体，托梦，或者用古老的伺服机器人装置。"

孔羿的眼神显得很失落，他紧紧地拉着安妮的手，好像生怕她忽然就消失了的样子。他再次轻轻地说道："安妮！我还能再到你们那里去吗？"

安妮看着他，秀美的面庞上现出了一缕忧郁的神情。但很快，女孩就将嘴角微微翘起，眼中焕发出一丝笑意，"当然可以。"

四周重回一片静默。

群星闪耀。孔羿和来自另一个尺度的宇宙的女孩面对面站在一起，他们握紧了对方的双手。在他们身边，是呈静止状态的伺服机器人装置。

星辰是如此遥远。他们像是能听见彼此的呼吸。

如果说，宇宙中纷繁复杂的生命文明存在着一种共通的事物，那一定就是那无所不在的情感了吧。

孔羿和安妮手拉着手，走在夜色笼罩下的宇宙星辰大海边，面前是闪烁着无数黯淡光晕的星辰海洋，耳边似乎有从辽阔海洋深处传来的波浪声……他们就这样相互感受着对方的气息，感受着脚下星光的起伏。

他们就这样手牵着手，甚至都不需要再看对方一眼。

他们缓步前行，内心感受着对方的温度。星光洒落在他们的身影上，无尽的时空向四面八方延伸。这种平静而美妙的感觉超越了不同尺度的宇宙。

前方，就是横亘在眼前的褐色蘑菇状空天母舰。他们依然不愿意停下星海边的徜徉，是命运让他们相互接触，而命运又要将他们分开。

他们手拉着手，目光都尽力投向远方，像是不忍看见身边那人——因为此时孔羿看到的将是卢杨的身体，而安妮看到的将是离别。

伺服机器人伫立在他们和空天母舰伞状蘑菇头边缘之间。孔羿打破了沉默。他握紧安妮的手，眼睛依然盯着遥远的星河，"安妮，我希望能够再次见到你！"

安妮没有作声，只是用力握了握孔羿的手，和他并排靠在一起。

就在这时，只听见耳边传来了迪克显得有点惊讶的声音，"安妮！孔羿！你们快些回来！我发现了一些奇怪的东西，好像我们的空间正在被一种奇怪的力场吸引着。"

安妮牵着孔羿迅速没入空天母舰内部。在通过舱壁的时候，孔羿依然和上次一样，感到了犹如通过一层液态的物质，有一种阻滞感穿过整个躯体。随着淡绿色的舱内光线映入眼帘，那种阻滞感旋即消失了。

迪克见到卢杨或者说是安妮，显得异常兴奋。他移上前来，将安妮紧紧拥抱了一下，大声说道："哈哈！我的女王！我就知道你会把卢杨像这个样子活生生地给带回来。"然后又冲着孔羿大叫道："孔羿！你是觉得女王陛下美丽还是卢杨美丽呀？"

看到孔羿有点手足无措的样子，迪克笑着拍了拍他的肩膀，挤着自己的眼睛，大声说道："嗨！兄弟！这确实是一个很难回答的问题！"

"不过，无论是女王陛下还是卢杨小姐，我们现在需要解决的是这样一个问题，你们看！"迪克比画着手臂，将星区全息图像放大到一个很大的范围：一幅怪异的场景呈现出来。

目睹这一切，让孔羿和安妮都感到吃惊。

4

"怎么会这样？"孔羿和安妮异口同声地慨叹。

经历了星海边那番手拉手漫步，孔羿和安妮产生了某种默契，他们心里升起一种喜悦之情，却又有一点点怅然若失，那种感觉真的很奇特。

"是啊！"迪克高声地说了起来，"就在你们向卢杨那里进发的时候，我就注意到有一种奇怪的微弱引力场似乎在靠近我们这个方向，随即我发现在星区全息图像左侧这个方向上有一种暗淡的光线，我觉得和其他方向上的光谱序列不一样，便将坐标推近去观测。"

迪克停了一下，熟练地将操控屏幕边缘的功能列表展开，指着一片深浅不一的光谱分析图说道:"这片区域的力场和系统保存的我们宇宙中原来的力场分布的数据是完全不同的。你们看一下这一片区域——"他把手又指向星区全息图像另一处,朝向那个方位迅速推进,很快,一个约莫包罗几十个银河系的空间完整地呈现在他们面前。

"胶冻状场域!"孔羿和安妮再次一起叫了起来。随着全息立体图像越来越放大,眼前那种黯淡而飘渺的景象让他们肯定了自己的猜测。

在他们面前,正是一片如同在一开始见到的那种胶冻状空间,在其深处透着一堆不可捉摸的动荡光影。细细看去,整个胶冻状场域正在向四周围慢慢扩散开来,犹如一团墨汁在水中氤氲翻腾。

安妮显得有点紧张地盯着孔羿说道:"孔羿,我们不是已经启动了以太还原系统?按道理讲,即使一开始在你们的宇宙中实验以后,我们那里还有同步衍射效应,但我们那里最终的以太还原法所导致的质能反转目前已经完成,在我们那个尺度的宇宙中,这种胶冻状场域已经消失,怎么会在你们这里还有呢?"

孔羿的思路此时却一下子清晰了起来。他看着星区全息图像上缓缓扩张着的胶冻状场域,终于明白了曾经一直在心底里困扰自己的一个问题。

"安妮!这没有什么关系。"他平静地看着安妮。

"什么?"迪克叫了起来,"既然确定了这个是胶冻状场域,也就说明这一定是因为同步衍射效应,那也就是说,我们在安妮那个尺度的宇宙中的行动失败了!"

"不是这样的!"孔羿看着他们,继续镇定地说道,"我见到了兰利公爵,也和他进行了交流,我现在算是真的明白了,他确实没有欺骗我们。"

安妮看着他的眼睛,有些疑惑地说道:"孔羿,难道真的像那个兰利公爵所说的,这个胶冻状场域只会扩张到宇宙的一半空间?"

孔羿盯着她那细长的睫毛，轻声说道："真的是这样。安妮，我说过，就在你们启动以太还原法装置的时候，胶冻状场域的扩散已停滞下来。而且，你们还记得吞纳破吗？"

"吞纳破？"迪克大叫起来，"不就是那种在胶冻状场域中存在的异质生命体吗？难道眼前这个胶冻状场域还和那些玩意儿有关？"

安妮有些困惑地看着孔羿，"兰利公爵不正是为了创造所谓真正的异质生命文明，才弄出那些个奇怪的吞纳破吗？"

孔羿端详着安妮或者说是卢杨的那张秀气的面庞，忽然觉得兰利公爵的那些话语可能真的有点道理。这个世界确实需要完全不同的互为异质的生命文明，虽然他们之间会有对抗，但也正是因为如此，才能保持宇宙中真正的活力。

他抬起头来缓缓地说道："你们知道吗？现在我们看到的眼前这种胶冻状场域，一定是由当初实验时那些逃逸到外部的吞纳破族群所造就的。"

"什么？"安妮和迪克睁大了眼睛。

"这个胶冻状场域不是因为同步衍射效应产生的。在安妮那个尺度的宇宙中的以太还原法确实是成功了。"孔羿觉得有必要将生命文明与宇宙的关系告诉他们。

"你们还记得吗？我们在前面讨论过生命文明与宇宙本体之间的关系，"孔羿看着安妮，轻轻地说道，"也就是你们那个尺度的宇宙中曾经出现过的神秘的永生技术的理论基础。"

"我们都应该意识到，作为单个生命，本质上就是宇宙本体的全息碎片。生命与宇宙最本质的关联就是互为彼此，"看着他们期待的神情，孔羿继续说道，"进一步具体地来看，可以发现，所谓的外部环境确实孕育出了生命，但生命本身也成就了所谓的外部环境。"

"生命与所谓的外部环境之间，就其实质来讲，其实是一体两面！"孔羿大声说道，"所谓宇宙，作为生命文明存在的外部环境因素，它本身就是一个完整的生命体。但由于某种特殊原因，如果它仅仅只是依靠那些星辰和星际物质，就无法表现出它的生命活性，或者说无法展示它的灵性。这种情形对于任何维度任何尺度的宇宙来讲，都是同样所面临的困境。"

孔羿的目光变得深邃起来，"宇宙，需要通过一定的形式去表现出它的活性和灵性！"

孔羿的精神现在似乎已经同另一个尺度的宇宙中神秘的威腾阁下合为一体。"那么，只有一个最好的办法，那就是产生生命基质，由生命基质的存在而显现出宇宙自身的活性。"

孔羿强调道："也就是说，如果其中没有生命基质的形成，那么这种宇宙就没有开化，它就依然沉陷于蒙昧状态。此时的宇宙，就像一个处在黑暗房间里的孩子一样，它会非常渴望能够展示自己的存在，绽放自己的灵性！"

看到安妮和迪克陷入思索的样子，孔羿接着说道："所有的宇宙，只有通过孕育出生命基质的那个唯一的途径，才能让自己的活性得以显现。那样的话，宇宙也就有了展示自己那无穷无尽的灵性的渠道。"他如同自言自语般地继续说道："而一旦孕育出了生命基质，并在此基础上出现了大量生命文明以后，宇宙本体就退居到幕后，成为背景或者说是所谓环境的那样一种存在。"

"所以说，环境就是生命基质的本源，而生命基质就是环境的产物；它们互为一体，本来就是不可分的。"孔羿显得有些激动地握紧了拳头，结束了自己的论述。

"如果按照你说的这个道理，我们的生命基质乃至各种各样的生命文明其实都是宇宙活性的一个表现了？"迪克皱着眉头问道。

"正是如此！"孔羿点点头，"这就是所谓全息宇宙的真相。宇宙是活的，但只能通过自己的碎片形式展现自己活的一面。而我们这些生命基质以及生命文明，就是宇宙自身活性的体现。"

看到安妮点着头陷入沉思，孔羿接着说道："我们都是宇宙的碎片！"

四周一片寂静，显然大家都完全明白了他的意思。

只见迪克抬起头来，问道："孔羿，你说的应该没错，这就是宇宙和生命的本质关系了。可是，这和眼前这团胶冻状场域有什么关系呢？"

"迪克，还记得那些吞纳破吗？它们也是一种生命基质，是胶冻状宇宙中的生命基质。胶冻状宇宙虽然被摧毁了，但它所孕育出的生命基质却依然存在。记住刚才我说的，环境就是生命，生命就是环境！"

孔羿看看安妮，接着说道："当时，在如今这个尺度的宇宙里进行以太还原法实验的时候，我们都看到有吞纳破在附近出没。虽然实验成功，但一定有吞纳破逃逸出来。而在你们那个尺度的宇宙里，在启动以太还原法以后，我也亲眼见到大量的吞纳破种群从胶冻状场域向宇宙深处四散逃逸。"

孔羿眼中似乎又浮现出那无数怪异而飘渺的庞然大物散落在无垠宇宙空间的诡异画面。他喃喃地说道："那些在不同尺度的宇宙中分别逃散出来的吞纳破，一定会重新转化出胶冻状场域的。因为它们互为表里、互为因果，在本质上就是一体的！"

看到安妮若有所思的样子，孔羿又补充了一句，"宇宙作为一种生命体，它可以碎裂成生命基质的状态去显示自己的活性，也可以在自己遭到摧毁的时候，通过那些散落的生命基质重新恢复自己，这大概就是全息宇宙的真谛吧！"

说到这里，他又想到兰利公爵当时忿忿地和威腾阁下谈论这些事情的样子，黑色斗篷下喊出的"父亲"的声音再次回荡在自己耳边。

此刻，孔羿隐隐发现，自己的内心深处涌起了一阵叹息声，散落在宇宙中的无数意识竟然产生了一丝后悔的情绪。

5

"孔羿!"安妮的声音在他耳边响了起来,"你怎么了?"

孔羿一下子回过神来,"没什么,我只是在想,我们眼前这个胶冻状场域一定会迅速扩散的。因为当初兰利公爵制造的吞纳破种族的恢复重组能力很强,这与我们宇宙原来的生命基质的修复能力不太一样。"

"啊?"迪克瞪大了眼睛,"那我们岂不是白忙了一场吗?"

"那倒也未必,"孔羿看了迪克一眼,"至少现在我可以肯定,这个胶冻状场域一定会扩展到我们这个尺度宇宙中的某一处,然后它就会停止扩张。"

他的目光又转向安妮,继续说道:"如今,我们这个尺度的宇宙和你们那个尺度的宇宙在未来的情况将会一样,最终都会分裂为两种不同性质的时空,它们将同时并存,都会在其中产生出各不相同的生命文明。"孔羿眼前仿佛又浮现出当初在意识恍惚的情况下所见到的那个似幻似真的巨大立体宇宙太极图的形象。

他几乎有点激动地接着说道:"我们没有白忙!我们见证了宇宙分裂的伟大时刻,我们是这个时刻的见证人!"

安妮看着孔羿,眼里泛出一种说不清楚的感觉,像是蒙上了一层霾。

孔羿温柔地看着安妮,轻声说道:"安妮,你的父亲也没有白忙,他同样能感受到宇宙这个惊人的时刻。"看到安妮没有作声,他把手伸了过去,紧紧地握住安妮的手,"我们都是一体的!"

"对!我们大家都是一体的!"迪克凑上前紧紧搂住两人的肩膀。

此刻,通过中央操控平台上巨大的星区全息图像,可以看到那团胶冻状场域正在迅速扩大,它铺天盖地般向着四面八方奔涌而去。

安妮松开孔羿的手,迅速走到指挥屏幕边。她摆动着双臂,迅速地对各种数据进行分析,五彩色谱在她脚下流淌渲染,人被映衬得宛如一朵摇曳在风中的盛开的莲花。

"真美啊!"孔羿心中萌动着一股恋恋不舍的情感。可此刻,他面对的却是卢杨的身体。

"孔羿,迪克,"耳边传来了安妮的声音,"胶冻状场域正在急速扩展,速度估计会在三个地球日内充满整个可观测宇宙。"

随着宇宙理论模型与观察数据的大量运算和匹配,安妮很快又说道:"当然,现在我们确实是弄清楚了,胶冻状场域将会在占据这个宇宙一半时空的位置停止发育。运算的结果可以支撑孔羿的那个观点了,你们这个尺度的宇宙会和我们那个尺度的宇宙一样,最终都会分裂为稳定的二元区域。"

"是的!"孔羿望着中央操控台上那个美丽的身影说道,"所以我们没有什么好担心的了。"

"那就意味着,我们可以返回我们的地球啦!"迪克高声叫了起来,"我现在可真的想好好地来它一杯!哈哈!"偌大的舱内回荡着迪克的笑声,他还得意地哼起了不知名的乡村小调。

"孔羿,你们仔细看一下!"这时,安妮显得有点紧张的声音传了过来,只听见她接着喊道,"这是怎么一回事?"

孔羿和迪克迅速地凑上前去,只见操控台前巨大的全像显示屏幕上出现了一个小小的璀璨斑点,随着安妮手势的推进,他们终于看清楚了,这个斑点就是地球所在的银河系。当再次看到银河系那典型的涡状旋臂在眼前慢慢舒展开来时,两人都显得有点激动。

在银河系周围约有数千个差不多大小的星系,同样在这片深色宇宙背景下闪耀着各自的光辉。看着这些密密麻麻争奇斗艳的星系,他们都不禁感叹宇宙的造化。

"这些大概就是我们的仙女座星系团吧?"眼看着如此真实地铺陈在面前的瑰丽星系画卷,迪克自言自语道。

可是，他们立刻发现，在这个由大量星系组成的仙女座星系团的背景上，一个阴暗的朦胧身影正在以一种几乎察觉不到的速度缓缓蔓延过来。可以看出，仙女座一只角上已经呈现出一种模糊的灰色，那是一种光线被凝固的颜色，是一种死寂的颜色。

"这不可能！"迪克大叫道，"我们的地球应该是在遥远的位置呀！按照和你们那个摇篮星球的关联关系，你们的摇篮星球难道不也是在遥远的地方吗？"迪克看着安妮继续嚷道："难道它不是后来才被移动到维特卡曼京里面的？而维特卡曼京也应该在宇宙的中心呀！怎么会这么早就被胶冻状场域吞没了呢？"

迪克此刻显得很是焦急，简直有点语无伦次。

孔羿看着迪克，也觉得有点奇怪，心想，"确实，按说安妮他们的摇篮星球和地球在宇宙层面有着神奇的联系。根据安妮他们那个尺度宇宙的星图数据，摇篮星球在被移动到维特卡曼京之前的原位置，应该是在兰利公爵制造的胶冻状场域的遥远的另外一边呀。但根据眼下胶冻状场域扩散的状态，地球现在明显不在那个遥远的另一边，它明显就是在胶冻状场域附近。这又是为什么呢？"

孔羿转念又想，"不对，如果从宇宙这样大的尺度来讲，地球离开这个暗辐射带区域并不算太远，不过三十亿光年距离，要是在那次实验中有吞纳破逃逸，并最终生成新的胶冻状场域的话，那么离开地球确实不算遥远。但是——"他陷入了沉思。

"快看！"耳边又传来安妮的声音。顺着她的手势，更加详细的星区全息图像凸显在孔羿和迪克的眼前：只见在与银河系相隔约数百个星系的一侧，有些星系已经在慢慢地失去光辉，如同被冰封了一般，就如同他们曾经看到过的那种状态。

"目前看来只有这样一个办法了。"孔羿心底迅速闪过一个念头，这个念头显得越来越清晰。

他冲着安妮大声喊了起来，"安妮，你们的那种移动星球的技术现在还能够使用吗?"

安妮怔住了。她回过身来看着孔羿,眼神里充满一种复杂的感觉,像是很熟悉,但又有点陌生。

"孔羿!"安妮看着他说道,"可以那样吗?"

看来安妮已经完全明白了孔羿的意思。可她的眼神告诉孔羿,她对这样的打算显得有点不太确定。

"只能是这样了!"随着全像显示屏幕上灰蒙蒙的胶冻状场域慢慢从宇宙深处涌了出来,孔羿坚定了自己的想法,"安妮,我们需要将整个太阳系移入一个安全区域!"

"什么?"耳边传来了迪克的叫声,只见迪克迅速在自己眼前的屏幕上进行计算。经过计算,目前只剩下不到三个小时,胶冻状场域就将蔓延到银河系中地球所在的那根旋臂了。听见他高声叫道:"孔羿,看来你是对的。我们此刻没别的选择了!"

"我们得和银河系告别了!"迪克有点激动地说道,"但在告别前,我们得移走我们的太阳系!"他回头看着安妮,"安妮,我们地球人类的文明就靠你拯救了!"

"可是,我无法移走整个太阳系呀!"空荡荡的母舰内部传出安妮有点担心的声音,孔羿和迪克一下子怔住了。

"不会吧!"迪克高声叫了起来,"你们不是可以将你们的摇篮星球移到维特卡曼京吗?你们这种技术不是不属于有限技术降幂法则内的吗?维特卡曼京不就是由大量星系移动集结在一起的吗?你们不是有很多星球作为宇宙中的中转站吗?"

迪克显然有点失望。他的语气显得急躁而愤怒起来,"安妮!你们的技术不是可以的吗?难道地球就这样完蛋了?!"

孔羿也显得很是焦虑,他看着安妮,"安妮,这是怎么一回事呢?难道这种移动星系的技术现在失传了?"

"没有!"安妮看着孔羿和迪克,"这种技术没有失传,但我们目前只能够移动一个行星系统。就是说，我们只能够单独地将地球移走，至于要移走你们太阳系中的其他星球，现在无法做到了——因为，无论是从原理还是能量上，我们因为技术有限降幂法则的推行，已无法可靠地做到这些了！除非——"

"除非什么？"孔羿和迪克异口同声地问道。

"除非用魔法！"安妮大声回答道。

"魔法？！"孔羿和迪克再次叫了起来。

"是的！"安妮的声音又恢复了平静，她接着有点黯然地说道，"可是，魔法都是有概率的！"

迪克大声说道："那我们就使用魔法吧！安妮！我们得抓紧一切机会呀！"

孔羿眼前又浮现出吉奥将军的舰队在胶冻状场域边缘启动震荡弦概率通过失败时那悲壮的闪烁着的画面。

"那太冒险了！"他看着安妮，"我们不能拿整个人类的文明去赌什么概率！"

6

眼下，情况非常清楚，要不眼睁睁地看着整个地球没入胶冻状场域，变成另外一个不可知宇宙中的物体，要不就将它移动到其他安全地带。可是，究竟是将整个太阳系移走还是仅仅移走地球，成为了一个大问题。

安妮说道："孔羿，迪克，这确实是一个巨大的麻烦，没想到那些吞纳破竟然这么快就要生成自己的宇宙空间了。环境孕育生命，生命生成环境。看来这团胶冻状的宇宙已经在急切地想通过创造生命的方式显现自己的存在了。"

她皱着眉头接着说道："但是，目前真的很难实施移动整个太阳系的技术。技术有限降幂法则使得我们移动地球都困难重重，那需要消耗巨大的能量，更不要说移动整个太阳系了。"

"既然这样，我们就只有移动地球了。我们确实不能拿整个人类冒险！"迪克的声音里有种掩饰不住的失望。

"我还曾经想登陆火星呢！"这时候，迪克依然不忘开玩笑，"这下子，地球就要离开太阳系了，更别提我的登陆火星计划了。"

"是的，看来在目前的情况下，我们只能选择单独移走地球了，毕竟我们无法拿整个人类去冒险！"孔羿看着安妮忧心忡忡地说道。

忽然间他似乎又想到了什么，"可是月亮怎么办？"他心中不禁涌起巨大的失落感，难道人类就将永久告别那颗曾经给他们带来无限浪漫的卫星吗？

"月亮从整体上属于地球的引力场系统，我们目前实施的星球平移技术是可以将它们一并转移出去的。"安妮那种坚定的语气让孔羿稍稍松了一口气。

他盯着全像显示屏幕上逐渐从宇宙背景深处晕染出来的胶冻状场域，心情有些复杂。孔羿现在才真正意识到，自己身为一名传统上留恋故土的民族一员，如今要把整个地球移出太阳系，这对自己来讲存在着巨大的心理压力。

"可是这毕竟可以挽救整个人类文明啊！"想到这一点，孔羿又恢复了镇定，"剩下的时间不多了，我们需要尽快移动地球到安全地带。"随即他看着安妮，"我们得尽快在合适的地方给地球找到新的家园。"

"我已经启动了数据中心，相信很快我们就可以找到合适位置了。"安妮看了孔羿一眼，眼神里有种安慰的意味。

这时只见全像显示屏幕上不断跳跃出分散的图像，那是各种星图的样子。同时，各种波形曲线和海量公式在操控屏幕上纷繁交织。看来数据中心已经在大规模搜索适合地球生物圈层的新地点了。

"孔羿，迪克，"安妮又说道，"虽然目前我们的技术只能移动地球系统，但我们同样需要找到一个巨大而可靠的能量源来驱动这次星球平移程序。"

"巨大而可靠的能量？"迪克叫道。

"是的！"安妮看着他们，"移动星球需要巨大而稳定的能量源，我们需要一颗恒星去驱动这个星球平移程序。"

"恒星？"孔羿和迪克一起叫了起来

"是的，我们这次的星球平移程序，至少需要消耗一个中等恒星的能量。在我们那个尺度的宇宙里，当时建设维特卡曼京的时候，据说耗费了上百个星系团里的恒星的能量。也正是因为那时耗费了如此庞大数量的星系团，才使得宇宙中的某些区域成为了暗辐射带。当大量恒星被当作能量消耗殆尽以后，它们本来所在的区域只有以暗辐射带那种性状残留下来。"安妮解释道。

"原来这就是萌生胶冻状场域暗辐射带空间存在的原因！"孔羿想到自己小时候，冬天用的煤球炉中那熊熊的火焰，很快就将黑色煤球燃成一堆灰烬，他眼前似乎浮现出维特卡曼京在建设中不断被消耗的大量恒星，也像煤球一样被烧成灰烬的样子。

"那该是一种什么样的景象啊！"他不禁长叹一声，心想，"看来为了满足巨大欲望的宇宙之都维特卡曼京，在建造它的时候就已经埋下了日后的危机，至少给摧毁它的力量提供了生存空间。"

"欲望无止境的生命文明啊！"孔羿忍不住说出声来。

安妮看了孔羿一眼，那眼神像是在表明完全赞同他的想法。"根据我们目前的情况，移动地球的巨大能量只能由离它最近的恒星才能够有效提供，近距离才能保证能量不会衰减。只有稳定可靠的能量供给，才能够更安全地将地球准确地送入预定空间。"

"最近的就是太阳！"孔羿和迪克互相看了一下，轻声说道。

安妮迅速将星区全息图像推进到地球附近的视角，只见一颗散发着微黄色光芒的暗淡光点在寂静的宇宙中闪耀着，那就是被地球文明膜拜的太阳。如今，这颗永恒之星，万王之王，就要为了自己所孕育的地球文明而提前结束自己的生命了。

孔羿和迪克此刻看着这个微弱的黄色光点，精神都显得有些落寞。是啊，数十万年来，地球上无数的人类都将它敬若神明！太阳神，一切的本源！在很多民族的传说中，它是一个至高的存在！然而，这无与伦比的生命之母即将成为一堆灰烬！

他们的心情显得沉重起来，连迪克这样一个整天乐呵呵的人也被触痛了灵魂。安妮似乎感受到了他们的情绪，只听见她用安慰的语气说道："孔羿，迪克，这也是没办法的事情。如果太阳有意识的话，相信它一定会为了自己所养育的生命文明而奉献出自己的一切的。"

见他们都不作声，安妮坚定地说道："我们现在该为地球寻找到一个更好的家园了，一个更加值得的新的恒星系统！"

孔羿和迪克相互看了看，点了点头，在他们面前的全像显示屏幕上，胶冻状场域的范围似乎又扩大了许多。

7

深邃的宇宙中散落着无数的星辰。巨大的仙女座星系团一隅，呈漩涡状的银河系静静地在深空中慢慢盘旋。在一条细细的旋臂边缘，如果把视线迅速推进，会发现有一颗散发着黄色光芒的不起眼的中等恒星，在它周围还围绕着一些微小的尘埃。

实际上，如果不是刻意去观察的话，估计没有谁会注意到这颗暗淡的恒星以及围绕着它的那个小小的天体系统。但是，就在其中一颗微不足道的尘埃之上，孕育了这个尺度宇宙中的生命基质，并最终形成了结构异常复杂的智慧生命。当这些智慧生命第一次抬起头来仰望无尽苍穹的时候，宇宙中各种本来的规则和背后的秘密就将逐一被揭开。

生命基质、生命文明以及宇宙，它们互相成就，互相定义。这是多么神奇的奥秘啊！

在经历了如此奇异的旅程以后，孔羿作为一个参与者，现在已经完全感受到了宇宙和个体生命之间那种你中有我、我中有你的奇异关系。这一切都是那么超乎想象，又是那样合情合理。

眼下，随着胶冻状场域像宇宙深处燃起的烟雾一般，在仙女座星系团中日渐扩散，孔羿的眼神因弥漫着的胶冻状场域而变得灰暗起来。

是啊，在这次穿越不同尺度的宇宙之前，自己所知的一切，自己所有的一切，所眷念的一切，所厌恶的一切，都在这颗微不足道的尘埃——地球上面，如果说这颗尘埃真有什么特殊之处，那只是因为这是一颗最早被人类了解的星球而已。甚至，在更早期的时候，人们根本就没有意识到它和天上那些散落着的兄弟姐妹们是一样的宇宙星辰。

大地！海洋！森林！沙漠！草原！人类无非用这样的词汇来描述它，来赞美它上面亿万年的山脉与沟壑。而现在，它的母亲，那颗在亘古以来被无数文明所崇拜的恒星——太阳，就要与这颗小小的尘埃分离了。而且，为了让这颗小小的尘埃逃脱被异化的命运，太阳，这个母亲般的恒星将要燃尽自己最后的能量。

孔羿心里产生了一种如同将要远离母亲的那种依依不舍的心情。

他把头转向安妮，瞥见她正紧张地在全像显示屏幕边挥动双臂飞快地操作。迪克立在一旁，这个加州理工的天才脸色阴郁，好像作为人类，他头一次感受到了将要真正负起责任的那种紧张情绪。

安妮或者说是卢杨那秀美的面庞在屏幕上幽蓝色背景光的映射下显得有点失真。孔羿不知怎的心底有种强烈地想要唤醒自己的冲动，在他的意识深处有种强烈的希望，抑或是一种怀疑，"这一切该不会是一个梦吧？"

可是，现在他并没有睡着，周围的一切告诉孔羿，这并非一场梦境。

过去的几十个小时和眼前的一切已经明确地提醒了他，孔羿，一个中国人，将要和一个美国人，以及一个来自另一个尺度的宇宙中的女孩，一起去拯救人类文明。而这次拯救，将永远改变人类在宇宙中的位置。

"人是万物的尺度！"孔羿的脑海里不禁传出了这样的声音。在这声音的背后，似乎又传来了"我们是一体的！"那种声音，那种带有磁性的声音就像是神奇的威腾阁下发出的。

孔羿陷入了迷茫，心里不情愿地想，"难道真的就这样让地球永远地离开太阳？"他皱着眉头，想起曾经有科幻作家写过的关于地球在宇宙中流浪的故事，而现在，因为意想不到的原因，地球真的要开始流浪了。

"孔羿！"他的耳边忽然传来了安妮的声音，"我找到了！"

"什么？"孔羿睁大了眼睛，"难道？"

"孔羿，安妮给我们的地球在未来找到了一个可靠的空间区域！"随着迪克的声音，他看到安妮用手在他们面前的全像显示屏幕上比画了起来。她那矫健的身姿如同一只展翅飞翔的燕子，显得优雅而有力。

在孔羿和迪克的面前，舱内的空间此时如同被压缩了一般，呈现出一幅尺寸巨大的宇宙星区全息图像，一团团璀璨的星辰慢慢地舒展在他们周围。孔羿和迪克互相看了一眼，只见安妮抬起手来指向了一处方位，"这里，就是地球未来最合适的位置！"

一个如同卵形的双螺旋系统的新的银河系，飞速掠过他们的视野，随即在周围缓缓地呈现出整个面貌。这团陌生的星系在暗色宇宙背景下闪耀着粉红色与黄色交织的光芒，显得安详而静谧。

"新的家园！"孔羿忍不住叹道。

这个星系是位于天琴座第二根弦上的一个星团，处于胶冻状场域扩散的正对角线处。从数据运算上可以推测，在未来将要形成的两相宇宙当中，它显然处于安全而明朗的区域。在这个星系一个螺旋状旋臂上，随着坐标推进，有一颗闪烁着黄色光芒的恒星进入他们的视线。

"哇！这多么像太阳呀！"迪克赞叹道。

孔羿仔细端详着这颗淡黄色的星球：它静静地在繁星中闪耀，那模样一点也不张扬，在它四周围绕着几颗不起眼的行星。

"这就是人类未来的家园了！"他心里升起无限感慨，既有对曾经的万物之母的太阳的缅怀，也有对在这个新太阳怀抱里生活的憧憬。

"毕竟，所有的生命文明都最终是要离开自己的摇篮的。"孔羿心想，"可能很快，人类就会有能力远离地球本身，就像安妮他们的先人一样，用所掌握的科技在这个宇宙中进行探索开发了。"

"所有数据均符合地球生命要素！"安妮那激动的声音传了过来，"没想到会这么顺利！"

"是啊！谁会想到会这么快地寻找到新的母亲呢？"迪克兴奋起来。看来这家伙已经很快从失去太阳的低落情绪中走了出来，只见他在一旁手舞足蹈地开玩笑道，"当初我寻找自己的生母还花了十年时间呢！"这个有趣的美国佬，在这个人类的重大时刻也不忘记拿自己来调侃。

"那么，我们是否就要尽快启动星球平移程序了呢？"孔羿看着安妮问道，似乎有些依依不舍的样子。因为他知道，一旦将这个尺度的宇宙中的事情安排妥当，安妮就将返回自己那个尺度的宇宙了。虽然目前的情况比较紧急，但孔羿心底里却不想时间过得太快。

"不着急，我们需要先将未来地球在新太阳系里的轨道定位弄好，然后才能启动星球平移程序。"安妮认真地说道。话音未落，只见她的眉头微微皱了起来，"孔羿，好像这里的位置满了！"

"什么？"孔羿和迪克睁大了眼睛，一起大声说道，"位置满了？"

安妮回答道："你们看！"

随着安妮手指的方向，他们看到一幅完整的恒星系画面呈现在全像显示屏幕上。

这是一个拥有十颗行星的类似于人类目前居住的太阳系的恒星系。这些行星中有气态的巨行星，也有类地行星，还有几颗介乎于两者之间的行星。在这个恒星系的所谓宜居地带，也就是安妮通过数据采集所获得的那个符合地球生物圈要求的轨道上，居然存在着一颗和地球差不多大小的岩石状行星。

"不会吧！"迪克失望地大叫道，"难不成那上面还有我们的表兄弟吗？"

安妮像是有了什么主意，她冲着迪克笑了起来，"难道你忘了我说过的吗？在同一个尺度的宇宙里，只有同一种生命基质。即使没有这次危机，在这个尺度的宇宙中，未来生命文明的繁荣还是要指望你们去开拓殖民呢。"

孔羿看了看安妮，心里却产生了另外一个疑惑，他问道："但是，安妮，我们如何将地球移到这样的轨道上呢？这里已经有了一颗行星，总不能让两个星球共用一个轨道吧？"

"为什么不呢？"安妮的声音此时倒显得比较轻松，可在孔羿的耳朵里却不啻为一声惊雷。

"不会吧！"迪克疑惑地大叫起来，"千辛万苦搬了个家，难道要让地球和这个星球共用一个轨道？太疯狂了！"他又用可怜兮兮的声音说道："要知道，我可是忍受了三个月才弄到一个单身宿舍的，不用再和那个神叨叨的墨西哥佬共用一个寝室的！"

迪克提高了自己的嗓门，耸着肩膀冲着安妮说道："难道我们要让可怜的地球和别人住同一间屋子吗？"

孔羿看着迪克那滑稽的神情，忍不住笑了起来。可随即他心想，"迪克说的确实是那么一回事，怎么能让地球轨道上还有另一颗行星呢？"

他把眼神转向安妮,希望安妮能够给他们一个完美的解决方案。

8

安妮似乎感到了孔羿的求助,只见她显得有点俏皮地说道:"那你们觉得有什么好的办法呢?毕竟时间越来越紧了,我们没有办法立刻再找到其他符合条件的区域。要知道,这个星系我们是通过大量的数据分析才找到的,这其中还要靠一些运气呀!"

看着手腕上计时器一点点地闪烁,孔羿明白安妮确实不是在开玩笑。他接过话头说,"那么,安妮,有没有可能我们把这颗星球摧毁,再将地球平移过来呢?"

"对呀!对呀!"迪克在一旁兴奋地连连大喊,"反正那上面又没有什么生命基质的存在,我们就这样干吧!"他撸起袖子挥舞着手臂叫道:"来吧!摧毁这个宇宙中的邪恶中心,让我们来拯救人类!"随即还摇晃着身体,哼出电影《星球大战》里的乐曲。

"可是,"安妮看着迪克,眼中闪烁出一种异样的光彩,"那你们有没有考虑过摧毁这颗星球后该如何打扫战场呢?"

孔羿心头一惊,"对呀!"他想,那铺天盖地的碎片如何处理呢?要知道,太阳系里小行星带可能就是远古行星撞击后留下的碎片,那可是对地球一直存在潜在风险呀!

"难道?"孔羿看了看安妮,"难道我们就没有什么办法让地球拥有自己的轨道吗?"

看着孔羿那略显沮丧的目光,安妮忍不住笑出声来,她说道:"以我们所掌握的技术,我们是可以把这个行星摧毁,同时把战场及时打扫好,迎接地球的到来的!"

"安妮,那你不早说,吓了我们一大跳!"迪克假装抱怨,脸上却依然无法掩盖欣喜的神色,他抬起头来高声叫道,"看来我们可以先将房间打扫整理好,待会儿就可以新鲜入住啦!"

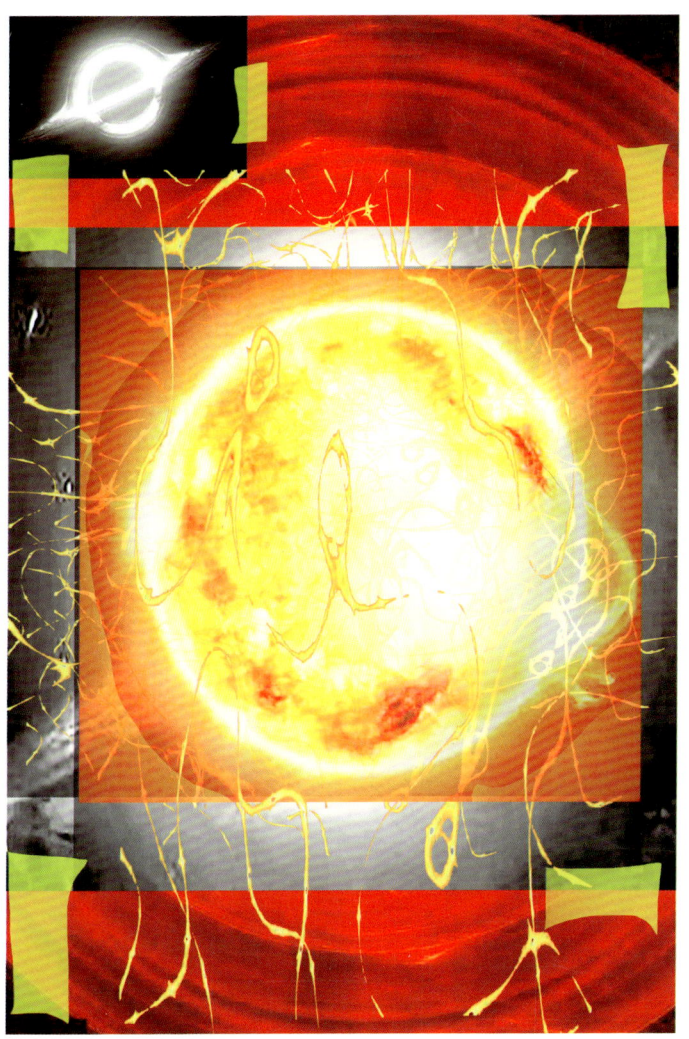

迪克好像已经完全没有那种永别曾经的家园——太阳系的伤感了。

"这个没心没肺的美国佬！"孔羿心想，"看来作为一个充满移民文化的民族，果然他们移到哪里都没有什么眷恋之情！"

他不禁又想到自己身边那些对故乡颇为留恋的中国人，"真的难以想象，如果他们知道我们现在要将整个地球搬个家，这些人会有什么样的反应！"

"那一定会疯了的！"他暗自猜测道。

孔羿抬起头来，看着安妮说道："那我们现在是不是赶紧行动？时间已经不多了。"

安妮说："你们心里是不是打算先炸掉这个星球，接着把飘荡在轨道上的碎片清除掉，再把你们的地球平移过来呀？"

"难道不是这样的步骤吗？"孔羿一脸迷惑地摊开双手，显得有点傻乎乎的。

这个样子把安妮逗乐了。她终于提出了自己刚才想到的那个绝妙的计划，于是歪过脑袋问孔羿，"难道你们人类就真的不想同时拥有两个地球吗？"

"同时拥有两个地球？"孔羿和迪克异口同声地叫了起来。

"对呀！"安妮认真地看着他们，微笑着说，"刚才，数据运算的结果显示，这个轨道完全可以同时容纳两颗行星，而且完全不会互相干扰。"

"你们看！"只见安妮将全像显示屏幕的坐标推进了一些，她将纷繁复杂的方程式连同数据整合在一起，用一幅动态的模拟实景图像展示了未来两颗行星在同一个轨道上绕着中央恒星旋转的画面。

"真美呀！"孔羿喃喃赞叹道。只见此刻，形象逼真的两颗行星就那样优雅地环绕在中央恒星周围，如同一对跳着华尔兹的情侣。

"不过，有一个疑问！"迪克显然被眼前这美妙的图景打动了。亘古以来，人类还没有发现两颗行星能够在完全相同的轨道上绕着同一个恒星公转呢。"这种相互之间的引力对地球的气候环境，还有地月之间的关系会不会有什么影响呢？要知道我们这次可是要把月亮也一起带过去呀！这种情况会不会在未来引发一些灾难呢？"

安妮看了迪克一眼，"经过数据分析，我们已经确信，只要这两颗行星相互间保持在一定的角度范围之内，就不会产生任何灾难。"她又看了孔羿一眼，嘴角微微上翘了一下，"至于地月关系，由于有些微小的引力叠加，人类还会有一些小的惊喜。"

看着他们疑惑的样子，安妮把图像数据再次切换。此时，全息图像被放大了许多，上面可以清晰地见到月球的身影。

只听见迪克大喊一声，"月亮变大了！"

"是的，由于微弱的引力叠加效应，地球未来夜晚的月亮要比从前稍大一些！"安妮的语气中带有些惊喜，"可是，真的是很特别的偶然因素，由于地球在这个公转轨道稍稍长了一些，所以，这个新的太阳的目测尺寸和变大了的月亮的目测尺寸几乎是一样的！"

安妮脸上显得有点得意的样子，"也就是讲，在这个新的天体系统中，你们人类将会奇怪地发现，太阳和月亮相互之间的比例虽然看起来和过去一样，但在视线里，它们又好像都变大了一些！"

"真的是太神奇了！"孔羿感叹道。

安妮的语气显得有些郑重起来，"其实，保留这颗行星对地球是非常有益的，至少这上面的资源可以让地球有一个备份的选项，如果真的在未来有什么危机发生，地球上的生命文明至少还有一个避难所。"

安妮笑了笑，"当然，如果人类未来的科技已经突飞猛进到星际探索阶段，目前这个备份可能就不是那么必要了。"

"当然，能有一个姐妹陪伴也是非常幸福的呀！"安妮一边说一边冲孔羿眨了眨那双美丽的眼睛。

"是啊！女王陛下的这个想法真的是棒极啦！"迪克现在完全明

白了安妮的想法,他兴奋地继续说道,"看起来共用一个轨道,也算是个不赖的选择呀!何况,我们在地球上待腻了,还可以到二号地球上玩一玩!"

看来,迪克已经把那个未知的同轨道行星命名为"二号地球"了。

安妮指着"二号地球"笑着说:"为了创造一个美好的生活,我们并非一定要摧毁别人的生活嘛。在偌大的宇宙中只要肯去动脑筋,就一定会想出两全其美的办法的!"

她转过身来,意味深长地看了看孔羿,睫毛在空天母舰舱内光线的照耀下亮晶晶的,显得又细又长。

"那么,既然这样确定了,我们就开始行动吧!"安妮认真地在屏幕上归纳了所有的数据,随后用严肃的语气看着孔羿和迪克,"按照地球上的时间,我们还有不到三个小时来准备这次星球平移计划。"

已经是地球东八区时间凌晨三点半。如果从太空望去,可以看到地球阴影处部分呈现出星星点点的亮光,那是繁忙的城市,即使是在深夜时分,大街小巷依旧流光溢彩。而在地球上其他时区,各行各业不同肤色的人们也都按照生物钟安排着自己的作息生活。寒来暑往,斗转星移!亿万年来,生命文明就这样在地球上生息繁衍,循环往复!

如今,在这颗小小的岩石星球上,谁也无法想象,他们即将面对亘古以来完全不同的命运。那是完全不同的未来!完全不同的太阳!

硕大的蘑菇状空天母舰再次遁入无尽深空。在这个尺度的宇宙里,在人类顶礼膜拜的太阳背后,一团胶冻状阴影正在急速膨胀。而从银河系的尺度看过去,一团团星系则随着那种阴影的扩散,慢慢停止了它们亿万年的闪耀。

孔羿沉浸到意识深处,一个低沉的声音似乎在他脑海里回旋,"这究竟是一种创造,还是一种毁灭呢?"

此刻,那如墨汁般晕染的胶冻状场域继续扩散,像是要吞没整个宇宙。

9

空天母舰驶向银河系一只旋臂的侧面边缘，在靠近太阳系边缘的奥尔特云附近驻停下来。透过操控中心巨大的星区全息图像，孔羿可以远远地看到那神秘冰冷的充满彗星的柯伊伯带。

这是一个告别的日子，而地球上的生命却不知道即将发生的这次扭转整个星球命运的巨大转机。这是宇宙的造化！也是生命文明的奇迹！

技术，如果说曾经带来摧毁的话，那么这一次，技术将带来拯救！虽然同样是以一种暴虐的形式，但毕竟人类的文明得以延续下去。

"上天有好生之德！"孔羿心中不禁想起这么一句古老的话语，"是呀！无论如何，地球得救了！"

在距离地球约一光年的太阳系的蛮荒边陲，一艘来自另一个尺度的宇宙的空天母舰正在全速运行。为了即将开始的伟大任务，在母舰舰体深处，无数机器满负荷加载。

随着内部那低沉的嗡鸣声，最终舰体像是从整体上转化为一团抽象的巨大能量，通体散发出富有节律的一股股光波脉冲，蘑菇状的边缘则随着耀眼的脉冲光波逐渐模糊起来。

随着另外一道绿色的光芒如潮水般从空天母舰顶端包裹住整个舰身，舰身如同融掉的冰块幻化进这片寂静区域。黑暗的奥尔特云区域只留下一个朦胧的蘑菇状影子，随即，这个影子完全没入太阳系这遥远而荒凉的地带。似乎只有巨大的扭曲引力所产生的奇怪波动表明，这里存在着一只恒星级的点火装置。谁知道它接着将要做些什么呢？

从内部来看，空天母舰偌大的舱体空间灯火通明，安妮紧张地在中央操控台上梳理着各种数据。接下来需要解决一系列关于星球平移的重要问题，程序必须设计得完美无瑕。要知道，这可是事关整个宇宙的生命文明。任何一个环节的疏漏，都将陷地球于万劫不复之地。况且，留给他们的时间已经不多了。

随着面前全像投影上数据和图像的飞速叠加转换，安妮的神情显得很严肃。终于，随着一个简洁的公式和几根优美的抛物线在屏幕上出现，安妮锁紧的眉头舒展了开来。

"好了，就按照这样一个程序完成星球平移作业！"她镇定地望着孔羿和迪克，大声说道，"我们的程序是这样的，大家仔细了解一下。"

安妮解释道："首先，我们需要扰动太阳的引力场，让太阳从内部产生一种不稳定态，由此能够激发出超级能量，"安妮指着全像显示屏幕中闪烁金色光芒的太阳，"我们需要让太阳在数秒内燃尽它最后的生命！这将使得我们能够获得将地球平移的宝贵能量。"

"哦！可怜的太阳！"迪克耸了耸肩膀，"它就要变成一个瓦斯炉了。"

安妮看了一眼迪克，表情显得很严肃，"这是我们唯一的能量，在这个阶段绝对不能出错。否则，我们将没有机会再去点燃另一颗恒星了！"

孔羿冲着安妮肯定地点了点头，只听见她继续说道："其次，我们需要将引燃太阳所获得的巨大能量，持续不断地灌注到地月系统的综合引力场中去，从而保证地月系统获得足够的传输初始动能。"她指着屏幕上地月系统的示意图，用手比画了一下，接着说道："我们需要在瞬间将地月系统控制起来，如同用引力在它们外部套上一个笼子，这样就能将它们与目前这个太阳系的其余部分隔离开来。"

看到孔羿专注地盯着那如同实景般的全息图像，安妮强调道："在这个过程中，因为巨大引力场的偏移，地球上的生物将会产生微妙的幻觉。"

"微妙的幻觉？"孔羿疑惑地问道。

"是的，微妙的幻觉，"安妮继续说道，"因为时空场域在此时出现了割裂，因此所有的生物会感知不到时间的连续性，从而对自己所处的空间的认识会产生纠缠效应，因此引发逻辑错乱。"她看着孔羿和迪克心存疑虑的神情，又说道："简单来讲，就是说人类会产生各种错觉，比如说会觉得自己不断地在重复做某件事，或者觉得一件事情在时间上的顺序出现前后颠倒。"

"哦！那可真是一种糟糕的感觉，"迪克扬起眉毛，忍不住开玩笑地说道，"有一次我忘记了起床后究竟有没有撒尿，纠结了半天，只好再次爬到床上睡了一觉。难道那次也是遭到了宇宙间的什么暗算吗？哈哈！"

安妮白了迪克一眼，"不过不用担心，那种状态持续的时间不会太长，客观时间也就两三分钟的样子。再接下来，就可以利用被激活的太阳所产生的那种终极能量，确保将处于引力编织笼子里的地月系统安全地送入新的恒星公转轨道了。"

孔羿耳边忽然出现了"客观时间"这个词，心里灵机一动，看着安妮问道："那么是不是还有主观时间呢？"

安妮微笑着看了孔羿一眼，"还记得我说过时间其实是一种幻觉吗？"

孔羿心里似乎一下子开朗起来，他紧接着说道："所以，时间本质上就是主观性的，我们现在所说的客观时间，无非是我们在执行星球平移作业时，程序内部设定的一个参照系统而已。对于地球上的那些人来讲，每个人对于你说的那种微妙幻觉的感知能力是不同的，每个人的幻觉持续时间是由他自身意识的属性决定的。"

安妮微微地翘起嘴角，显得对孔羿的理解非常满意。她接着说道："最后，我们需要利用剩余能量调整各种参数，使地月系统能够稳妥地在新的恒星系统中自然运行。"安妮的语气轻松了下来，她补充道："就如同从前一样！"

孔羿微笑地看了她一眼,"只不过多了一个姐妹而已。"

安妮会心地笑了,那对小酒窝微微陷了下去,笑容显得那么美。

星球平移技术听起来似乎比较清晰,即使经过了技术有限降幂法则的实施,这类技术应该在理论上还算比较完整。但就实际操作来讲,毕竟安妮从来没有实际操作过,况且整个过程涉及在这个尺度的宇宙中生命文明的发展轨迹,所以,还是存在一定风险。

空天母舰继续隐身在漆黑的空间,背景中鬼魅般的胶冻状场域依然如影随形,它已经迅速地将银河系边缘处那原本璀璨的光芒凝固成了琥珀般的死寂。

母舰舰体内部的轰鸣声愈来愈大,几乎盖过人们讲话的声音。只见安妮升上中央操控平台,星区全息图像在他们面前铺展开来,几乎占据了整个空旷的舱体。

只听见安妮大声地冲着孔羿和迪克喊道:"大家各自站好,将面前小屏幕定位。孔羿,你负责点火。迪克,你负责确保最后进入新的轨道。我负责移动,并全面协调数据,进行实时监控。"

安妮的声音终于被空天母舰舰体内部持续的轰鸣声完全掩盖了。

星球平移程序已经启动了!

由于这个星球平移系统已经被设定为自动运行程序,所以,在操作过程中,三人面对各自屏幕上的任务只需进行辅助确认即可。即使是这样,汗水还是忍不住从孔羿与迪克的额头上渗了出来。他们互相冲对方伸出了大拇指,然后和安妮一样,聚精会神地在星区全息图像和眼前小屏幕上观察并操作起来。

这次任务首当其冲的就是孔羿,他需要按预定计划将太阳点燃。看着面前小屏幕上飞快运行的数据和全像显示屏幕上那巨大而炽热的鲜红色恒星,孔羿心里忽然浮现出从前过年时家乡炖菜的情景。听家里老人说过,炖菜一定要控制好炉子火候,才能保证菜的口味。

此刻的太阳,显然不是一个好控制的炉子。

10

孔羿眼前是一个巨大而炽热的太阳全息图像。那翻腾的火焰，如同万千条扭曲交织在一起的鲜红的毛毛虫，迸发出无限的生机，却又像充满了无比的憎恨。他的意识中忽然一阵眩晕，似乎有一种邪恶而庞大的怨力想要去吞噬宇宙中的一切。

"这哪里是什么太阳啊，这简直就是地狱！"孔羿暗想，耳边似乎传来无数鬼哭狼嚎般的惨烈叫声，那种撕裂的声响是那么清晰、逼真，仿佛一阵阵巨大的不甘心的诅咒声。

忽然，一个巨大的日珥向着无垠的黑暗处高高扬起，如同一条充满了歹毒念头的可怕巨蟒，只见它从那深不可测的恒星内部挣扎扭曲出来，把毒焰努力地向四方喷射。随之而来的狂魔乱舞般的太阳风，挟持无数粒子扑向宇宙深空……那种气势好像千万魔军想要洗劫和摧毁整个世界。

孔羿的意识深处似乎感受到一个垂死挣扎的如恶魔般的狂野力量，那种力量粗野而带有诱惑力。不知怎的，他几乎无法按下操控指令。

"孔羿，开始！"他耳边突然响起安妮急促的声音，蓦地将自己的意识从恒星深处拉了出来。他猛然清醒了许多，随即用手指在面前屏幕上轻点了一下，只听见"嘀"的一声，一系列点火程序瞬间启动了。

与此同时，孔羿脑海里产生了一种因巨大的摩擦引起的疼痛感，一种乱哄哄的狂躁意念将他的精神都压缩起来……他头晕目眩，几乎要完全窒息了。

太阳被点燃了！

空天母舰引发的时空塌缩迅速控制住了太阳的引力场，另一个尺度宇宙中的古老技术，瞬间将这颗人类历史上最伟大的恒星的内核搅动起来。数秒之内，构成太阳的所有物质，都发疯般燃烧起来。持续了亿万年稳定态的太阳，在一瞬间爆发了所有剩余的光辉。

但是，要是以为点燃太阳就如同爆炸了一颗氢弹一样，像在宇宙中放了一朵璀璨的烟花，那就完全弄错了。

太阳如果有意识的话，恰似大脑遭受沉重一击，在血浆尚未四散飞溅的情况下，意识场就已经消散殆尽了。那巨大的质量，几乎是绝对安静地转换成稳定的引力能，并按照既定的程序将目标场域紧紧包裹住了。

宇宙不动声色，一颗恒星却已经永远寂灭了。这颗闪烁了几十亿年的恒星归入虚无。那微微觉醒的意识失去了实体的束缚以后，一下子便体会到了宇宙的至乐。

实相上的能量按照预期转化成引力场的框架，将目标场域紧紧固定在空间里。那同步的源源不断的能量场如海啸般堆积到新引力场构建的框架之上，直至最后一缕能量从这颗恒星原本占据的时空传送完毕。新的与周围力场完整切割的目标场域，稳稳地停留在宇宙空间。

目标场域的中心正是地月系统！

一切都是在瞬间安静地进行。只是，撕裂时恒星发出的意识波在孔羿头脑里留下了一块暗辐射带状的散射区域，这颗人类无限崇拜的恒星原来在宇宙中占据的地方，只留下一个黑寂而圆润的时空陷阱。

围绕太阳建立的秩序荡然无存！星球如尘埃般四散飞扬，存续数十亿年的太阳系，消失了。

此时的地球，原来阴影部分的人们依然在酣睡，而整个地表的全部区域则突然陷入一种阴云密布的状态。许多区域的天空中没有一丝云彩，只是光线忽然暗了下去。当然，太阳迸发出的生命之光所构筑的新型引力场依然会将整个地球照亮，只是粒子散射发出的光线，不如晴天时太阳的光线明亮而已。

可是，太阳去了哪里呢？

当天以后，人们似乎回忆不起究竟发生了什么。只是有许多奇怪的传说在那个劫后余生的星球上流传着，许多人觉得自己似乎总是在重复做着一些事情，而人们更普遍的情况则是觉得，自己对某些场景有着一种谜一般的似曾相识感。

地球与月球构成的小小地月系统，就这样被新出现的强大引力场所包裹了。随着周围陪伴了数十亿年的兄弟姐妹们的分道扬镳，它就此要踏上新的征程。

此时，空天母舰在太阳燃尽一生所造就的新的引力场的辉映下，又从黑暗的宇宙中显出自己那蘑菇般的轮廓。舰体内部，在高高的中央操控台上，安妮盯着呈正四面体的新引力场，一刻不敢放松。随着引力场外层笼罩的蓝色光芒的数据达到峰值，安妮谨慎地启动了将地月系统平移的操作……

大地传来一阵轻微的震颤，如同亘古以来分娩那阵痛般的颤抖。大地上的生灵，都感受到一阵巨大的眩晕。这种眩晕如同将他们个体的大脑信息切开，再重新按照逻辑组合。但是，组合中那纷纷散落的意识碎片，就如同那些飞溅的浪花一般，内容相似，却非原来模样。

只见这个蓝白相间的小小的行星，连同它那个纤尘般的伴侣，就这样蓦地一下，在一个特殊的正四面体的引力场的包裹下，整体地消逝了。原来所在的那片宇宙空间里只剩下漫天的星尘四散漂浮，似乎它们从来就没有存在过。

几乎就在地月系统消失的一瞬间，银河系的光辉凝固起来，那曾经闪耀着的亿万颗恒星没入胶冻状场域内部，如冰封一般。

也可能，新的生命文明将很快在这样一个独特属性的时空中，随着胶冻元宇宙本体意识的觉醒而萌生。

空天母舰舰体上的白色脉冲光波完全消失了，蘑菇状舰体又重新泛起褐色的暗淡光芒。空旷的舱体内部，因为超负荷所产生的嗡鸣声也减弱了。

孔羿茫然地站在星区全息图像前,面对着这不可思议的景象,似乎感受到有一种强有力的意识,再次从宇宙深处勃发出来。孔羿猛烈咳嗽了起来,因为窒息感而导致的眩晕慢慢消失了。

"注意,"耳边传来安妮那清晰的声音,"迪克,你要密切观察设定轨道上与二号地球的相对位移与角度。"看来,安妮也认可了迪克对那颗行星的命名。

地球迎来它的第二个母亲——悬浮在天琴座第二根琴弦上的淡黄色恒星,新的太阳。

地球上的诗人曾经说过,"太阳每天都是新的"。现在,这句话的内涵显然是另外一个意思了。全新的太阳散发出几乎和本来那枚太阳一样的光辉,温和而炽烈。这种光辉一下子将地球这个孤零零的宇宙流浪者紧紧拥抱起来。和煦的光芒如海浪一般,轻抚着那个将地月系统包裹着的正四面体引力场。本来散发浅蓝色光晕的引力场,像是披上了一层薄如蝉翼的淡金色披风。

小小的地月系统进入新的太阳公转轨道,与二号地球正好形成一百八十度对角,新的太阳和二号地球,以及新加入的地球之间呈直线分布,星球平移程序完全按照预定计划顺利进行着。

"太棒了!"迪克兴奋的大叫起来,"地球得救了!"

孔羿百感交集,正在迟疑地球上的人类会有什么反应,耳边安妮的声音又传了过来,"现在,我们要将新引力场变频转化,让地球在这个恒星系统运转一周,进行轨道调整测试。"

11

"什么?"孔羿有点不敢相信自己的耳朵,"还要运转一周?"

"一周就是一年啊!"迪克跟着叫了起来,他冲着中央操控台上的安妮大声喊道,"难道我们要在这里待上一年进行观察调试吗?"

安妮冲他们招了招手,示意他们走到自己身边,随后指向面前的全像显示屏幕,"我们需要将引力场撤退到公转轨道以外,让地球慢慢适应自己的新家。"

她看着孔羿,微微翘起嘴角,脸上显得有些笑意,"我们将把地球的时间尽可能与从前的协调一致,否则我可不能保证你们的一年是否还是三百六十五天。"

看到孔羿和迪克有些犯疑的样子,安妮说道:"我们应当尽可能减少这次危机对地球上生命文明的干扰,所以需要将整个公转系统速度调整到最佳状态,否则各种生命体的生物钟会出现问题。"

"哦!那我们现在就成了一个钟表匠啦!"迪克又摇晃起自己的脑袋来,"可是,安妮!难道我们需要花费一年时间吗?"

"我们只要将这个系统运转一个周期即可,也就是说,我们会在几分钟时间内将这个新的双行星公转轨道系统运转一个周期,以此调试确认其与原来地球公转系统的数据完全契合,"她看了一眼孔羿和迪克,"调试确认完成以后,接下来的一切只要由引力场里保留的程序自动运行即可。双行星公转轨道的稳定运行,估计要经过几百个周期以上的微调才能真正确定下来。"

孔羿和迪克一起叫了起来,"几百个周期?"

"是的,"安妮的语气显得很是平静,只见她用手指向眼前全像显示屏幕中那个双行星公转轨道系统,"我们接下去将引力场的能量态扩散到公转轨道外部,形成一个大的引力保护圈层,然后在三分钟内加速双行星系统,使之环绕新的太阳一个周期,以此为基础进行测算和调试工作。所获得的所有数据都将保存在包裹公转轨道的引力保护圈层中,直到运行几百个周期。"安妮抬眼看了他们一眼,"也就是几百年。到了那时,双行星公转轨道系统完全稳定了,引力保护圈层就自动完全撤除。"

"当然,那一切都将是自动运行的,"安妮补充道,"我设定的是一千个周期完全撤除引力保护圈层。"停了一下,"也就是一千年。"

孔羿和迪克这下算是听明白了，他们似乎都感受到了那一千年的漫长轨道调试时间。而此刻，孔羿内心深处却清晰地感受到一个强烈意识的震荡，像是在提醒他，这两个完全不同尺度的宇宙在未来一定会有着更为密切的联系。

随着安妮的手臂在面前全像显示屏幕上的操作，只见全息图像中那个正四面体引力场猛然间向周边空间放大过去。引力场在放大的同时，边缘出现了涟漪般的抖动，随即新的太阳给它披上的金色也慢慢淡去，引力场的轮廓完全扭曲变化……

在孔羿视线里，引力场一下子膨胀成一只巨大的天球，将整个双行星公转轨道连同中央恒星完全包裹起来。天球状引力保护圈层的外缘还在不断地放大，散发出朦朦胧胧的白色光芒。此时的场景，就如同地球表面所包裹的大气层一般，由浓密而稀薄，只不过体积扩大了无数倍而已。

这个天球状引力保护圈层将陪伴地球度过一千年的时光。在这一千年的岁月里，它将兢兢业业对整个双行星公转轨道系统各项参数进行跟踪协调，以保证地球上生命文明的延续与发展。

"咦？"孔羿脑海里忽然产生了一个念头。他抬起头来，正好与安妮的目光相对，他问道，"安妮，我们在三分钟内运行公转轨道一周，那地球上岂不是要出现灾难吗？"一些灾难电影里的场景在孔羿眼前浮现出来。

"对呀！"迪克也好奇地问道，"那样的话可不是把地球变成了一个离心机？"

虽然他们都确信安妮一定不会让地球上的生命遭遇危险，但对眼下的这个轨道运转实验还是有点儿担心。

"你们看！"安妮用手指着全像投影上的地月系统，一边放大一边说道，"核心引力场依然在将它们牢牢控制住。"

随着安妮指的方向，孔羿和迪克可以看到，那两颗小小的星球依然被一个淡蓝色正四面体的引力场锁定,彼此缓缓地转动,显示着一种安全的状态。与此同时,随着安妮启动了测试程序,地月系统开始快速地沿着公转轨道运行起来。二号地球不知何时获得了一个巨大的驱动力,在地球的正对角线处,以同步速度在双行星公转轨道上急速运转起来。

可以想象,这样的速度对二号地球的地貌会造成什么样的影响!如果近距离观察的话,将会发现,它正在经受着比在地狱里还要可怕的折磨:整个星球如同在亘古之初刚被创造时一样,陆地板块被持续撕碎抖落,又持续地被挤压叠皱;从内部核心溢出的岩浆,与稠密的大气完全交融在了一起;球体由内而外持续产生的不协调的震动频率,似乎要将整个星球完全扯裂;从各个方向不断蔓延出的各种地震波,在磁场空间扭曲纠缠,将整个星球笼罩在一团充满了电荷的雾气腾腾的状态之中,已经看不出究竟是固态还是液态了……幸好上面没有任何生命的迹象,否则那可真的是一场可怕的灾难!

此刻的地球,则静静地和自己的同伴——月球保持着稳定态。它们如同一对滑冰运动员一般,快速掠过了公转轨道。那种运行状态在孔羿和迪克的眼中实在显得奇怪而优雅,如同静止一般,却又快速移动。像是有一双蕴含巨大力量的手掌,温柔地将地月系统在轨道上推行,速度很快,却又完全没有任何加速度的样子。地球人熟悉的惯性定律似乎在这个时候完全消失了!

只见它在公转轨道上运行了一圈,便毫无征兆地停了下来。随着紧紧包裹着正四面体引力场上那微弱的泛着淡金色的光晕完全消失,地球稳稳地重新以它亿万年来的那种步速,缓缓地在全新空间里徜徉起来,月球依然不离不弃地陪伴着它,一切和从前一样。

"真的是一场梦境般的平移啊!"孔羿和迪克不禁对安妮实施的星球平移技术赞不绝口,同时他们也对另一个尺度的宇宙中那深不可测的科技水平产生由衷的敬畏。

地球上的万物依然如同亿万年来一样，苏醒，昏睡，繁衍，杀戮，拥抱，决裂，共同演奏着残酷而美好的生命文明的绚烂乐章。

如果说地球上的人类当天有什么异常反应的话，他们只是在某个时刻从内心深处泛起一种莫名的情感，那种情感虽然只持续几分钟时间，却深深影响了他们共同的生命基质。那是依赖、绝望、温情、渴望交织的复杂情感，像是从宇宙深处涌向了他们的脑海。在那个短暂的片刻，虽然工作还在继续，但人们似乎感受到在自己意识深处想要打破一种蒙昧的冲动。

"什么是生命的意义？"似乎整个人类当时都沉浸在这个含混不清的问题当中，每个人在那一刻，无论他操什么样的语言，无论阅历和年龄如何不同，似乎都在那个短暂的时刻成为思考共同问题的哲学家——"我是谁，我从哪里来？我要到哪里去？"

随着没有加速度的轨道测试结束，当淡蓝色正四面体核心引力场完全从地月系退去，地球上又恢复了白天与黑夜，一轮稍显大一些的太阳依然在地平线上像往日一样缓缓升起，接受万物的欢呼；那些慢下了手中工作的人们，再次恢复了平时固有的节奏；而酣睡中的人们翻了一个身，继续他们短暂的休息……

整个地球上的人类，似乎都做了个梦：一半是白日梦，而另一半则是睡梦。在这个共同的梦境里，他们都是那样安详而焦灼，好奇而平和，他们似乎都在片刻之间隐约感受到了宇宙深处传来的悠长而深沉的叹息声。

同一个世界，同一个梦！

漫天灿烂的星河和从前一样，牵动着人类无数的遐思。只是人类亘古以来抬头仰望的浩瀚星空，此刻已经完全改变了模样。在地球阴影部轮廓的僻静之处，只有在那些泛着幽光的锐利眼神里，似乎才洞察到刚刚在这宇宙中所发生的一切。

12

"我们该回去了!"孔羿耳边传来一个轻柔的声音。他转过身来,只见安妮静静地看着自己,那长长的睫毛下面似乎隐藏着千言万语。

"是啊!"迪克叫了起来,"我们都要回家了。"美国佬张开双臂,将孔羿和安妮紧紧地搂在一起,"伙计们,我们成功地拯救了人类,拯救了地球!"

接着,他又用夸张的姿势向安妮深深地鞠了一躬,捏着她的指尖亲吻了一下,"感谢仁慈的女王陛下!您赐予我们第二次生命!"

安妮显得有些迟疑地看着他们,"是的,我们的工作已经完成,引力保护圈层将持续对地球进行观测调整。放心吧!"随后又说道,"我们要回到地球上了!"

从全像显示屏幕上可以看到整个可观测宇宙的画面。只见此时,那遥远的胶冻状场域继续在深空中蔓延扩散。可从大尺度的视觉感受上,不出孔羿的预料,扩散速度似乎逐渐缓慢下来。

随着一阵宇宙深处勃发出的意念波动,那个氤氲着溶胶般的时空场域似乎在向边缘处伸出无数巨大而扭曲的触角。此时,孔羿的脑海里像是感受到一种焦灼的呼唤,意识如同千军万马般朝着胶冻状场域扑了过去。在他的意念深处体会到一种急切的情感,就像是孩子们投向母亲的怀抱。

孔羿那投射在宇宙深处的意识上泛起了无数巨大的吞纳破种群,它们前赴后继,从四面八方奔向了自己胶冻元的家园。无数飘渺的触须与胶冻状场域边缘的触角交缠、合体,似乎充满了放纵的快感,又充满了暴虐的力量。

这种异样的场面显得有些诡异。

孔羿目瞪口呆地站在那里,只听见迪克大喊一声,"我们到啦!"

随着一个巨大的蓝白相间的弧线出现在面前,孔羿的意识从宇宙深处收了回来。只见地球,这颗人类文明的摇篮,正静悄悄地呈现在自己面前。脚下,此刻竟然是那漆黑的外层空间!

不知什么时候,安妮已经带领他和迪克站在地球同步轨道上,蘑菇状空天母舰悬浮在他们头顶。地球像是对自己在宇宙中新的位置很是满意的样子,它在按照固定频率自旋的同时也如往常一样,轻松地围绕着那颗新的太阳公转……

周围静悄悄的,一切都很有序、平稳。

孔羿抬眼一看,安妮就在自己面前站着,那娇小的身躯背后,有一轮散发微红色的圆弧形轮廓,正是月球。

他们就这样站立在寂静的空间里,远处是一片微曦,那种淡金色的光芒将安妮或者说是卢杨的面庞衬托得更加秀丽。

"现在,我就送你们回到那天出发的地方,"安妮平静地望着孔羿,"我会在那里把卢杨安全地交给你们。"

孔羿忽然有种强烈的冲动,他盯着安妮的眼睛,大声说道:"安妮,我们还能再见吗?"

安妮没有立即回答,她转过身去,像是在看着辽阔的星空,"只要有需要,我会和你们接触的,放心。"

她的声音随即低沉了下去,周围又恢复了一片寂静。

"分别总是令人伤感!"迪克一边说一边走上前来;刚才他站在空天母舰的柄状顶端,抚摸着那褐色的舰体,也似乎有些恋恋不舍。他拍了拍孔羿的肩膀,又拉住安妮的手,继续用蹩脚的语调说道:"天下没有不散的宴席,我们都该回家了!"

"是的!"安妮恢复了镇定的语气,"我们准备返回。"看着孔羿那不舍的眼神,她大声说道:"我们三个手拉手,要拉紧一些!"

话音未落,一股奇妙的力道从孔羿和迪克的身上流淌过去,旋即这股力道把三人紧紧卷在一起。他们手拉着手,如同一道闪电划过苍穹,毫无征兆地消失在泛着微曦的夜空中。

孔羿只觉得四周一片寂静，无数的星辰像万花筒一般在眼前掠过，视线里变幻出各种绚烂的光影。不知怎的，有种教堂里管风琴般的声音在意识中反复盘旋，声音低沉而有力，像是在倾诉，又像是在吟唱；节奏是那样简单，声调却是那样婉转。大脑有些模糊的孔羿努力地在想，这难道就是传说中的天籁之音吗？

很快，他耳边似乎有一个轻柔的声音在说："孔羿，你们到了。"那个声音是那样动听。只听见那声音好像又说："我也该回去了。"那是安妮的声音！

孔羿的意识有些清醒过来，怔怔地说道："安妮，我们真的还能再见吗？"他只觉得此刻，有一双柔软的手用力地将自己的手牵了起来，耳边那个声音继续说道："只要相信，就会相遇！"

随即孔羿的意识中产生了一种刺痛的感觉，如同无数小蚂蚁在叮咬自己的内心，酸痛感覆盖了他的整个意识。此时，面前一艘巨大的空天母舰的蘑菇状形象显现出来，随着轻微的震荡波袭来，整个舰身披上了一层金光，蓦地就在眼前消失了。

不知所至，无影无踪。

那种宇宙背景深处传来的嗡鸣声再次将孔羿的意识环抱起来，刚才那种微微刺痛的感觉显得有些疏离。他只觉得身心舒展，意识完全沉醉在宇宙深处传来的深沉、悠长的震动频率里。

不知过了多长时间，随着一种清凉感从头顶处倾泻而下，孔羿像是经历了一场隔夜的宿醉。他有点迷迷糊糊地听见耳边有人喊道："孔羿！快醒醒！"这是迪克的声音，有点得意，也有点慌张。

迪克的声音在清晨六点空旷的停车场里显得很是突兀。

晨曦已经将微弱的光线淡淡地洒在地平线上，远处高楼边，塔吊静静地矗立着。夏末的晨风吹过，有一丝清凉的感觉。

孔羿睁开眼睛坐了起来。他顺着迪克手指的方向看了过去，发现一个女孩歪着娇小的身躯，靠在身后那辆旧车的轮胎上。女孩似乎还沉浸在自己的睡梦里,胸脯轻轻起伏着,微微翘起的嘴角似乎还停留着梦境里的微笑。

"安妮!"孔羿像是突然间意识到了什么,不禁扯着嗓子喊道。迪克冲着他把食指伸到自己嘴唇上,"嘘"了一下,"估计这大概是那个卢杨吧?"他冲着孔羿挤了挤眼睛说道,"你可别吓坏人家呀!"

阳光柔和地射入孔羿的双眼,他清醒过来。现在他终于意识到,安妮,那个来自另一个尺度的宇宙的女孩,已经离开了自己。

他有些失落地闭上眼睛,回味着安妮刚才在似梦非梦状态下柔声说出的那句话,"只要相信,就会相遇!"鼻子不禁有些酸楚。

他再次睁开双眼,忍不住向那个靠在轮胎边的女孩看过去。薄薄的阳光已经将女孩秀气的面庞笼罩,闪闪发光的睫毛微微颤动着,色彩一如当初安妮肩上熠熠闪烁的金色徽章。

"卢杨!"孔羿喃喃道。迪克拉着他的手站了起来。他们活动了下手脚,仔细对视了一下,发觉穿的都还是那天离开时的衣服。要不是此刻看到迪克那清醒的样子,孔羿真的会怀疑自己昨晚是不是喝醉了酒,在停车场里躺了一夜,而所经历的一切只不过是个荒诞的梦境。

他们又检查了一下身边,发现有三件奇怪式样的运动服似的衣服散落在一旁,仔细一看,原来竟然是安妮和他们穿过的太空服。看着这些衣服,孔羿终于意识到,自己和迪克确实是穿着这身奇怪的太空服,经历了一系列不可思议的事件。

他们挽救了人类,挽救了这个尺度的宇宙中生命文明的未来。

13

"安妮走了,"迪克看着孔羿,美国佬脸上带着无限的惆怅,"安妮应该是把这些衣服给我们留作纪念了。"随即他又用手指了指似乎还在睡梦中的卢杨,一脸困惑地问道:"可是现在,我们该怎么和这个女孩解释呢?"

"是啊!"孔羿已经完全清醒了。从安妮带领他们离开地球一直到现在,按照地球上的时间有快两天半了。孔羿看了看安妮为他们留下的那衣服上的计时器,足足显示了五十六个小时的时间。

"也就是说,从大前天晚上十点,到此时的清晨六点,我们和卢杨离开地球整整五十六个小时了!"

在这五十六个小时里,他们和安妮一起经历了如此多的冒险。暗藏着的对安妮的情愫,此时无法抑制地从孔羿心头蔓延出来。

"可眼下,该如何向面前这个女孩交代呢?待会儿她醒来之后,如何向她解释这所发生的一切呢?"孔羿皱了皱眉头,"可能应该照实来说吧。"他有些怔怔地呆立在那里,有些不知所措。

"估计是不能完全说出来的!"迪克似乎看穿了孔羿的想法。他有点激动地眨着眼睛,"那样的话,这女孩会以为我们都是疯子!"

"嗯!那倒也是!"孔羿应道。

光线慢慢亮了起来,朝霞随之映射出七彩的模样,一时间万紫千红,绚丽夺目。凉风拂过,空气中飘着一股夏日里特有的青草香味……

"你们是谁呀?"他们耳边忽然传来一个略显慵懒的声音。

女孩竟然醒了过来!声音完全不同于安妮那平静和坚定的语气。

"你们怎么会在这里?"女孩那慵懒的声音继续说道,"我怎么会在这里呢?"

孔羿和迪克互相看了看,脸上都有些无可奈何的样子。他们想先打个招呼,不料坐在地上靠着轮胎的女孩用手指着他们说道:"你,是孔羿,你,就是那个迪克!"

他们这才稍稍松了一口气。女孩又说道:"我们怎么会在这里啊?现在都早上了吧?你们还不把我拉起来啊?屁股坐得都酸死了!"

孔羿和迪克急忙走上前去,他们各自伸出手去,把女孩拉了起来。

"呀！今天的太阳好大呀！"只见女孩手搭凉棚，眯着眼睛冲开发区那平坦的远处瞭望起来，"真的有点大呀，你们快看呀！"

看着女孩有点兴奋的样子，他们对视了一眼，各自摇了摇头。他们现在真的很犹豫，是否要告诉她究竟发生了些什么。

"卢杨！"孔羿上前一步，看着微风中亭亭玉立的女孩，不禁又想起了安妮，他心里泛起一丝酸楚，"太阳是变大了一些，可是——"孔羿自己听到自己那略显嘶哑的声音，不禁有些迟疑，他心里想，"这些发生的事情该如何向她解释呢？"

"可是什么？我昨晚是不是喝多了？"卢杨冲着面前这个有些腼腆的大男孩说道，"是不是我们醉了一夜呀？我怎么什么也不知道了呢？"

她盯着孔羿，"快说！究竟发生了什么？"女孩脸上似乎出现了一种羞愤的神色。

"啊？"孔羿有些慌了手脚，他大声说道，"什么也没有发生啦！"笨拙的表情显得煞是可笑。

这时，只听得迪克在一旁歪着头似乎略为思考了一下，便转过脸冲着卢杨说道："卢杨，不管我下面说的是什么，不论你信还是不信，你静静地听着就可以了，"迪克接着又把食指伸到自己嘴唇上，"任何人都不许插话！"随后用眼角瞥了一下孔羿。

迪克此时人显得邋里邋遢，但表情还挺认真，完全不像在酒吧间里摇头晃脑的样子。但在卢杨看来，前后两相比较，就显得更滑稽了，她忍不住笑出声来，"那你就说啊，我慢慢地听！"她扭过头去，对着孔羿摆弄了下自己的食指，"绝不插话！"

迪克严肃起来，孔羿感觉他像是换了一个人似的。

接下来不到十分钟的时间里，这个玩世不恭的加州理工的科学天才，竟然能够用磕磕绊绊的汉语将所发生的一切表述得如此清晰。孔羿在心里赞道："真不赖！"

只见卢杨一会儿张大嘴巴,一会儿瞪大眼睛,一会儿皱起鼻子,一会儿锁紧眉头……她的脸部表情如此丰富,好像演出了一幕跌宕起伏的戏剧。看来她对发生在自己身上那不可思议的事情已深信不疑了,眼里出现了一种从未有过的光芒。

迪克最后拍了拍双手,高声说道:"就这样,安妮离开了我们,回到她的那个宇宙。我们的世界得救了,我们也就回到了这里!"只见他用手指着已经稍微升高了一些的太阳,"太阳每天都是新的,但今天的太阳是最新出炉的!"

卢杨沉默了,她看了看孔羿,孔羿对她点了点头,随后把那件红色宇航服递到她手上,"这是安妮留给你的。"卢杨将衣服接了过来,她发觉孔羿眼中生出一种落寞之情。

"原来是这样!"卢杨呆呆地看着手上那件连体式太空服,忽然抬起头来问道,"你们本来是不想把这些告诉我的吧?"她的嘴角又泛起一些笑意。

"是的!"孔羿话音未落,只听见迪克插嘴道,"但我想了又想,觉得那样不公平!"美国佬显出很认真的表情,"卢杨,你的身体参加了这次活动,可能你没有什么意识,但你有权利知道究竟发生了什么。"

迪克继续挥舞着手臂,冲着卢杨笑道:"你!卢杨!和我,还有孔羿,大家都一样,都是这次伟大的宇宙事件的亲历者,也都是见证者!你当然有权利知道!"

卢杨眼里有些感激的神情,她看着孔羿和迪克,"你们刚才说的印证了我的猜测,"停了一下,卢杨有些迟疑地说道,"醒来之前,其实我做了一个和迪克刚才描述的几乎一模一样的梦。"

看到他们傻愣愣的样子,她说:"我本来以为那些只是一个梦,但没想到竟然完全是真的!这个梦真的真的好奇怪,而且在梦里,我自己的意识好像和那个安妮一直交缠在一起,许多事情都模模糊糊的，我也分不清楚真假。"

看到孔羿痴痴地看着自己的样子，卢杨不禁有点不好意思了，"好啦，人类得救了，我们的地球在宇宙中也搬了一次家。你们不都是研究所的高才生吗？估计很快地球上的人类就都会知道这件事情的！"

"对呀！"孔羿和迪克同时叫了起来。此时耳边已经可以听见远处工地上机器的轰鸣声，汽车也陆陆续续开动了……地球上的白天，大地恢复了喧嚣，一切都如同往日一样。

崭新的一天就这样开始了。

14

美国NASA。格林尼治时间十八点整。

位于地球同步轨道的深空探测器几乎在瞬间停止作业，地面指挥中心失去了所有正在传送中的资料，从太空源源不断传回的宇宙星空的图片就这样莫名其妙地中断了。其间，整个系统的供电中心还出现了一次奇怪的短路，尽管随后就恢复了。后来才发现，短路情况似乎在世界各地都发生了。

很快，位于夏威夷的国际天文观测中心出现了荒谬的图景，星空图像变得完全陌生，最终，相关专家确认，这些新传来的星空图像显示的竟是天琴座附近的情景；本来模糊的星云，如今清晰可辨。可令人困惑的是，本来熟悉的银河系附近的那些邻居都去哪里了呢？

这种奇怪的消息很快就在国际天文学网站上出现了。业余观测者们也纷纷将自己的离奇发现上传网络。各种疑问、猜测迅疾发酵，国际天文学联合网站的服务器在不到五分钟时间内就被潮水般涌入的邮件数据弄瘫痪了。

与此同时，各个大国的军方显然注意到了地球引力场的轻微变换，一度相互之间以为对方实验了什么新型毁灭性武器，敌对气氛在各大国高层之间蔓延开来。

随着对各地官方观测结果数据的汇总分析，专家们很快得出了一个令人难以置信的结论：地球在宇宙中的位置出现了变化。确切来讲，地球此时已经远离了以前的太阳系，也远离了曾经熟悉的银河系，眼前这个太阳完全是另外一颗陌生的恒星！对此没有任何人可以提供合理解释。

消息立即被传送到各大国高层手里。

在排除战争阴谋以后，这个消息迅速被各个大国官方高层视为顶级机密。政府很快就和国际天文学界达成共识，决定将消息进行舆论封存。他们如同对付那些波诡云谲的政治事件一样，立即开动庞大的宣传机器，运用一贯的娴熟技巧，采用混淆与重建的方法，在各地黎明之前，便已经将这个惊天动地的秘密藏到各种信息洪流之中。

"外星人，或者是什么自然现象，"在例行记者招待会上，联合国秘书长轻描淡写地用风趣的话语指出，"那种认为什么地球离开了银河系的说法，完全是空穴来风。与其去关注这些不切实际的花边新闻，还不如多多关注全球的经济复苏问题，多多关注如何携手解决贫困问题！"

是啊，太阳照常升起，谁会管它究竟是不是原来的那个太阳了呢？

人类只是日复一日地在这个世界上劳作、繁衍，用他们短暂的生命感受欢乐与悲伤、喜悦与痛苦、希望与失望。地球上的阴影部分，一如既往地沉入梦乡；而亮白的部分，却总是充满艰辛与奔忙。

虽然，在星球平移启动的短暂三分钟之内，随着引力场的动荡，他们似乎也曾经感受到了内心深处那沉睡已久的宇宙意识的召唤，每个个体都涌现出了一种从未有过的对生命本源的渴望，但当引力场稳定下来以后，一切都又复归了常态。

生命文明发展的真谛就是这样，简单而复杂，平常而非凡，虚幻而真实！而要想对整个宇宙与生命之间的奥妙关系理解得更深一步，地球上的人类还有着漫长的路要走！

此刻，在东方这个古老国度，在崭新太阳的照耀之下，三个年轻人拎着不起眼的奇特太空服，离开了开阔的停车场。他们步调一致，沉默不语，似乎在心里产生了一种默契，一起朝着开发区医院住院部方向走过去。

还是卢杨打破了沉默，只听见她幽幽地叹息道："听你们这样一说，安妮一定是一个伟大的女性。"随即又看了看身边的孔羿，忽然说道："她一定会再回来的！"

"可是，我们无法联系他们，只有他们才能够联系上我们。"迪克耸着肩膀，显得有点惆怅的样子。

看到孔羿和迪克落落寡欢，卢杨笑着用清脆的声音说道："只要相信，就会相遇！"她的语气是那么坚定。

"什么？"孔羿几乎不能相信自己的耳朵。这可是安妮在与自己分离时留下的那句话呀！简直不可思议，这句话又从卢杨嘴里冒了出来！

"只要相信，就会相遇。"孔羿微微动了动自己的嘴唇，思绪又飘到了那无尽的宇宙星空，似乎他又和安妮手牵着手，徜徉在星辰大海之间了。

只听见卢杨又说道："我马上就要开学了，真的希望能够到你们那里学一下天文学！"她用手推了推孔羿，"天文学一定是非常有趣的吧？"

"我们是物理学专业的，不是学天文学的。"孔羿干巴巴地说道。迪克推了一把孔羿，摇着头高声说道："那有什么关系！物理学和天文学从来就是不分家的！我们随时欢迎你，卢杨公主殿下！"说完话，迪克弯了个腰，做出一副滑稽夸张的姿势。

他们将卢杨送到医院住院部大门口。

"好啦！就送到这里吧。我还得琢磨撒个谎，看如何应付那些护士呢！幸亏老爸这两天出差，否则有我好受的！"卢杨冲他们眨了眨眼睛，摆了摆手，说道："谢谢你们！你们回去吧！"

看到他们依然站在门口，卢杨忍不住笑了起来，"真的非常感谢你们能够让我有这样一次离奇的冒险经历！"随即又皱起了眉头，装做生气的样子，"可惜的是，本人全场都在睡梦中，你们说到底是错过了呢还是没有错过呢？"

迪克坏坏地挤了挤眼睛，笑着说道："只要相信，就没有错过！"

"迪克说的没错！"孔羿心想。此时他不禁思绪万千，看着眼前这个活泼可爱的女孩，孔羿真的很想再听一听另一个尺度的宇宙中的安妮那个柔和而坚定的声音！

"孔羿，等我开学了，就去找你们玩！反正都在这个大学城嘛。"

"就是就是！我们也会来找你玩的，找时间再去外星人酒吧哦！"迪克摇头晃脑乐呵呵地说道。

"好哒！"卢杨冲着孔羿眨了眨眼睛，随即不知怎的，她走上前来给了孔羿一个大大的拥抱！

这一下把孔羿给弄囧了，他的脸唰的就红了。只听见卢杨用俏皮的语调说道："这个是替安妮给你的奖励哦！"随后，她在孔羿目瞪口呆的注视下，一边笑着一边步入了住院部楼道。

身后传来的是迪克那装着委屈的声音，"还有我呢！"

孔羿眼看着卢杨翩然的身影消失在楼梯口，他和迪克对视了一下，迪克耸了耸肩膀晃了晃脑袋，大声冲他说道："嗨！伙计，我们还是去好好地喝一杯吧！"

习习凉风让人清醒。但孔羿此刻却很想把自己灌醉。

15

在返回研究所的路上，孔羿和迪克顺手买了些酒菜。

他们重新回到那间造型独特的狭小实验室。这两天显然没有什么人进来过，他们那天喝剩下来的可乐罐还散乱地放在台子上。如果仔细听的话，不间断工作的高功率电脑主机依然发出沙沙的声响。

透过窗帘缝隙,光线在室内散射成几缕光柱,无数的纤尘在光柱里翻腾飞舞,如同宇宙深处那无数细碎的星辰。

孔羿忽然觉得有点压抑,他猛地将窗帘拉开,打开窗户,室内一下子透亮起来。窗外,清晨的小树林绿意葱茏。做工粗糙的小亭子依然安静地坐落在石头堆砌的假山上,它的身影倒映在近处湖面上。一阵微风吹过,湖上泛起一阵涟漪,还隐隐嗅到一股荷叶的香味……

一切都没有什么变化,只是太阳的光线显得比以前偏红了一些。

孔羿看了看自己那天给电脑配置的扩音系统,依然混杂在一堆线圈之中。电脑显示屏继续运行着光怪陆离的屏保程序,上面却再也见不到安妮的讯息了。此时,孔羿是多么想再能听到安妮那亲切而有力的声音呀!

他们打开酒瓶盖,大口喝了起来。

"一醉解千愁!"迪克似乎看出了孔羿的心事,他嘟囔着,"来来来,何以解忧,唯有杜康!"美国佬喝得有点猛,很快就有点醉意了。"孔羿,我相信我们还是能够联系上安妮的!"

"你说什么?"不胜酒力的孔羿有点晕晕乎乎,他指着迪克含混地说道,"怎么会呢?按照安妮说的那个什么首次单向联系理论,只有她能够主动联系到我们,我们哪里可以联系上她呀!"随即重重地叹了口气。

"你忘了安妮留给我们的太空服吗?"迪克忽然提高了声调,"那里面一定隐藏着什么联系安妮的方法!"他歪歪扭扭地站起了身,走到刚才放下太空服的地方,弯腰将其中的一件拿到眼前,一只手摸索着衣服,"孔羿!这里面一定有什么办法可以和安妮联系上的!我可是记得,她在太空中都是直接能和我们说话的!"

孔羿心中忽然一亮,"对呀!太空服里一定有联系的方法!"随即把酒瓶放下来,凑过去慢慢地摸索起自己穿过的那件式样奇特的太空服来。

他们仔细检查了半天，发现这衣服看起来确实就只像是一件式样简洁的连体运动服，除了制造工艺显得非常精良，其他并没有任何太引人注目的地方。淡蓝色的表面，材质就像是寻常的面料，上面没有任何品牌，只是手腕处那个计时装置显得有点与众不同罢了。但触摸起来，就会发现整个材料异常柔软而有韧性。

"算了！没有任何头绪啊！"迪克有点失望，"唉！天衣无缝！"随即又拿起酒瓶大大地喝了一口。

孔羿显得很是失望，心里想，"确实，看起来也只有等着安妮的讯息了，如果哪天她主动想起自己来，估计才会联系吧？"他放下太空服，对着酒瓶大喝了一口，自言自语道，"只要相信，就会相遇！"

略显深红的阳光洒落在他那稍显疲惫的脸上，让他觉得心跳加速，全身有些热烘烘的躁动感。他真的有点儿醉了。

在孔羿意识深处，一种富有节律的声音变得越来越清晰，如同心脏的脉动，亦如黑暗中的呼吸。他静静地舒展开自己的意念，展现在眼前的是无穷无尽抖动着的抽象线条和旋转着的缤纷色块。那些线条与色块看不出大小，也不知道它们究竟是如何运动的，就如同一个沸腾的火锅，只是，这个火锅似乎根本就不占据任何时间与空间。

忽然，这无数的线条与色块在一瞬间就消失了，几乎所有残留的信息都压缩进了一个极其黑暗的点中。这个点没有颜色，也没有大小，可以说很小，也可以说很大。随着一阵无声的巨幅振动频率的出现，小点似乎被点燃了，亮度呈现出脉冲般的韵律。意识中犹如分娩一样，忽然，那种撕裂的疼痛感从小点中爆发出来，一浪接着一浪，一层接着一层。那种密集的疼痛感如同铺天盖地的潮水一般，很快就将意识淹没了。

周围再次恢复了寂静。只见无数气泡不断碰撞、分裂、合并、迸发，几乎透明的表面各自闪烁着对方的影子……这种状态仿佛亘古长存，又仿佛瞬息万变。透过这无数气泡可以看到，在它们各自表面和内部，存在大量线条和色块的颤动，这种颤动几乎永无止境……

意识此时已经深入到所有气泡当中，慢慢浮现出的是以多元化存在的能量与物质，它们各自吸引，又各自排斥，相互吞噬、相互孕育，意念似乎可以轻易地按照任何方式去组合和拆散它们。但这种任意好像也是注定的，因为，无论意识怎样恣肆汪洋地在其中翻腾舞动，最终还是在无数气泡当中映射出了完全一样的漫天星辰。

神奇的宇宙常数法则呀！

那无所不在的意识深处似乎升起一阵重重的叹息。随后只见无数气泡进行无休无止的合并、分裂，气泡就如同活了一般，尽力地扭曲转换成无以名状的各种维度的样子。忽然，只听见发出"啪"的一声，无数气泡转瞬间消失得无影无踪。

意识中只剩下一片黑暗，那是一种死寂般的黑暗！

而在这无垠的死寂黑暗的映衬下，一幅恢宏的画卷随时间的流淌缓缓展开。只见无数的星云物质在绽放，无数的星系间的能量在吞吐；物质与能量不断地相互转换，相互推搡，相互拥抱；就在它们几乎要完全融为一体时，意识猛然间从黑暗里惊醒了！

那无尽的意识一旦从睡梦中觉醒过来，就要开始把自身所有的觉知力量灌注到这些物质与能量的混合体上去。

"阳清为天，阴浊为地。"此时此刻哪有什么天地？整个宇宙间只有不同频率的振动此起彼伏，高频成为能量，低频成为物质……意识此刻如同已经思虑了亿万载一般，开始精心安排黑暗背景下的秩序了。它的精神投射到哪里，哪里就有了灿烂的星系；它的热情到了哪里，哪里就有了生命的基质。

直到最后，漫天星辰中密布了它的精神，星辰中也就孕育出了宇宙的生命。这些生命张扬着巨大的力量，它们积极地繁衍生息，不断地吞吐着宇宙间的质量与能量。而意识本体，此刻却如退潮一般，重新退回幽深的黑暗之中，似乎进入一种似睡非睡的混沌状态，就如同解脱了一般，成为了一种背景的存在。

也不知过了多久，随着一阵躁动不安的情绪从黑暗的深渊处泛了起来，整个星辰大海翻滚起巨浪，一浪高过一浪，已成为宁静背景的意识随之颤动、苏醒。翻腾的频率与意识本身完全同步，互相之间发生巨大共振，直到最终将意识完全分裂开来。偌大的时空也随之在瞬间分裂，成为两组不断交织、不断融合、不断转换的存在；黑白分明，而又没有明确界限。

面对这波诡云谲的洪荒变化，孔羿脑海里出现了吞纳破那巨大而飘渺的身影，它升腾盘旋，随即卷入一个娇小的美丽身躯，最终消失在那个美妙躯体的深处。此时，孔羿无法分清何为真，何为幻，何为意识，何为宇宙！

"星汉灿烂，若出其里！"一个略显嘶哑的声音清晰地在他的耳边吟诵道，"威腾阁下，你难道不明白，这就是答案吗？"只见一个身影似乎骄傲地挺立在幽暗的前方，黑色斗篷在背后猎猎飘扬！

尾　声

　　巨大的车轮状星系团散发着灿烂星光,背景深处那异度时空的交融区域已成为稳定的双耦合状态。如果仔细观察那一眼望不到尽头的边缘区域,会发现无数蜷曲的丝状物质从一方场域中伸出,向对方内部牵扯着纠缠着;那柔曼的姿态,倒也不失为一种独特的宇宙景观。

　　此时,一艘蘑菇状的空天母舰凸显在夜空中,安妮上校安全着陆了。她步履从容,神态镇定,踩着富有活力的节奏向联盟参谋总部大厅走去。肩上那金色的家族徽记在繁密星光照耀下熠熠生辉。她秀气的面庞上依然沉静如初,只是眼神里似乎有种令人难以觉察的伤感。

　　联盟帝国长老院一致决定,向位于另一个尺度宇宙中的地球进行投射作业;也就是在目前那个包裹地球的引力保护圈层上进行实景投影,将曾经的天球图像,包括如今已经陷入胶冻状场域内部的那个银河系的图像,整体加载到引力保护圈层上,进行全像投影。

　　这个提议是由安赫尔陛下提出来的。这次的安赫尔陛下是以一个中年男人的形象出现的。当他听完安妮上校关于这次行动的所有报告后,微笑着说道:"你们做得很好,只是,每个生命文明都需要有他们自己的节奏!"随即,安赫尔陛下大声说道:"所以,我向帝国长老院提议,对地球进行全像投影,我们应当尽可能少地干涉他们!"

　　看到安妮上校显得有点疑惑的样子,安赫尔陛下和蔼地说道:

"虽然地球上有人已经发现了这些,但是,只要我们稍微弥补一下,一切都会复归如常的。"他看了看四周密集的帝国长老院议席,又说道:"安妮上校,还记得我们那古老的接触法则吗?"

"安赫尔陛下授权!一致通过!"嘈杂的帝国长老院议席上很快传来了类似于鼓掌的声音,声音如潮水般此起彼伏。

危机度过,秩序又得以恢复。甚至已经有人开始盘算去新的胶冻元宇宙进行探险了。年轻的安妮上校静悄悄地步出大厅,她将嘴角微微翘起,那长长的睫毛下面似乎隐藏了一种不为人知的秘密。

在另一个尺度的宇宙中,又一个令人难以置信的消息再次迅速传遍所有大国的高层,天文研究人员在一夜之间见证了另外一幅不可思议的景象,地球又回到了银河系当中!在最近一个小时传来的所有星空资料图中均明确显示,所有星图都恢复成昔日情形。唯一有问题的就是太阳,其数据与数据库中的记载全部有出入。只能得出一个结论,人类的太阳发生了变化!

各国政客总算是松了一口气。虽然他们已经把保密工作做得如此出色,娴熟地利用所掌握的媒体混淆了各种反对和质疑的声音;但显然,目前这种回复常态的情况更让他们满意。

美国总统出现在电视新闻里,只见他略显得意地晃动着手指头说道:"看吧!事实证明,没有任何问题。外星人并没有入侵!"他甚至还冲着摄像机做了个鬼脸,歪着脑袋说道:"太阳照常升起,而我们的事儿也够多的了!"

此时,在墨西哥一个偏远乡村,在一片小山丘的脚下,有一小群印第安土著在天上那一只显得有些暗红色的月亮的照射下,正围着一堆篝火,做着他们已经持续了好几天的古老祈祷。其中一个白发苍苍的老太太,像是在喃喃自语般地对着坐成一圈的人们说道:"漫天的星辰是宇宙中最宝贵的秘密,每个生命的个体命运都可以通过这天上的星辰来揭示。如果哪一天这些星辰变化了它们的模样,每个生命也就改变了他们的命运。"

　　火光映照着她身边一个长头发的年轻人,他那充满思索的眼神里跳动着闪烁的火焰,恰似苍穹中漫天闪烁的星辰。

　　地球另一边。一座圆锥形建筑物四周,碧水如镜。倒影中孔羿盘着双腿端坐在亭子里,他似乎有些醉意。只见他眉头微锁,有点失神地盯着自己的右手手腕处,嘴里默默念叨着:"只要相信,就会相遇!"突然,从他意识深处涌起一种奇妙的触动感,他不禁站起身来,抬眼仰望,纵情吟诵道:"但愿人长久,千里共婵娟!"

后　记

写完最后一个字，终于对这个故事有了一个交代，也算是对自己有了一个交代。

在过去一年里，一直有种歉疚的感觉，总觉得需要把这个故事给了结掉。心头隐隐觉得对自己来讲，这是一件很重要的事情，毕竟这是我写的第一部长篇小说。

我是一个喜欢舞文弄墨的人，也是一个喜欢胡思乱想的人。科幻小说对我来讲，一直就是一个非常痴迷的事物。但由于个性闲散，且耐性不足，所以在这一年写作的时候才发现，原来长篇的写法和自己那些所谓灵感的爆发是不太一样的。那不仅仅需要好奇心、热情，还需要一些技巧。但作为一个非专业人士，写作技巧云云于我来讲如同镜花水月，无迹可循。那么，剩下来的就只有耐心了。

看着最后的产出，竟然也有皇皇二十余万字。如今看着这本书，几乎有点像以前完成博士论文后的那种感觉：内心几乎感到有些滑稽，有点自讨苦吃的意味。但无论如何，这总算了却了一桩心事。至于读者买不买账，那就仁者见仁、智者见智了。

我自小热爱科幻，从早期的儒勒·凡尔奈到后来的阿西莫夫、克拉克，乃至中国的刘慈欣，都是我非常喜爱的科幻作家。可就其实质来讲，与其说我喜爱科幻故事，毋宁说我是喜爱自己那无穷无尽的好奇心。可能是因为学过历史，所以有朋友以为我会写些历史类的穿越故事，我确实曾经想过写。但是，那些人类发生过的历史，似乎随着阅读经验的丰富，而日渐难以满足我的好奇心。所以，我把自己写科幻的行动，从根本上归之于我那自小就有的对这世界的好奇心的驱使，科幻故事显然满足了我各种乱七八糟的想象。

感谢网络时代阅读的便利，闲暇时间我看了不少科幻类故事，甚至感到其中有很多暗合自己的一些想法。许多看似完全不相干的巧合，让我觉得应该把自己头脑里的东西拿出来展览一下，也算不枉此生。这就类似于开杂货铺的小老板，整天喜欢在铺子里堆满琳琅满目的物件，如果有人能够停下匆匆步伐，在门口徜徉一下，甚至能够拿走几件，那就是莫大的安慰了。

所以，我因此而动了一个写作的心思。写作其实是一件非常快乐的事情，唯一的要求就是要有时间。当然我指的是自由的写作，按照自己的爱好写作。我尝试写过不少科幻类故事，也尝试过一些任意发挥的诗歌，甚至还有剧本什么的，但心里一直对长篇无法忘情。到了一定年纪，人总想留下些什么，我也不能免俗。对我这样一个科幻爱好者来讲，自己弄一部长篇，也算是没有遗憾了吧。就这样，在好奇心驱使下，在"中年危机"的督促下，终于有了大家面前的这个故事。

记得小时候看到精彩故事的时候，我会有种非常矛盾的心理：既渴望知道后事如何，又担心知道故事的结局。相信很多读者都有着类似经历吧。我在写这个故事的时候，与平时写那些短的故事类似，只是把整个人物关系和事件经过的框架罗列一下，任由手上的键盘跟着大脑的跳动继续了。由于意识到这是个长篇，在篇章结构上也注意了一下，至少是画了一张草图，免得自己弄丢了一些情节，以致写得前言不搭后语。毕竟人到中年了啊！所以，我心里也颇为忐忑，对于读者的阅读体验也不敢保证，只是尽自己的全力发挥想象力，某种意义上也算是满足自己的好奇心吧！

科幻小说从本质上来讲，算是有点儿小众。我小时候看得最多的是传统章回小说，以及自港台传来的武侠小说。后来，还没有反应过来，满世界就已经是玄幻的天下了。就我来讲，那些流行的东西似乎都无法真正满足我的好奇心，我最终还是沉迷于科幻小说之中了。小时候，科幻翻译数量有限，我却感到，在那些泛着油墨味的老版翻译中，更多地能感受到一份人文情怀。现在许多粗制滥造的翻译，让人有一种翻译文化式微的丧气。

如今，科技和社会生活的联系日趋紧密，科幻小说越来越受关注。说实话，如果仅仅是因为流行而流行，我又很不以为然。我始终相信，完美的读者和作者应该是心有灵犀的，所谓闻弦歌而知雅意。相信每一个作者都与我一样，都有热切寻觅知音的渴望。对作者来讲，共鸣就是最好的赞美。

经常有人拿国内外科幻小说做比较，说中国的不如外国，中国的作者太生硬，想象力不够丰富，而西方作者则天马行空……这种评价确实在一定程度上反映了特定时代科幻作品的表现特征。毕竟，科学并非中国土生土长的概念，而幻想，则离不开民族传统文化培育的思维模式，所以说，由于缺乏科学思维，以及相关自然领域知识不足，中国的科幻在一定时期显得有些低级就可想而知了。遑论还有一些政治宣传需要，以及长期以来人们的殖民仰望心态。就像我一个朋友对我说的，中国的电影他一部也不看，要看就看西方的。这种状况恐怕就是诸多现象叠加后的产物吧？

然而，我对科幻前景却是相当乐观的。科技飞速发展，资本无所不在，网络已经将地球上每个人都空前紧密地联系在一起，特别是人工智能的全面崛起，即将无处不在的物联网、区块链等等，总体来讲，至少对于中国的科幻作者来讲，我们已经与西方站到同一条起跑线上。当今中国，我们这个民族在科学认知和技术突破上都有了很大长进，这从许多年轻人身上便可以看出来，越来越多的人已经具有全球化思维,即使是一些所谓土豪,如果资产没有全球化配置,估计也没脸自称土豪吧!这是一个日新月异的时代,对于中国的科幻作者来讲,也是一个最好的时代。

科幻作品往往被分为所谓的硬科幻和软科幻。当初在一本被翻烂的书里看到克拉克的《与拉玛会合》,我几乎兴奋得无法入睡,那种金属质感使我终生难以忘怀!硬科幻让我一发而不可收。但后来,又发现了一些偏人文方面的软科幻,同样让我回味无穷。现在,我倒是以为,科幻无论软硬,只要能够激发人的思考,让人对这个世界开动想象力,满足人们的好奇心,甚至能够让人们对身处的社会有所反思,那就算是好的作品。我看过一些玄幻作品,好的也有,但更多的都不外乎升级打怪、儿女情长,想象力和思想性完全不能满足我的好奇心,最终没有对之产生什么兴趣。能够以有限追求无限,把人类放入宇宙视角下重新定位、重新思考,这就是我对科幻类作品如此偏爱的原因。

我因为各种原因,走上了文科的道路,还一直读到了博士,从内心深处却有相当遗憾。因为,我一直期望自己是个理工科学生,对于数字、图形、公式、公理,我如今是又爱又恨——爱的是,它能够满足我极大的好奇心;恨的是,我基本看不懂那些艰涩的数学语言。直到如今,我还企图深入了解一下以前没有学好的数学。可惜时光不能倒流!

我日常的兴趣关注点并非在自己的职业范围,而是更多的在于科学技术领域。虽然对于网络只是小学生水平,但却津津乐道于人工智能、星际探索等。平常特别喜欢了解人类的伟大工程,以及各类关于自然、宇宙的探索故事。所以,可以说是好奇心加上不是理科生的遗憾,促使我想要利用科幻来弥补一下吧。真是应验了那句话,"缺什么补什么"。

也正是因为知识背景的浅薄,在这个故事里我显得有些捉襟见肘，力不从心。本来我是想弄得更加复杂，更加让自己感到不可思议，但真正写作时，还是觉得自己真的是能力不逮。虽然从宏观上发挥了一个文科生的好奇意识，也创造出了不同寻常的另一个尺度的宇宙观念，对于文明的忧思提出所谓"技术有限降幂法则"，还对宇宙与生命之间的互动关系提出了一些自以为不错的解释，甚至还提出了通过数学可以证明空间大小与时间的先后这类概念的虚无。在故事里我也竭尽所能，描述了一些大场面和细节技术，例如意识与宇宙的统一、宇宙本身的分裂、星球平移的技巧等等。但最后成品以后，还是觉得言不尽意，难以满意。塑造的人物个性还显得扁平。再由于文字运用能力有限，篇章结构、衔接技巧都是盲人摸象，所以总觉得遗憾多多，只能承望各位读者不弃了。

当然，最终我是完成了这部作品，也算是对自己长期以来的科幻梦、文学梦做了个交代。现在想想，与其说是因为我爱好科幻，还不如说我更无法放下自己对这个世界的好奇心。说实话，我对自己一些奇思妙想有时不免有几分沾沾自喜。科幻，就权当作满足对我自己的好奇心进行探索的一个媒介吧。未来若有机会，我也会写一些无法归类的故事。但总的来讲，无论其中有多少科幻要素，终归是我无法停止的好奇心的一种发泄途径吧。而眼下，呈现在大家面前的这部作品，算是一个学生于己于人交上的一份答卷，颇有点"画眉深浅入时无"的心态。

大家能够读到面前这个故事，我还要感谢许多人。首先当然是我的母亲，作为一个雄心勃勃的女性，却几乎忙了一辈子家务，我觉得亏欠她太多。其次应该感谢我的父亲，一个无用之人，但这种无用之用却深深影响了我对世界的理解。

当然我还要感谢我那"贵为"理科生的哥哥，我都能想象到他在看这个故事时连连摇头，叫着"逻辑不清，思维混乱"的情景。自小，他那敏锐的洞察力和严谨的思路就给我以极大信心，使我相信我还是拥有一些优秀基因的。

其他一些生命中的家人与朋友，同样给了我信心与勇气去写作。当他们得知我企图把脑子里那些胡思乱想写出来的时候，都无私地给予我鼓励与期待，对于我这样一个懒散至极的人，不啻为一种有力的鞭策。

在此，我特别要感谢师兄朱贻强先生，他对于佛学的深刻理解和特立独行的气质给了我许多启发。也要感谢我的朋友艺术家金锋先生，他的插图让这本书焕发出不一样的生机。新星出版社老愚兄为我这本书所付出的一切努力，自然铭记在心。

作为一个科幻故事作者，更重要的是一个科幻小说爱好者，当然，最根本的是一个充满好奇心的人，对朋友们帮助我完成这部作品出版的夙愿深表感激。这应该算是一次圆梦之旅吧！

套用故事里女主人公说的那句话"只要相信，就会相遇"，若各位读者能够在本书中找到一些启发，生出一些思考，那就善莫大焉，作为作者就算是功德圆满了。

是为记！

夏邦
2017 年秋于沪上